Keller, einsamer Großstadtcowboy und abgebrühter Auftragskiller, hat in *Kellers Konkurrent* seinen zweiten großen Auftritt. *Kirkus Reviews* hatte dazu Folgendes zu sagen:

»Nach seinem aufsehenerregenden Debüt in dem Shortstory-Zyklus *Kellers Metier* erfüllt John Keller nun den sehnlichsten Wunsch seiner Fans und tritt in einem Roman auf.

»Ganz der brave Bürger, geht Keller unter die Briefmarkensammler, kommt gewissenhaft seinen Pflichten als Geschworener nach und führt weiterhin jeden Mordauftrag mit hundertprozentiger Zuverlässigkeit aus – selbst wenn einer seiner Auftraggeber die Taktlosigkeit besitzt, ihm ein Bild seines Opfers in Form einer Weihnachtskarte mit einem Foto seiner gesamten Familie zukommen zu lassen. Aber irgendetwas scheint nicht mit rechten Dingen zuzugehen. Nachdem Keller bei einem Auftrag in Louisville nur knapp dem Tod entronnen ist, kehrt er nach New York zurück, um dort einen Job anzunehmen, der Züge einer eingefügten Short Story hat. Während er in Tampa, Boston und den Vororten Chicagos weiterhin mit gewohnter Routine seiner Tätigkeit nachgeht, findet er auch Zeit für gelegentliche sexuelle Begegnungen mit der Goldschmiedin Maggie Griscomb und für einen Besuch bei der Astrologin Louise Carpenter, bei dem er völlig unerwartet in Tränen ausbricht. Zugleich kommt es bei der Erledigung seiner Aufträge weiter zu kleinen Unstimmigkeiten, die immer mehr den Schluss nahelegen, dass er ins Visier eines anderen Auftragskillers geraten ist, der zu glauben scheint, das Land sei nicht groß genug für sie beide. Der Leser sollte nicht die extreme Intensität und Dichte der Keller-Stories erwarten, die aus der ironischen Gegenüberstellung der todbringenden Profession des Helden und der auf die Spitze getriebenen Normalität seiner Ansichten und seines sonstigen Lebens resultiert. Stattdessen nehmen jetzt Kellers gleichermaßen ironische wie quälend umständliche Gespräche mit seiner altjüngferlichen Auftraggeberin Dot in White Plains eine tragende Rolle ein.

»Mögen diese Unterhaltungen auch wie reinstes Geschwafel anmuten, sind sie dennoch Geschwafel, dessen Wechselspiel von Banalität und höherer Weisheit, ähnlich wie bei James M. Cain und Quentin Tarantino, den besonderen Reiz dieser modernen Samuraigeschichte ausmacht.«

Kirkus Reviews

A LAWRENCE BLOCK PRODUCTION

Kellers Konkurrent

LAWRENCE BLOCK

Aus dem Amerikanischen übersetzt von Sepp Leeb

Keller, der gerade aus dem Flieger aus Newark kam, folgte den Hinweisschildern zur Gepäckausgabe. Er hatte nichts aufgegeben, das tat er nie, aber die Flughafenbeschilderung ging davon aus, dass jeder sein Gepäck aufgab. Um zum Ausgang zu kommen, musste man zur Gepäckausgabe gehen. Es gab kein Schild mit der Aufschrift: *Hier können Sie diesen fürchterlichen Ort verlassen.*

Hinter dem Security Check führte eine Rolltreppe nach unten, und an ihrem Fuß standen etwa zehn Männer, einige in Uniform, die meisten mit handbeschrifteten Schildern. Instinktiv steuerte Keller auf einen tranfunzeligen Kerl in einer Khakihose und einer Lederjacke zu. Das muss er sein, dachte er, und sein Blick heftete sich auf das Schild, das der Mann hielt.

Aber er konnte nicht lesen, was auf dem blöden Ding stand. Keller ging näher auf den Mann zu und kniff die Augen zusammen. Stand Archibald drauf? Es war nicht zu erkennen.

Er drehte sich um, und da war der Name, nach dem er Ausschau hielt, auf dem Schild eines anderen Mannes, der größer und kräftiger gebaut war und Anzug und Krawatte trug. Keller wandte sich von dem Mann mit dem unleserlichen Schild ab – wozu hielt er ein Schild, das niemand lesen konnte? – und steuerte auf den Mann mit dem Archibald-Schild zu. »Ich bin Mr. Archibald«, sagte er.

»Mr. Richard Archibald?«

Was sollte das schon für einen Unterschied machen? Er wollte bereits nicken, doch dann fiel ihm der Name ein, den Dot ihm gesagt hatte. »Nathan Archibald«, sagte er deshalb.

»Alles klar«, sagte der Mann. »Willkommen in Louisville, Mr. Archibald. Darf ich Ihnen das abnehmen?«

»Nein danke, nicht nötig«, sagte Keller und behielt seine Reisetasche in der Hand. Er folgte dem Mann aus dem Terminal zum Kurzzeitparkplatz.

»Warum ich Sie übrigens nach dem Namen gefragt habe«, sagte der Mann. »Ich dachte mir, einen Namen von einem Schild ablesen kann jeder. Wäre doch denkbar, dass irgendein Schlauberger auf die Idee kommt, sich das Taxi zu sparen, wenn er doch nur Archibald sagen muss, um eine kostenlose

Fahrgelegenheit zu bekommen? Ich habe kein Foto von Ihnen. Hier weiß niemand, wie Sie aussehen.«

»So oft komme ich ja auch nicht her«, sagte Keller.

»Ist aber eine schöne Stadt«, sagte der Mann, »was aber nichts zur Sache tut. Ich will nur sichergehen, dass ich den Richtigen fahre. Deshalb sage ich einen Vornamen, aber es ist ein falscher. ›Richard Archibald?‹ Und wenn der Typ dann sagt, ja, der bin ich, Richard Archibald, dann weiß ich sofort, er will mich nur verarschen.«

»Außer er heißt wirklich so.«

»Klar, aber sehr wahrscheinlich ist das nicht. Zwei Männer, die gerade aus dem Flieger kommen, und beide heißen Archibald?«

»Nur einer.«

»Wie jetzt?«

»Ich heiße nicht wirklich Archibald«, sagte Keller. Er glaubte davon ausgehen zu können, dass er damit kein Staatsgeheimnis verriet. »Es heißt also nur einer tatsächlich Archibald. Wie unwahrscheinlich ist es dann wirklich?«

Die Miene des Mannes verfinsterte sich geringfügig. »Wenn einer behauptet, er ist Richard Archibald«, sagte er, »ist er jedenfalls nicht mein Mann. Ob er nun so heißt oder nicht.«

»Da haben Sie natürlich recht.«

»Aber Sie haben Nathan gesagt, folglich sind wir im Geschäft. Ende der Diskussion. Mein Wagen ist der Toyota dort drüben, der blaue. Ich bringe Sie jetzt zum Langzeitparkplatz. Dort steht Ihr Wagen, vollgetankt, Kfz-Schein im Handschuhfach. Wenn Sie fertig sind, stellen Sie ihn einfach wieder dort ab und legen Schlüssel und Parkschein in den Aschenbecher. Dann holt ihn jemand ab.«

Der Wagen entpuppte sich als ein mittelgroßer, dunkelgrüner Olds. Der Mann schloss ihn auf und händigte Keller die Schlüssel und einen kartonierten Parkschein aus. »Wird Sie ein bisschen was kosten«, sagte er mit einem um Entschuldigung heischenden Unterton. »Wir haben ihn gestern Abend schon hergebracht. Auf dem Beifahrersitz ist ein Stadtplan. Darauf sind sein Haus und sein Büro eingezeichnet. Ich weiß nicht, wie viel man Ihnen gesagt hat.«

»Name und Adresse«, sagte Keller.

»Wie war der Name?«

»Nicht Archibald.«

»Sie wollen ihn nicht sagen? Kann ich verstehen. Haben Sie ein Foto von ihm gesehen?«

Keller schüttelte den Kopf. Der Mann zog einen Umschlag aus der Innentasche seines Jacketts und nahm eine Glückwunschkarte mit einem Familienfoto heraus. Ein Mann, eine Frau, zwei Kinder und ein Hund. Die Menschen lächelten alle und sahen aus, als täten sie das schon seit Tagen und warteten nur darauf, dass endlich jemand herausbekam, wie die Kamera funktionierte. Der Hund, ein Golden Retriever, war der Einzige, der nicht lächelte. Trotzdem machte er einen zufriedenen Eindruck. »Frohe Weihnachten …«, stand unter dem Foto.

Keller klappte die Karte auf. Und las: »… wünschen die Hirschhorns – Walt, Betsy, Jason, Tamara und Powhatan.«

»Powhatan ist wahrscheinlich der Hund«, sagte Keller.

»Powhatan? Was soll denn das für ein Name sein, ein indianischer?«

»Pocahontas' Vater hieß so.«

»Ungewöhnlicher Name für einen Hund.«

»Für einen Menschen wäre er noch ungewöhnlicherer«, sagte Keller. »Soviel ich weiß, wurde er nur einmal vergeben. Ist das hier das einzige Foto, das sie beschaffen konnten?«

»Was haben Sie daran auszusetzen? Es ist gestochen scharf, und ich soll Ihnen sagen, dass der Mann genauso aussieht wie auf dem Foto.«

»Gut, dass sie für Sie posiert haben.«

»Es ist von einer Weihnachtskarte. Muss aber im Sommer aufgenommen worden sein. Wegen des Hintergrunds und wie sie angezogen sind. Ich bin übrigens ziemlich sicher, wo es aufgenommen worden ist. Er hat ein Ferienhaus draußen am McNeely Lake.«

Wo auch immer der war.

»Na ja, das Foto ist im Sommer gemacht worden«, fuhr der Mann fort. »Das heißt, es ist etwa fünfzehn Monate alt. Aber er sieht immer noch genauso aus. Was stört Sie also daran?«

»Dass die ganze Familie drauf ist.«

»Wieso?«, sagte der Mann. »Ach so, jetzt verstehe ich. Nein, es ist nur er, Walter Hirschhorn. Nur der Mann.«

Das hatte sich Keller bereits gedacht, aber es konnte nie schaden, wegen so etwas nachzufragen. Trotzdem wäre ihm ein Einzelporträt Hirschhorns mit zusammengekniffenen Augen und ernster Miene lieber gewesen als ein Bild inmitten seiner Lieben, alle mit einem eingefrorenen Lächeln auf den Lippen.

Ihm gefiel nicht, wie sich die Sache anließ. Das war schon von dem Moment an so gewesen, als er aus dem Flugzeug gestiegen war.

»Ich weiß nicht, ob Sie sie haben wollen«, sagte der Mann, »aber im Handschuhfach ist eine Knarre.«

»Zusammen mit der Zulassung.«

»Die ist aber nur für den Wagen. Die Knarre ist nicht registriert. Es ist eine handliche Zweiundzwanziger Automatik mit einem Zusatzmagazin, auch wenn Sie das nicht brauchen werden. Ob Sie die Knarre überhaupt brauchen werden, kann ich nicht sagen.«

»Mhm«, brummte Keller.

»Darauf stehen doch Typen wie Sie? Auf eine Zweiundzwanziger?«

Wenn man jemand mit einer 22er einen Kopfschuss verpasste, trat die Kugel normalerweise nicht mehr aus dem Schädel aus, sondern flog oft mehrmals zwischen den Innenwänden hin und her, was dem Besitzer des Schädels nicht gut bekam. Eine kleinkalibrige Pistole war zielgenauer und hatte einen schwächeren Rückstoß und war deshalb angeblich die bevorzugte Waffe von Auftragskillern, die sich etwas auf ihr Können zugutehielten.

Keller machte sich keine großen Gedanken über Schusswaffen. Wenn er eine brauchte, nahm er, was gerade verfügbar war. Warum die Sache unnötig verkomplizieren? Es war wie beim Fotografieren. Man konnte alles über Blenden und Belichtungszeiten lernen, oder man besorgte sich eine japanische Kamera und hielt einfach drauf und schoss sein Foto.

»Wenn Sie sie nicht benutzen, lassen Sie sie einfach im Handschuhfach«, sagte der Mann. »Sonst entsorgen Sie sie am besten in einer Mülltonne oder einem Gully. Aber warum erzähle ich Ihnen das überhaupt? Sie sind ja vom Fach.« Er spitzte die Lippen und stieß einen lautlosen Pfiff aus. »Ich muss schon sagen, ich beneide Sie.«

»Wie das?«

»Sie kommen in die Stadt geritten, erledigen Ihren Job und reiten wieder weg. Na ja, Sie fliegen natürlich, aber Sie wissen schon, was ich meine. Rein und wieder raus. Kein Ärger, keine Komplikationen, und man muss sich nicht tagein, tagaus mit denselben Arschlöchern rumärgern.«

In meinem Fall ärgert man sich jedes Mal mit anderen rum, dachte Keller. Was soll daran besser sein?

»Aber ich wäre dazu nicht in der Lage. Könnte ich abdrücken? Vielleicht könnte ich es. Vielleicht habe ich es sogar schon mal getan. Aber bei Ihnen ist es was anderes.«

War es das?

Der Mann wartete nicht auf Kellers Antwort. »An der Gepäckausgabe haben Sie mich nicht gleich gesehen«, fuhr er fort. »Sie sind erst auf einen anderen Typen zugegangen.«

»Ich konnte nicht lesen, was auf seinem Schild stand«, sagte Keller. »Die Buchstaben waren zu dicht nebeneinander. Und ich hatte das Gefühl, dass er auf jemand wartet.«

»Sie warten alle auf jemand. Jedenfalls, ich habe Sie beobachtet, bevor Sie mich entdeckt haben. Und ich habe mir vorgestellt, ein Leben zu führen wie Sie. Aber was weiß ich schon über Ihr Leben? Es waren nur meine Vorstellungen davon. Und dabei ist mir was klargeworden.«

»Aha?«

»Für mich wäre das nichts«, sagte der Mann. »Ich könnte so was nicht tun.«

Es kostete Keller acht Dollar, den Wagen aus dem Langzeitparkplatz zu bekommen, was ihm durchaus angemessen erschien. Er nahm den Interstate in Richtung Süden und fuhr am Eastern Parkway wieder ab, um nach einem Lokal zu suchen, in dem er eine Tasse Kaffee und ein Sandwich bekäme. Er fand eines, das sich als Familienrestaurant bezeichnete, ein Begriff, den Keller nie so recht verstanden hatte. Er schien günstige Preise, typisch amerikanisches Essen und eine zwanglose Atmosphäre zu suggerieren, aber was war mit den Familien? An diesem Nachmittag gab es dort jedenfalls keine, nur einzelne Gäste – Gäste wie Keller, der allein an einem Tisch saß und seinen Stadtplan studierte.

Er hatte Hirschhorns Büro in der Innenstadt und sein Haus in Norbourne Estates schnell gefunden. Ersteres lag, nur ein paar Straßen vom Fluss entfernt, in der Fourth Street zwischen Main und Jefferson, letzteres in einem Vorort zwölf Meilen weiter östlich.

Er konnte sich im Zentrum ein Hotel suchen, von dem das Büro des Mannes möglicherweise zu Fuß zu erreichen war. Oder – er studierte den Stadtplan – er konnte auf dem Eastern Parkway weiter nach Osten fahren. Wo er den I-64 kreuzte, gab es bestimmt mehrere Motels. Von dort wäre es nicht weit zu Hirschhorns Haus und hinterher zum Flughafen. Außerdem käme er von dort problemlos ins Zentrum, obwohl er dort vielleicht gar nicht hinmusste, weil es bestimmt leichter und einfacher war, Hirschhorn zu Hause zu erledigen.

Wäre da nicht dieses blöde Foto.

Betsy, Jason, Tamara und Powhatan. Lieber hätte er ihre Namen nicht gewusst, und noch lieber hätte er nicht gewusst, wie sie aussahen. Es gab bestimmte Informationen über die Zielperson, die durchaus nützlich waren, aber alles andere, das persönliche Drumherum, war nur hinderlich. Es konnte hilfreich sein zu wissen, dass jemand einen Hund hatte – davon konnte abhängen, ob man in das Haus des Betreffenden einbrach –, aber die Rasse musste man nicht wissen, vom Namen des Tiers erst gar nicht zu reden.

Dann nahm es persönliche Züge an, obwohl es das nicht sollte. Angenommen, die Zielperson ließ sich am besten in einem Zimmer ihres Hauses ausschalten, zum Beispiel im Arbeitszimmer im Keller. Na ja, und dort würde sie natürlich aller Wahrscheinlichkeit nach ein Familienmitglied finden. Aber daran ließ sich nun mal nichts ändern. Man konnte nicht hergehen und Leute umbringen, wenn man wegen der traumatischen Wirkung auf den, der die Leiche entdeckte, ein schlechtes Gewissen bekam.

Jedenfalls war es einfacher, wenn man nicht zu viel über die Betroffenen wusste. Man konnte leichter mit der Vorstellung von einer Ehefrau leben, die entsetzt zusammenfuhr, wenn man nicht wusste, wie sie hieß oder dass sie kurz geschnittenes blondes Haar und strahlend blaue Augen und süße kleine Eichhörnchenbäckchen hatte. Man brauchte nicht allzu viel Fantasie, um sich dieses Gesicht vorzustellen, wenn sie den Toten entdeckte.

Daher war es nicht von Vorteil, dass ihm der Mann mit dem Archibald-Schild das Familienfoto gezeigt hatte. Aber das war kein Grund, es nicht im Haus der Hirschhorns durchzuziehen oder die Sache gar ganz abzublasen. Auch wenn ihm egal war, welches Kaliber seine Pistole hatte, und er sich auch nichts auf sein handwerkliches Können einbildete, war er durch und durch Profi. Er verwendete, was gerade zur Hand war, und zog die Sache durch.

6

»Raucher oder Nichtraucher, oben oder unten, vorne oder hinten raus?«, fragte der Mann an der Rezeption. »Können Sie sich alles aussuchen.«

Das Motel war ein Super Eight. Keller entschied sich für ein Nichtraucherzimmer im Erdgeschoss, das nach hinten raus lag.

»Was die Betten angeht, haben Sie leider keine Wahl«, sagte der Mann. »Alle Zimmer sind gleich ausgestattet. Mit zwei französischen Betten.«

»Dann bleibt mir trotzdem noch eine Wahl.«

»Inwiefern?«

»Ich kann mir aussuchen, in welchem Bett ich schlafe.«

»Das ist eine einfache Entscheidung«, sagte der Mann. »Zuerst legen Sie Ihren Koffer auf eins der Betten.«

»Und dann?«

»Schlafen Sie im anderen. Dann haben Sie mehr Platz.«

Wie angekündigt, gab es in Zimmer 147 zwei französische Betten. Keller musterte sie eins nach dem andern, bevor er seine Reisetasche auf die Kommode stellte.

Am besten, man hält sich alle Optionen offen, dachte er sich.

Er rief Dot von einem Münztelefon an. »Könntest du mein Gedächtnis ein bisschen auffrischen. Hast du nicht was von einem Unfall gesagt?«

»Oder natürliche Ursachen«, sagte sie. »Obwohl, wo kann man heutzutage schon noch von natürlichen Ursachen sprechen? Wenn man nicht gerade an einer Bio-Karotte erstickt, gibt es kaum eine natürlichere Todesursache, als von dir ins Jenseits befördert zu werden.«

»Sie haben mir eine Pistole gegeben.«

»Oh?«

»Eine Zweiundzwanziger Automatik. Angeblich sind diese Dinger Typen wie mir am liebsten.«

»Das ist aber weit von einer Bio-Karotte entfernt.«

»Und wenn ich sie verwende, soll ich sie hinterher entsorgen.«

»Diese Leute denken wirklich an alles«, sagte Dot. »Hört sich ein wenig nach mangelnder Kommunikation an, hm? Der Typ, der dir die Kanone gegeben hat, weiß offensichtlich nicht, dass es natürlich aussehen soll.«

»Was heißt das für uns? Muss es trotzdem noch natürlich aussehen?«

»Das hat es nie *gemusst*, Keller. Es wäre ihnen nur lieber. Aber nachdem sie dir eine Kanone besorgt haben, würde ich sagen, juckt es sie nicht groß, wenn du sie verwendest.«

»Und hinterher entsorge.«

»In dieser Reihenfolge. Die Zufriedenheit des Kunden hat immer oberste Priorität, und wenn du es so hindrehen kannst, dass er einen Herzinfarkt hat oder von seinem Hund die Kehle durchgebissen bekommt, würde ich sagen, nur zu. Andererseits ...«

»Woher weißt du von dem Hund?«

»Von welchem Hund?«

»Na, von dem, den du gerade erwähnt hast.«

»Das habe ich doch nur so gesagt, Keller. Ich habe keine Ahnung, ob der Kerl einen Hund hat. Ich bin nicht mal sicher, ob er ein Herz hat, aber ...«

»Es ist ein Golden Retriever.«

»Oh?«

»Und er heißt Powhatan.«

»Also, das ist mir neu, Keller. Woher weißt du das alles?«

Er erzählte ihr von dem Foto auf der Weihnachtskarte.

»Nicht zu fassen«, sagte sie. »Dieser Idiot war nicht mal in der Lage, ein Porträtfoto aufzutreiben, wie es in der Zeitung veröffentlicht wird, wenn jemand befördert oder wegen Unterschlagung verhaftet wird? Mit was für Leuten muss man da zusammenarbeiten. Sei bloß froh, dass dir der jährliche Weihnachtsbrief erspart geblieben ist, sonst wüsstest du auch, dass es Tante Mary seit ihrer Blinddarmtransplantation wieder besser geht und der kleine Timmy sich sein erstes Tattoo hat stechen lassen.«

»Der kleine Jason.«

»Du weißt sogar, wie die Kinder heißen? Aber was sage ich denn? Sie werden ja wohl kaum den Namen des Hunds auf die Weihnachtskarte gesetzt haben und den der Kinder nicht. Das wird ja immer schöner.«

»Der Typ hatte ein Schild. Es stand ›Archibald‹ drauf.«

»Wenigstens das haben sie hingekriegt.«

»Und ich habe gesagt, das bin ich, und darauf hat er mich gefragt: ›Richard Archibald?‹«

»Ja und?«

»Du hast mir gesagt, sie haben Nathan gesagt.«

»Stimmt. Jetzt, wo du's sagst, fällt es mir wieder ein. Haben sie das auch vermasselt?«

»Nicht wirklich. Es war ein Test, um sicherzugehen, dass ich nicht irgendein Schnorrer bin, der sich eine kostenlose Fahrgelegenheit in die Stadt erschleichen will.«

»Wenn du also den Vornamen vergessen hättest ...«

»Hätte er mich für einen Schwindler gehalten und mir gesagt, ich soll mich verpissen.«

»Das wird ja immer schöner«, sagte sie. »Willst du es lieber abblasen? Ich kann richtig spüren, dass dir nicht wohl bei der Sache ist. Komm einfach wieder zurück, und wir sagen ihnen, sie können uns mal.«

»Nun bin ich aber schon mal hier«, sagte er. »Es könnte ja auch ganz einfach sein. Und ich weiß zwar nicht, wie es bei dir ist, aber ich könnte das Geld gebrauchen.«

»Ich finde immer eine Verwendung dafür, selbst wenn ich es für nichts anderes verwende, als mich daran festzuklammern. Irgendwo müssen die Dollars schließlich sein, und White Plains ist kein schlechterer Platz für sie als irgendein anderer.«

»Das hört sich an wie etwas, was er gesagt haben könnte.«

»Wahrscheinlich hat er das sogar.«

Damit meinten sie den alten Mann, für den sie beide gearbeitet hatten. Dot hatte bei ihm gewohnt und ihm den Haushalt geführt, Keller hatte getan, was er eben tat. Inzwischen lebte der alte Mann nicht mehr – zuerst hatte sein Verstand nach und nach den Geist aufgegeben und dann sein Körper auf einen Schlag –, aber ansonsten ging alles weiter wie gehabt. Dot nahm die Anrufe entgegen, setzte die Honorare fest, traf die Vereinbarungen und kassierte das Geld. Keller zog los, erkundete das Terrain, erledigte den Auftrag und kam wieder nach Hause.

»Die Sache ist nur«, sagte Dot, »dass sie die erste Hälfte schon angezahlt haben. Ich schicke Geld, das ich schon mal in der Hand hatte, nur äußerst ungern zurück. Es ist dasselbe Geld, aber es fühlt sich anders an.«

»Ich weiß, was du meinst. Aber sie haben es doch nicht eilig, oder?«

»Keine Ahnung. Sie haben nichts in dieser Richtung gesagt, aber sie haben auch natürliche Ursachen gesagt und dir eine Kanone besorgt, damit du es besonders natürlich aussehen lassen kannst. Aber um deine Frage zu beantworten, ich sehe keinen Grund, warum du dir nicht Zeit lassen solltest. Warst du schon in einem Briefmarkengeschäft, Keller?«

»Ich bin gerade erst angekommen.«

»Aber nachgesehen hast du schon, oder? Im Branchenfernsprechbuch?«

»Es hilft einem, die Zeit rumzubringen«, sagte er. »Ich glaube nicht, dass ich schon mal in Louisville war.«

»Dann mach das Beste draus. Fahr mit dem Lift aufs Empire State Building. Schau dir eine Broadway-Show an. Fahr mit einem Cable Car, mach eine Bootsfahrt auf der Seine. Mach alles, was Touristen eben tun. Wer weiß schließlich, wann du wieder mal dorthin kommst.«

»Ich werde mich umsehen.«

»Tu das«, sagte sie. »Aber fang bitte nicht zu überlegen an, ob du hinziehen sollst, Keller. Die Hektik, der Verkehr, der Lärm, die brodelnde Energie dieser Stadt – sie wird dich in den Wahnsinn treiben.«

Es war später Nachmittag, als er mit Dot telefonierte, und als er zum Winding Acres Drive in Norbourne Estates hinausfuhr, begann es zu dämmern. Die Straße war genauso vorstädtisch wie sie sich anhörte, mit stattlichen ein- und zweistöckigen Häusern auf großen, gepflegten Rasenflächen. Der Bepflanzung der Gärten und der Höhe der Bäume nach zu schließen, existierte das Viertel schon einige Zeit. Alles in allem also nicht die schlechteste Umgebung, um seine Kinder großzuziehen, fand Keller.

Hirschhorns Haus war ein im Kolonialstil errichteter zweigeschossiger Bau, dessen Eingangstür auf beiden Seiten von Rhododendronsträuchern flankiert war. Links befand sich eine Gruppe Birken, rechts führte eine Einfahrt zu einer Garage mit einem Basketballkorb über dem Tor. Es war eine Zweieinhalb-Auto-Garage, stellte Keller fest. Was praktisch war, fand er, wenn man zweieinhalb Autos hatte.

Im Haus brannte Licht, aber Keller konnte niemand sehen, was ihn nicht weiter störte. Er fuhr in der Gegend herum, machte sich mit ihr vertraut, verirrte sich in dem Labyrinth gewundener Straßen, fand aber ohne große Mühe die Orientierung wieder. Nachdem er ein paarmal am Haus der Hirschhorns vorbeigefahren war, kehrte er zu seinem Super Eight zurück.

Auf der Rückfahrt hielt er an einem Steakhouse, das zu einer nach einem kürzlich verstorbenen Cowboydarsteller benannten Kette gehörte. Wahrscheinlich hätte man in Louisville besser essen können, aber ihm war nicht danach, lange nach einem passenden Lokal zu suchen. Um neun Uhr kam er ins Motel zurück und steckte gerade den Schlüssel ins Türschloss, als ihm die Pistole einfiel. Sollte er sie im Handschuhfach lassen? Er ging noch einmal zum Wagen, um sie zu holen.

Kurz vor zehn klopfte es an der Tür.

Seine Reaktion war prompt und heftig. Er griff nach der Pistole, lud sie durch, entsicherte sie und drückte sich an die Wand neben der Tür. Mit dem Zeigefinger am Abzug wartete er, bis es ein zweites Mal klopfte.

»Was ist?«, fragte er.

»Vielleicht habe ich mich im Zimmer geirrt«, sagte ein Mann. »Ralph, bist du das?«

»Sie haben sich im Zimmer geirrt.«

»Ja, Sie hören sich gar nicht wie Ralph an.« Die Zunge des Mannes war schwer, und die Konsonanten bereiteten ihm Mühe. »Wo ist dann bloß Ralph? Entschuldigen Sie die Störung, Mister.«

»Kein Problem«, sagte Keller. Er hatte sich nicht von der Stelle gerührt, und sein Finger krümmte sich immer noch um den Abzug. Er hörte, wie sich draußen auf dem Flur jemand entfernte, nach wenigen Schritten wieder stehenblieb und an die nächste Tür klopfte – die von Ralph, hoffte Keller. Er ließ seinen angehaltenen Atem entweichen und frische Luft in seine Lungen strömen.

Er schaute auf die Pistole in seiner Hand. Das sah ihm gar nicht ähnlich, nach einer Pistole zu greifen und sich mit dem Rücken an die Wand zu drücken. Und genau das hatte er gerade, ohne lange zu überlegen, getan.

Höchst eigenartig.

Er warf die Kugel wieder aus, steckte sie in den Ladestreifen zurück und wendete die Pistole in seinen Händen. Angeblich war sie in seiner Branche das bevorzugte Modell, aber sie eignete sich besser zum Angriff als zur Verteidigung. Ideal, um einem nichts ahnenden Opfer in den Hinterkopf zu schießen, aber eher suboptimal, wenn man von jemand mit einer Waffe angegriffen wurde. In so einem Fall hatte man lieber eine richtige Wumme mit ordentlicher

Durchschlagskraft, damit der Angreifer nicht mehr aufstand, wenn man ihn damit von den Beinen holte.

Wenn einem allerdings nur von einem Besoffenen auf der Suche nach Ralph Gefahr drohte, lief alles außer einer zusammengerollten Zeitung auf unverhältnismäßige Gewalt hinaus.

Wieso also die Panik? Wieso die Pistole, der angehaltene Atem, der rasende Puls?

Ja, wieso? Er wartete, bis sich sein Herzschlag beruhigt hatte, dann zog er sich aus und stellte sich unter die Dusche. Als er sich abtrocknete, merkte er, wie müde er war. Vielleicht erklärte das seine Reaktion.

Er schlief auf der Stelle ein. Aber vorher hatte er die kleine 22er auf den Nachttisch gelegt und sich vergewissert, dass die Tür abgeschlossen war.

Das Erste, was er beim Aufwachen sah, war die Pistole auf dem Nachttisch. Beim Rasieren überlegte er, was er damit machen sollte. Im Zimmer konnte er sie nicht lassen. Was würde das Zimmermädchen denken? Aber hatte er irgendwelche Alternativen? Überallhin mitnehmen wollte er sie auf keinen Fall.

Blieb nur das Handschuhfach, und dort verstaute er sie auch, als er zum Winding Acres Drive hinausfuhr. Im Motel hätte er zwar ein Continental Breakfast bekommen – eine Tasse Kaffee und einen Doughnut, und ihm war nicht recht klar, welchen Kontinent sie dabei im Sinn hatten –, aber um möglichst früh zu Hirschhorns Haus hinauszukommen, verzichtete er darauf.

Und bekam zur Belohnung den Mann höchstselbst zu sehen, wie er mit seinem Hund Gassi ging.

Keller näherte sich ihnen von hinten, und der Mann hätte jeder sein können, der sich für einen Tag im Büro angezogen hatte, aber der Hund war eindeutig ein Golden Retriever.

Keller hatte eine Weile einen Hund gehabt, einen Australian Cattle Dog, der Nelson hieß. Doch das war schon lange her – die junge Frau, deren Job es war, ihn auszuführen, hatte Keller irgendwann mit dem Hund verlassen, aber er hatte nie vorgehabt, Ersatz für die beiden zu finden. Trotzdem hatte er nach wie vor ein Faible für Hunde. Wenn der Februar näher rückte, sah er sich die Hundeausstellung des American Kennel Club im Fernsehen an und spielte sogar mit dem Gedanken, in den Madison Square Garden zu gehen, wenn sie dort abgehalten wurde. Er kannte sich ganz gut mit den verschiedenen Rassen aus, aber wie ein Golden Retriever aussah, wusste eigentlich jeder.

Natürlich konnte es in einer Straße wie dem Winding Acres Drive mehr als einen Golden Retriever geben. Nicht umsonst war die tapsig liebenswerte und kinderliebe Rasse vor allem in Vorortsiedlungen mit großen Häusern und weitläufigen Grundstücken sehr beliebt. Nur weil also dieser Hund ein Golden Retriever war, musste es nicht unbedingt Powhatan sein.

Das alles ging Keller durch den Kopf, als er von hinten auf den Mann und den Hund zufuhr. Als er sie überholte, genügte ein einziger Blick. Es war der Mann auf dem Foto mit dem Hund auf dem Foto.

Keller drehte eine Runde um den Block, und das tat, zu Fuß, auch der Mann mit dem Hund. Keller parkte ein paar Häuser weiter auf der anderen Straßenseite und beobachtete, wie Herr und Hund auf die Eingangstür zugingen. Hirschhorn schloss die Tür auf und ließ den Hund ins Haus. Er selbst blieb an der Tür stehen, und kurz darauf kamen die Kinder nach draußen.

Jason und Tamara. Keller war zu weit entfernt, um sie zu erkennen, aber er konnte zwei und zwei zusammenzählen. Der Mann ging mit den zwei Kindern zur Garage und betrat sie durch eine Seitentür. Keller startete den Motor und fuhr genau in dem Moment an der Einfahrt der Hirschhorns vorbei, als das Garagentor aufging. In der Zweieinhalb-Auto-Garage waren zwei Fahrzeuge, ein großer Kombi, den er nicht identifizieren konnte, und ein Jeep Cherokee.

Hirschhorn überließ den Jeep seiner Frau und fuhr die Kinder mit dem Kombi, der sich als ein Subaru entpuppte, zur Schule. Keller folgte dem Subaru auch noch, als Hirschhorn die Kinder an der Schule abgesetzt hatte, aber als Hirschhorn auf den Interstate fuhr, ließ er sich zurückfallen. Warum dem Mann ins Büro folgen? Keller wusste, wo es war, und er musste sich nicht den morgendlichen Berufsverkehr antun, um es sich jetzt sofort anzusehen.

Er fand ein anderes Familienrestaurant und bestellte ein Western Omelett mit Hash Browns, eine Tasse Kaffee und einen Orangensaft. Letzterer war angeblich frisch gepresst, aber ein Schluck verriet Keller, dass er das nicht war. Er überlegte, ob er etwas sagen sollte, aber wozu?

»Sie haben Ihren eigenen Katalog dabei?«

»Ich verwende ihn als Bestandsliste«, sagte Keller. »Das ist einfacher, als einen Haufen loser Blätter mit sich rumzuschleppen.«

»Manche verwenden dafür ein Notizbuch.«

»Habe ich mir auch schon überlegt«, sagte Keller, »aber dann fand ich es einfacher, jedes Mal, wenn ich eine Briefmarke kaufe, einen Vermerk im Katalog zu machen. Der Nachteil dabei ist, dass er ganz schön schwer ist und stark abgenutzt wird.«

»Wenigstens haben Sie nur den einen Band. Ist das der Scott Classic? Was sammeln Sie?«

»Die ganze Welt vor 1952.«

»Da haben Sie sich ja einiges vorgenommen«, sagte der Mann. »Die ganze Welt zu sammeln.«

Der Mann war um die Fünfzig, mit dünnen Armen und Beinen und schmalen Schultern und einem mächtigen Bauch. Er saß in einem Sessel auf Rädern, und die zwei Alu-Krücken, die daneben an der Wand lehnten, ließen vermuten, dass er nur von seinem Sessel aufstand, wenn es unbedingt sein musste. Keller war im Branchenfernsprechbuch auf ihn gestoßen und hatte seinen Laden in einem Einkaufszentrum in der Bardstown Road problemlos gefunden. Er hieß Hy Schaffner, und sein Laden hieß Hy's Stamp Shoppe, und er war sicher, Keller einige interessante Marken zeigen zu können. Mit welchen Ländern wollte er anfangen?

»Mit Portugal vielleicht«, sagte Keller. »Portugal und Kolonien.«

»Angra und Angola«, legte Schaffner los. »Kionga, Madeira, Funchal, Hortha, Lourenco Marques. Tete und Timor, Macao und Quelimane.« Er räusperte sich, drehte seinen Sessel nach links, nahm drei kleine schwarze Ringbücher aus einem Regal und reichte sie Keller über den Ladentisch. »Schauen Sie da mal rein. Pinzette und Lupe liegen direkt vor Ihnen. Die Preise sind ausgezeichnet, außer ich bin noch nicht dazu gekommen. Sie sind grob ein Drittel unter dem Katalogpreis, je nachdem, wie gut ihr Zustand ist, und wenn Sie mehr kaufen, bekommen Sie einen entsprechenden Nachlass. Sind Sie von hier?«

Keller schüttelte den Kopf. »Aus New York.«

»City oder State.«

»Beides.«

»Wenn Sie aus der Stadt sind, müssen Sie notgedrungen auch aus dem Staat sein, oder? Geschäftlich hier?«

»Nur auf der Durchreise«, sagte Keller. Das beantwortete Schaffners Frage nicht wirklich, aber er schien sich damit zufriedenzugeben.

»Lassen Sie sich ruhig Zeit«, sagte der Mann, »und fühlen Sie sich wie zu Hause.«

Keller überlegte fieberhaft. Hätte er besser nicht sagen sollen, dass er aus New York war? Hätte er sich einen Grund für seinen Aufenthalt in Louisville ausdenken sollen? Doch dann ging er mehr und mehr in seiner Beschäftigung auf, und das Gedankenchaos in seinem Kopf legte sich, je mehr er sich auf die Briefmarken zu konzentrieren begann.

Er hatte als Junge gesammelt, aber kaum mehr an seine Sammlung gedacht, bis er eines Tages mit dem Gedanken zu spielen begonnen hatte, seinen Job an den Nagel zu hängen. Damals hatte der alte Mann in White Plains noch gelebt, aber die Sache nicht mehr richtig im Griff gehabt, und Keller hatte sich gefragt, ob er das zum Anlass nehmen sollte auszusteigen. Er hatte überlegt, wie er die Zeit herumbringen könnte, und sich Gedanken über mögliche Hobbys gemacht. Dabei war er auf die Briefmarken gekommen.

Natürlich war seine alte Sammlung, wie der Rest seiner Jugend, längst dahin. Aber das alte Hobby war noch da, und es erstaunte ihn, wie viel ihm darüber in Erinnerung geblieben war. Ihm wurde auch bewusst, wie viel von seinem Allgemeinwissen er seiner Briefmarkensammlung verdankte.

Und dann hatte er sich umgehört, mit ein paar Händlern gesprochen und alle möglichen Zeitschriften gelesen, sozusagen eine Zehe in das Gewässer der Philatelie getaucht, und dann hatte er kurz Luft geholt und war kopfüber hineingesprungen. Er hatte eine Sammlung gekauft und in schicke neue Alben übertragen, was mehrere Monate lang jeden Tag ein paar Stunden in Anspruch genommen hatte. Er hatte begonnen, von New Yorker Händlern Marken über den Ladentisch zu kaufen oder sie von Händlern, die in *Linn's Stamp News* annoncierten, per Post zu bestellen. Wieder andere Händler schickten ihm Preislisten oder Marken zur Ansicht zu. Er besuchte Briefmarkenmessen, auf denen Dutzende Händler ihre Schätze anboten, und er nahm, per Post oder persönlich, an Auktionen teil.

Interessant waren die Folgen, die das hatte. Eigentlich sollte ihm das Briefmarkensammeln im Ruhestand die Zeit vertreiben, aber er stürzte sich mit solchem Feuereifer in sein neues Hobby und steckte so viel Geld hinein, dass er es sich gar nicht leisten konnte, sich zur Ruhe zu setzen. Dann war der alte Mann gestorben, als Keller gerade bei einer Briefmarkenauktion in Kansas City war, und Dot hatte beschlossen, das Geschäft zu übernehmen und in dem großen Haus am Taunton Place weiterzuführen. Keller erledigte die Aufträge, die sie für ihn an Land zog, und gab einen beträchtlichen Teil seiner Einkünfte für Briefmarken aus.

Seine Leidenschaft für die Philatelie war durchaus Schwankungen unterworfen. Es gab Wochen, in denen er jeden Artikel in den *Stamps News* las, und andere, in denen er kaum die Titelseite eines Blickes würdigte. Aber ganz verlor er das Interesse nie, und die neue Aufgabe – er betrachtete es schon lange nicht mehr als ein Hobby – versäumte es nie, ihm die Zeit zu vertreiben.

Das war auch an diesem Tag nicht anders.

Er ging seine drei Notizbücher für Portugal und Kolonien durch, bevor er sich mit ein paar British-Commonwealth-Themen und schließlich Lateinamerika befasste. Jedes Mal wenn er auf eine Marke stieß, die in seiner Sammlung fehlte, prüfte er die Zentrierung und die Gummierung auf der Rückseite und hielt sie gegen das Licht, um nach dünnen Stellen zu suchen. Er befasste sich genauso gründlich mit einer Briefmarke für 35 Cents wie mit einer für 35 Dollar. Sollte er dieses gestempelte Exemplar kaufen oder warten, bis er ein teureres postfrisches fand? Sollte er einen vollständigen Satz kaufen, obwohl er die zwei niedrigsten Werte bereits hatte? Sollte er diese Marke kaufen, obwohl es sich dabei um eine unbedeutende Sonderform handelte, für die in seinem Album kein Platz war?

Stunden vergingen.

Nachdem er Hy's Stamp Shoppe verlassen hatte, fuhr Keller zwei Stunden ziellos durch Greater Louisville. Er überlegte, ob er sich Hirschhorns Büro in der Innenstadt ansehen sollte, aber irgendwie war ihm nicht danach. Warum auch? Hirschhorn konnte warten.

Außerdem müsste er dann den Wagen auf einem Parkplatz abstellen, und es musste einer sein, auf dem man sein Auto selbst parken und abschließen konnte. Sonst musste er dem Parkwächter den Schlüssel geben, und wenn der nun ins Handschuhfach schaute, um zu sehen, was dort war? Er suchte dort vielleicht nicht nach einer Pistole, aber eine solche fände er dort, und das wäre nicht im Sinne des Erfinders.

Es war sehr beruhigend, eine Schusswaffe zu haben. Es lenkte ihn von seinen Problemen ab, denn er überlegte die ganze Zeit, wo er sie aufbewahren sollte.

Weil er das Mittagessen ausgelassen hatte, aß er früh zu Abend und kehrte danach auf sein Zimmer im Super Eight zurück. Er schaute Nachrichten, dann setzte er sich mit dem Briefmarkenkatalog und seinen Neuerwerbungen an den Schreibtisch. Er blätterte den Katalog durch, kreiste die Nummer jeder an diesem Tag gekauften Marke ein und brachte sein Verzeichnis auf den neuesten Stand.

Das hätte er auch zu Hause tun können, wenn er die Marken in seine Alben einordnete, aber angenommen, er suchte vorher noch einen anderen Markenhändler auf? Wenn man nicht ordentlich buchführte, konnte es einem schnell passieren, dass man eine Marke zweimal kaufte.

Dazu kam, dass er es gern tat und sich dabei Zeit ließ. Es hatte fast etwas Meditatives, und außerdem hatte er nichts Besseres zu tun.

Er war fast fertig, als der Krach über ihm losging. Wie konnte jemand solchen Lärm machen? Was war da oben los?

Eine Weile ließ er es über sich ergehen, dann griff er nach dem Telefon, überlegte es sich aber noch einmal anders. Er verließ das Zimmer und ging um das Gebäude herum ins Foyer, wo ein junger Mann mit einem mickrigen blonden Bart und einer Nickelbrille die Rezeption bemannte. Er blickte bedauernd auf, als Keller auf ihn zusteuerte.

»Tut mir leid, aber wir sind voll«, sagte er. »Und das Motel gegenüber auch. Das Clarion Inn an der nächsten Ausfahrt in Richtung Norden hatte allerdings vor einer halben Stunde noch ein paar Zimmer frei. Wenn Sie möchten, rufe ich dort für Sie an.«

»Ich habe bereits ein Zimmer«, sagte Keller. »Das ist nicht das Problem.«

Die Miene des jungen Mannes zeigte Erleichterung, aber nur kurz. *Das ist nicht das Problem.* Wenn es das nicht war, dann etwas anderes, und er würde gleich aufgefordert werden, etwas dagegen zu unternehmen.

»Äh«, sagte er.

»Ich habe Eins-siebenundvierzig«, sagte Keller, »und wer das Zimmer direkt über meinem hat, das wahrscheinlich Zwei-siebenundvierzig ist ...«

»Ja, so ist das hier.«

»Ich glaube, die feiern dort eine Party«, sagte Keller. »Oder sie schlachten einen Stier oder sonst was, keine Ahnung.«

»Sie schlachten einen Stier?«

»Nicht wirklich, würde ich sagen. Die Sache ist nur, dass sie verdammt laut sind. Und damit meine ich wirklich verdammt laut.«

»Oh«. Der Blick des jungen Manns fiel auf den Schalter, wo er auf den paar Zentimetern Resopal zwischen seinen beiden Händen etwas Interessantes zu entdecken schien. »Bisher hat sich aber noch niemand beschwert.«

»Es ist mir höchst unangenehm, der Erste zu sein«, sagte Keller, »aber wahrscheinlich bin ich auch der einzige Gast, dessen Zimmer direkt unter ihrem ist. Es könnte also auch daran liegen.«

Der junge Bursche nickte. »Die Wände zwischen den Zimmern sind aus Betonsteinen, da hört man rein gar nichts. Aber von Stockwerk zu Stockwerk ist das anders. Wenn direkt über einem eine Party steigt, hört man schon was.«

»Dann steigt dort oben meinetwegen eine laute Party, auch wenn ich es nicht für übertrieben hielte, von einem Tumult zu sprechen.«

»Oh.«

»Wenn nicht sogar Massenunruhen.«

»Haben Sie, äh, schon mit ihnen geredet?«

»Ich hielt es für besser, mit Ihnen zu reden.«

»Oh.«

»Damit Sie mit ihnen reden.«

Der junge Mann schluckte, und sein Adamsapfel schnellte rauf und runter. »Zwei-siebenundvierzig«, sagte er dann und strich mit dem Daumen über einen Kasten mit Karteikarten, nickte und schluckte wieder. »Habe ich mir fast gedacht. Sie haben ein Auto.«

»Das ist ein Motel«, sagte Keller. »Da kommt wohl kaum jemand zu Fuß her.«

»Nein, was ich damit meine, ist, mein erster Eindruck von ihnen war, dass sie Rocker sind. Hell's Angels oder so was Ähnliches. Aber sie sind in einem Auto gekommen.«

Er verstummte, und Keller entging nicht, wie erpicht er darauf war, einem Zimmer voller feierwütiger Rocker zu sagen, es ein bisschen ruhiger anzugehen. »Es muss ja niemand mit ihnen reden«, sagte Keller. »Geben Sie mir einfach ein anderes Zimmer.«

»Habe ich Ihnen nicht gesagt, dass wir voll sind, als Sie hergekommen sind? Das BELEGT-Zeichen ist schon seit Stunden an.«

»Ach so, stimmt.«

»Deshalb weiß ich nicht, was ich Ihnen sagen soll. Außer …«

»Außer was?«

»Na ja, außer Sie wollen die Polizei rufen. Auf die Cops hören diese Typen vielleicht eher als auf Sie oder mich.«

Das hätte ihm gerade noch gefehlt. Officer, könnten Sie den Hell's Angels da oben sagen, ein bisschen leiser zu treten? Ich bin wegen wichtiger Geschäfte hier und brauche dringend Ruhe. Mein Name? Es ist jedenfalls ein anderer als der, unter dem ich mir das Zimmer genommen habe. Und was das für Geschäfte sind? Also, dazu möchte ich mich lieber nicht äußern. Und die Pistole auf dem Nachttisch ist nicht registriert, und deshalb habe ich sie auch nicht im Auto gelassen, und fragen Sie mich bitte nicht, wem das Auto gehört, aber der Kfz-Schein ist im Handschuhfach.

»Das wäre ein bisschen übertrieben«, sagte Keller. »Oder fänden Sie es etwa toll, wenn Ihnen jemand ohne Vorwarnung die Cops auf den Hals hetzt?«

»Hm.«

»Und wenn sie draufkommen, wer die Cops gerufen hat ...«

»Ich könnte im Clarion anrufen«, bot ihm der Mann an. »An der nächsten Ausfahrt? Obwohl ich fürchte, dass sie inzwischen auch voll sind.«

Es war ein bisschen zu spät, um auf der Suche nach einem Zimmer herumzufahren. Keller sagte ihm, es sein zu lassen. »Vielleicht geben Sie ja bald Ruhe«, sagte er, »oder ich gewöhne mich daran. Aber Sie haben nicht zufällig ein paar Ohrenstöpsel hier?«

Weder gingen die Rocker früh zu Bett, noch gelang es Keller, sich an den Lärm zu gewöhnen. Der junge Mann an der Rezeption hatte weder Ohrenstöpsel gehabt noch gewusst, wo er welche bekommen könnte. Der nächste Drugstore hatte bereits zu, und wo es einen offenen gab, konnte er Keller nicht sagen. Hatten sie in einem 7-11 Ohrenstöpsel? Das wusste er nicht und Keller auch nicht.

Nach einer weiteren Stunde Rockergetöse, war Keller an dem Punkt, es selbst herauszufinden. Er war inzwischen damit fertig, seine neuen Marken im Katalog einzutragen, fand es diesmal aber weniger entspannend als sonst. Der Lärm von oben ließ nicht nach. Nachdem er Briefmarken und Katalog weggepackt hatte, fand er einen Film im Fernsehen und drehte den Ton etwas lauter. Er übertönte zwar den Lärm von oben nicht, aber wenigsten konnte er verstehen, was William Holden zu Debra Paget sagte.

Während der Werbung den Ton auszuschalten, brachte diesmal nichts, weil er den Fernseher brauchte, um die Rocker auszublenden. Und was brachte das Fernsehen überhaupt, wenn man während der Werbung den Ton nicht ausschalten konnte?

Er sah sich den Film so lange an, wie er konnte, dann legte er sich ins Bett. Schließlich stand er auf, befeuchtete etwas Toilettenpapier, formte Kügelchen daraus und stopfte sie sich in die Ohren. Seine Ohren fühlten sich komisch an – wie auch nicht, Herrgott nochmal? Aber er gewöhnte sich daran, und die Fast-Stille war richtig klasse. Geradezu berauschend.

– 3 –

Keller wurde vom leisen Klingeln eines Telefons in der Wohnung nebenan wach. Komisch, dachte er, weil er normalerweise nichts von nebenan hörte. Er wohnte in einem Vorkriegsbau mit dicken, massiven Wänden und ...

Er setzte sich auf, schüttelte den Überwurf aus Schlaf ab und merkte, dass er nicht in seiner Wohnung war und das ganz leise klingelnde Telefon auf dem Nachttisch lag und bei jedem Läuten rot blinkte. Wofür, fragte er sich, sollte das gut sein? Damit auch taube Gäste merkten, dass das Telefon läutete? Aber was nützte ihnen das? Was würden sie dann tun, abnehmen und in die Sprechmuschel winken?

Er nahm ab und hörte absolut nichts. »Hallo«, sagte er, »ist da jemand?« Dann merkte er, dass er kleine Klopapierkügelchen in den Ohren hatte. »Oh, Augenblick bitte.« Er legte den Hörer neben die Pistole und puhlte die Papierkügelchen aus seinen Ohren. Sie waren inzwischen getrocknet und so fest wie Pappmaschee. Entsprechend brauchte er eine Weile, um sie herauszubekommen. Er vermutete, dass der Anrufer inzwischen aufgelegt hatte, aber er war noch dran.

»Entschuldigen Sie bitte die Störung«, sagte eine Frauenstimme, »aber wir haben Sie für einen Zimmerwechsel vorgemerkt. Im ersten Stock. Das Zimmermädchen hat Ihr neues Zimmer gerade fertig gemacht, und deshalb dachte ich, Sie wollen sich vielleicht den Schlüssel holen und Ihr Gepäck dorthin bringen.«

Er schaute auf die Uhr und stellte zu seiner Überraschung fest, dass es schon nach zehn war. Wegen des Lärms hatte er lange wach gelegen und dann wegen der dem Toilettenpapier geschuldeten Stille lange geschlafen. Er duschte und rasierte sich, und bis er gepackt hatte und in Zimmer 210 umgezogen war, war es elf Uhr.

Sobald er die Tür hinter sich geschlossen hatte, ließ sich das neue Zimmer nicht von dem unterscheiden, das er gerade geräumt hatte. Das gleiche Doppelbett, der gleiche Schreibtisch und die gleiche Kommode, an den gleichen Betonsteinwänden die gleichen zwei Drucke – ein in einem Fluss stehender

Angler und ein Schafe hütender Junge. Im Gegensatz zu seinem alten Zimmer lag es im ersten Stock und nach vorne raus.

Vor Jahren hatte ihm einmal ein Kubaner geraten, sich für den Fall, dass er aus dem Fenster springen musste, immer im Erdgeschoss einzuquartieren. Wie sich herausstellte, hatte den Kubaner jedoch weniger lange Erfahrung dazu veranlasst als akute Höhenangst, weshalb Keller seinen Rat nicht mehr berücksichtigte. Weil alte Gewohnheiten aber nicht so leicht abzulegen sind, entschied er sich meistens fürs Erdgeschoss, wenn er die Wahl hatte.

Bei der Glückssträhne, die er gerade hatte, würde er bestimmt ausgerechnet dieses Mal aus dem Fenster springen müssen.

Nach dem Frühstück fuhr er in die Innenstadt von Louisville und stellte den Wagen mit der im Handschuhfach eingeschlossenen Pistole in einem Parkhaus ab. Im Foyer von Hirschhorns Bürogebäude gab es einen Security-Schreibtisch. Keller sah darin kein großes Problem, verstand aber auch den Sinn der Sache nicht. In Hirschhorns Büro waren bestimmt auch andere Leute, und hinterher müsste er mit dem Lift nach unten fahren und den Wagen im Parkhaus holen. Er verließ das Foyer und ging zwanzig Minuten lang herum, dann holte er seinen Wagen und fuhr über die Brücke nach Indiana. Er fuhr lang genug herum, um die Orientierung zu verlieren und wieder einen klaren Kopf zu bekommen. Dann hielt er an einem Supermarkt, um zu tanken und zu telefonieren.

»Dieser Typ, mit dem ich mich treffen soll«, sagte er. »Was wissen wir über ihn?«

»Wir wissen, wie sein Hund heißt«, sagte Dot. »Wie viel mehr muss man über jemand schon wissen?«

»Ich habe nach seinem Büro gesucht«, sagte er, »aber ich habe nicht gewusst, nach welchem Namen ich auf dem Lageplan suchen sollte.«

»Stand denn sein Name nicht drauf?«

»Keine Ahnung«, sagte er. »Ich habe ihn mir nicht näher angesehen, weil ich nicht wusste, wonach ich suchen sollte. Außer seinem eigenen Namen natürlich. Wenn zum Beispiel der Firmenname auf dem Plan gestanden hätte, hätte ich nicht gewusst, welche Firma es ist.«

»Außer es ist die Hirschhorn Company.«

»Genau.«

»Spielt das denn eine Rolle, Keller?«

»Wahrscheinlich nicht«, sagte er. »Sonst hätte ich mir was einfallen lassen, um herauszubekommen, was ich wissen muss. Abgesehen davon habe ich beschlossen, es nicht im Büro zu machen.«

»Warum rufst du dann an, Keller?«

»Ich weiß auch nicht.«

»Nicht, dass ich mich nicht freue, deine Stimme zu hören, aber steckt da mehr dahinter?«

»Wahrscheinlich nicht. Ich konnte gestern Nacht nicht einschlafen. Über mir haben ein paar Hell's Angels eine Party gefeiert.«

»Wo bist du denn abgestiegen, Keller?«

»Inzwischen haben sie mir ein anderes Zimmer gegeben. Dot, wissen wir was über den Typ?«

»Wenn ich es weiß, dann auch du. Wo er wohnt, wo er arbeitet …«

»Es ist nur, dass er so normal und spießig rüberkommt. Und trotzdem hat er Feinde, die einem ein Auto mit einer Knarre im Handschuhfach zur Verfügung stellen – und einem Ersatzmagazin.«

»Damit du ihn immer wieder erschießen kannst. Ich weiß es nicht, Keller, und ich bin nicht mal sicher, ob es die Person weiß, die mich angerufen hat, aber wenn ich es mit einem einzigen Wort erklären müsste, würde ich sagen: Glücksspiel.«

»Du meinst, er hat Spielschulden? Und deswegen lässt jemand einen Killer einfliegen?«

»Nein, so habe ich das nicht gemeint. Gibt es dort Casinos?«

»Nur eine Pferderennbahn.«

»Klar, Keller. Das Kentucky Derby, di-da-di-da-di-da, aber das ist im Frühling. Die Stadt liegt an einem Fluss, oder? Gibt es dort vielleicht eins von diesen Riverboat-Casinos?«

»Schon möglich. Warum?«

»Na ja, vielleicht sind dort Spielcasinos erlaubt, und er will sie verbieten lassen, oder sie wollen welche aufmachen, und er ist jemand im Weg.«

»Ach so.«

»Oder es ist was völlig anderes, weil sie uns so was normalerweise sagen müssen, ich aber nichts davon weiß.« Sie seufzte. »Und du offensichtlich auch nicht.«

»Du hast völlig recht, Dot. Aber ich glaube, ich weiß jetzt, woran es liegt. An der Sache ist irgendwas faul.«

»Wie das?«

»Es ging schon los, als ich aus dem Flugzeug gestiegen und auf den falschen Typen zugesteuert bin. Oder kannst du mir das vielleicht erklären? Warum holt mich jemand mit einem unleserlichen Schild am Flughafen ab?«

»Vielleicht haben sie ihm gesagt, er soll einen Legastheniker abholen.«

»Es ist wie mit dem roten Lämpchen am Telefon.«

»Da kann ich dir nicht folgen, Keller. Welches rote Lämpchen am Telefon?«

»Ach, nichts. Weißt du, was ich gerade beschlossen habe? Ich spare mir diesen ganzen Scheiß und ziehe die Sache durch und komme nach Hause.«

»Das hört sich gleich ganz anders an, Keller. Super Idee.«

Die Supermarktangestellte war sicher, dass sie Ohrenstöpsel hatten. »Sie müssen hier irgendwo sein«, sagte sie. Ihre Nase zuckte wie die eines Kaninchens. Eigentlich wollte ihr Keller sagen, sie solle sich die Mühe sparen, aber er spürte, dass sie bereits Feuer gefangen hatte. Und sie fand sie auch. Sterile Schaumstoffohrenstöpsel, zwei Paar pro Päckchen. $ 1.19 plus Mehrwertsteuer.

Wie sollte er ihr, nachdem sie sich so viel Mühe gemacht hatte, sagen, dass er das Zimmer gewechselt hatte und keine mehr brauchte, dass er nur aus Neugier gefragt hatte? Er überlegte, ob er sagen sollte: Oh, die sind aber aus Schaumstoff, eigentlich wollte ich welche aus Titan. Aber dann hätte sie sich auf eine 20-minütige Suche nach Titan-Ohrenstöpseln gemacht und vielleicht sogar welche gefunden.

Er zahlte und sagte, dass er keine Tüte bräuchte. »Nur gut, dass sie steril sind«, sagte er und deutete auf die Abbildung auf der Packung. »Wenn sie sich fortpflanzen würden, kämen sie uns irgendwann aus den Ohren.«

Sie wich seinem Blick aus, als sie ihm das Wechselgeld gab.

*   *   *

Er fuhr nach Kentucky zurück und zum Winding Acres Drive in Norbourne Estates hinaus. Als er an Hirschhorns Haus vorbeikam, war nicht zu erkennen, ob jemand zu Hause war. Er fuhr einmal um den Block und parkte an einer Stelle, von der er das Haus beobachten konnte.

Auf dem Weg dorthin hatte er mehrere Schulbusse auf ihrer Nachmittagsrunde gesehen, und kurz nachdem er geparkt und den Motor abgestellt hatte, hatte offensichtlich einer in der Nähe angehalten, weil auf dem Winding Acres Drive Kinder allein und in Zweier- und Dreiergruppen auftauchten und nach und nach in Seitenstraßen bogen oder in Häusern verschwanden. Zwei Jungen blieben an der Hirschhorn-Einfahrt stehen, und der kleinere von beiden ging in die Garage und kam wenig später mit einem Basketball dribbelnd wieder heraus. Die beiden legten ihre Schultaschen an der Seite der Einfahrt ab, zogen ihre Jacken aus und begannen ein Spiel, bei dem es darauf anzukommen schien, abwechselnd von verschiedenen Stellen der Einfahrt zu werfen. Keller war nicht ganz klar, wie das Spiel ging, aber ihm entging nicht, dass sie nicht besonders gut darin waren.

Aber solange sie dablieben, konnte er nicht in die Garage. Er wusste nicht, ob der Jeep dort stand oder Betsy Hirschhorn im Safeway einkaufen war, aber im Moment war das ohnehin egal. Außerdem konnte er nicht bleiben, wo er war, jedenfalls nicht mehr lang, sonst rief jemand bei der Polizei an, um einen verdächtigen Mann zu melden, der in einer Straße, in der jede Menge Kinder wohnten, in seinem Auto auf der Lauer lag.

Er fuhr weg. Die Wohnsiedlung war von jemandem geplant worden, der eine tiefe Abneigung gegen gerade Linien und rechte Winkel und zugleich eine ausgeprägte Vorliebe für Sackgassen gehabt zu haben schien. Obwohl es schwer war, sich in diesem Labyrinth zu orientieren, fand Keller den Weg nach draußen und genehmigte sich in einem Vorstadtäquivalent zu Starbucks einen Kaffee. Die anderen Gäste waren hauptsächlich Frauen, und alle wirkten ungeheuer aufgedreht. Wenn man eine koffeingeputschte, permanent gereizte Hausfrau abschleppen wollte, war man hier genau richtig.

Er fand den Weg zum Winding Acres Drive zurück, wo die zwei Jungs immer noch Basketball spielten. Allerdings war es jetzt ein anderes Spiel, eine »Weiße Jungs bringen's nicht«-Version von Korblegern. Er parkte an einer anderen Stelle und entschied, dass er dort zehn Minuten bleiben konnte.

Als die zehn Minuten um waren, beschloss er, fünf Minuten dranzuhängen, und kurz bevor sie abliefen, kam Betsy Hirschhorn nach Hause und scheuchte die Jungs mit der Hupe des Cherokee von der Einfahrt. Das Garagentor ging hoch, die Jungen machten Platz, und sie fuhr hinein. Bevor das Tor wieder zuging, war Keller an der Einfahrt vorbeigefahren. Rechnete man den Motorrasenmäher nicht dazu, war der Jeep das einzige Fahrzeug in der Garage. Walter Hirschhorns Subaru-Kombi war nirgendwo zu sehen.

Keller fuhr weg, kam zurück, fuhr weg, kam zurück und fuhr in Abständen von fünf bis zehn Minuten am Hirschhorn-Haus vorbei. An sich wollte er sich in der Garage auf die Lauer legen, bis Hirschhorn nach Hause kam, aber zuerst mussten die Jungen mit ihrem Spiel aufhören. Herrgott nochmal, wie hielten zwei unsportliche Kids das so lange durch? Warum waren sie nicht im Haus und spielten Computerspiele oder schauten im Internet Pornos? Warum ging Jason nicht mit dem Familienhund Gassi? Warum trollte sich sein Freund nicht nach Hause?

Dann ging die Haustür auf, und Jasons Schwester kam mit Powhatan an der Leine nach draußen. (Tiffany? Nein, so hieß sie nicht. Tamara!) Wie war sie nach Hause gekommen? Im selben Bus wie ihr Bruder? Oder war sie gerade mit ihrer Mutter im Jeep nach Hause gekommen? Aber war das nicht völlig egal?

Trotzdem, da war sie und führte den Hund aus, und die Jungs waren weiter mit ihrem blöden Basketball zugange. Waren Kids heutzutage keine Couch-Potatos? Konnte den beiden niemand klarmachen, dass sie nicht im Trend lagen.

Als er das nächste Mal am Haus vorbeifuhr, waren sie immer noch voll bei der Sache, und langsam begann die Zeit gegen ihn zu arbeiten. Es war kurz nach fünf. Hirschhorn konnte schon Feierabend gemacht haben und jede Minute auftauchen. Angenommen, er kam nach Hause, bevor die Jungen ihr Spiel beendet hatten? Vielleicht war das für sie das Zeichen, damit Schluss zu machen. Wenn Daddy nach Hause kommt, geht Jason zum Abendessen nach drinnen, und sein Freund Zachary nach Hause.

Als Keller diesmal den Wagen startete und aus der Wohnsiedlung fuhr, bog er kein einziges Mal falsch ab. Inzwischen hatte er den Dreh raus und kannte sich so gut aus, als würde er selbst hier wohnen. Er stellte den Wagen in einem Einkaufszentrum vor einem Schuh-Discounter ab und machte sich mit der 22er in der Tasche zu Fuß auf den Weg.

Als er losgefahren war, hatte er die Häuser gezählt, und jetzt ging er um den Block und versuchte abzuschätzen, welches Haus an die Rückseite des Hirschhorn-Grundstücks grenzte. Er engte es auf zwei Häuser ein und entschied sich für das, in dem kein Licht brannte. Dann ging er die Einfahrt hinauf und um die Garage herum und blieb hinter dem Haus stehen, um sich zu orientieren. Das Haus direkt dahinter hatte nur ein Geschoss und eine integrierte Garage. Es konnte also nicht das der Hirschhorns sein, aber ihm war klar, dass es ganz in der Nähe sein musste. Er ging durch die Gärten – hier hatten sie, Gott sei's gedankt, keine Zäune – und wusste wegen des Basketballgedribbels sofort Bescheid, als er zum richtigen Haus kam.

Zusätzlich zu dem großen Garagentor, das sich per Fernbedienung öffnen ließ, gab es eine Tür, durch die man die Garage betreten konnte. Sie war von der Straße aus nicht zu sehen, aber weil Keller mitbekommen hatte, wie der Junge mit dem Basketball durch sie nach draußen gekommen war, wusste er, dass es sie gab. Sie befand sich, sah er jetzt, ein Stück nach hinten versetzt in der linken Garagenwand. Dank eines überdachten Gangs konnte man sie vom Haus auch bei Regen erreichen, ohne nass zu werden.

Weil es nicht regnete, spielte das im Moment jedoch keine Rolle. Was nicht hieß, dass Keller sich nicht wünschte, es würde regnen, damit die Jungs endlich aufhörten, Basketball zu spielen, und er in die Garage käme.

Er versuchte, möglichst im Schatten zu bleiben, als er sich, an die Garagenwand gedrückt, rasch auf die Tür zubewegte. Dabei kamen die dribbelnden und werfenden Jungen immer wieder kurz in sein Gesichtsfeld, und ihm war sehr deutlich bewusst, dass sie, wenn er sie sehen konnte, umgekehrt auch ihn sehen konnten.

Aber dazu kam es nicht. Er erreichte die Tür und blieb, eine Hand am Türgriff, stehen, bis die Jungen zu einer Stelle dribbelten, an der ihnen die Garage die Sicht auf ihn versperrte. Er wartete, bis sie in heftigen Streit gerieten. Das hatte nie lang gedauert. Sie stritten mindestens so viel wie sie dribbelten und deutlich mehr, als sie sprangen. Bestimmt würden sie bessere Anwälte als NBA-Profis, aber die Streitereien wurden nie so heftig, dass einer ins Haus ging und der andere zum Abendessen nach Hause. Jedenfalls öffnete Keller zu ihrem lauten *Hab ich nicht! Hast du wohl! Hab ich nicht! Hast du wohl!* die Tür und schlüpfte in die Garage.

Dort war es stockdunkel, als er die Tür wieder schloss, und abgesehen von dem Gedribble und Gezanke totenstill. Bis seine Augen sich an das Dunkel gewöhnt hatten, stand Keller vollkommen reglos da. Aber es dauerte nicht lang, und er konnte grobe Umrisse erkennen und sich bewegen, ohne gegen etwas zu stoßen. Der Jeep Cherokee stand da, wo Betsy Hirschhorn ihn abgestellt hatte, und der Subaru war zu seiner Zufriedenheit nicht da. Er war fast zwanzig Minuten weg gewesen, als er einen Parkplatz für seinen Wagen gesucht hatte und zu Fuß zurückgekommen war, und es war nicht auszuschließen gewesen, dass Hirschhorn nach Hause gekommen war, während er durch die Nachbargärten geschlichen war. In diesem Fall hätte er die Garage entweder heimlich wieder verlassen und nach Hause fahren oder auf dem Autositz zusammengerollt auf den Morgen warten müssen.

Und wie es gerade aussah, musste er das möglicherweise in jedem Fall tun. Was war, wenn Hirschhorn nach Hause kam und die Jungs immer noch Basketball spielten? Sie würden brav Platz machen, das Garagentor ginge hoch, der Subaru nähme seinen Platz neben dem Cherokee ein, und sein Fahrer stiege aus und ginge nach draußen, um seinen Sohn zu begrüßen. Die Kids blieben, und bevor sie sich nicht schlafen gelegt hatten, konnte Keller nichts tun.

Und wenn er wirklich die ganze Nacht in der Garage verbringen musste? Wenn Hirschhorn am nächsten Morgen ins Auto stieg, hätte er die blöden Jungs dabei, um sie in die Schule zu bringen. Warum konnten die kleinen Hosenscheißer nicht den Bus nehmen? Wenn sie ihn auf dem Heimweg von der Schule nehmen konnten, warum nicht auch auf dem Hinweg?

Nicht, dass das eine Rolle spielte, dachte er finster. Nach einer Nacht in der Garage war er wahrscheinlich so weit, dass er nicht nur den Vater umbrachte, sondern die beiden Jungs gleich mit dazu – und die Frau auch, sollte sie sich blicken lassen. Dann wäre niemand mehr vor ihm sicher, auch nicht der blöde Köter.

Aber jetzt mal ernsthaft, dachte er. Angenommen, die Jungs spielten tatsächlich immer noch Basketball, wenn Hirschhorn nach Hause kam. Im Beisein der Jungen konnte er nichts tun, und schon gar nicht konnte er es wie einen Unfall aussehen lassen. Und in der Garage zu übernachten, hatte er auch keine Lust.

Welche Möglichkeiten hatte er dann noch? Ins Haus einbrechen, wenn alle schliefen? Oder Hirschhorn erledigen, wenn er am Morgen mit dem Hund rausging?

Wahrscheinlich war es das Beste, ins Motel zurückzufahren und einen Plan B zu schmieden. Der möglicherweise nicht besser war als Plan A, aber auch nicht nennenswert schlechter. Und wenn auch der nicht klappte, hatte er noch das ganze restliche Alphabet und ...

Plötzlich war kein Dribbeln mehr zu hören.

Und sie hatten auch aufgehört, Körbe zu werfen. Und zu quatschen. Während er morsche Luftschlösser gebaut hatte, hatten die Jungs endlich aufgegeben.

Zurück zu Plan A.

Das Warten war nicht gerade leicht, ob nun mit oder ohne lautliche Untermalung seitens des Basketballs. Zuerst stand er bloß im Dunkeln, aber dann fand er eine Möglichkeit, es sich bequemer zu machen. An einer Wand war ein Pegboard, an dem neben allem möglichem anderem Werkzeug auch eine Taschenlampe hing. Er machte sie rasch an und aus und entdeckte andere Dinge, die er möglicherweise brauchen konnte, darunter ein Paar dünner Baumwollhandschuhe. So würde er keine Fingerabdrücke hinterlassen. Klebeband, Gartenschere, Wasserschlauch – Hirschhorn hatte alles, nicht zuletzt zwei Klappliegestühle mit Alugestell und Nylonbespannung. Einen davon stellte Keller auf und setzte sich hinein.

Er war nervös und langweilte sich. Irgendetwas an dem Job kam ihm eigenartig vor, schon von dem Augenblick an, als er aus dem Flieger gestiegen war. Aber jetzt saß er wenigstens bequem. Das war schon mal etwas.

Ob tagsüber oder abends, im Winding Acres Drive herrschte nicht viel Verkehr. In den seltenen Fällen, in denen ein Auto zu hören war, spitzte er sofort die Ohren. Dann fuhr es vorbei, und seine Ohren taten, was sie in so einem Fall eben taten. Sich entspitzen? Egal.

Hin und wieder schaute er auf die Uhr. Um 19:20 Uhr gelangte er zu der Überzeugung, dass es Hirschhorn nicht zum Abendessen schaffen würde. Um 20:14 Uhr begann er sich zu fragen, ob der gute Mann auf einer Geschäftsreise war. Während er noch über diese Möglichkeit nachdachte, hörte er ein Auto näher kommen. Er hielt den Atem an. Das Auto fuhr weiter, und er ließ ihn wieder entweichen.

Er dachte an die Briefmarken, die er am Tag zuvor gekauft hatte. Wenn er irgendwann wieder nach New York zurückkam, konnte er sich zumindest schon auf die Stunden an seinem Schreibtisch freuen, wenn er sie in seine Alben einordnete. Es hatte etwas seltsam Befriedigendes, die erste Marke auf einer bis dahin leeren Seite anzubringen und dann mitzuerleben, wie sich die freien Stellen im Lauf der Monate füllten. Schaffners Bestand war sehr uneinheitlich gewesen, in manchen Bereichen fast komplett, in anderen äußerst lückenhaft, aber Keller war vor allem an Portugal interessiert gewesen, das hatte er als Erstes sehen wollen, und er wurde nicht enttäuscht. Seltsam, wie man sich zu manchen Ländern hingezogen fühlte und zu anderen nicht. Das hatte nichts mit den Nationen als politischen oder geographischen Einheiten zu tun. Es hatte nur etwas mit ihren Briefmarken zu tun und wie gut sie einem gefielen.

Ein Auto. Er spitzte die Ohren und machte sich darauf gefasst, sie rasch wieder zu entspitzen. Doch nein, es bog in die Einfahrt, und das Garagentor ging hoch.

Bis die Frontscheinwerfer die Garage mit Licht überfluteten, war Keller hinter dem Jeep in Deckung gegangen. Der Subaru fuhr in die Garage. Hirschhorn war allein im Auto. Er stellte den Motor ab und machte die Scheinwerfer aus. In der Garage wurde es dunkel. Dann öffnete Hirschhorn die Autotür, und die Innenbeleuchtung ging an.

Als er ausstieg, wartete Keller auf ihn.

In dem Einkaufszentrum, in dem er seinen Wagen geparkt hatte, gab es eine Telefonzelle, aber die Geschäfte hatten alle geschlossen, und sein Olds war das einzige Auto, das dort noch stand. Er fühlte sich zu exponiert und zu nahe am Winding Acres Drive. Deshalb stieg er ein und fuhr auf den Interstate und auf eine Exxon-Tankstelle, um Dot anzurufen.

»Alles erledigt«, sagte er.

»Das ging aber schnell.«

»Mir kam es nicht so vor, aber wahrscheinlich hast du recht. Jedenfalls bin ich hier jetzt fertig. Am liebsten würde ich sofort nach Hause fliegen.«

»Dann mach das doch.«

»Dafür ist es zu spät«, sagte er. »Aller Wahrscheinlichkeit nach ist die letzte Maschine schon gestartet. Außerdem muss ich ins Motel zurück, meine Sachen holen. Und das Zimmer ist schon bezahlt.«

»Und die Hell's Angels sind heute nicht so in Feierlaune.«

»Wahrscheinlich sind sie sogar schon in einer anderen Zeitzone«, sagte er. »Außerdem haben sie mir ein anderes Zimmer gegeben. Im Obergeschoss. Es dürfte also eine ruhige Nacht werden.«

»Und wenn sich unter dir ein paar Satan's Slaves einquartiert haben?«

»Dann müssten sie sich eine Möglichkeit einfallen lassen, an der Decke zu tanzen. Nein, Dot, ich sehe da kein Problem. Außerdem habe ich Ohrenstöpsel. Im Seven-Eleven haben sie übrigens welche.«

»Was ist das doch für ein tolles Land, in dem wir leben.«

»Allerdings.«

»Keller? Hat es irgendwelche Probleme gegeben?«

»Nein, alles glatt gelaufen, und ich werde morgen früh den ersten Flug nehmen. Die Stadt ist übrigens gar nicht so übel ...«

»Das sagst du immer, Keller. Auch über Roseburg, Ohio.«

»... aber ich bin heilfroh, endlich von hier wegzukommen«, sprach er den Satz zu Ende. »Und das hast du mich über Roseburg nicht sagen hören. Ich kann es nicht erwarten, von hier wegzukommen.«

Er hatte den Olds bereits an der üblichen Stelle auf der Rückseite des Super Eight abgestellt, als ihm einfiel, dass sein neues Zimmer nach vorne rausging. Er ließ ihn stehen. Es suchte zwar niemand nach ihm, aber dort hinten war er von der Straße nicht zu sehen. Auch wegen der Pistole brauchte er sich jetzt keine Gedanken mehr zu machen, ebenso wenig wie wegen Walter Hirschhorn.

Er legte sich in die Badewanne, dann sah er eine Weile fern, unter anderem auch eine halbe Stunde Lokalnachrichten. Die Sprecher waren eine schwarze Frau und ein weißer Mann, aber es fiel ihm schwer, sie auseinanderzuhalten. Irgendwie spielten Hautfarbe und Geschlecht keine Rolle mehr, und alles, was er wahrnahm, waren ihre aufgekratzten Stimmen und ihre großen weißen Zähne.

Deshalb hatte er auch Mühe, darauf zu achten, was sie sagten, aber

Hirschhorn kam in keiner ihrer Meldungen vor. Damit hatte Keller auch nicht gerechnet.

Er legte sich schlafen. Der Verkehrslärm hielt sich in Grenzen, und als New Yorker ließ sich Keller selten von Hupen oder Sirenen oder quietschenden Bremsen stören. Solche Geräusche bekam er meistens nicht einmal unterschwellig mit. Trotzdem steckte er sich die Ohrenstöpsel rein. Er wollte einfach sehen, wie sie sich anfühlten. Aber bevor er dazu kam, sie wieder herauszunehmen, war er bereits eingeschlafen.

Gegen halb elf wurde er, sehr abrupt, wach und setzte sich mit klopfendem Herzen auf. Er konnte natürlich nichts hören, kam aber erst nach einer Weile auf den Grund dafür. In der Erwartung, das rote Lämpchen blinken zu sehen, schaute er zum Telefon. Aber es leuchtete nicht auf. Er schaute auf die Uhr und stellte erstaunt fest, wie lang er geschlafen hatte. Man brauchte nur seine Ohren zuzustöpseln, und schon ratzte man wie ein Murmeltier.

Er nahm die Stöpsel aus den Ohren und steckte sie, inzwischen nicht mehr steril, zu dem unbenutzten Paar in die Packung zurück. Durfte man das? Musste man Ohrenstöpsel wegwerfen, wenn man sie einmal benutzt hatte? Oder konnte man sie wiederverwenden? Steril waren sie nicht mehr, so viel war ihm klar, aber mussten sie das sein? Es war ja nicht so, dass jemand anders mit seinem Ohrenschmalz in Berührung kam. Wie unhygienisch war es also, sie wiederzuverwenden, wenn sie sich nie woanders befunden hatten als in seinen eigenen Ohren und wenn das auch ihr einziger künftiger Anwendungsort war? War es, wie wenn man ein Wattestäbchen wieder verwendete, oder eher wie wenn man sich mit einem Einwegrasierer ein zweites Mal rasierte?

Er packte seine Sachen und trug die Reisetasche zum Auto, und als er um die Ecke bog, sah er, dass der Parkplatz voll war mit Polizei- und Rettungsfahrzeugen, von denen einige ihre Warnlichter eingeschaltet hatten. An allen möglichen Stellen war gelbes Absperrungsband gespannt, und während er dastand und schaute, kamen zwei Männer in blaugrünen Overalls mit einer Tragbahre aus einem der Zimmer. Auf der Bahre lag ein olivefarbener Leichensack, dessen Reißverschluss bis oben hin zugezogen war.

Keller ging mit seiner Reisetasche in die Rezeption, um auszuchecken. »Einfach grauenhaft!«, sagte das Mädchen am Schalter, obwohl sie sich unübersehbar geradezu daran weidete. »Das Zimmermädchen, diese Mexikanerin? An der Tür war kein Doughnut. Deshalb hat sie geklopft und ...«

»Kein Doughnut?«

»Sie wissen schon, das Zeichen, auf dem DO NOT DISTURB – NICHT STÖREN steht, aber mein Freund nennt es immer Doughnut Disturb, wegen des Lochs in der Mitte, mit dem man es an den Türknauf hängt? Aber egal, wo war ich gerade?«

»Kein Doughnut an der Tür.«

»Ach ja, richtig. Sie hat also geklopft, und als niemand reagiert hat, hat sie sich mit ihrem Schlüssel aufgeschlossen und gesehen, dass sie im Bett waren, und wenn das passiert, soll man eigentlich einfach gehen und die Tür schließen, ohne was zu sagen? Damit man sie nicht noch mehr stört, als man das sowieso schon getan hat?«

Warum klang bei ihr jede stinknormale Feststellung wie eine Frage? Sie legte auch ständig Pausen ein, als wartete sie auf eine Antwort. Keller nickte, was genau das zu sein schien, was nötig war, um sie weitersprechen zu lassen.

»Aber irgendwas muss ihr komisch vorgekommen sein. Der Geruch vielleicht? Jedenfalls ist sie in das Zimmer gegangen, und als sie die beiden besser sehen konnte, hat sie zu schreien angefangen. Beide sind im Bett erschossen worden, und das Bettzeug war voller Blut und …«

Er ließ sie eine Weile weiterreden. Dann sagte er: »Mein Auto steht übrigens hinten. Lassen die Cops die Gäste wegfahren?«

»Aber sicher. Es ist schon Stunden her, dass Rosalia die Leichen gefunden hat. Ist doch ein schöner Name, oder?«

»Ja, sehr schön.«

»Er bedeutet Kleine Rose. Irgendwie süß, finden Sie nicht auch? Aber jetzt stellen Sie sich mal vor, jemand heißt auf Englisch Little Rose. Das hört sich an, als wäre sie Inderin. Oder wenn auch ihre Mutter Rose hieße. Big Rose und Little Rose?«

O Mann, dachte Keller.

»Jedenfalls, die Polizei ist schon stundenlang hier, und sie lassen die Gäste kommen und gehen. Nur in das Zimmer, in dem es passiert ist, dürfen Sie nicht.«

Dort war er schon gewesen. Warum sollte er noch mal hinwollen?

4

»Es war in Zimmer Eins-siebenundvierzig«, erzählte er Dot. »Meinem ursprünglichen Zimmer. Ich bin am Morgen ausgezogen, und am Abend sind ein Mann und eine Frau eingezogen.«

»Und wo hast du dir dann ein Zimmer genommen, Keller? Im Kakerlakenmotel?«

Sie saßen in der Küche des großen Hauses am Taunton Place. Auf dem Tisch stand ein großer Krug Eistee, und Dot schenkte sich ein zweites Glas ein. Das von Keller war noch mehr als zur Hälfte voll.

»Ich wollte nur noch weg«, sagte er. »Ich bin zum Flughafen gefahren, und frag mich nicht, warum, aber ich habe umgedreht und den I-71 genommen und bin nach Cincinnati gefahren.« Er runzelte die Stirn. »Das heißt, zum Cincinnati Airport. Er ist gleich über den Fluss in Kentucky.«

»Gut, dass du mir das erzählst«, sagte sie. »Für den Fall, dass sie das mal in *Jeopardy* fragen. Du wolltest also nicht von Louisville fliegen?«

»Gegangen wäre es vermutlich schon, aber was, wenn nicht? Ich wusste nicht, was ich von der ganzen Sache halten sollte. Für mich stand nur so viel fest: Ich erledige Hirschhorn, und zwei Stunden später erledigt jemand die Leute in meinem alten Zimmer.«

»Und da hätte es natürlich sein können, dass jemand merkt, dass ihm ein Fehler unterlaufen ist, und am Flughafen auf dich wartet?«

»Genau das war meine Überlegung. Außerdem hatte ich auf der Fahrt nach Cincinnati Zeit, um in Ruhe über alles nachzudenken und auch mal Nachrichten zu hören.«

»Und dir bestätigen zu lassen, dass das nicht du warst in diesem Leichensack. Sorry, Keller, nur so eine kleine surrealistische Anwandlung. Und schau nicht gleich, als ob du die Welt nicht mehr verstehen würdest.«

»So geht es mir in letzter Zeit aber öfter«, sagte er.

»Praktisch seit du in Louisville aus dem Flieger gestiegen bist, wie du, glaube ich, selbst gesagt hast.«

»Genau, da hat es angefangen. Aber egal, wahrscheinlich ist es so gewesen,

Dot: Gegen neun habe ich Hirschhorn erledigt, und anschließend bin ich sofort ins Motel gefahren und ...«

»Hast als Erstes mich angerufen.«

»Das habe ich unterwegs gemacht, und dann bin ich in mein Zimmer zurück ...«

»In dein neues Zimmer.«

»In mein neues Zimmer. Ich habe mich spätestens um Mitternacht schlafen gelegt, und irgendwann nachdem ich mir die Ohrenstöpsel reingesteckt habe, hat jemand das reizende Pärchen in Eins-siebenundvierzig umgebracht. Was ist da mein erster Gedanke?«

»Der Kunde.«

»Richtig, der Kunde.«

»Er will kein Risiko eingehen. Du hast deinen Auftrag erledigt, und jetzt will er verhindern, dass du redest.«

»Genau.«

»Nur dass wir *wissen*, dass du nicht reden wirst. Darum engagieren wir schließlich jemand wie dich. Du lässt dich nicht erwischen, und wenn doch, wirst du nichts erzählen, denn was solltest du auch erzählen? Du weißt nicht, wer der Kunde ist.«

»Oder was er gegen Hirschhorn hatte oder sonst etwas über ihn.«

»Dahinter könnte natürlich auch der Gedanke gestanden haben, dich umzubringen wäre billiger als das Resthonorar zu zahlen«, sagte Dot. »Aber das leuchtet nicht recht ein. Sie haben eine Hälfte im Voraus bezahlt. Wenn sie wirklich Geld hätten sparen wollen, hätten sie sich das ganze Honorar gespart und Hirschhorn selbst umgelegt.«

»Woher wussten sie überhaupt, dass der Auftrag erledigt war, Dot?«

»Weil der Mann tot war. Ach so, du meinst, ab wann genau.«

»Wann die Leiche entdeckt worden ist, lässt sich nicht sagen. Ich habe deswegen die Spätnachrichten geschaut, aber sie haben nichts darüber gebracht.«

»Nur weil sie in den Nachrichten nichts darüber gebracht haben ...«

»Heißt das nicht, dass er nicht schon entdeckt worden ist. Das war auch mein Gedanke. Aber so war es nicht. Ich habe später herausgefunden, dass die Leiche erst am nächsten Morgen entdeckt worden ist. Ich weiß nicht, wie große Sorgen Mrs. Hirschhorn sich gemacht hat, als ihr Mann nicht nach Hause gekommen ist, und ich weiß auch nicht, ob sie jemand angerufen hat, aber ich weiß, dass niemand in die Garage gegangen ist, bis es Zeit wurde, die Kinder in die Schule zu fahren.«

Dot nahm einen Schluck Eistee. »Die Leute in Eins-siebenundvierzig sind also mehrere Stunden, bevor jemand wissen konnte, dass Hirschhorn tot war, gestorben.«

»Ich habe es natürlich schon gewusst, und du auch, weil ich es dir erzählt habe. Aber du bist der einzige Mensch, dem ich es erzählt habe, und wie ich dich kenne, hast du es nicht groß herumposaunt.«

»Das war doch unser kleines Geheimnis.«

»Mal abgesehen davon, dass sie nicht gewusst haben können, dass ich den Auftrag erledigt habe«, sagte Keller, »woher könnten sie gewusst haben, wo sie mich finden können?«

»Vielleicht sind sie dir vom Windy Hill Drive gefolgt.«

»Winding Acres.«

»Meinetwegen.«

»Niemand ist mir gefolgt«, sagte er. »Und wenn doch, wären sie mir zu meinem neuen Zimmer gefolgt, nicht zum alten. Ich bin nicht mal mehr in die Nähe von Eins-siebenundvierzig gekommen.«

»Die zwei in Eins-siebenundvierzig. Waren das ein Mann und eine Frau?«

»Ein Mann und eine Frau. Das Zimmer hatte zwei Betten, haben sie alle, aber sie haben nur eins benutzt.«

»Dann würde ich mal eine gewagte Theorie aufstellen. Verheiratet, aber nicht miteinander?«

Keller nickte. »Ein Typ von der Louisviller Zeitung hat mir erzählt, dass sich die Cops den Mann der toten Frau vorgeknöpft haben. Er bestreitet, irgendetwas mit der Sache zu tun zu haben, aber vorerst haben sie ihn auf dem Kieker.«

»Man muss bei denen nur anrufen, und schon erzählen sie einem das alles?«

»Wenn man höflich ist und sich gewählt auszudrücken weiß«, sagte er. »Und wenn sie den Eindruck gewinnen, dass man für *Inside Edition* Recherchen anstellt.«

»Ach so.«

»Ich habe ihm gesagt, der Fall wäre doch wohl ziemlich klar, und er hat gemeint, so sähe es bei genauerem Hinsehen aus. Er will mir Bescheid geben, wenn bei den Ermittlungen etwas Neues herauskommt.«

»Wie will er das machen? Du hast ihm doch keine Nummer hinterlassen?«

»Aber natürlich.«

»Aber hoffentlich nicht deine.«

»Die von *Inside Edition*. ›Augenblick‹, habe ich gesagt. ›Ich kann mir diese blöde Nummer einfach nicht merken.‹ Und ich habe sie nachgesehen und abgelesen. Ich hätte mir natürlich eine ausdenken können. Aber er wird nie anrufen. Der Ehemann war's, und was interessiert das *Inside Edition*?«

»Und wenn er dort keinen Erfolg hat«, sagte sie, »kann er es immer noch bei *Hard Copy* versuchen. Es war also der Ehemann? Was Besseres fällt dir dazu nicht ein?«

»Oder seine Ehefrau oder jemand, den einer von ihnen angeheuert hat. Oder er – oder sie – ist mit jemand anders fremdgegangen. In dem Motelzimmer waren jede Menge leere Flaschen und volle Aschenbecher. Sie haben getrunken und geraucht, seit sie das Zimmer bezogen haben ...«

»In einem Nichtraucherzimmer? Jetzt aber. Und Ehebruch haben sie auch noch begangen?« Sie schüttelte den Kopf. »Hört sich ganz nach Dreifachsündern an. Dann haben sie den Tod verdient, und Gott sei ihren Seelen gnädig.«

Sie griff nach ihrem Eistee, zog die Hand aber zurück, als die Türglocke ertönte. »Wer könnte das denn sein?«, überlegte sie laut und ging los, um es herauszufinden. Keller geriet kurz in Panik. Er glaubte, etwas tun zu müssen, wusste aber nicht, was. Mit dieser Frage schlug er sich immer noch herum, als Dot zurückkam und ein Päckchen hochhielt.

»FedEx«, sagte sie und schüttelte das Päckchen. Es entstand kein Geräusch. Sie zog am Verschlussstreifen, um es zu öffnen und nahm mehrere mit Banderolen versehene Geldscheinbündel heraus. Sie entfernte die Banderole eines Bündels und fuhr mit dem Daumen über die Kanten der Scheine. »Ich gebe es zwar nur ungern zu«, sagte sie, »aber langsam gewöhne ich mich an die neuen Scheine. An die Zwanziger nicht, die sehen immer noch wie Spielgeld aus, aber mit den Fünfzigern und Hundertern freunde ich mich immer mehr an. Hast du in Louisville Briefmarken gekauft?«

»Ein paar.«

»Na dann.« Sie zählte die Scheine ab und legte sie in Haufen auf den Tisch. »Jetzt kannst du dir ein paar mehr kaufen.«

»Der Kunde ist also zufrieden.«

»Sieht ganz so aus.«

»Du hast ihnen die Adresse gesagt, und sie haben dir das Geld per Post zugeschickt?«

»Nein, ich habe ihnen gesagt, ich arbeite für *Inside Edition*. Außerdem ist es nicht mit der Post gekommen, sondern mit Federal Express.«

»Hauptsache es ist gekommen.«

»Der Kontakt zwischen mir und dem Kunden läuft über einen Mittelsmann, Keller. Dieser spezielle Typ sitzt in ... ist ja egal, wo. Jedenfalls nicht in Louisville und nicht in New York. Wir machen schon seit Jahren Geschäfte miteinander, sogar schon bevor er mich mit ins Boot genommen hat.«

Sie deutete an die Decke, und Keller wusste, dass sie den alten Mann meinte, der in den letzten Jahren seines Lebens nie aus dem ersten Stock heruntergekommen war. So, wie sie sich auf ihn bezog, hätte man glauben können, er wäre immer noch dort oben.

»Er weiß also, wohin er das Geld schicken muss«, sagte sie, »und der Kunde weiß, wie er es ihm zukommen lassen kann. Und solange wir den vereinbarten Betrag erhalten, braucht uns nicht zu interessieren, wie viel davon er einstreicht. Und der Kunde weiß absolut nichts über dich, oder auch mich.« Sie tätschelte die Bündel mit dem Geld. »Er weiß nur, dass wir gute Arbeit leisten. Ich finde, eine bessere Werbung als einen zufriedenen Kunden gibt es nicht, und ich würde sagen, dieser ist zufrieden. Was hast du gemacht, Keller? Wie hast du es geschafft, dass es wie eine natürliche Todesursache ausgesehen hat?«

»Eigentlich war es gar keine. Es war ein Selbstmord.«

»Na, das ist doch fast dasselbe. Sie haben ja auch nicht auf einer latenten Erkrankung bestanden.« Sie leerte ihr Glas und stellte es auf den Tisch. »Also, wie hast du es gemacht?«

»Als er aus dem Auto gestiegen ist«, begann Keller, »habe ich ihm von hinten den Arm um den Hals gelegt und die Luft abgeschnürt.«

»Nur gut, dass du kein Cop bist, Keller. Neuerdings fällt so was schnell unter unverhältnismäßige Polizeigewalt.«

»Ich habe nur so lange zugedrückt, bis er schlaff geworden ist. Eigentlich hätte ich ihm bei dieser Gelegenheit gleich ganz den Garaus machen können. Ihm noch ein bisschen länger die Luft abdrücken. Oder das Genick brechen.«

»Oder sonst was.«

»Und ich hätte ihn so liegen lassen können, dass es aussah, als hätte er einen Herzinfarkt gehabt und sich verletzt, als er hingefallen ist. Irgendwas in der Richtung. Andererseits habe ich mir gesagt, jeder Rechtsmediziner, der nicht ganz auf den Kopf gefallen ist, merkt sofort, dass es nicht so war, und dann sieht es inszeniert aus, was aus Sicht des Kunden vermutlich schlechter wäre als ein simpler Mord.«

»Wahrscheinlich.«

»Deshalb habe ich ihn wieder ins Auto gesetzt und die Pistole genommen, die sie mir gegeben haben ...«

»Die Zweiundzwanziger Automatik, die Lieblingswaffe der Profis.«

»Richtig. Ich habe sie ihm in die Hand gedrückt und ihm den Lauf in den Mund geschoben.«

»Und abgedrückt.«

»Nein«, sagte Keller. »Es war schwer abzuschätzen, wie weit der Knall zu hören gewesen wäre?«

»Ich höre der Kanonen Donner.«

»Und angenommen, eine Kugel hätte nicht gereicht? Es war ein kleines Kaliber, sein Hirn wäre nicht über den ganzen Dachhimmel verteilt worden.«

»Wäre ein ziemlich schwerer Fall von Selbstmord gewesen, wenn sich der Typ zweimal hätte erschießen müssen. Obwohl man auch sagen könnte, dass es von echter Entschlossenheit zeugt.«

»Ich habe mich an den Plan gehalten, den ich mir ausgedacht habe, als ich in der Garage auf ihn gewartet habe. Ich hatte bereits ein Stück Gartenschlauch abgeschnitten, und jetzt habe ich ein Ende mit Tape am Auspuff befestigt und das andere durchs Autofenster gesteckt.«

»Und den Motor angelassen.«

»Um das Fenster aufzukriegen, musste ich das. Jedenfalls habe ich ihn in der geschlossenen Garage mit laufendem Motor im Auto sitzen lassen.«

»Und hast dich schleunigst aus dem Staub gemacht.«

»Nicht sofort«, sagte er. »Angenommen, jemand hätte ihn in die Garage fahren gehört. Sie hätten nach ihm sehen können. Oder angenommen, er wäre zu sich gekommen, bevor der Kohlenmonoxidanteil hoch genug war, um ihn weiterschlafen zu lassen?«

»Oder der Motor wäre abgestorben.«

»Auch eine Möglichkeit. Ich habe neben dem Auto gewartet, und dann habe ich mir Sorgen zu machen begonnen, wie viel Auspuffgase ich selbst einatme.«

»›Zwei Männer bei Selbstmordpakt vergast.‹«

»Deshalb bin ich durch die Seitentür nach draußen gegangen und habe zehn Minuten gewartet. Ich weiß nicht, was ich getan hätte, wenn der Motor abgestorben wäre.«

»Du wärst reingegangen und hättest ihn wieder angelassen.«

»Klar, wenn er tatsächlich abgestorben wäre, schon. Aber wenn er zu sich gekommen wäre und ihn selbst abgestellt hätte? Und ich komme in die Garage, und er sitzt mit einer Knarre in der Hand da?«

»Du hast ihm die Pistole gelassen?«

»Ich habe sie in seiner Hand gelassen und die Hand in seinem Schoß. Als ob er sich erschießen wollte, wenn es mit den Auspuffgasen nicht klappt oder wenn er doch noch den Mut dazu aufbringt.«

»Ganz schön raffiniert.«

»Sie haben mir die Pistole gegeben. Also musste ich irgendwas damit tun.«

»Wie bei Tschechow«, sagte sie.

»Häh?«

Dot verdrehte die Augen. »Anton Tschechow, Keller. Nie von ihm gehört? Der russische Dramatiker. Jede Wette, dass es eine Briefmarke mit seinem Bild drauf gibt.«

»Ich weiß, wer er ist«, sagte Keller. »Aus dem Zusammenhang gerissen, habe ich nur nicht gleich geschaltet. Woher soll ich bitte wissen, dass wir plötzlich übers Theater reden. Er war Arzt und Schriftsteller, und er hat Dramen und Erzählungen geschrieben. Was hat er damit zu tun?«

»Er hat mal gesagt, wenn man im ersten Akt eine Pistole ins Spiel bringt, sollte man unbedingt dafür sorgen, dass sie vor dem Schlussvorhang abgefeuert wird.« Sie runzelte die Stirn. »Zumindest glaube ich, dass das von Tschechow ist. Vielleicht ist es aber auch von jemand anders.«

»Abgefeuert wurde sie zwar nicht«, sagte Keller, »aber zumindest habe ich eine Verwendung für sie gefunden. Er hatte sie mit dem Finger am Abzug in der Hand, und in der Kammer war eine Patrone, und falls sie es nachprüfen sollten, werden sie Waffenöl auf seinen Lippen finden.«

»Ein schönes Detail.«

»Wenn sie eine Leiche zum Untersuchen haben, schon. Aber wenn er wieder zu sich kommt? Er merkt, er hat eine Pistole in der Hand, und als er dann aufschaut, stehe ich vor ihm.« Er zuckte mit den Achseln. »So nervös, wie ich war, konnte ich mir das lebhaft vorstellen. Aber dazu ist es nicht gekommen.«

»Du hast nachgesehen, und er war mausetot.«

»Nachgesehen habe ich nicht. Aber nachdem er zehn Minuten bei laufendem Motor im Auto gesessen hat, fand ich, dass das reichen müsste, dass der Motor nicht absterben und er nicht mehr zu sich kommen würde.«

»Und offensichtlich ist er das auch nicht«, sagte sie und deutete auf das Geld. »Und alle sind glücklich und zufrieden.« Sie legte den Kopf auf die Seite. »Aber müsste dein Würgegriff am Hals keine Spuren hinterlassen haben?«

»Möglicherweise. Aber würden sie darauf achten? Er sitzt im Auto, er hat einen Gartenschlauch durchs Fenster gesteckt, er hat eine Pistole in der Hand, sein Blut ist voller Kohlenmonoxid ...«

»Wenn ich Spuren an seinem Hals fände, Keller, würde ich sie mir damit erklären, dass er sich vorher aufzuhängen versucht hat.«

»Oder mit seinen eigenen Händen zu erwürgen.«

»Geht das?«

»Wenn man ein Kampfkunstcrack ist, vielleicht.«

»Ninja-Roulette«, sagte sie.

»Der Typ, mit dem ich telefoniert habe, dachte, ich wäre von *Inside Edition*. Ich habe ihn gefragt, ob es in Louisville noch andere spektakuläre Morde gab.«

»Etwas von landesweitem Interesse.«

»Er hat mir mehr, als ich wissen wollte, über einen Kokaindealer erzählt, der ein paar Tage zuvor erschossen worden ist, und über einen armen Teufel, der seine unheilbar kranke Frau umgebracht, bei der Polizei angerufen und sich dann selbst erschossen hat, bevor die Cops angerückt sind.«

»In Louisville scheint ja schwer was los zu sein.«

»Er hat Hirschhorn nicht mal erwähnt. Deshalb schätze ich, es ist als Selbstmord durchgegangen.«

»Was uns nur recht sein soll«, sagte sie. »Der Kunde ist zufrieden, und wir haben das Geld bekommen, also bin auch ich zufrieden. Und diese Geschichte im Super Duper war kein Anschlag auf dich …«

»Super Eight.«

»Meinetwegen. Es waren zwei Ehebrecher, die der Zorn Gottes ereilt hat.«

»Vielleicht hatten sie auch nur Pech.«

»Ist das nicht dasselbe? Aber um endlich zu meiner Frage zu kommen. Alle Beteiligten sind glücklich und zufrieden. Warum du nicht, Keller?«

»Ich bin durchaus glücklich.«

»Klar, ich habe nie einen glücklicheren Menschen gesehen. Woran liegt es? An den Fotos der Kinder? Am Hund?«

Er schüttelte den Kopf. »Was interessiert einen das noch groß, wenn man es hinter sich gebracht hat? Störend ist es nur, wenn man es tut. Aber wenn es vorbei ist … was soll ich sagen, tot ist tot.«

»Du sagst es.«

»Ein Grund, warum ich ihn nicht erschossen habe, war, dass ich ihnen die damit verbundene Sauerei ersparen wollte, obwohl es natürlich auch so ein gewaltiger Schock für sie gewesen sein dürfte. Und machen sich die Angehörigen nicht schwere Vorwürfe, wenn jemand Selbstmord begeht? Wieso hat er nichts gesagt, obwohl er sich so miserabel gefühlt hat?«

»Und so weiter und so fort.«

»Aber das zählt alles nicht. Alles, was zählt, ist, dass man es hinter sich bringt und nicht erwischt wird.«

»Und das ist dir gelungen, und deshalb bist du jetzt so glücklich.«

»Weißt du, woran es liegt, Dot? Mir war von Anfang an klar, dass irgendetwas nicht stimmt.«

»Wie soll ich das jetzt verstehen?«

»Einfach so ein Gefühl. Ich habe es ganz deutlich gespürt. Von dem Moment an, als ich aus dem Flugzeug steige und das erste Schild nicht lesen kann, als ich mit dem Trottel, der mich abholen gekommen ist, blöd rumrede. Und später, als ein Besoffener an meiner Zimmertür auftaucht und ich nach der Pistole greife und kurz davorstehe, ihn durch die Tür abzuknallen. Dabei ist es nur irgendein armer Teufel, der seine Zimmertür nicht finden kann. Er versucht sein Glück beim nächsten Zimmer und kommt nie mehr zurück, und ich lege mich wieder hin und muss erst mal warten, bis sich mein Herz wieder beruhigt.«

»Und dann die Rocker.«

»Und dann die Rocker, und Klopapier in den Ohren, und die Kids mit dem Basketball. Alles hat sich irgendwie danebengefühlt, und nicht nur das, es hat sich gefährlich angefühlt.«

»So, als ob dir Gefahr gedroht hätte?«

»Mhm. Das war es aber nicht. Es war das Zimmer.«

»Das Zimmer?«

»Ja, Zimmer Eins-siebenundvierzig. Es hat sich angedeutet, dass dort etwas Schlimmes passieren würde. Und das habe ich gespürt.«

Sie sah ihn skeptisch an.

»Dot, ich weiß, wie sich das anhört.«

»Weißt du nicht«, sagte sie. »Sonst hättest du es nicht gesagt.«

»Jedenfalls würde ich es niemand erzählen außer dir. Erinnerst du dich noch an das Mädchen, mit dem ich vor einer Weile zusammen war?«

»Meines Wissens warst du seit Andria mit niemandem mehr zusammen.«

»Genau die meine ich.«

»Die Hundesitterin, die mit den vielen Ohrringen.«

»Sie hat immer von Karma gesprochen«, sagte er. »Und von Energie und Ausstrahlung und lauter solchen Dingen. Ich habe nie so recht verstanden, was sie damit gemeint hat.«

»Gott sei Dank.«

»Aber ich glaube, manchmal spürt jemand was.«

»Und du hast gespürt, dass was nicht gestimmt hat.«

»Und dass was passieren würde.«

»Keller, es passiert immer was.«

»Irgendwas mit Gewalt.«

»Wenn du eine Geschäftsreise machst«, sagte sie, »ist immer Gewalt mit im Spiel.«

»Du weißt genau, was ich meine, Dot.«

»Du hattest eine Vorahnung.«

»So könnte man es wahrscheinlich nennen.«

»Du hast dir ein Zimmer genommen und gemerkt, dass dort jemand umgebracht würde.«

»Nicht ganz. Das Zimmer hat sich völlig okay angefühlt.«

»Aber?«

Er wandte kurz den Blick ab. »Ich habe über alles nachgedacht. Gestern Nacht und heute, als ich im Zug hier raus gefahren bin. Und da hat es mir total eingeleuchtet, aber jetzt hört es sich irgendwie komisch an.«

»Das nennt man, auf den Boden der Tatsachen zurückkehren, Keller. Aber sprich ruhig weiter.«

»Ich habe gespürt, dass etwas Schlimmes im Anzug ist, und irgendwie habe ich mich zu dem Ort, an dem es passieren würde, hingezogen gefühlt.«

»Wie eine Motte zur Flamme.«

»Ich habe das Motel ausgesucht, Dot. Ich habe auf den Stadtplan geschaut, ich habe mir gesagt, hier bin ich, hier wohnt er, hier ist der Flughafen, hier ist der Interstate, und hier müsste ein Motel sein. Und ich bin hingefahren, und da war es, und ich habe mir ein Zimmer im Erdgeschoss nach hinten raus geben lassen. Ich wollte es so!«

»Du hast gesagt: ›Gebt mir das Todeszimmer. Ich bin ein Mann. Ich packe das.‹«

»Und ich habe Panik gekriegt, als der Besoffene an meine Tür geklopft hat, weil ich wusste, dass es ein gefährlicher Ort ist, auch wenn mir gar nicht bewusst war, dass ich es wusste. Deshalb habe ich sofort nach der Pistole gegriffen, deshalb habe ich so und nicht anders reagiert.«

»Aber es war nur ein Betrunkener.«

»Es war eine Warnung.«

»Eine Warnung?«

Er holte tief Luft. »Vielleicht war es nur ein Besoffener auf der Suche nach Ralph. Vielleicht war es auch jemand, der mir gesandt wurde, um mich in Alarmbereitschaft zu versetzen.«

»Jemand, der dir gesandt wurde.«

»Ich weiß, es hört sich verrückt an.«

»Gesandt, wie ein Engel?«

»Ich weiß nicht mal, ob ich überhaupt an Engel glaube, Dot.«

»Wie kannst du nicht an sie glauben? Im Fernsehen, wo jeder sie sehen kann, kommen sie ständig. Mein absoluter Favorit ist dieser junge weibliche Engel mit dem brutalen irischen Akzent. Obwohl sie wahrscheinlich nicht so jung ist, wie sie aussieht. Wahrscheinlich ist sie tausend Jahre alt.«

»Dot ...«

»Oder wie viel das eben in Hundejahren ist. Du glaubst nicht an Engel?

Und was ist mit den Rockern, die über dir gefeiert haben? Waren das etwa keine Engel aus der Hölle, Keller?«

»Aber genau das ist doch der Punkt. Deshalb waren sie da.«

»Damit du dir ein anderes Zimmer nimmst.«

»Jedenfalls hat es funktioniert, oder etwa nicht?«

»Du hast dir am nächsten Morgen als Erstes ein anderes Zimmer geben lassen.«

»Nach vorne raus«, sagte er. »Und im ersten Stock.«

»Wo dir nichts passieren konnte. Und dann kam dieses Pärchen an, diese zwei Leutchen, wie einem schlechten Countrysong entsprungen, und welches Zimmer haben sie bekommen?« Sie summte die ersten Takte des *Polizeibericht*-Themas. »Dam-di-dam-dam. Dam-di-dam-dam-dah! Eins-siebenundvierzig! Das Todeszimmer!«

»Egal«, sagte er beharrlich, »ein paar Stunden später waren sie tot.«

»Während du überlebt hast, um Zeugnis abzulegen.«

»Ein bisschen eigenartig hört es sich wahrscheinlich schon an.«

»Das kannst du laut sagen.«

»Auf der Zugfahrt ist es mir ganz normal vorgekommen.«

»Das ist die Wirkung, die Zugfahrten auf dich zu haben scheinen.«

»Aber noch mal zurück zu dem, was du vorhin gesagt hast. Du weißt schon, auf den Boden der Tatsachen zurückkehren.«

»Möchtest du meine Meinung dazu hören?«

»Unbedingt.«

»Also, zuallererst«, begann sie. »Ich habe keinerlei Ahnung von Karma oder Engeln oder diesem ganzen *Twilight Zone*-Kram. Du hattest ein ungutes Gefühl, als du am Flughafen zuerst eine falsche Person angesprochen hast und der Typ, der dich abgeholt hat, sich als ziemliche Pflaume entpuppt hat. Und das Familienfoto zu sehen hat dir die Sache auch nicht leichter gemacht.«

»Das habe ich bereits alles gesagt.«

»Dann hat ein Besoffener an deine Tür geklopft, und du warst sowieso schon nervös und hast überreagiert. Und dann hat dich deine Reaktion noch nervöser gemacht, als du sowieso schon warst.«

»Genauso war es.«

»Aber dieser Typ war tatsächlich nur ein Besoffener, der an deine Tür geklopft hat«, fuhr sie fort. »Wahrscheinlich hat er an jede Tür geklopft, an der

46

er vorbeigekommen ist, bis er Ralph gefunden hat. Dafür braucht man keine Engelsflügel.«

»Sprich ruhig weiter.«

»Die laute Party über dir? Rocker sind nicht gerade als Leisetreter bekannt. Wenn ein Motel blöd genug ist, solchen Typen ein Zimmer zu vermieten, ist doch klar, dass dort ab und zu Partys gefeiert werden, bei denen es hoch hergeht. Und irgendjemand muss das Zimmer unter ihnen haben, und das warst in diesem Fall du, und du hast dir ein anderes Zimmer geben lassen, sobald eins frei war.«

»Aber wenn ich nicht ...«

»Wenn du das nicht getan hättest«, sagte sie geduldig, aber entschieden, »wäre dieses liebende Paar, das die Finger nicht eine Minute länger voneinander lassen zu können glaubte, in einem anderen Zimmer gelandet. Nicht in Eins-siebenundvierzig, sondern, keine Ahnung, in Zwei-null-acht vielleicht?«

»Aber als der Ehemann angerückt ist ...«

»Wäre er in Zwei-null-acht gegangen, Keller, denn das war das Zimmer, in dem sie waren. Er hat nach ihnen gesucht, nicht nach dem Trottel, der zufällig gerade in Eins-siebenundvierzig war. Er ist ihnen in ihr Zimmer gefolgt und hat blutige Rache an ihnen geübt, aber das hatte nichts das Geringste mit dem Zimmer zu tun, in dem sie waren, und noch weniger mit dir.«

»Hm.«

»Das ist alles, was du dazu zu sagen hast? ›Hm‹?«

»Ich habe mir diese tolle Theorie zurechtgelegt«, sagte er, »und das soll alles nur Quatsch sein?«

»Würde ich mal so sagen. Aber du dachtest, es wäre Zufall. Das war dein erster Gedanke.«

»Nein, mein erster Gedanke war, dass es kein Zufall sein konnte. Dass es der Kunde war oder jemand, den der Kunde geschickt hat. Aber so war es nicht.«

»Nein, weil der Kunde zufrieden ist, und selbst wenn er es nicht wäre, hätte er dich nicht finden können. Was aber nicht heißt, dass es Engel waren. Was es heißt, ist, dass es wirklich Zufall war.«

»Hm.«

»Und es war für jeden im Motel ein Zufall, Keller, nicht nur für dich. Sie waren alle da, als das Paar in Eins-siebenundvierzig umgebracht wurde.«

»Aber sie sind nicht kurz zuvor aus diesem Zimmer ausgezogen.«

»Und wenn schon. Das heißt nur, dass sie noch knapper davongekommen sind. Sie hätten alle Eins-siebenundvierzig bekommen können. Nur bei dir ging das nicht, weil du gerade dort ausgezogen warst.«

Er war nicht sicher, ob er ihr folgen konnte, beließ es aber dabei und sagte: »Wahrscheinlich war es tatsächlich Zufall.«

»Deshalb brauchst du doch nicht gleich so enttäuscht zu sein.«

»Ich habe einfach irgendwas gespürt. Ich habe gewusst, dass was passieren würde.«

»Es ist ja auch was passiert«, sagte sie. »Unserem Mr. Hirschhorn, Gott hab ihn selig. Fahr nach Hause, Keller, und klebe die Briefmarken, die du gekauft hast, in dein Album ein. Was ist denn jetzt schon wieder? Habe ich was Falsches gesagt?«

»Man klebt sie nicht ein«, sagte er. »Man verwendet Falze.«

»Okay.«

»Oder Klemmtaschen. Manchmal verwendet man auch Klemmtaschen.«

»Aha.«

»Aber egal«, sagte er. »Ich habe sie bereits eingeordnet. Gestern Abend. Ich bin bis drei Uhr aufgeblieben.«

»Wenn das kein Zufall ist. Du hast deine Briefmarken bereits eingeordnet und bist zufällig gerade zu etwas Geld gekommen.« Sie strahlte ihn an. »Das heißt, du kannst dir ein paar mehr kaufen.«

5

Keller spießte mit einem Zahnstocher einen Käsewürfel auf und schenkte sich ein Glas trockenen Weißwein ein. Links von ihm unterhielten sich zwei ganz in Schwarz gekleidete junge Frauen. »Das hat er tatsächlich gesagt?«, entrüstete sich eine von ihnen. »Bloß weil er postmodern ist, muss er sich doch nicht gleich wie das letzte Arschloch aufführen.«

»Chad wäre genauso das letzte Arschloch, wenn er Dadaist wäre«, sagte die andere. »Er könnte auch Präraffaelit sein, und weißt du, was er dann wäre? Ein präraffaelitisches Arschloch.«

»Schon«, sagte die andere. »Aber trotzdem, das hätte ich ihm nicht zugetraut.«

Sie entfernten sich und ließen Keller mit der Frage zurück, wer Chad war (außer dass er ein Arschloch war) und was er Unmögliches gesagt hatte. Hätte Chad es zu ihm gesagt, hätte er es vermutlich nicht verstanden. Er hatte auch die meisten Wörter, die die zwei Frauen verwendet hatten, nicht verstanden, ebenso wenig wie etwas von dem, was Declan Niswander selbst über die ausgestellten Gemälde zu sagen gehabt hatte.

Im Ausstellungskatalog waren mehrere Fotos seiner Werke, zusammen mit einem kurzen Lebenslauf des Künstlers, einer chronologischen Liste seiner Einzel- und Gruppenausstellungen sowie einem Verzeichnis der Museen und Privatsammlungen, in denen er vertreten war. Auf den letzten zwei Seiten erläuterte Niswander seine künstlerischen Intentionen, und wenn Keller auch wusste, was die meisten Wörter bedeuteten, wurde er aus den Sätzen nicht schlau. Über Kunst schien sich der Mann überhaupt nicht auszulassen, sondern vor allem über philosophischen Determinismus, das allmähliche Verschwinden der Symbolik und Zweideutigkeit als transzendentes Phänomen. Lauter Wörter, die Keller kannte, jedes von ihnen, aber was bedeuteten sie in dieser Zusammenstellung?

Dagegen waren die Bilder nicht so schwer zu verstehen. Außer es war etwas an ihnen, was er nicht begriff, etwas, das vielleicht aus den zwei Seiten im Katalog hervorging, wenn man die Sprache sprach. Das war durchaus möglich, denn Keller glaubte nicht, über ein besonders tiefes Kunstverständnis zu verfügen.

Er ging so gut wie nie in Galerien und war bisher erst bei einer einzigen Vernissage gewesen. Das war schon einige Jahre her, und er hatte damals eine Frau, mit der er sich ein paar Mal getroffen hatte, zu einer Ausstellungseröffnung in SoHo begleitet. Es war ihre Idee gewesen. Der Künstler war ein alter Freund von ihr gewesen – ein Ex-Lover, vermutete er –, und sie hatte nicht ohne Begleitung hingehen wollen. Keller war dem Künstler vorgestellt worden, einem ungepflegten Kerl mit einem Bierbauch, dessen Gemälde ein trister brauner Einheitsbrei waren. Das hatte er dem Künstler nicht sagen wollen, und weil er nicht wusste, was er sonst sagen sollte, hatte er nur gelächelt und den Mund gehalten. Er fand, dass man damit meistens durchkam.

Er probierte den Wein. Er war nicht besonders gut und erinnerte ihn an den Wein, den es bei der anderen Vernissage gegeben hatte. Vielleicht war schlechter Wein Teil des Nimbus, schlechter Wein und gummiartiger Käse und schwarz gekleidete Menschen. Schwarze Jeans, schwarze T-Shirts, schwarze Chinos, schwarze Rollkragenpullover und Sweatshirts und das eine oder andere schwarze Sakko. Hier und da eine schwarze Baskenmütze.

Nicht alle trugen Schwarz. Keller war, nicht als Einziger, in Anzug und Krawatte erschienen. Es gab alle möglichen anderen Outfits, unter anderem ein paar Frauen in Kleidern und einen jungen Mann in einem von Farbflecken übersäten weißen Overall. Aber als Gegengewicht gab es sehr viel Schwarz, und es waren die Männer und Frauen in Schwarz, die sich am meisten zu Hause zu fühlen schienen.

Vielleicht gab es dafür einen triftigen Grund. Vielleicht trug man in einer Kunstgalerie aus dem gleichen Grund Schwarz, wie man in einem Konzert sein Handy ausschaltete, um die anderen nicht von dem abzulenken, weswegen sie hergekommen waren. Das leuchtete Keller bis zu einem gewissen Grad ein, aber er vermutete, dass mehr dahinter steckte. Er hatte den Eindruck, dass diese Leute immer Schwarz trugen, selbst wenn sie sich in schwach beleuchteten Cafés mit nackten Ziegelwänden trafen. Für sie war es offensichtlich eine Art Statement, auch wenn er nicht wusste, was sie damit zum Ausdruck bringen wollten.

In Museen sah man nicht annähernd so viel Schwarz. Ins Museum ging Keller ab und zu, und dort fühlte er sich wohler als in Kunstgalerien. Niemand lauerte darauf, dass man etwas kaufte, oder erwartete, dass man sich zu den ausgestellten Werken äußerte. Sie kassierten nur den Eintritt und ließen einen ansonsten in Ruhe.

Declan Niswanders Bilder waren gegenständlich. Alles in allem mochte Keller das lieber. Es gab jede Menge abstrakter Kunst, die ihm gefiel, und er mochte grundsätzlich diejenigen Künstler lieber, die er auf der Stelle erkannte. Wenn man schon Bilder malte, die nichts darstellten, sollte man zumindest eine erkennbare eigene Handschrift entwickeln. Damit der Betrachter etwas hatte, woran er sich halten konnte. Ein Blick und man wusste, dass man einen Mondrian oder Miró oder Rothko oder Pollock vor sich hatte. Man hatte vielleicht keinen blassen Schimmer, was Mondrian oder Miró oder Rothko oder Pollock im Sinn gehabt hatten, aber irgendwann betrachtete man sie als alte, in ihrer Schrulligkeit vertraute Bekannte.

Niswanders Arbeiten waren realistisch, aber man hatte nicht das Gefühl, Farbfotografien zu betrachten. Die Bilder sahen gemalt aus, und das war für Keller in Ordnung. Offensichtlich mochte Niswander Bäume, und das war auch, was er malte: schlanke junge Schösslinge, knorrige alte Haudegen und alles dazwischen. Es bestand eine gewisse Ähnlichkeit zwischen ihnen – man hatte ohne Frage das Werk eines einzigen Künstlers vor sich und keine Gruppenausstellung anlässlich des Tags des Baumes. Dennoch unterschieden sich die von ihrem Sujet und Niswanders unverkennbarem Stil geeinten Gemälde deutlich voneinander. Es war, als hätte jeder Baum seinen eigenen Charakter, und das war, was die Bilder dem Betrachter vermittelten und was sie einzigartig machte.

Keller stand gerade vor einer der größeren Leinwände. Ein alter Baum im Winter, seine Blätter nicht einmal mehr eine Erinnerung, ein paar Äste abgebrochen, ein Teil des Stamms von einem Blitzschlag aufgerissen. Man konnte die ganze Lebensgeschichte des Baums spüren und ahnte die Kraft, die er aus der Erde zog und wie sie im Lauf der Jahre zwar nachließ, aber immer noch sehr präsent war.

Nichts von dem hätte man allerdings in Niswanders kurzem Essay erfahren. Der Maler hatte es geschafft, zwei ganze Seiten zu füllen, ohne ein einziges Mal das Wort *Baum* zu verwenden. Keller war gern bereit zu glauben, dass es in den Gemälden nicht nur um Bäume ging – es ging auch um Licht und Form und Farbe und Struktur und vielleicht sogar um das, worum es Niswander zufolge ging –, aber die Bäume waren nicht aus Versehen da. Wenn man nicht sehr genau wusste, was es mit einem Baum auf sich hatte, konnte man einen Baum nicht so malen.

Eine Frau sagte: »Man kann vor lauter Bäumen den Wald nicht sehen, hm?«

»Man kann ihn sich vorstellen«, sagte Keller.

»*Das* finde ich jetzt aber wirklich interessant«, sagte sie, worauf er sich umdrehte und sie ansah. Sie war klein und dünn und – wer hätte das gedacht? – ganz in Schwarz gekleidet. Weiter schwarzer Sweater und kurzer schwarzer Rock, schwarze Strumpfhose und schwarze Wildlederslipper, eine schwarze Baskenmütze, die fast alles von ihrem kurzen Haar verbarg. Die Baskenmütze passte nicht zu ihr, fand er. Sie hätte eine Spitzkappe tragen müssen, denn sie sah eindeutig wie eine Hexe aus, aber wie eine durchaus attraktive Hexe.

Sie legte den Kopf auf die Seite – jetzt sah sie aus wie eine Hexe, die wie ein Vogel auszusehen versuchte – und schaute erst Keller ganz direkt an, dann das Gemälde.

»Es gibt einige Künstler, die Bäume malen«, sagte sie. »Aber in der Regel ist es immer wieder der gleiche Baum. Aber bei Declan sind es lauter verschiedene Bäume. Deshalb kann man sich den Wald tatsächlich vorstellen. Ist das, was Sie gemeint haben?«

»Besser hätte ich es auch nicht ausdrücken können.«

»Und ob Sie das gekonnt hätten.« Ein Grinsen verwandelte ihr Hexengesicht. »Margaret Griscomb«, stellte sie sich vor. »Oder kurz Maggie.«

»John Keller.«

»Und nennt man Sie John?«

»Nein, meistens Keller.«

»Keller. Gefällt mir irgendwie. Dann werde ich Sie vielleicht auch so nennen. Aber nennen Sie mich bitte nicht Griscomb.«

»Das würde mir nicht mal im Traum einfallen.«

»Jedenfalls nicht, bis wir uns wesentlich besser kennen als im Moment. Und wahrscheinlich nicht mal dann. Vorausgesetzt, das werden wir.«

»Uns besser kennenlernen?«

»Darin bin ich nämlich richtig gut«, sagte sie. »Mich angeregt mit einem anderen Baumliebhaber zu unterhalten. Nicht so gut bin ich dagegen darin, jemand kennenzulernen – oder von jemand kennengelernt zu werden. Anscheinend liegen mir oberflächliche Bekanntschaften mehr.«

»Vielleicht werden wir ja eine solche haben.«

»Kein Tiefgang. Alles an der Oberfläche.«

»Wie eine dünne Eisschicht auf einem Teich im Winter«, sagte er.

»Oder der Schaum, der sich auf einer Tasse heißer Schokolade bildet. Warum tut er das wohl? Aber versuchen Sie erst gar nicht, sich darüber den Kopf zu zerbrechen, weil Regis nämlich Declan gleich vorstellen wird, und der wird dann etwas Tiefschürfendes sagen.«

Jemand klopfte mit einem Löffel gegen ein Weinglas, um die Aufmerksamkeit der Anwesenden auf sich zu lenken. Ein paar Leute schalteten rasch und versuchten ihrerseits, den Rest zum Schweigen zu bringen. Es wurde still im Raum, und der Glasklopfer, ein schlanker junger Mann in einer grauen Flanellhose und einem braunen Blazer begann den Anwesenden zu erzählen, wie sehr er sich freute, sie in der Galerie begrüßen zu dürfen.

»Regis Buell«, murmelte Maggie. »Die Galerie gehört ihm. Kein Wunder, dass er sich freut.«

Buell fasste sich kurz und stellte Declan Niswander vor. Keller hatte gewusst, wie der Künstler aussah – im Katalog war ein Foto von ihm, mit verschränkten Armen finster vor sich hin blickend –, aber die Ausstrahlung des Mannes hatte die Kamera nicht einfangen können. Vielleicht hatte es sich in seinen Bildern angedeutet. Ihm haftete eine Art passiver Energie an, die fast etwas Baumartiges hatte. Keller musste an das alte Kirchenlied denken. Wie ein am Wasser stehender Baum, würde Niswander nicht von der Stelle weichen.

Keller sah ihn an und registrierte das drahtige, an den Schläfen ergrauende schwarze Haar, das grobe, kantige Gesicht, den wuchtigen Körper, die breiten Schultern. Niswander trug einen Anzug. Es war ein schwarzer Anzug, auch sein Hemd war schwarz und seine Krawatte ebenfalls. Und war das ein schwarzes Taschentuch in seiner Tasche? Aus der Ferne war es schwer zu erkennen, aber Keller war sich ziemlich sicher.

Er sah aus wie seine Bilder, fand Keller, aber irgendwie passte sein Äußeres auch zu den zwei Seiten Kunstgeschwafel im Katalog. Im ersten Moment schienen sich das Geschwafel und die Bilder nicht unter einen Hut bringen zu lassen, aber Niswander schaffte es, diese Kluft zu überwinden. Wie ein Baum, der Erde und Himmel miteinander verband.

Ganz schön abgehobener Gedanke, fand Keller. Das passierte also, wenn er sich in einer Umgebung wie dieser aufhielt. Am Ende würde auch er Schwarz tragen.

Hoffentlich nicht, dachte er.

»Ich weiß nicht«, sagte Dot am nächsten Tag. »Eigentlich sollte ich erst gar nicht damit anfangen, sondern auf der Stelle den Mund halten und dich nach Hause schicken.«

»Ich bin doch grade erst hergekommen«, sagte Keller.

»Ich weiß.«

»Du hast angerufen und gesagt, du hättest was für mich.«

»Stimmt, aber ich hätte es dir nicht anbieten sollen.«

»Ist es was, das ich normalerweise nicht mache? Worum geht es? Soll ich zu Hause Briefumschläge adressieren? Den Leuten am Telefon irgendwelchen Müll andrehen?«

»Darin wärst du bestimmt gut«, sagte sie. »Hallo, Mrs. Clutterpan? Wie geht es Ihnen?«

»Das sagen sie doch immer. ›Wie geht es Ihnen?‹ Dann weiß man sofort, dass einem jemand was andrehen will, was man nicht will.«

»Wahrscheinlich wollen sie damit eine persönliche Beziehung aufbauen«, sagte sie. »Sie stellen einem eine Frage, und wenn man sie beantwortet, haben sie schon einen Fuß in der Tür.«

»Bei mir funktioniert das aber nicht.«

»Bei mir auch nicht. Aber würdest du grundsätzlich jemandem was abkaufen, der dich am Telefon anruft?«

»Das letzte Mal, als *mich* jemand angerufen hat«, sagte er, »bin ich in einen Zug nach White Plains gestiegen, und jetzt soll ich umdrehen und wieder nach Hause fahren.«

»Entschuldige«, sagte sie. »Können wir vielleicht noch mal von vorn anfangen? Ein Auftrag ist reingekommen, und es ist etwas, was du tust, und am Honorar ist auch nichts auszusetzen.«

»Und jede Wette, dass der nächste Satz mit *aber* anfängt.«

»Aber es ist hier in New York.«

»Oh.«

»So was kommt vor, Keller. Die Leute in New York sind nicht anders als die Leute anderswo, und manchmal wollen sie jemand aus dem Weg räumen lassen. Es ist schwer zu glauben, dass es New Yorker mit der gleichen gnadenlosen Geringschätzung der Unantastbarkeit menschlichen Lebens gibt, wie man sie in Roseburg, Oregon, und Martingale, Wyoming, findet. Aber so ist es nun mal, Keller.«

»Traurig aber wahr.«

»Wie du dir bestimmt denken kannst, ist so was schon öfter vorgekommen. Wenn ein New Yorker Auftrag reinkommt, rufe ich dich prinzipiell nicht an. Ich rufe jemand anders an, und er kommt von auswärts und erledigt den Auftrag.«

»Aber diesmal hast du mich angerufen.«

»Es gibt zwei Leute, die ich normalerweise anrufe. Einer von ihnen macht, was ich mache, er arrangiert alles, und wenn ich was habe, was ich nicht machen kann, rufe ich ihn an und gebe es an ihn weiter. Aber in diesem Fall kann ich ihn nicht anrufen, weil er derjenige ist, der mich angerufen hat.«

»Und wer kommt jetzt noch dafür in Frage?«

»Jemand drüben an der Westküste, der das Gleiche macht wie du. Ich würde nicht behaupten, dass er dein Flair hat, Keller, aber er ist korrekt und zuverlässig. Ich habe ihn schon gelegentlich in New York eingesetzt und ein, zwei Male, wenn du anderweitig zu tun hattest. Er ist gewissermaßen mein Ersatzmann.«

»Deshalb hast du ihn angerufen.«

»Das habe ich zumindest versucht.«

»War er nicht zu Hause?«

»Sein Telefon war abgemeldet.«

»Was heißt das?«

»Es heißt, dass er mich nicht hören wird, wenn ich nicht aus Leibeskräften brülle. Und was es sonst noch heißt, weiß ich nicht, Keller. Sein Telefon ist abgemeldet, nicht mehr und nicht weniger. Hat er sich aus Sicherheitsgründen eine andere Nummer zugelegt? Ist er umgezogen? Man könnte meinen, er würde mir seine neue Nummer geben, aber da er nicht viele Aufträge von mir bekommt, stehe ich vermutlich nicht sehr weit oben auf seiner Schnellwahl-liste. Eigentlich …«

»Ja, was?«

»Na ja, ich bin nicht mal sicher, ob er diese Nummer hier überhaupt hat. Gehabt haben muss er sie mal, aber wenn er sie verloren hat, weiß er nicht, wie er mich erreichen kann.«

»So oder so …«

»So oder so hat er nicht angerufen, und ich kann ihn nicht anrufen, und da ist dieser Auftrag, und ich habe an dich gedacht. Nur ist es in New York, und du kennst ja diesen Spruch. Man scheißt nicht, wo man isst.«

»Das sollte man lieber lassen.«

»Allerdings«, sagte sie. »Und ich muss gestehen, dass solche Binsenweis-heiten durchaus ihre Berechtigung haben. Der Gedanke dahinter ist, dass Leu-te wie du nur an einem Ort tätig werden sollten, an dem sie niemand kennen und niemand sie kennt, und nach getaner Arbeit einfach wieder nach Hause fahren. Damit sie schon über alle Berge sind, bevor die Leiche richtig kalt ist.«

»Nicht immer. Manchmal bekommt man nicht sofort einen Flug.«

»Du weißt schon, was ich meine.«

»Klar.«

»Ich bin der festen Überzeugung, dass man alles schön voneinander ge-trennt halten sollte.«

»Wie kacken und essen.«

»Wie kacken und essen. Für dich ist New York dazu da, um hier zu leben. Damit bleibt der ganze Rest der Welt, um dort zu arbeiten. Das müsste doch eigentlich genügen.«

»Drei Viertel der Erdoberfläche sind allerdings von Wasser bedeckt«, sag-te er.

»Keller …«

»Und wie viel Aufträge ziehst du am Nordpol an Land – oder unten in der Antarktis? Aber du hast natürlich recht, es bleibt trotzdem noch einiges übrig.«

»Ich rufe den Mann noch mal an und sage ihm, wir passen.«

»Warte erst mal.«

»Wozu?«

»Ich bin den ganzen Weg hier raus gekommen«, sagte Keller. »Dann kannst du mir zumindest was über den Job erzählen. Du brauchst mir nur zu sagen, dass es irgendeine Unterwelttype ist, der sich Tag und Nacht mit einem Trupp Gorillas umgibt, und ich kann beruhigt nach Hause fahren.«

»Es ist ein Künstler.«

»Worin? In schwerer Körperverletzung? Erpressung?«

»In Kunst«, sagte sie. »Er malt Bilder.«

»Jetzt aber.«

»Er hat demnächst eine Ausstellung. In Chelsea.«

»Ich habe gehört, dass sich seit Neuestem viele Galerien dort drüben niederlassen. Ganz im Westen, am Fluss. Ist das, wo er lebt?«

»Ah-ah, in Williamsburg.«

»Das ist in Brooklyn.«

»Na und?«

»Das ist praktisch eine andere Stadt.«

»Willst du dir da vielleicht was schönreden?«

Er schwieg eine Weile, dann sagte er: »Die Sache ist die, Dot, es ist schon eine Weile her, dass was reingekommen ist.«

»Wem sagst du das?«

»Und der letzte Auftrag, diese Geschichte in Louisville ...«

»Kein Zuckerschlecken, soviel ich mich erinnere.«

»Im Nachhinein betrachtet, ging eigentlich alles relativ glatt über die Bühne«, sagte er. »Aber damals ist es mir nicht so vorgekommen. Wir haben unser Geld bekommen, und alle waren glücklich und zufrieden, aber einen schlechten Nachgeschmack hat es trotzdem hinterlassen.«

»Deshalb würdest du dir jetzt gern den Mund ausspülen?«

»Enthält der Vertrag viel Kleingedrucktes, Dot? Soll es wie ein Herzinfarkt oder ein Unfall aussehen?«

Sie schüttelte den Kopf. »Ein Mord ist völlig okay, und du kannst es so auffällig machen, wie du willst.«

»Hm.«

»Das hat man mir zumindest zu verstehen gegeben. Ich weiß nicht, wie es aussehen soll, außer dass vielleicht jemand eine Lektion erteilt werden soll. Aber wenn du es so hindrehst, dass der Typ am helllichten Tag in einem Weihnachtsschaufenster von Macy's enthauptet wird, würde sich niemand beschweren.«

»Außer dem Künstler.«

»Man kann es nicht allen recht machen, Keller. Und? Interessiert?«

»Ich könnte das Geld brauchen.«

»Wer könnte das nicht? Die Anzahlung ist bereits unterwegs, weil ich zugesagt habe und mich erst dann nach jemand umgesehen habe, der es macht. Ich muss dir wohl nicht extra sagen, wie ungern ich Geld zurückschicke, das ich schon mal in der Hand hatte.«

»Weiß ich nur zu gut.«

»Ich hänge dran«, sagte sie, »und betrachte es als mein Geld, und es zurückzuschicken fühlt sich für mich an, als würde ich es ausgeben, ohne etwas dafür zu bekommen. Willst du es erst mal überschlafen?«

Er schüttelte den Kopf. »Ich bin dabei.«

»Wirklich? Auch wenn es in Brooklyn ist, ist es nach wie vor in New York. Er wohnt in Williamsburg, du in der First Avenue. Bei klarer Sicht kannst du aus deinem Fenster fast sein Haus sehen.«

»Nicht wirklich.«

»Trotzdem ...«

»Es wäre nicht das erste Mal in New York, Dot. Nichts Berufliches, aber was Persönliches, und wo soll da außerdem der Unterschied sein?« Er straffte den Rücken. »Ich bin dabei. Und jetzt erzähl mir von dem Kerl.«

»Ich habe mal gemalt«, sagte Maggie Griscomb. »Inzwischen mache ich Schmuck.«

»Deine Ohrringe sind mir schon aufgefallen.«

»Diese hier? Sie sind von mir. Ich trage nur meine eigenen Sachen, denn so bin ich ein wandelndes Schaufenster. Außer ich setze mich, dann bin ich ein sitzendes Schaufenster.«

Im Moment saßen sie an einem Tisch in einem kubanischen Café in der Eighth Avenue und tranken Café con leche.

»Schon komisch«, sagte sie. »Ich mag nämlich Schmuck, nicht nur meinen eigenen. Ich kaufe auch von anderen welchen, aber dann liegt er nur in einer Schublade rum.«

»Wieso hast du mit dem Malen aufgehört?«

»Ich habe mit neunundzwanzig aufgehört.«

»Ich wusste gar nicht, dass es dafür eine Altersbegrenzung gibt.«

»Ich habe in meinen Zwanzigern düstere abstrakte Ölgemälde gemalt und mit Fremden geschlafen«, sagte sie. »Insofern haben meine Zwanziger bis zu meinem vierunddreißigsten Geburtstag gedauert, als ich aus dem Bett eines Typen aufgestanden bin, mich im Bad übergeben und aus seiner Wohnung zu kommen versucht habe, ohne einen Blick auf ihn oder in einen Spiegel zu werfen. Mir wurde bewusst, dass ich älter als Jesus Christus war und dass es Zeit wurde aufzuhören, neunundzwanzig zu sein, und endlich erwachsen zu werden. Ich sah mir meine Bilder an und fand, mein Gott, was für ein Schund. Kein Mensch hat mal eins gekauft. Kein Mensch hat sie auch nur gut gefunden, außer vielleicht irgendwelche Typen, die mich ins Bett kriegen wollten. Ein geiler Mann täuscht dir für so ziemlich alles Begeisterung vor. Aber ansonsten war das Positivste, was jemand über meine Bilder gesagt hat, dass sie interessant sind. Da hätte ich übrigens einen guten Rat für dich. Sag einem Künstler nie, dass seine Sachen interessant sind.«

»Ich werde es mir merken.«

»Auch nicht anders. ›Hat dir der Film gefallen?‹ ›Er war irgendwie anders.‹ Was soll das bitte heißen? Anders als was?« Sie rührte in ihrem Kaffee und ließ den Löffel in der Tasse. »Ich weiß nicht, ob meine Bilder anders waren«, fuhr sie fort. »Was auch immer das heißen soll. Aber interessant waren sie nicht, weder für mich noch für sonst jemand. Sie waren nicht mal schön anzuschauen. Ich wollte die Leinwände verbrennen, aber das wäre doch etwas zu theatralisch gewesen. Deshalb habe ich sie einfach an den Straßenrand gestellt, und jemand hat sie mitgenommen.«

»Irgendwie traurig.«

»Für mich hatte es was Befreiendes. Ich habe mich gefragt: Was gefällt mir? Und ich dachte, Schmuck, und ich habe mich für einen Kurs eingeschrieben. Ich habe sofort gemerkt, dass ich Talent dafür habe. Sie sind doch hübsch, oder?«

»Sehr.«

»Und es ist völlig in Ordnung, dass sie hübsch sind«, sagte sie. »Ich habe hart daran gearbeitet, dass meine Gemälde nicht hübsch wurden, weil hübsche Kunst oberflächlich und dekorativ ist und nicht in einem Museum landet. Deshalb habe ich alles dafür getan, Bilder zu malen, an denen nie jemand Spaß haben würde, und das ist mir besser gelungen, als ich mir je hätte träumen lassen. Inzwischen mache ich Ringe und Armbänder und Halsketten und Ohrringe, und ich gestalte sie absichtlich attraktiv, und die Leute kaufen meinen Schmuck und tragen ihn und freuen sich daran. Und es ist eine wahre Freude, nicht mehr neunundzwanzig zu sein.«

»Du hast dein ganzes Leben umgekrempelt.«

»Na ja, Downtown wohne ich immer noch«, sagte sie, »und ich trage immer noch Schwarz. Aber ich saufe mir nicht mehr das Hirn aus dem Kopf und malträtiere meine Ohren nicht mehr mit lauter Musik...«

»Oder gehst mit Fremden ins Bett?«

»Das hängt davon ab«, sagte sie. »Wie fremd bist du?«

– 6 –

Sie schlief noch, als er bei Tagesanbruch ging. Es war ein frischer, klarer Morgen, und er beschloss, ein Stück zu Fuß zu gehen, und am Ende ging er den ganzen Weg nach Hause. Sie wohnte in einem Loft in der Etage eines umgewandelten Lagerhauses in der Crosby Street, und er wohnte schon seit Jahren in einem Vorkriegsmietshaus in der First Avenue, nur ein paar Straßen vom UN-Hauptquartier entfernt. Er ging unterwegs frühstücken und blieb eine Weile auf dem Union Square, um sich die Bäume anzusehen. Anschließend schlüpfte er in eine Buchhandlung und blätterte in einem Taschenführer für die Bäume Nordamerikas. Damit ließ sich jeder Baum bestimmen, und dann bekam man alles erzählt, was man über ihn wissen wollte. Sogar mehr, als man wissen wollte, fand Keller, weshalb er die Buchhandlung verließ, ohne das Buch zu kaufen.

Aber er achtete auf dem Heimweg weiter auf die Bäume. Midtown Manhattan war nicht gerade der Bois de Boulogne, aber in den meisten Seitenstraßen von Kips Bay und Murray Hill standen ein paar Bäume am Straßenrand, und er ertappte sich dabei, dass er sie betrachtete wie jemand, der noch nie einen Baum gesehen hatte.

Er war sich der Bäume in der Stadt immer bewusst gewesen, und das ganz besonders in den Monaten, als er einen Hund gehabt hatte. Allerdings neigen Hundebesitzer dazu, Bäume in erster Linie als einen Gebrauchsgegenstand zu betrachten. Inzwischen wieder hundelos, sah Keller Bäume als – ja, was? Kunstgegenstände, die in Hinblick auf Form, Farbe und Dichte spezielle Eigenschaften besaßen? Beweise für Gottes Wirken auf Erden? Machtvolle eigenständige Geschöpfe? Keller war sich nicht sicher, aber er konnte den Blick nicht von ihnen losreißen.

Zu Hause, in seiner ordentlichen Zweizimmerwohnung, wurde ihm plötzlich die Kahlheit der Wände bewusst. Im Schlafzimmer hingen zwei japanische Drucke in Bambusrahmen, ein Weihnachtsgeschenk einer Freundin, die schon lange verheiratet war und nicht mehr in New York lebte. Der einzige Kunstgegenstand im Wohnzimmer war ein Poster, das Keller gekauft hatte,

61

nachdem er vor ein paar Jahren in einer Hopper-Retrospektive des Whitney gewesen war.

Auf dem Poster war eins der bekanntesten Werke des Künstlers, zwei einsame Gäste an der Theke eines Diners, und es strahlte eine unbeschreibliche Einsamkeit aus. Keller fand es aufbauend. Die Botschaft, die es ihm vermittelte, war, dass er nicht allein war in seiner Einsamkeit, dass die Stadt (und im weiteren Sinn auch die Welt) voller einsamer Kerle war, die in einem verlassenen Café auf einem Hocker saßen, Kaffee tranken und durch die Tage und Nächte zu kommen versuchten.

An den japanischen Drucken war nichts auszusetzen, aber er hatte ihnen schon Jahre keine Beachtung mehr geschenkt. Mit dem Poster war das anders. Er betrachtete es oft und gern. Aber es war nur ein Poster. Es tat nichts anderes, als seine Erinnerung an das in Öl gemalte Original aufzufrischen, das es wiedergab. Wahrscheinlich hätte ihn das Poster auch angesprochen, wenn er das Gemälde selbst nie gesehen hätte, aber es hätte nicht annähernd die gleiche Wirkung auf ihn gehabt.

Ein Original von Hopper zu erwerben, kam für Keller nicht in Frage. Seine Tätigkeit war zwar einträglich, er konnte sich ein schönes Leben machen und gleichzeitig einiges Geld in seine Briefmarkensammlung stecken, aber er war Lichtjahre davon entfernt, sich einen echten Edward Hopper an die Wand hängen zu können. Das auf seinem Poster abgebildete Gemälde war bestimmt unverkäuflich, und sollte es doch einmal auf einer Auktion angeboten werden, brachte es bestimmt eine siebenstellige Summe. Einen siebenstelligen Betrag hätte Keller nur dann für ein Kunstwerk zahlen können, wenn zwei dieser sieben Stellen hinter dem Komma standen.

Keller aß in einem vietnamesischen Restaurant in der Third Avenue zu Mittag und schaute anschließend in einem Blumenladen vorbei. Von dort ging er zur Fifty-seventh Street hoch, wo er ein Haus fand, das ihm einmal im Vorbeigehen aufgefallen war, weil es in jeder seiner zehn Etagen eine oder mehrere Kunstgalerien gab. Bis auf zwei hatten alle geöffnet, und er suchte sie der Reihe nach auf und sah sich die ausgestellten Arbeiten an. Zuerst fürchtete er noch, dass ihm die Galeristen etwas aufzuschwatzen versuchten oder er sich wie ein Fremdkörper fühlen würde, der sich Kunstwerke ansah, die er nicht zu kaufen beabsichtigte. Aber niemand nickte ihm auch nur zu oder gab zu erkennen, dass er sich dafür interessierte, was er sich ansah oder wie lang er es ansah, und nachdem er in drei Galerien gewesen war, fühlte er sich in dieser Szene wie zu Hause.

Es war, als ginge man in ein Museum, merkte er. Es war sogar genau wie ein Museumsbesuch, mit zwei Ausnahmen. Man musste keinen Eintritt zahlen, und es gab keine Gruppen hektischer Schulkinder, denen ihre Lehrer verzweifelt etwas über die ausgestellten Kunstwerke zu erzählen versuchten.

Woher wusste man, wie viel die einzelnen Bilder kosteten? Neben jedem Gemälde klebte eine Nummer an der Wand, aber es waren keine Dollarzeichen darauf, und die Nummer waren der Reihe nach, 1-2-3-4-5-6-7, angebracht und hatte nur zu offensichtlich nichts mit dem Preis zu tun. Anscheinend galt es als geschmacklos, den Preis offen anzuschreiben, aber wollten sie die Sachen denn nicht verkaufen? Was sollte man tun? Bei jedem Bild, das einem ins Auge stach, nach dem Preis fragen?

Dann fiel ihm in einer Galerie eine Besucherin auf, die beim Betrachten der einzelnen Arbeiten gelegentlich ein laminiertes Blatt Papier zu Rate zog, das sie auf einen Tisch neben der Tür legte, als sie ging. Keller holte sich den Zettel und stellte fest, dass es sich dabei um eine nummerierte Liste aller ausgestellten Werke handelte, auf der Titel, Abmessungen, Material (Öl, Aquarell, Acryl und Gouache, was immer das war) und Entstehungsjahr angegeben waren.

Bei einem Bild stand statt eines Preises nur UV, was vermutlich Unverkäuflich heißen sollte. Bei zwei anderen waren kleine rote Punkte neben dem Preis, und er erinnerte sich, dass bei einigen Bildern ähnliche rote Punkte neben ihren Nummern geklebt hatten. Aber natürlich! Die roten Punkte bedeuteten, dass die Gemälde verkauft waren. Sie packten es nicht einfach ein und gaben es einem nach Hause mit. Nein, die Bilder blieben für die gesamte Dauer der Ausstellung hängen, und deshalb nahmen sie ein verkauftes Werk nicht ab, sondern versahen es mit einem roten Punkt.

Er beglückwünschte sich dafür, das alles herausgefunden zu haben, stellte dann aber bestürzt fest, dass es alle anderen bereits gewusst hatten. In allen Galerien New Yorks war er wahrscheinlich der Einzige, dem das nicht bekannt gewesen war. Aber wenigstens war er von allein darauf gekommen. Er hatte nicht gefragt, was die roten Punkte bedeuteten, und sich zum Narren gemacht.

*   *   *

Als Keller zu Hause eintraf, war die Post bereits gekommen. Früher hatte ihn die Post nie groß interessiert. Er hatte sie aus dem Briefkasten genommen und durchgesehen, die Werbesendungen weggeworfen und die Rechnungen bezahlt. Seit er jedoch angefangen hatte, Briefmarken zu sammeln, barg die Post jeden Tag neue Überraschungen.

Händler aus dem ganzen Land – und manchmal sogar aus dem Ausland – schickten ihm Marken, die er bei ihnen bestellt oder bei einer Auktion ersteigert hatte. Andere schickten ihm Marken zur Ansicht zu, damit er sie sich in Ruhe ansehen und diejenigen, die ihm gefielen, behalten konnte. Und dann waren da noch die monatlich erscheinenden philatelistischen Zeitschriften, eine Wochenzeitung und jede Menge Auktionskataloge und Preislisten und Sonderangebote.

An diesem Tag erhielt Keller neben den üblichen Listen und Katalogen von einer Händlerin in Maine seine monatliche Auswahl. »Lieber John«, stand in dem beiliegenden Schreiben, »anbei schicke ich Dir zur Ansicht ein paar interessante Exemplare aus den ehemaligen deutschen Kolonien sowie verschiedene andere Raritäten. Beigefügt sind 26 Glassinumschläge für insgesamt $ 149,43. Hoffentlich ist etwas dabei, was Dir gefällt. Mit freundlichen Grüßen, Beatrice.«

Keller kaufte seit fast zwei Jahren Briefmarken bei Beatrice. Sie fügte jeder Lieferung ein ähnliches Schreiben bei, und er antwortete immer im selben Stil: »Liebe Beatrice, danke für die schöne Auswahl, von der hier in der First Avenue einiges ein Zuhause gefunden hat. Ich lege einen Scheck über $ 83,75 bei und freue mich schon auf die nächste Auswahl. Herzliche Grüße, John.« Mehr als ein Jahr war es mit *Lieber Mr. Keller* und *Liebe Ms. Rundstadt* hin und her gegangen, aber inzwischen waren sie John und Beatrice, was ihrer Korrespondenz eine netten Anschein von Vertrautheit verlieh.

Aber nur einen Anschein. Er wusste nicht, ob Beatrice Rundstadt verheiratet oder ledig war, alt oder jung, dick oder dünn, und ebenso wenig wusste er, ob sie selbst Briefmarken sammelte (wie das viele Händler taten) oder Briefmarkensammeln (wie ebenfalls viele Händler) für vergebliche Liebesmüh hielt. Umgekehrt wusste sie über ihn nur, dass er Briefmarken sammelte.

Und so sollte es auch bleiben. Natürlich konnte er sich eine gelegentliche Fantasie nicht verkneifen, dass sich Bea Rundstadt (oder eine andere Philatelistin) als eine Seelenverwandte mit dem Gesicht eines Engels und der Figur einer Barbiepuppe entpuppte. Solange man Fantasien unter Kontrolle hatte, waren sie harmlos. Seine Begleitschreiben waren so unerschütterlich oberflächlich wie ihre. Sie schickte ihm Briefmarken, er schickte ihr Schecks. Warum an etwas herumpfuschen, das funktionierte?

In der Regel konnte man eine Auswahl von Marken, die einen interessierten, bis zu einem Monat lang behalten, aber Keller schickte sie normalerweise schon nach ein, zwei Tagen zurück. Diesmal brauchte er nur eine Stunde, um die Marken auszusuchen, die er haben wollte. Einordnen konnte er sie später; erst einmal stellte er einen Scheck aus, schrieb eine dreizeilige Nachricht und ging nach unten zum Briefkasten. Dann nahm er einen Bus zur Fourteenth Street und fuhr mit dem L Train unter dem East River durch zur Bedford Avenue.

In Manhattan kannte sich Keller relativ gut aus, aber seine Kenntnisse über die anderen New Yorker Boroughs war etwa auf dem Stand einer mittelalterlichen Weltkarte. Es gab kleine schwimmende Einsprengsel bekannten Lands und riesige Flächen, für die »Hic sunt dragones« galt. Mit Teilen Brooklyns war er halbwegs vertraut – mit Cobble Hill zum Beispiel, weil er dort einmal eine Freundin gehabt hatte, und mit Marine Park, weil er vor langer, langer Zeit vereinsmäßig Bowling gespielt hatte und dort draußen gelegentlich zu Ligaspielen angetreten war. Williamsburg kannte er so gut wie gar nicht, aber er wusste, dass im südlichen Teil die vorherrschenden ethnischen Gruppen Puertoricaner und chassidische Juden waren und weiter im Norden Polen und Italiener. In den letzten Jahren hatten sich dort auch Künstler auf der Suche nach günstigen Ateliers niedergelassen. (»Das ist das Ende des Viertels«, konnte man die Leute auf Spanisch, Jiddisch, Polnisch und Italienisch jammern hören.)

Declan Niswander wohnte in der Berry Street im Nordteil von Williamsburg, zu Fuß nur zehn Minuten von der U-Bahnstation entfernt. Keller fand die Adresse in einer Reihe bescheidener dreistöckiger Ziegelhäuser auf der Ostseite der Straße. Neben der Haustür waren drei Klingelknöpfe, was darauf schließen ließ, dass in jeder Etage eine Wohnung war. Ob sie geräumig oder klein waren, hing davon ab, wie weit das Niswander-Haus nach hinten reichte, aber das war von der Straße nicht zu sehen.

In dem Straßenzug, und im ganzen Viertel, war die Gentrifizierung in vollem Gange, aber es gab noch viel Luft nach oben, und die Phase des Bäumepflanzens war noch nicht angebrochen. Das hieß, dass Declan Niswander, der Bäume so atmosphärisch malte, dass Termiten in Erwägung zogen, ihre Ernährung umzustellen, in einer Straße ohne einen einzigen Baum wohnte. Keller fragte sich, ob ihn das störte oder ob er es überhaupt merkte. Vielleicht waren Bäume für ihn nur etwas zum Malen, und sobald er den Pinsel beiseitelegte, dachte er nicht mehr an sie.

Keller wanderte eine Weile ziellos durch das Viertel, um sich einen ersten Eindruck davon zu verschaffen. Er entdeckte ein kleines polnisches Restaurant, in dem er eine Schale Borschtsch und eine große Portion Pierogi aß, ein großes Glas Trauben-Kool-Aid trank, das sie ihm ungefragt brachten, und nach einem großzügigen Trinkgeld immer noch etwas Wechselgeld von einem Zehndollarschein übrig hatte. Hier draußen zu essen war wirklich günstig, selbst wenn man die U-Bahnfahrkarte dazurechnete.

Er saß in einer Kneipe, die The Broken Clock hieß, über einem Glas dunklem Bier, als Niswander hereinkam. Er hatte nicht mit seinem Erscheinen gerechnet, war aber auch nicht sonderlich überrascht. The Broken Clock (warum nannten sie den Laden wohl so? Es war nirgendwo eine Uhr zu sehen, weder eine kaputte noch sonst eine) war die einzige Bar in der Gegend, die wie ein Künstlertreff aussah. Die anderen waren normale Arbeiterkneipen, besser geeignet für Anstreicher von Häusern als Maler von Ulmen und Ahornen. Ab und zu schaute Niswander vielleicht auch dort auf ein Glas Bier vorbei, aber wenn er im Viertel öfter was trinken ging, dann im Broken Clock.

Niswander kam mit einer Frau herein, die eindeutig seine war und in einem Tragetuch ein Baby hatte, das eindeutig ihres war. Er grüßte überall Leute. Keller hörte, wie ihm jemand zu einer Kritik gratulierte und ein anderer fragte, wie die Vernissage gewesen sei. Hier kannten sie Declan Niswander und konnten ihn offensichtlich auch ganz gut leiden.

Niswander fühlte sich in dem Laden wie zu Hause, aber Keller vermutete, dass das in jeder Kneipe des Viertels so gewesen wäre. Mit seiner Statur und seinem Aussehen hätte er überall reingepasst, und in seinem rot-schwarz karierten Hemd und der Button-fly-Levi's sah er eher wie jemand aus, der einen Baum fällte, als wie jemand, der einen malte. Er trug absolut nichts Schwarzes, aber das tat auch keiner der anderen Gäste der Bar. Schwarz, vermutete Keller, war etwas für Lower Manhattan, wo sich ganz normale Leute wie Künstler anzogen. Auf dieser Seite des Flusses zogen sich Künstler wie ganz normale Leute an.

Keller trank sein Bier aus und ging.

Als er am Abend nach Hause kam, waren keine Nachrichten auf seinem Anrufbeantworter, und es rief auch niemand an, als er am nächsten Morgen um die Ecke frühstücken war. Er sah eine Nummer nach und griff nach dem Telefon.

Als sie abnahm, sagte er: »Hi, hier Keller.«

»Da bist du ja.«

»Da bin ich«, bestätigte er ihr.

»Und kein Wunder, dass dich die Leute Keller nennen. Du nennst dich ja auch selbst so.«

»Tue ich das?«

»›Hi, hier Keller.‹ Hast du gerade selbst gesagt. Deine Rosen sind sehr schön. Völlig unerwartet und höchst willkommen.«

»Ich habe mich gefragt, ob du sie auch bekommen hast.«

»Du bist nur zu zurückhaltend, um zu sagen, dass du dich gefragt hast, ob ich anrufen würde.«

»Keineswegs«, sagte er. »Ich weiß, du hast viel um die Ohren, und ...«

»Und im Blumenladen könnten sie die Karte verschlampt haben, sodass ich nicht wusste, von wem sie sind.«

»Der Gedanke ist mir tatsächlich gekommen.«

»Würde mich auch wundern, wenn nicht. Glaubst du etwa, ich hätte nicht anzurufen versucht? Bloß, weißt du eigentlich, wie viele Kellers es im Telefonbuch von Manhattan gibt?«

»An die zwei Spalten, wenn ich mich recht erinnere.«

»Ganz genau, zwei Spalten. Und es gibt zwei John Kellers und zwei Jonathans, nicht zu reden von sieben oder acht J Kellers. Und keiner von ihnen warst du.«

»Ich stehe nicht im Telefonbuch.«

»Was du nicht sagst.«

»Dann hattest du wohl meine Nummer nicht«, sagte er.

»Offensichtlich nicht, aber jetzt schon, weil ich nämlich Anrufererkennung auf meinem Telefon habe, weshalb dein Geheimnis keines mehr ist. Jetzt kann ich dich immer anrufen, wenn ich will. Wie findest du das?«

»Darüber habe ich mir noch keine Gedanken gemacht. Deshalb ist es schwer zu sagen. Worüber ich mir allerdings Gedanken gemacht habe, ist: Wie fändest du es, wenn ich heute gegen sieben bei dir vorbeikomme und wir zusammen essen gehen?«

»Das geht nicht.«

»Oh.«

»Aber ich habe eine bessere Idee. Wie wär's, wenn du um halb zehn vorbeikommst und wir ins Bett gehen.«

»Das ließe sich machen«, sagte er. »Aber willst du denn nichts essen?«

»Ich bin eine miserable Köchin.«

»In einem Restaurant«, sagte er. »Ich wollte mit dir ausgehen.«

»Ich habe verheerende Tischmanieren«, sagte sie. »Außerdem muss ich um fünf zu meiner Therapie.«

»Dauert das normalerweise nicht bloß eine Stunde?«

»Sogar nur fünfzig Minuten.«

»Wir könnten danach essen gehen.«

»Was ich immer mache«, sagte sie, »ist, ich kaufe mir auf dem Weg zur Therapie einen Bananensmoothie mit Weizenkeimen und Eiweißpulver und Spirulina, was auch immer das ist, und den trinke ich, während wir reden. Es ist der ideale Zeitpunkt für die Nahrungsaufnahme, weißt du? Und hinterher gehe ich sofort nach Hause und arbeite, weil ich einen Auftrag habe, den ich fertig bekommen muss, und um neun mache ich Schluss und nehme ein Bad und wasche mir die Haare und mache mich unwiderstehlich, und um halb zehn tauchst du auf, und wir haben eine einfallsreiche und äußerst befriedigende sexuelle Begegnung. Auf die ich mich, sollte ich vielleicht hinzufügen, schon den ganzen Tag lang freuen werde. Halb zehn, Keller. Bis dann.«

Am frühen Nachmittag nahm Keller einen Bus nach SoHo und machte sich auf die Suche nach der Regis Buell Gallery. Es gab noch einige andere Kunstgalerien im selben Block, und er schaute sich in zweien kurz um. Im Schnitt waren die Preise niedriger als in der Galerien in der Fifty-seventh Street, aber nicht viel. Kunst konnte sehr schnell teuer werden, sobald man sich nicht mehr mit Ausstellungsplakaten und massengefertigten Drucken von Kabuki-Tänzern begnügte.

Bei der Vernissage war die Buell Gallery gerammelt voll gewesen. Jetzt war sie leer – bis auf Keller und die junge Frau am Schreibtisch, eine selbstbewusste Blondine, die vor Kurzem ihren Abschluss an einem guten College gemacht hatte und bald die Frau eines Pendlers würde. Sie bedachte Keller mit einem unterkühlten Lächeln und wandte sich wieder ihrem Buch zu. Keller holte sich eine Preisliste. Sie mussten sie schon bei der Vernissage gehabt haben, aber damals hatte er noch nicht gewusst, dass es so etwas gab.

Er ging von Bild zu Bild und blieb zwei Stunden in der Galerie.

Zurück in seiner Wohnung, rief er Dot an. »Ich habe noch mal darüber nachgedacht.«

»Wenn du es dir anders überlegt hast«, sagte sie, »dann lass es einfach bleiben. Ehrlich gestanden, kann ich es dir nicht verdenken.«

»Nein.«

»Nein?«

Er schüttelte den Kopf, doch dann fiel ihm ein, dass er telefonierte. »Nein«, sagte er deshalb, »das ist es nicht. Ich habe mich nur wegen des Kunden gefragt.«

»Wieso? Was soll mit ihm sein?«

»Wer ist er?«

»Wer er ist? Keine Ahnung.«

»Es ist nämlich so, dass ich mir nicht vorstellen kann, wie jemand ein Interesse daran haben könnte, diesen Typen aus dem Weg räumen zu lassen. Höchstens vielleicht jemand aus der holzverarbeitenden Industrie.«

»Wie bitte?«

»Er malt Bilder von Bäumen, und wenn du mal ein paar davon gesehen hast, würdest du nie mehr einen fällen.«

»Und was genau wirst du jetzt, Keller? Ein Baumretter oder ein Kunstliebhaber?«

»Ich bin gestern Abend nach Williamsburg gefahren und …«

»Glaubst du, das war klug?«

»Möglicherweise erledige ich es dort draußen. Deshalb wollte ich erst mal das Terrain erkunden.«

»Ach so.«

»Ist 'ne nette Gegend, viele Künstler, hat aber trotzdem noch was Uriges. Angenehme Atmosphäre.«

»Und jetzt möchtest du dort hinziehen.«

»Ich will nirgendwo hinziehen, Dot. Aber glaubst du, du könntest was über den Kunden rausfinden? Den Typen anrufen, der dich angerufen hat, dich ein bisschen umhören?«

»Warum?«

»Warum?«

»Ja, warum? Es ist schon problematisch genug, in der Stadt zu arbeiten, in der man lebt. Warum das Ganze noch komplizierter machen?«

»Na ja ...«

»Er wird mir nichts erzählen. Er ist ein Profi. Und das bin ich auch. Deshalb werde ich ihn nicht mal fragen. Und du bist auch ein Profi, Keller. Muss ich noch mehr sagen?«

»Nein, vergiss es. Weißt du, wie viel er für ein Bild bekommt?«

»Wer? Die Zielperson?«

»Zehntausend Dollar. Im Schnitt. Die großen kosten etwas mehr, die kleinen etwas weniger.«

»Wie Diamanten«, sagte sie, »oder, keine Ahnung, Wohnungen. Was spielt es für eine Rolle, wie viel er verdient? Du willst doch keines kaufen?«

Er sagte nichts.

»Das wird ja immer schöner, Keller. Du erledigst den Typen und schlägst bei dir zu Hause einen Nagel in die Wand und hängst eins seiner Bilder daran auf. Es gibt nichts Professionelleres, als ein Erinnerungsstück an den Anlass zu behalten.«

»Dot ...«

»Wenn du schon unbedingt ein Souvenir haben möchtest«, sagte sie, »dann schneide ihm ein Ohr ab. Damit sparst du dir – sage und schreibe – zehn Riesen. Und wenn dich jemand fragt, sagst du, es ist das von Van Gogh.«

*   *   *

»Na«, sagte Maggie Griscomb, »war das etwa nichts?«

Keller hätte gern was gesagt, aber er war nicht sicher, ob er in der Lage war, vollständige Sätze zu bilden.

»Als ich die ganzen Kellers durchgemacht habe«, fuhr sie fort, »die Johns und die Jonathans und die ganzen Js, hätte ich den Mann, der das Tastentelefon erfunden hat, am liebsten ermordet. Mit einer altmodischen Wählscheibe wäre ich erst gar nicht auf die Idee gekommen, es zu versuchen. Ich wusste nämlich schon, dass du nicht im Telefonbuch stehen würdest. Jedenfalls nicht in dem von Manhattan. Ich fand, du könntest in Scarsdale wohnen.«

»Warum in Scarsdale?«

»Na ja, an so einem Ort eben. Meinetwegen auch in Westchester oder Long Island oder Connecticut. Gutsituiert vorstädtisch.«

»Ich wohne in Manhattan.«

»Wieso willst du Kinder in Manhattan aufwachsen lassen?«

»Ich habe keine. Ich bin nicht verheiratet.«

»Ich habe schon überlegt, welche John Kellers ich in Westchester finden würde«, sagte sie. »Aber du wärst im Büro gewesen, und ich hätte deine Frau dran bekommen.«

»Ich habe keine Frau.«

»Dann habe ich überlegt, ob ich in deinem Büro anrufen soll.«

Ein Büro hatte er auch nicht. »Wie hätte das gehen sollen? Ich habe dir nie gesagt, wo ich arbeite.«

»Ich hatte vor, mich durch alle *Fortune 500*-Firmen zu arbeiten, bis ich irgendwann dich erreicht hätte. Aber dann hast du mich angerufen und mir die Mühe erspart.«

»Du hältst mich anscheinend für einen von diesen Business-Typen.«

»Wie komme ich bloß auf so eine Idee?« Sie legte ihre Hand auf ihn. »Ich habe dich auf den ersten Blick durchschaut, Keller. Bist du bei der Vernissage in Schwarz aufgetaucht? Hast du mit farbbekleckerten Jeans und rotem Kopftuch ein Statement abgegeben? Nein, du bist in Anzug und Krawatte erschienen. Wie soll ich da wohl auf die Idee gekommen sein, du wärst einer von diesen Business-Typen?«

»Ich habe mich schon zur Ruhe gesetzt.«

»Bist du dafür nicht noch ein bisschen jung? Oder hast du so viel Geld gemacht, dass es nichts mehr bringt, noch länger zu arbeiten?«

»Ab und zu arbeite ich ja noch.«

»Als was?«

»Unternehmensberater.«

»Aha.«

»Deshalb muss ich hin und wieder für ein paar Tage oder eine Woche verreisen.«

»Um ein Unternehmen zu beraten.«

»Na ja, ich bin eher so eine Art Troubleshooter. Und da ich immer nur ein paar Aufträge pro Jahr erhalte, bin ich mehr oder weniger schon im Ruhestand.«

»Und das reicht dir zum Leben?«

»Ich komme ganz gut über die Runden. Ich habe im Lauf der Jahre was auf die hohe Kante gelegt, und ich habe geerbt, und bei meinen Investitionen hatte ich auch Glück.«

»Frisst der Unterhalt für Frau und Kinder nicht das Meiste davon auf?«

»Ich war nie verheiratet.«

»Ehrlich? Ich weiß, dass du jetzt nicht verheiratet bist. Damit wollte ich dich nur ein bisschen aufziehen. Aber dass du nie verheiratet warst? Wie hast du es geschafft, darum rumzukommen?«

»Keine Ahnung.«

»Ich habe mal einen Typen abgeschleppt«, sagte sie. »Das war, als ich noch hässliche Bilder gemalt und mit Fremden geschlafen habe. Er war ungefähr dein Alter und hat unglaublich gut ausgesehen, und im Bett war er auch super. Und er war auch nie verheiratet. Das konnte ich mir nicht erklären, bis ich rausgefunden habe, dass er Priester war.«

»Ich bin kein Priester.«

»Schade. Du könntest für Gott als Troubleshooter arbeiten. Weißt du was? Wir sollten uns auf keinen Fall noch länger so unterhalten. Ich möchte, dass das eine oberflächliche Beziehung bleibt.«

»Dann würde ich sagen, diese Unterhaltung ist ein Schritt in die richtige Richtung.«

»Nein, sie ist zu persönlich. Wir können über weiß Gott was reden, aber nicht über uns. Nichts ist mehr dazu angetan, alles zu verderben, als sich näher kennenzulernen.«

»Findest du?«

»Jedenfalls bist du fast so süß wie der Priester und im Bett sogar noch besser. Und du bist gerade hier, und weiß Gott, wo *er* ist, was bei genauerer Überlegung völlig in Ordnung ist. Aber warum vergeuden wir hier unsere Zeit mit Reden?«

Etwas später sagte er: »Ich war heute noch mal in dieser Galerie.«

»In welcher?«

»Wo wir uns kennengelernt haben. Regis Buell? Ich wollte sehen, wie Gemälde ohne Wein und Käse aussehen.«

»Und ohne mehrere hundert Leute. Und?«

»Sie haben mir gefallen«, sagte er. »Dieser Typ kann echt Bäume malen. Aber sie fliegen nicht gerade von den Wänden. Nur neben zwei Bildern war ein roter Punkt an der Wand.«

»Das sind zwei mehr, als Declan gern hätte.«

»Wie das?«

»Ich kann nur wiedergeben, was die Leute sagen. Anscheinend hat er verschiedene Leute angerufen, die seine Bilder sammeln, und ein paar Museumsleute, die Interesse an ihnen gezeigt haben, und allen hat er das Gleiche gesagt. Kommt in die Galerie, seht euch an, was ich in letzter Zeit gemacht habe, aber kauft um Himmels willen nichts.«

»Warum?«

»Weil er Regis Buell nicht ausstehen kann.«

»Den Galeristen? Warum zeigt er dann seine Bilder nicht anderswo?«

»Wird er auch, sobald er aus seinem Vertrag mit Regis raus ist. Das ist seine letzte Ausstellung bei ihm, und ab dem Ersten kommenden Monats wird er von Ottinger Galleries vertreten. Deshalb will Declan, dass vorerst noch niemand etwas kauft, damit Jimmy Ottinger die Provisionen für seine Arbeiten bekommt und nicht Regis Buell.«

»Werden die Preise bei Ottinger gleich hoch sein?«

»Vielleicht erhöht sie Jimmy ein bisschen«, sagte sie. »Zumindest wenn er glaubt, der Markt gibt es her. Er hält viel von Declans Arbeiten.«

»Und Regis Buell nicht?«

»Regis ist nur klar, dass das seine letzte Gelegenheit ist, mit Declans Bildern Geld zu machen. Deshalb hat er die Preise so niedrig wie möglich angesetzt, um möglichst viele Bilder zu verkaufen. Jimmy Ottinger kann es sich leisten, langfristig zu denken. Es könnte besser sein, jetzt schon mit den Preisen raufzugehen, als alles günstiger zu verkaufen.«

»Die Sache scheint komplizierter zu sein, als es auf den ersten Blick aussieht.«

»Wie alles andere auch«, sagte sie. »Und was ist mit dir? Warum interessierst du dich für das alles? Hast du vor, in eine von Declans knorrigen Eichen zu investieren?«

»Es gibt ein paar, die sich in meiner Wohnung nicht schlecht machen würden«, sagte er. »Besonders eins. Aber verlange bitte nicht von mir, dass ich es dir beschreibe.«

»Ein Baum ist ein Baum ist ein Baum.«

»In diesem Fall ist es ein alter in einer Winterlandschaft, aber das trifft auf relativ viele zu. Die Sache ist, sie sind alle anders, aber wenn man sie zu beschreiben versucht, läuft es bei allen mehr oder weniger auf dasselbe hinaus.«

»Ich weiß. Aber sag Declan bloß nicht, dass ich das gesagt habe. Aber was interessiert es dich, wer die Provision einstreicht? Wenn du eins gefunden hast, das dir wirklich gefällt, und wenn du sicher bist, dass du es in einem Monat oder einem Jahr immer noch ansehen willst ...«

»Soll ich es kaufen?«

»Billiger wirst du es nicht mehr bekommen. Und jemand anders könnte es dir vor der Nase wegkaufen.«

Gegen viertel nach eins begleitete ihn Maggie an die Tür und stellte sich auf die Zehenspitzen, um ihm einen Kuss zu geben. »Keine Blumen mehr«, warnte sie ihn. »Einmal war super, aber einmal genügt auch. Ruf mich ab und zu an, sagen wir, einmal die Woche, und wir kommen ein paar Stunden zusammen wie diesmal.«

»Ein paar Stunden«, sagte er. »Jede Woche oder so.«

»Ist das zu viel?« Sie tätschelte seine Wange. »Wenn wir uns öfter sehen, nutzt es sich vielleicht ab.«

Wenn wir uns öfter sehen, dachte er, als ihn ein Taxi nach Hause brachte, nutze *ich* mich ab.

Zu Hause blätterte er in einem seiner Briefmarkenalben. Viele Philatelisten waren Motivsammler, die nicht die Marken eines bestimmten Landes oder Zeitabschnitts sammelten, sondern nur Wertzeichen, auf denen bestimmte Motive oder Themen abgebildet waren. Also Marken mit Lokomotiven oder Schmetterlingen oder Pinguinen drauf. Ein Arzt entschied sich möglicherweise für Marken mit etwas Medizinischem, während ein Musiker eine Vorliebe für welche mit Musikinstrumenten oder bekannten Komponisten haben konnte. Oder man sammelte einfach Kaninchenmarken, und das aus keinem anderen Grund, als dass man Kaninchen einfach gern ansah.

Ein zunehmend beliebteres Motiv war Kunst auf Briefmarken. Früher, als Postwertzeichen in der Regel noch einfarbig waren, war es leichter gesagt als getan, ein großartiges Gemälde auf einem kleinen Stückchen Papier wiederzugeben. Bei einer monochromen Miniaturabbildung der Mona Lisa war vielleicht erkennbar, um welches Bild es sich handelte, aber ein gewisses Etwas fehlte ihr bestimmt.

Diese frühen einfarbigen Marken, gekonnt graviert und sauber gedruckt, sprachen Keller wesentlich mehr an als das, was heutzutage herausgebracht wurde. Denn inzwischen war praktisch jede Marke jedes Landes in allen Farben des Regenbogens gedruckt, und jedes Land konnte exquisite Reproduktionen der Kunstschätze der Welt herausbringen. Dank der Sammler war damit auch Geld zu machen, zumal die Werke Rembrandts und Rubens' im Gegensatz zu Disney- oder Warner- Brothers-Comicfiguren nicht durch ein eingetragenes Markenzeichen oder Urheberrecht geschützt waren. Jeder konnte sie kopieren, und viele taten es.

Da Keller nur bis 1952 sammelte, kamen die meisten Kunstbriefmarken für ihn nicht in Frage. Einige Länder hatten jedoch solche Marken auch schon in den Zeiten des Einfarbendrucks herausgebracht, mehr aus Stolz auf ihr kulturelles Erbe als um den Sammlern das Geld aus der Tasche zu ziehen. Besonders die Franzosen ließen es sich nicht nehmen, ihre Kultur anzupreisen, und brachten beim geringsten Anlass Briefmarken mit den Porträts bekannter Schriftsteller, Maler und Komponisten heraus. Keller hatte gerade einen Satz französischer Sondermarken vor sich, der einem einen guten Eindruck vom Können der Künstler vermittelte.

Und natürlich gab es auch den spanischen Satz zu Ehren Goyas. Auf einer der Marken war das Aktgemälde der Herzogin von Alba. Das Bild hatte für einigen Wirbel gesorgt, als es zum ersten Mal gezeigt wurde, und kaum weniger Aufsehen hatte die Briefmarke Jahre später bei einer Generation junger männlicher Philatelisten erregt. Keller erinnerte sich, die Marke vor langer Zeit besessen zu haben. Er hatte sie mit einer Lupe sehr genau studiert und sich gewünscht, die Marke wäre größer und die Lupe stärker.

In der aktuellen Linn's-Ausgabe fand in der Leserbriefspalte wie in fast jedem Heft ein reger Austausch zu dem Thema statt, wie man Jugendliche für das Hobby begeistern könnte. Offensichtlich fühlten sich Jungen und Mädchen in einer von Computern, Nintendo und MTV beherrschten Welt immer weniger zur Philatelie hingezogen. Wenn die Kids keine Briefmarken mehr sammelten, woher sollte dann die nächste Generation erwachsener Sammler kommen?

Auch Keller hatte sich mit dieser Frage beschäftigt und war zu dem Ergebnis gelangt, dass es ihm egal war. Er wollte nur seine eigene Sammlung vergrößern, und es interessierte ihn nicht im Geringsten, wie viele andere Männer und Frauen sich mit ihrer beschäftigten. Wenn keine neuen Sammler nachrückten, verloren Marken möglicherweise an Wert, aber auch das war ihm egal. Er würde seine Sammlung nicht verkaufen, und welchen Unterschied machte es schon, was nach seinem Tod aus ihr wurde? Wenn er sie nicht mitnehmen konnte, hatte bestimmt jemand anders eine Idee, was am besten damit geschehen sollte.

Andere machten sich jedoch zweifellos Gedanken über die Zukunft des Hobbys. Das U.S. Post Office fürchtete offensichtlich um einen einträglichen Nebenerwerb und hatte mit der Herausgabe von Marken reagiert, die speziell auf junge Sammler zugeschnitten waren. In Kellers Kindheit waren auf Briefmarken hauptsächlich große amerikanische Autoren, Erfinder und Staatsmänner zu sehen gewesen, also Leute, von denen er größtenteils noch nie etwas gehört hatte, sodass er beim Sammeln ihrer Porträts einiges über sie und ihre Zeit gelernt hatte.

Heutzutage war Briefmarkensammeln bei jungen Amerikanern vor allem dazu angetan, etwas über Bugs Bunny und Daffy Duck zu lernen.

Nach einigem Nachdenken gelangte Keller zu der Ansicht, dass sie es völlig falsch anpackten. Als Junge hatte er begeistert gesammelt, aber gerade nicht, weil Briefmarkensammeln auf Kinder zugeschnitten war, sondern weil es eindeutig eine Tätigkeit für Erwachsene war, der auch er nachgehen konnte. Wäre es für ihn Kinderkram gewesen, hätte es ihn nicht interessiert.

Hätte etwa eine Briefmarke mit einem Bild von Bugs Bunny den jungen Keller dazu veranlasst, seine Lupe herauszuholen, um sie genauer zu betrachten?

Auf gar keinen Fall. Wenn sie das Interesse der Jugend wecken wollten, dachte er, sollten sie nackte Frauen darauf zeigen.

Am nächsten Morgen rief er als Erstes Dot an. »Ich hoffe, es ist nicht zu früh«, sagte er.

»Vor fünf Minuten hättest du mich beim Frühstück gestört«, sagte sie. »Jetzt störst du mich nur beim Abwasch, und das ist völlig okay.«

»Ich frage mich nur«, sagte er. »Wegen des Kunden.«

»Hilf mir auf die Sprünge, Keller. Haben wir dieses Gespräch nicht schon mal geführt?«

»Angenommen, du rufst die Person an, die dich angerufen hat«, sagte Keller. »Angenommen, du fragst sie, was der Kunde von Pilzen hält.«

»Willst du in die Catering-Branche einsteigen, Keller?«

»Kollateralschäden, unbeteiligte Dritte«, sagte er. »Drogendealer nennen sie Pilze, weil sie einfach aus dem Boden schießen und in die Schusslinie geraten.«

»Interessant. Seit wann verkehrst du mit Drogendealern?«

»Ich habe einen Zeitungsartikel gelesen.«

»Von dort beziehst du deine Redewendungen, Keller? Aus Zeitungsartikeln?«

Er atmete scharf ein. »Worauf ich hinauswill: Angenommen, einem Typen in Brooklyn stößt etwas zu, und seine Frau und sein Kind erwischt es gleich mit.«

»Ach so, jetzt verstehe ich, worauf du hinauswillst.«

»Und die Kunstgalerie wäre eine andere Möglichkeit, aber dort könnten ebenfalls andere Leute sein.«

»Deshalb soll ich meinen Mann anrufen, damit er mit dem Kunden redet.«

»Genau.«

»Und dann gebe ich dir Bescheid, was er gesagt hat. Und dann was? Sag bloß nicht, der Auftrag wird erledigt, und wir können zur Tagesordnung übergehen.«

»Klar«, sagte er. »Was sonst?«

Keller saß vor dem Hopper-Poster und ließ es auf sich wirken. Wenn man sich etwas an die Wand hängen wollte, war ein Poster unschlagbar. Zehn, zwanzig Dollar plus Rahmung, und man hatte ein echtes Kunstwerk im Wohnzimmer.

Wie viele Poster konnte man andererseits aufhängen, bis einem die Wandflächen ausgingen? Nein, wenn man in einer kleinen Wohnung Kunst sammeln wollte, waren Briefmarken ideal. Ein Album, ein paar Zentimeter Platz im Regal, und man konnte sich seinen eigenen Louvre zusammenstellen.

Er konnte beide Richtungen einschlagen. Er konnte eine Motivsammlung mit Kunst auf Briefmarken anlegen, oder er konnte sich nach ein paar weiteren Postern umsehen, die ihn ähnlich ansprachen wie der Hopper.

Er band sich eine Krawatte um und nahm einen Bus quer durch die Stadt.

Total lächerlich, dachte er, als er von der Bushaltestelle zur Galerie ging. Das Bild, das ihm am besten gefiel, Nummer 19 auf der laminierten Preisliste, gehörte zu den größeren, und sie verlangten 12.000 Dollar dafür. Es wäre schön, es immer ansehen zu können, wenn ihm danach war, andererseits brauchte er bloß rüber in den Central Park zu gehen und konnte sich dort tausende Bäume ansehen. Er käme so nah an sie ran, wie er wollte, und es würde ihn nicht einen Cent kosten.

Am Schreibtisch saß wieder dieselbe Vassar-Absolventin und las denselben Jane-Smiley-Roman und wartete darauf, dass ihr Wall-Street-Prinz hereinkam. Sie nickte Keller zu, ohne den Kopf zu bewegen – ihm war nicht recht klar, wie sie das schaffte –, und wandte sich wieder ihrem Buch zu, während er auf das Bild zusteuerte.

Und da war es, intensiv und lebendig wie eh und je. Er hatte das Gefühl, in das Bild hineingezogen, den Stamm und die Äste hinaufgesaugt zu werden. Er ließ sich in die Leinwand sinken. Das war ihm noch nie so gegangen, und er fragte sich, ob es anderen Leuten genauso ging. Er blieb lange vor dem Bild stehen, und er wusste, dass er es sich unmöglich entgehen lassen konnte. Er hatte das Geld, er konnte es für das Bild ausgeben, wenn er wollte.

Er würde dem Mädchen sagen, dass er es kaufen wollte, und sie würden seinen Namen in die Kartei aufnehmen und vielleicht eine Anzahlung verlangen – wie so etwas genau ablief, wusste er nicht. Dann würden sie es als verkauft eintragen, und wenn die Ausstellung am Ende des Monats zu Ende ging, würde er den Restbetrag zahlen und es nach Hause mitnehmen.

Sollte er es rahmen lassen? Aktuell hatte es einen schlichten, schmalen Rahmen aus dunklem Holz, der ganz gut aussah, aber er vermutete, dass ein professioneller Bilderrahmer mehr daraus machen konnte. Aber es musste was Einfaches sein. Etwas, um das Bild einzufassen, ohne zu viel Aufmerksamkeit auf sich selbst zu lenken. Diese verschnörkelten und vergoldeten Rahmen passten hervorragend zu einem Porträt eines alten Knackers mit Backenbart, aber für so was waren sie vollkommen ungeeignet und …

Neben dem Bild war ein roter Punkt an der Wand.

Er starrte darauf, und da war er, unleugbar, neben der Nummer 19. Er streckte den Zeigefinger aus, als wollte er den Punkt wegschnippen, ließ aber die Hand wieder an seine Seite zurücksinken.

Er hatte zu lang gewartet. Weil er sich seinen Schritt noch einmal hatte überlegen wollen, hatte er nicht sofort zugegriffen, und jetzt war es zu spät.

Das Bild war weg.

Ihn überkam Enttäuschung, begleitet von paradoxer Erleichterung. Er müsste sich nicht von zwölftausend Dollar trennen, müsste keinen Rahmen aussuchen, müsste sich nicht für einen Platz an der Wand entscheiden und einen Nagel einschlagen.

Aber, so was Blödes auch, das Bild würde ihm nicht gehören.

Natürlich gab es andere. Dieses hatte er sich ausgesucht, den alten Baum, der den Winter zu überstehen versuchte, aber seine Wahl war nicht ganz so eindeutig gewesen, weil ihn auch alle anderen Arbeiten Declan Niswanders stark angesprochen hatten. Selbst wenn er sein Lieblingsbild nicht haben konnte, ging die Welt nicht gleich unter. Wie schwer konnte es schon sein, eins zu finden, das ihm fast genauso gut gefiel?

79

Überhaupt nicht schwer, wie sich herausstellte. Aber es wäre gleichermaßen schwer gewesen, eins der anderen Gemälde zu kaufen, weil buchstäblich neben jedem Bild in der Galerie ein roter Punkt klebte.

Er starrte so lange auf den Schreibtisch, bis das Mädchen aufblickte. »Sie haben ja alles verkauft«, sagte Keller.

»Ja«, sagte sie. »Großartig, nicht?«

»Für Sie ist es natürlich super«, sagte er, »und wahrscheinlich ist es das auch für Mr. Niswander, aber für mich nicht.«

»Sie waren doch gestern auch schon hier?«

»Ich hätte das Bild gleich kaufen sollen, aber ich wollte es noch mal überschlafen. Und jetzt ist es zu spät.«

»Über Nacht kann viel passieren«, sagte sie. »Das hört man in dieser Branche immer wieder, und dieser Fall ist ein gutes Beispiel dafür. Als ich gestern Abend nach Hause gegangen bin, hatten wir nur zwei Bilder verkauft, die beiden, die schon bei der Vernissage weggegangen sind. Und als ich heute Morgen hergekommen bin, waren so viele rote Punkte an den Wänden, dass ich dachte, sie hätten Masern.«

»Wenigstens habe ich noch bis Ende des Monats Zeit, mir die Bilder anzusehen«, sagte Keller. »Wer hat sie übrigens gekauft?«

»Ich war nicht hier. Aber ich kann gern Mr. Buell holen. Vielleicht kann er Ihnen weiterhelfen.«

Sie entfernte sich, und Keller kehrte zu Niswanders Bäumen zurück und versuchte, die lästigen roten Punkte zu ignorieren. Dann erschien ein Mann, der schlaksige junge Bursche, der bei der Vernissage Niswander vorgestellt hatte. Aus der Nähe, merkte Keller, war Regis Buell jedoch gar nicht so jung, wie er auf den ersten Blick zu sein schien. Er sah aus wie ein alt gewordener Junge, und Keller fragte sich, ob er sich hatte liften lassen.

»Regis Buell«, stellte er sich vor. »Jenna hat mir gerade erzählt, dass wir zu Ihrer Enttäuschung alles verkauft haben. Welches Bild war es denn, das es Ihnen so angetan hat?«

»Nummer neunzehn.«

»Die alte Rosskastanie? Eine vortreffliche Wahl. Sie haben ein gutes Auge. Aber ich muss sagen, die Bilder nehmen sich alle nichts.«

»Und sie sind alle schon weg. Wer hat sie gekauft?«

»Tja.« Buell verschränkte die Hände. »Unbekannte Käufer.«

»Mehr als einer?«

»Einige, und leider darf ich Ihnen ihre Namen nicht nennen.«

»Und sie haben alle gleichzeitig zugeschlagen? Ich war gestern hier, und da waren nur zwei Bilder verkauft.«

»Ja, nur zwei.«

»Und heute sind alle weg.«

»Wissen Sie, ich habe sie gestern, nachdem wir offiziell schon geschlossen hatten, noch ein paar Leuten in privatem Rahmen gezeigt. Und um genau zu sein, waren ein paar Arbeiten auch schon verkauft, als Sie sie gestern gesehen haben. Wir hatten zwar die roten Punkte noch nicht angebracht, aber einige Bilder waren bereits vergeben.« Er lächelte einnehmend. »Jenna hat mir übrigens Ihren Namen noch nicht genannt.«

»Ich habe ihn ihr auch nicht gesagt. Forrest.«

Buell lächelte zuckersüß, und Keller bereute seine Namenswahl sofort. »Mr. Forrest«, sagte Buell. »Kein Wunder, dass Bäume Sie ansprechen.«

»Tja«, sagte Keller.

»Wissen Sie, es besteht immer die Möglichkeit, dass es sich ein Käufer noch einmal anders überlegt.«

»Und vom Kauf zurücktritt?«

»Oder sich mit einem sofortigen Weiterverkauf einverstanden erklärt – vor allem, wenn er einen entsprechenden Anreiz geboten bekommt.«

»Wenn er einen schnellen Gewinn machen kann, meinen Sie?«

»Das kommt ständig vor. Falls Sie ein Angebot machen wollen, für die Rosskastanie oder auch sonst ein Bild, könnte ich es weiterleiten und sehen, was dabei herauskommt.« Und wie hoch müsste dieser Anreiz sein? Beträchtlich, meinte Buell. »Der Käufer ist ein Privatsammler, kein Händler, weshalb er nicht auf so etwas spekuliert haben dürfte. Aber andererseits, wer streicht nicht mal gern einen schnellen Gewinn ein? Die Aussicht auf einen zehnprozentigen Gewinn dürfte ihn zwar kaum reizen, aber die Möglichkeit, seinen Einsatz zu verdoppeln, könnte ihn durchaus zum Nachdenken bringen.«

»Anders ausgedrückt, ich soll ihm vierundzwanzigtausend bieten?«

Buell nagte an einem Fingernagel. »Darf ich Ihnen einen Vorschlag machen? Runden Sie auf fünfundzwanzigtausend auf. Das ist eine wesentlich eindrucksvollere Zahl.«

»Eindrucksvoll«, sagte Keller. »Allerdings.«

»Und ich könnte mir denken, dass auch Sie davon beeindruckt sind, nachdem Sie erwartet haben, das Bild für zwölf mit nach Hause nehmen zu können. Trotzdem, Sie könnten fünfundzwanzig- oder sogar fünfund*dreißig*tausend für dieses Bild zahlen und immer noch gut dastehen.«

»Glauben Sie?«

»Auf jeden Fall.« Regis Buell beugte sich vor und senkte die Stimme. »Sie sehen doch selbst, wie schnell alles ausverkauft war. Die Preise für Declan Niswander werden durch die Decke gehen. Wenn ich Ihnen einen Rat geben darf: Bieten Sie fünfundzwanzig, und erhöhen Sie das Gebot nötigenfalls sogar. Und wenn ich dem *Käufer* einen Rat geben sollte, würde ich ihm sagen, nicht zu verkaufen.« Er lächelte verschwörerisch. »Aber vielleicht will er meinen Rat nicht hören. Möchten Sie, dass ich mal vorfühle?«

Keller sagte, er wolle es sich noch überlegen.

»Zuerst musste ich meinen Mittelsmann erreichen«, sagte Dot, »und dann musste er seinen erreichen, und dann musste er sich wieder bei mir melden.«

»Irgendwas ist immer«, sagte Keller.

»Die Fragen haben ihn zwar überrascht, aber er hatte auch ein paar Antworten für mich. Der Kunde findet Williamsburg gut, und wie viele Leute zu der Party kommen, ist ihm egal. Wenn man ein Omelett macht, muss man ein paar Eier aufschlagen, und wenn man schon dabei ist, kann man auch noch ein paar Pilze dazugeben.«

»Und wenn die Frau dabei ist ...«

»Hat er damit keine Probleme. Weißt du nicht mehr, dass er durchaus etwas Aufsehen erregen möchte? Es kann ruhig unter die Kategorie Spektakel fallen.« Sie räusperte sich. »Andererseits ist das nicht unbedingt dein Stil, Keller.«

»Nein. Und was ist mit der Galerie? Hat er dazu was gesagt?«

»Das fand er nicht so toll.«

»Und wieso nicht? Aber egal, darauf brauche ich keine Antwort.«

»Dann bekommst du auch keine«, sagte sie. »Was hältst du davon?«

*　　*　　*

Am Montagmorgen ging er seine Geboteliste noch einmal durch, bevor er einen Umschlag an einen Händler in Hanford, Oklahoma, adressierte. In letzter Zeit gab es viele Internetauktionen. Man konnte online kaufen und verkaufen, und wenn man die Briefmarken zugeschickt bekam, konnte man mit einer speziellen philatelistischen Software seine eigenen Albumseiten entwerfen und mit einer anderen seine Bestände inventarisieren.

Keller hatte aber keinen Computer und wollte auch keinen. Er fand, er gab schon genügend Geld aus.

Er warf den Brief auf dem Weg zur Grand Central Station ein und nahm einen Zug nach White Plains. Als er im Taunton Place eintraf, öffnete ihm Dot, und er folgte ihr in die Küche. Der Fernseher lief. Er war auf eine Gameshow gestellt, aber der Ton war aus.

»Ich habe gar nicht mir dir gerechnet«, sagte sie. »Was ist, Keller? Warum schaust du mich so an?«

»Ich habe doch vorher, äh, angerufen.«

Sie verdrehte die Augen. »Das weiß ich. Du hast angerufen, und ich habe gesagt, komm raus. Ach so, jetzt verstehe ich, warum du so komisch schaust. Du hast gedacht, ich hätte unser Telefongespräch vergessen. Du hast gedacht, ich bin auch schon ein bisschen gaga, genau wie er, Gott hab ihn selig. Aber ich glaube, mir bleiben noch ein paar Jahre, bevor mein Verstand den Geist aufgibt. Was ich damit gemeint habe, war lediglich, dass ich dein Taxi nicht vorfahren und auch nicht wegfahren gehört habe. Hast du dich schon an der Ecke absetzen lassen?«

»Nein, ich ...«

»Weißt du noch, wie er das von allen Besuchern verlangt hat? Er hatte sich in den Kopf gesetzt, dass es Aufmerksamkeit erregen würde, wenn ständig Leute herkommen. Deshalb mussten alle ein Stück zu Fuß gehen, und das hat natürlich wirklich Aufmerksamkeit erregt. Bist du auch ein Stück zu Fuß gegangen?«

»Den ganzen Weg vom Bahnhof.«

»Den ganzen Weg vom Bahnhof?«

»Ist doch ein schöner Tag heute.«

»So schön kann er gar nicht sein«, sagte sie. »Du musst es ja verdammt eilig gehabt haben, mich zu sehen.«

»Wenn ich es eilig gehabt hätte, hätte ich ein Taxi genommen.«

»Keller, ich war gerade sarkastisch.«

»Ach so.«

»Was dabei herausgekommen ist, sieht man ja. Lass dich ansehen. Ist wohl kein Vergnügen, in der Stadt zu arbeiten, in der man lebt. Aber das Gute ist, du bist weder tot noch im Gefängnis. Hältst du es für möglich, diese Sache hinter dich zu bringen, solange das auf einen von uns beiden zutrifft?«

»Es ist bereits alles erledigt.«

»Jetzt aber ...«

»Ich bin hier nicht der Sarkastische«, sagte er. »Ich habe es übers Wochenende gemacht. Fall erledigt.«

»Davon hast du am Telefon gar nichts gesagt. Und sonst tust du das immer.«

»Normalerweise rufe ich von außerhalb an. Ich dachte, ich komme noch früh genug her, um es dir persönlich zu erzählen.«

»Und normalerweise bist du dann auch immer so – wie soll ich es nennen? – überschwänglich? Nicht unbedingt triumphierend und vielleicht sogar eher zurückhaltend, aber ein bisschen wie eine Katze, die eine tote Maus anbringt. Zufrieden trifft es vermutlich am besten.«

»Ja, zufrieden, das auf jeden Fall.«

»Du wirst gleich Luftsprünge machen, ich merke es richtig.«

»Es war jedenfalls ziemlich kompliziert«, sagte er, »und es hat eine Weile gedauert. Und als ich fertig war, musste ich nicht packen und nach Hause fahren.«

»Es gab ja auch nichts zu packen. Und zu Hause warst du bereits. Wie hast du es angestellt?«

»Die U-Bahn.«

»Hast du die U-Bahn nach Williamsburg genommen? Ach so, mit der U-Bahn hast du's gemacht.«

»Ein einfahrender Zug.«

»Und ein Toter auf dem Gleis. ›Ist er gesprungen, oder hat ihn jemand gestoßen?‹ Weißt du, was komisch ist? Ständig soll es wie ein Unfall aussehen, aber es ist nicht immer so einfach, es so hinzukriegen, dass die Forensik nicht Lunte riecht. Und diesmal hätte es nichts ausgemacht, wenn das Blut nur so gespritzt hätte, und was lieferst du? Einen absolut überzeugenden Unfall.«

Sie runzelte die Stirn. »Andererseits, wenn er von einer U-Bahn überfahren worden ist, dürfte es eine ziemliche Sauerei gegeben haben.«

»Der Kunde wird sich kaum beschweren.«

»Und selbst wenn«, sagte sie. »Wir werden nicht mehr für ihn oder sonst jemand in New York arbeiten. Es kann mir also egal sein, ob er uns noch mal einen Auftrag erteilt.«

»Wird er auch nicht mehr.«

Sie sah ihn scharf an. »Du hältst doch mit irgendwas hinter dem Berg, und ich habe auch schon einen schrecklichen Verdacht. Oder täusche ich mich?«

»Woher soll ich das wissen?«

»Keller, muss ich das Geld zurückschicken?«

»Nein.«

»Und wann kann ich mit dem Rest rechnen? Gar nicht, oder?«

Keller nickte nur

»Weil der Kunde Probleme hat, Schecks auszustellen, seit er den A Train genommen hat?«

»Es war nicht der A Train.«

»Es ist mir vollkommen egal, Keller, ob es der A Train oder die Atchison, Topeka und Santa Fe Railway war.« Sie seufzte schwer. »Erzähl es mir einfach.«

Wo anfangen? »Ich habe rausbekommen, wer der Kunde war.«

»Na, Gott sei Dank, sonst hättest du ja nicht gewusst, wen du umbringen sollst.«

»Es war der Galeriebesitzer«, sagte Keller und erzählte ihr, dass Niswander den Galeristen gewechselt hatte. »Die Galerien bekommen fünfzig Prozent des Kaufpreises. Buell hatte viel Geld und Energie darauf verwendet, Niswander aufzubauen, und jetzt ging der Kerl zu jemand anderem und sagte auch noch allen Freunden und Förderern, bei seiner letzten Ausstellung in Buells Galerie nichts zu kaufen, sondern zu warten und ihr Geld in die Taschen des neuen Galeristen fließen zu lassen.«

»Da war Buell verständlicherweise sauer«, sagte Dot, »aber gleich so sauer, dass er Niswander umbringen lässt? Und du bist ja auch nicht gerade billig. Er hätte also noch mehr draufgezahlt.«

»Nein, er hat darauf gezählt, davon zu profitieren. Weißt du, was passiert, wenn ein Künstler stirbt?«

»Sie machen ihm einen Einlauf«, sagte sie, »und begraben ihn in einer Streichholzschachtel.«

»Die Preise seiner Bilder gehen rauf. Alle wissen, dass er keine weiteren Bilder mehr auf den Markt werfen wird und seine besten Arbeiten nicht erst noch kommen werden. Folglich raufen sich alle um das, was er vor seinem Tod noch fertiggestellt hat.«

»Dann ist also jeder Künstler tot mehr wert als lebendig?«

»Nein«, sagte Keller, »aber Niswanders Stern war im Steigen begriffen, er hat gerade so richtig Fahrt aufgenommen. Deshalb hat es Buell so geärgert, ihn zu verlieren. Außerdem wäre dieser Prozess noch stärker beschleunigt worden, wenn Niswander auf möglichst spektakuläre Weise ums Leben gekommen wäre.«

»Aber was hätte Buell davon gehabt? Niswander wäre nach der Ausstellung abgewandert, und hast du nicht gesagt, dass bereits alle Bilder verkauft waren?«

Keller nickte. »Niswander hat allen gesagt, nichts zu kaufen. Und Buell hat über Nacht die ganze Ausstellung verkauft.«

»Ach, jetzt verstehe ich. An sich selbst.«

»Sobald seine Assistentin nach Hause gegangen ist, hat er die Wände mit roten Punkten bepflastert. Der Preis der Bilder belief sich auf vierhunderttausend Dollar, von denen er aber nur die Hälfte an Niswander abführen musste. Und wenn der Künstler starb, konnte er vermutlich in aller Ruhe seinen Nachlass regeln.«

»Und falls Mrs. Niswander ebenfalls getötet wurde, musste er vielleicht überhaupt nichts zahlen. Kein Wunder also, dass ihm egal war, wie viele Pilze in dem Omelett landen.«

»Und die Medien hätten alles noch mehr hochgespielt. *Künstler. Ganze Familie bei Amoklauf ausgelöscht.* Das hätte den Niswander-Hype zusätzlich angeheizt.«

»Außerdem sitzt er jetzt auf vierzig Gemälden, deren Preis aller Voraussicht nach durch die Decke gehen wird.« Sie runzelte die Stirn. »Ich muss schon sagen, ganz schön brutal, die eigenen Künstler umzubringen, um mehr an ihnen zu verdienen. Ich weiß zwar nichts über die moralischen Prinzipien im Kunsthandel, aber ich finde das höchst fragwürdig.«

»So sehen es bestimmt die meisten.«

»Andererseits«, fuhr sie fort, »ist dir eigentlich bewusst, in was für einem Haus wir sitzen?«

»In einem viktorianischen, oder? Mit Architekturstilen kenne ich mich nicht so aus.«

»Im übertragenen Sinn, Keller. Wir sitzen in einem Glashaus. Und was sollte man in einem solchen nicht tun?«

»Mit Steinen werfen?«

»Vor allem nicht auf die eigenen Kunden.«

»Klar.«

»Weil sie fast zwangsläufig ziemliche Schweine sind. Aber was will man auch anderes erwarten? Albert Schweitzer hat bestimmt nie einen Killer angeheuert, von dem Typen im Lendenschurz erst gar nicht zu reden, und ...«

»Welcher Typ im Lendenschurz?«

»Es gibt einen Film über ihn. Er war klein und hat komisch geredet, und am Ende wurde er erschossen. Du weißt schon, wen ich meine.«

»Hört sich nach Edward G. Robinson in *Little Caesar* an«, sagte er. »Aber bist du sicher, dass er nie einen Killer engagiert hat? Ich würde nämlich sagen ...«

»Herr im Himmel«, sagte sie. »Ich meine Gandhi, ja? Mahatma Gandhi aus Indien. Okay?«

»Wenn du meinst.«

»Edward G. Robinson«, schnaubte sie. »Edward G. Robinson in *Little Caesar*. Wann hat Edward G. Robinson mal einen Lendenschurz getragen?«

»Ich habe mich nur wegen des Lendenschurzes gefragt.«

»Jesus, Keller. Wo war ich?«

»Sie haben nie einen Killer angeheuert.«

»Schweitzer und Gandhi. Sie haben das nie gemacht. Man muss kein guter Mensch sein, um ein guter Kunde zu sein. Alles, was man tun muss, ist, uns nichts vorzumachen und zu zahlen, was man schuldig ist – was Regis Buell getan haben könnte oder auch nicht. Aber das werden wir wohl nie erfahren.«

»Niswanders Bilder haben mir wirklich gut gefallen, Dot.«

»Da verlasse ich mich ganz auf dein Urteilsvermögen, aber offensichtlich hat auch Buell große Stücke auf ihn gehalten. Deshalb war er es wert, umgebracht zu werden.«

»Es ist nicht nur bloß gut, Dot. Seine Arbeiten haben mich richtig angesprochen.«

»Du wolltest dir sogar eins seiner Bilder an die Wand hängen.«

»Am liebsten wäre ich auf der Stelle auf einen dieser Bäume geklettert, Dot, und hätte mich in der Krone versteckt. Wie könnte ich einen Mann umbringen, der etwas malen kann, was eine solche Wirkung auf mich hat?«

»Wir hätten von dem Vertrag zurücktreten können.«

»Nur damit es dann jemand anders tut?«

»Zumindest hättest du kein Blut an deinen Händen gehabt.«

»Der Mann wäre trotzdem genauso tot. Er würde keinen einzigen Baum mehr malen. Was interessiert mich da, ob ich Blut an den Händen habe?«

Sie schwieg eine Weile, dann sagte sie: »Was geschehen ist, ist geschehen, und ich würde nicht mal sagen, dass es falsch war, es zu tun. Was weiß ich schon von richtig und falsch? Ich sitze im selben Glashaus wie du, Keller. Ich werde keine Steine auf dich werfen.«

»Ist ja auch nicht das erste Mal, dass einer unserer Kunden ins Gras beißen musste. Zum Beispiel dieser Schlauberger in Iowa, der uns um die letzte Zahlung bescheißen wollte.«

»Und diese Type in Washington, die dir weisgemacht hat, seine Anweisungen direkt aus dem Weißen Haus erhalten zu haben. Diese beiden kannst du vergessen, Keller. Sie haben es geradezu darum gebettelt.«

»Und dann diese zwei Typen«, fügte Keller hinzu, »die sich von uns gegenseitig aus dem Weg räumen lassen wollten. Und er ...«, sein Blick wanderte zur Decke hoch, »... hat beide Aufträge angenommen. Hatte ich denn eine andere Wahl? Wie hätte ich es durchziehen sollen, ohne einen Kunden auszuschalten.«

»Wenn ich mich recht entsinne, hast du beide ausgeschaltet.«

»Dazu kann ich nur sagen, dass uns das damals als eine gute Idee erschienen ist.«

»Was sie vielleicht auch war. Übrigens müssen eine ganze Menge Leute stinksauer auf Regis Buell gewesen sein. Wirklich schade, dass du keinen dazu bringen konntest, dich anzuheuern, denn so ist finanziell nichts bei der Sache herausgesprungen.«

»Leider.«

»Sein Tod«, sagte sie, »bedeutet sogar, dass wir auch für Niswander nichts bekommen. Aber warum sollten wir auch, wo er doch gesund und munter ist.«

»Andererseits haben wir von Buell die Hälfte im Voraus erhalten, und zurückfordern wird er sie ja wohl nicht.«

»Bestimmt nicht. Und überhaupt, wenig ist besser als gar nichts. Man könnte es auch so sehen, dass es eigentlich Geld war, das ich von Anfang hätte zurückschicken sollen, und jetzt muss ich es nicht mehr tun.«

»Und es gehört ganz dir«, sagte er.

»Wieso das denn?«

»Ich habe Scheiße gebaut«, sagte er. »Mir steht mein Anteil nicht zu. Folglich kannst du alles behalten, und am Ende springt für dich genauso viel heraus, wie wenn ich den Auftrag erledigt hätte und wir die zweite Zahlung bekommen und halbe-halbe gemacht hätten. Wieso schaust du so komisch, Dot? Alles von der Hälfte ist die Hälfte von allem.«

» ›Alles von der Hälfte ist die Hälfte von allem.‹ Weißt du, wie sich das anhört, Keller? Wie irgend so ein blöder Spruch der drei Musketiere.«

»Aber so ist es doch und …«

»Es ist kompletter Quatsch«, sagte sie. »Keller, du und ich, wir sind die *zwei* Musketiere. Du hast dir deinen Anteil redlich verdient, als du dafür gesorgt hast, dass Buell den Zug nicht versäumt.«

»Ich weiß nicht, Dot.«

»Jetzt stell dich nicht so an. Wir haben beide etwas getan, was wir nicht hätten tun sollen, und es hat uns beide nichts gekostet. Deshalb würde ich vorschlagen, du hörst künftig auf, unsere Kunden umzubringen, und ich höre auf, Aufträge in New York anzunehmen. Einverstanden?«

»Einverstanden. Bloß …«

»Was?«

»Na ja, du kannst gern weiter Aufträge für New York entgegennehmen, bloß nicht für mich.«

»Vorausgesetzt, ich finde jemand von außerhalb, mit dem ich zusammenarbeiten kann.«

»Du hast doch bereits jemand.«

»Ich hatte mal jemand.«

»Bloß weil sein Telefon abgemeldet ist, heißt das noch lange nicht, dass auch er abgemeldet ist.«

89

»In diesem Fall schon«, sagte sie. »Weil er nämlich tot ist.«

»Tot?«

»Ich habe ein bisschen rumtelefoniert«, sagte sie, »und ich habe mich bei Leuten erkundigt, die sich bei anderen Leuten erkundigt haben. Vor etwas mehr als einem Monat hat die Polizei seine Tür eingetreten, weil sich ein Nachbar über den Gestank beschwert hat.«

»Und das lag wohl nicht an einem verstopften Abfluss.«

»Er hat in seinem Bett gelegen. Wäre er nicht so stark verwest gewesen, hätte man denken können, er hätte geschlafen. Was er wahrscheinlich auch getan hat. Er hat sich schlafen gelegt und ist nicht mehr aufgewacht.«

»Herzinfarkt?«

»Wahrscheinlich. Aber ich habe den Totenschein nicht gesehen.«

»Wie alt?«

»Jemand hat es mir gesagt, aber ich hab's wieder vergessen. Jünger als wir jedenfalls. So viel weiß ich noch.«

»Na, so was.«

»Vielleicht hat er Drogen genommen, Keller.«

»In dieser Branche? Wenn man Drogen nimmt, macht man das nicht lange.«

»Das war bei ihm jedenfalls der Fall«, sagte sie. »Und erzähl mir bloß nicht, dass nicht viele Typen was nehmen, wenn sie nicht arbeiten. Oder auch, wenn sie arbeiten. Nicht jeder lebt so gesund wie du, Keller.«

»Vielleicht hatte er eine angeborene Herzschwäche.«

»Vielleicht. Leute sterben, Keller, und nicht allen steht dabei ein hilfsbereiter Bursche wie du zur Seite. Es soll auch Leute geben, die vor die U-Bahn fallen.«

»Oder springen.«

»Oder springen. Nicht alle werden gestoßen.« Sie stand auf. »Aber jetzt will ich dir mal dein Honorar für jemand holen, der gesprungen ist, damit du endlich nach Hause fahren kannst. Was wird jetzt übrigens aus dem Baum, in den du dich verliebt hast? Was geschieht jetzt damit?«

»Niswander wird ihn mit den übrigen Bildern zurückbekommen, weil sich die unbekannten Käufer, für die diese kleinen roten Punkte stehen, nicht melden werden. Und deshalb wird sie sein neuer Galerist früher oder später zum Verkauf anbieten.«

»Zu einem wesentlich höheren Preis.«

»Nicht unbedingt. Der Künstler ist ja noch am Leben.«

»Allerdings. Wirst du es kaufen?«

»Keine Ahnung. Das Bild gefällt mir jedenfalls sehr. Alle seine Bilder gefallen mir.«

»Aber?«

Keller runzelte die Stirn. »Ich weiß nur nicht, ob ich mich darauf einlassen soll, Dot. Diese ganze Kunstszene. Vielleicht sollte ich lieber bei meinen Briefmarken bleiben.«

Sie kniff ihn in die Wange. »Umso besser. Wie heißt es so schön? Bleib bei deinen Briefmarken, und deine Briefmarken bleiben bei dir.«

– 8 –

Keller stieg schon an der Ecke Bleecker und Broadway aus dem Taxi und ging das letzte Stück zu Fuß. Das war einfacher, als dem haitianischen Taxifahrer zu erklären, wie er in die Crosby Street kam. Maggie wohnte in einem ehemaligen Lagerhaus mit abweisender Fassade, und Keller fuhr mit dem Lift zu ihrem Loft im vierten Stock hoch. Sie erwartete ihn in einem schwarzen Leinwandmantel, wie man sie aus Western kennt. Weil die Dinger so lang sind – wahrscheinlich, um den Träger vor Staub zu schützen –, heißen sie auch Staubmäntel. Maggie war eine kleine, zierliche Frau – *Elfe* war eine gute Beschreibung für sie, fand er –, und ihr Staubmantel reichte locker bis zum Boden.

»Überraschung«, sagte sie und riss ihn auf, und darunter war nichts als sie.

Keller, der Maggie Griscomb in einer Kunstgalerie kennengelernt hatte, traf sich schon eine Weile in unregelmäßigen Abständen mit ihr. Als ihn Dot erst vor Kurzem gefragt hatte, ob er mit jemandem zusammen sei, war er um eine Antwort verlegen gewesen. War er das? Schwer zu sagen.

»Wir haben nur eine oberflächliche Beziehung«, hatte er schließlich geantwortet.

»Gibt es denn auch andere, Keller?«

»Die Sache ist die«, sagte er, »dass sie es so will. Wir treffen uns einmal die Woche – wenn überhaupt. Und wir gehen miteinander ins Bett.«

»Geht ihr denn nicht wenigstens vorher essen?«

»Inzwischen habe ich es aufgegeben, es ihr vorzuschlagen. Sie ist winzig, wahrscheinlich isst sie nicht viel. Vielleicht ist essen etwas, das sie nur allein machen kann.«

»Du würdest staunen, wie vielen Leuten es mit Sex so geht. Aber ich muss sagen, sie hörte sich nach dem sprichwörtlichen Traum jedes Seemanns an. Gehört ihr vielleicht auch noch ein Getränkemarkt?«

Sie war eine gescheiterte Malerin, erklärte er Dot, die als Goldschmiedin ihre wahre Bestimmung gefunden hatte. »Deiner letzten Angebeteten hast du

Ohrringe gekauft«, rief ihm Dot in Erinnerung. »Diese macht sie sich selbst. Was kaufst du ihr?«

»Nichts.«

»Sehr praktisch. Wenn du ihr nichts schenkst und sie nicht zum Essen einlädst, ist sie wohl keine besondere Belastung für deinen Geldbeutel. Kannst du ihr nicht wenigstens Blumen schicken?«

»Habe ich schon gemacht.«

»Das kann man auch öfter machen, Keller. Das ist eins der schönen Dinge an Blumen. Die Dinger verwelken, weshalb man sie wegwerfen und Platz für neue schaffen muss.«

»Sie hat sich über die Blumen gefreut«, sagte er, »aber sie hat gemeint, einmal wäre genug. Tu das nicht noch mal, hat sie gesagt.«

»Weil sie will, dass eure Beziehung schön oberflächlich bleibt.«

»Genau.«

»Eines muss man dir wirklich lassen, Keller«, sagte sie. »Es gibt nicht viele von der Sorte, aber du suchst dir immer die Durchgeknallten aus.«

»Das hat jetzt aber reingehauen«, sagte Maggie. »Bilde ich es mir nur ein, oder war das gerade ein mittleres Erdbeben?«

»Ziemlich weit oben auf der Richterskala«, sagte er.

»Ich habe mir allerdings schon gedacht, dass es heute besonders intensiv wird. Morgen ist Vollmond.«

»Heißt das, wir hätten warten sollen?«

»Nein. Ich habe die Erfahrung gemacht, dass es der Tag *vor* dem Vollmond ist, an dem ich ihn am stärksten spüre.«

»An dem du wen am stärksten spürst?«

»Den Mond.«

»Aber was genau spürst du dann? Welche Wirkung hat er auf dich?«

»Er macht mich ganz mondig.«

»Mondig?«

»Unruhig, wepsig. Er hebt meine Stimmung. Intensiviert irgendwie alles. Wie bei allen anderen wahrscheinlich auch. Wie ist das bei dir, Keller? Welche Wirkung hat der Mond auf dich?«

Soweit Keller das sagen konnte, bestand für ihn die einzige Wirkung des

Monds darin, dass er den Himmel ein wenig erhellte. Da er in der Stadt wohnte, wo alle Straßen beleuchtet waren, achtete er kaum auf den Mond und würde es vielleicht nicht einmal merken, wenn er nicht mehr da wäre. Neumond, Halbmond, Vollmond … nur wenn er hin und wieder zwischen den Häusern einen Blick darauf erhaschte, bekam er mit, in welcher Phase er sich gerade befand.

Maggie achtete offensichtlich mehr auf den Mond und maß ihm größere Bedeutung bei. Wenn also der Mond etwas mit dem Vergnügen zu tun hatte, das sie einander gerade bereitet hatten, war er ihm dankbar dafür und froh, dass es ihn gab.

»Außerdem«, fuhr sie fort, »durchlaufe ich meinem Horoskop zufolge gerade eine sehr sexuelle Phase.«

»Deinem Horoskop zufolge?«

»Mhm.«

»Wie muss ich mir das vorstellen? Liest du es jeden Morgen?«

»Meinst du, in der Zeitung? Also, ich kann nicht behaupten, dass ich es nie tue, aber ich würde ebenso wenig Rat in einem Zeitungshoroskop suchen, wie ich mir von Ann Landers sagen lassen würde, dass ich Petting machen muss, um beliebt zu sein.«

»Was Letzteres angeht, würde ich sagen, dass es nicht zwingend nötig ist, wenn es auch bestimmt nicht schaden kann.«

»Und wer sagt denn«, sie berührte ihn leicht, »dass es mir nicht Spaß macht.«

Etwas später sagte sie: »Zeitungshoroskope sind durchaus witzig, wie die *Peanuts* oder *Doonesbury*, aber sie sind nicht sehr zuverlässig. Ich habe mir aber ein individuelles Horoskop stellen lassen und lasse es jedes Jahr aktualisieren. Damit ich grob weiß, womit ich in den nächsten zwölf Monaten rechnen muss.«

»Du glaubst an so was?«

»An Astrologie? Sie ist wie die Schwerkraft, oder etwa nicht?«

»Sie hindert die Dinge daran, ins All davonzufliegen?«

»Sie wirkt, ob ich nun daran glaube oder nicht«, sagte sie. »Deshalb glaube ich lieber dran. Außerdem glaube ich an alles.«

»Auch an den Weihnachtsmann?«

»Und die Zahnfee gleich mit. Nein, dieser ganze okkulte Kram, Tarot und Zahlenmystik und Handlesen und Phrenologie und ...«

»Was ist das?«

»Beulen am Kopf.« Sie legte ihre Hand auf den seinen. »Du hast einige.«

»Beulen am Kopf?«

»Mhm. Aber frag mich nicht, was sie bedeuten. Ich war noch nie bei einem Phrenologen.«

»Würdest du denn zu einem gehen?«

»Klar, wenn mir jemand einen guten empfehlen würde. Auf allen diesen Gebieten gibt es Leute, die besser sind als andere. Zuerst einmal sind da natürlich diese ganzen Zigeunerinnen, die einen wirklich bloß übers Ohr hauen wollen, aber daneben findest du die unterschiedlichsten Levels von Seriosität. Manche Leute haben eine echte Gabe für so was, und andere versuchen es einfach auf gut Glück. Aber das trifft auf jeden Beruf zu, oder nicht?«

Auf seinen ganz bestimmt.

»Was ich nicht verstehe«, sagte er, »ist, wie es wirkt. Was soll es zu besagen haben, wie die Sterne stehen, wenn man geboren wird? Wieso soll das irgendeinen Einfluss auf irgendwas haben?«

»Ich habe nicht die leiseste Ahnung, wie irgendetwas wirkt«, sagte sie, »oder auch warum. Warum geht das Licht an, wenn ich auf den Schalter drücke? Warum werde ich feucht, wenn du mich anfasst? Für mich ist alles ein Rätsel.«

»Aber Beulen am Kopf, also ich weiß nicht. Oder Tarotkarten.«

»Für manche Leute ist es einfach eine Möglichkeit, Zugang zu ihrer Intuition zu erhalten«, sagte sie. »Ich kannte mal eine Frau, die konnte Schuhe lesen.«

»Was? Die Etiketten? Das verstehe ich nicht.«

»Nein, sie hat sich ein Paar Schuhe angesehen, die jemandem eine Weile gehört haben, und dann konnte sie dir alles Mögliche über diese Person sagen.«

»Dass sie Einlegsohlen braucht.«

»Nein, dass man zum Beispiel zu viel stärkehaltige Sachen isst, oder dass man die feminine Seite seiner Persönlichkeit stärker zur Entfaltung kommen lassen sollte, oder dass die Beziehung, in der man lebt, die eigene Kreativität hemmt. Dinge in der Art.«

»Und das alles nur aufgrund des Aussehens der Schuhe. Und das leuchtet dir ein?«

»Was heißt schon einleuchten? Weißt du, was Holismus ist?«

»Ist das, wenn man braunen Reis isst?«

»Nein, das ist Whole Food. Mit Holismus ist es wie mit Hologrammen. Dem liegt das Prinzip zugrunde, dass sich in jeder einzelnen Körperzelle der ganze Mikrokosmos widerspiegelt. Deshalb kann ich dir zum Beispiel die Füße massieren, damit deine Kopfschmerzen nachlassen.«

»Das kannst du?«

»Ich selbst nicht, aber jemand, der sich mit Fußreflexzonenmassage auskennt, schon. Darum braucht sich ein Handleser nur deine Handfläche anzusehen, um Hinweise auf deine körperliche Verfassung zu finden, ohne dass sie etwas mit deinen Händen zu tun haben muss. Sie kann sich in deinen Handflächen zeigen oder in der Iris deiner Augen oder in den Beulen auf deinem Kopf.«

»Und in den Absätzen meiner Schuhe«, fügte Keller hinzu. »Ich habe mir mal aus der Hand lesen lassen.«

»Tatsächlich?«

»Vor ein, zwei Jahren. Es war auf einer Party, und sie hatten eine Handleserin engagiert. Als Gag sozusagen.«

»Wahrscheinlich keine besonders gute, wenn sie sich für so was hergegeben hat. Und wie zutreffend war, was sie dir gesagt hat?«

»Sie hat gar nichts gesagt.«

»Hast du nicht gerade gesagt, du hättest dir aus der Hand lesen lassen?«

»Ich wäre schon dazu bereit gewesen. Aber sie nicht. Ich habe mich zur ihr an den Tisch gesetzt und ihr meine Hand hingehalten, und sie hat sie genau angesehen und mir dann wieder zurückgegeben.«

»Das ist ja furchtbar. Du hast sicher einen gewaltigen Schreck bekommen.«

»Wieso?«

»Na ja, dass sie deinen nahen Tod in deinen Handlinien gesehen hat.«

»Der Gedanke ist mir auch gekommen«, sagte er. »Aber ich habe es mir so erklärt, dass sowieso alles nur Show war. Ich war zwar ein bisschen nervös, als ich das nächste Mal in ein Flugzeug gestiegen bin ...«

»Das kann ich mir denken.«

»… aber es war ein ganz normaler Flug, und auch sonst ist nie etwas passiert, und irgendwann habe ich einfach aufgehört, daran zu denken. Ich könnte nicht sagen, wann ich das letzte Mal daran gedacht habe.«

Sie streckte die Hand aus. »Zeig mal.«

»Häh?«

»Gib mir deine Hand. Ich möchte sehen, was diese Kuh so erschreckt hat.«

»Du kannst aus der Hand lesen?«

»Nicht wirklich, aber ich verfüge über ein gewisses Halbwissen zu dem Thema. Aber jetzt lass mal sehen, ich will natürlich nicht zu viel wissen, denn das könnte die Oberflächlichkeit unserer Beziehung gefährden. Hier ist deine Kopflinie, hier ist deine Herzlinie, und hier die Lebenslinie. Keine Heiratslinien. Du hast ja auch gesagt, dass du nie verheiratet warst, und deine Hand sagt, dass du die Wahrheit gesagt hast. Ich könnte nicht behaupten, dass ich hier irgendwas sehe, aufgrund dessen ich dir raten müsste, keine langfristigen Verträge abzuschließen.«

»Mir fällt ein Stein vom Herzen.«

»Deshalb ist ganz klar, was ihr einen solchen Schreck eingejagt hat. Du hast einen Mörderdaumen.«

Keller, der sich mit seiner Briefmarkensammlung beschäftigte, ließ sich immer wieder ablenken und betrachtete seinen Daumen, wie er zusammen mit dem Zeigefinger die Pinzette hielt oder nach einem Glasintütchen griff oder eine Lupe nahm. Sein persönliches Kainsmal. Sein Mörderdaumen.

»Es liegt daran, dass dein Daumen anders aussieht als sonst üblich«, hatte ihm Maggie erklärt. »Siehst du, hier? Und jetzt schau dir meinen Daumen an oder auch deinen linken. Siehst du den Unterschied?«

Dass er einen Mörderdaumen hatte, wusste sie deshalb, weil eine Jugendfreundin von ihr, ein rundum nettes und friedliches Mädchen, genauso einen gehabt hatte und eine Handleserin ihr gesagt hatte, es sei ein Mörderdaumen, worauf die beiden es in einem Buch zu diesem Thema nachgeschlagen hatten. Und dort hatten sie ihn dann gefunden, den Mörderdaumen, lebensgroß und in Farbe, und er hatte genauso ausgesehen wie der Daumen ihrer Freundin Jacqui und jetzt wie der von Keller.

»Aber sie hätte dir auf keinen Fall einfach kommentarlos die Hand zurückgeben dürfen«, hatte ihm Maggie versichert. »Ich weiß zwar nicht, ob so etwas statistisch erfasst wird, aber ich bin sicher, dass die meisten Mörder zwei völlig normale Daumen haben, während die meisten Menschen mit einem Mörderdaumen nie jemand getötet haben und das auch nie tun werden.«

»Da bin ich aber froh.«

»Wie viele Menschen hast du getötet, Keller?«

»Was soll denn das für eine Frage sein?«

»Und spürst du schon, dass du in Zukunft mal einen mörderischen Wutausbruch haben wirst?«

»Eigentlich nicht.«

»Na, siehst du. Du kannst also beruhigt sein. Du hast vielleicht einen Mörderdaumen, aber ich glaube nicht, dass du dir deswegen Sorgen machen musst.«

Er machte sich keine Sorgen, das nicht. Aber ein wenig verblüfft war er schon. Wie konnte man sein ganzes Leben lang einen Mörderdaumen haben, ohne es zu merken? Und was hatte das zu bedeuten?

Er hatte seinem Daumen sicher nie besondere Beachtung geschenkt. Ihm war bewusst gewesen, dass seine beiden Daumen nicht gleich aussahen und dass sein rechter etwas eigenartig war, aber es stach einem nicht sofort in die Augen, und es war nichts, was anderen Kids sofort auffiel, und schon gar nichts, weswegen sie einen aufzogen. Er hatte ihm in all den Jahren etwa so viel Beachtung geschenkt wie dem Nagel seiner linken großen Zehe, die von schmalen Furchen überzogen war.

Eine Mörderzehe, dachte er.

Er brütete gerade über einer Preisliste für Frankreich und Kolonien und rang mit einigen der kleinen Entscheidungen, die ein Briefmarkensammler manchmal treffen muss, als das Telefon klingelte. Er nahm ab. Es war Dot.

Er nahm wie üblich den Zug, von der Grand Central Station nach White Plains und wieder zurück. Bevor er sich am Abend schlafen legte, packte er eine Reisetasche, und am nächsten Morgen nahm er ein Taxi zum JFK und einen Flieger nach Tampa. Dort mietete er einen Ford Escort und fuhr nach Indian Rocks Beach, das sich mehr wie eine Überschrift in *Variety* anhörte als ein Ort, an dem man lebte. Aber genau das war es, und wenn er auch keine

Indianer oder Felsen sah, war der Strand kaum zu verfehlen. Er war richtig schön, und er konnte verstehen, warum sie dort so viele Häuser mit Timesharing- und Eigentumswohnungen hochgezogen hatten.

Der Mann, den Keller suchte, er war aus Ohio und hieß Stillman, hatte gerade für einen einwöchigen Urlaub im dritten Stock der Gulf Water Towers ein Apartment mit Meerblick bezogen. Im Foyer gab es zwar einen Türsteher, aber Keller glaubte nicht, dass an ihm ähnlich schwer vorbeizukommen wäre wie an der Maginot-Linie.

Aber musste er das überhaupt? Stillman war gerade aus dem sonnenlosen Cincinnati angekommen, und wie lange würde er schon in seiner Ferienwohnung bleiben? Nicht länger als unbedingt nötig, vermutete Keller. Bestimmt wollte er schnellstens ins Freie und ein paar Sonnenstrahlen einfangen, vielleicht auch ein bisschen im Golf planschen und anschließend weiter in der Sonne dösen.

Keller hatte eine Badehose eingepackt und fand eine Herrentoilette, in der er sich umziehen konnte. Ein Handtuch zum Drauflegen hatte er nicht – noch hatte er sich kein Zimmer genommen –, aber er konnte sich auch in den Sand legen.

Wie sich herausstellte, war das nicht nötig. Als er am Strand entlang schlenderte, sah er eine Frau aus dem Wasser kommen. Sie hatte mit den Händen etwas Wasser aus dem Meer geschaufelt und schüttete es auf einen im Sand liegenden Mann. Er sprang auf und jagte ihr ausgelassen lachend hinterher, als sie wieder ins Wasser zurückrannte. Dort alberten sie dann mit typischer hormonbefeuerter Energie herum, und Keller nahm an, dass sie das noch eine Weile tun würden. Sie hatten zwei Badetücher im Sand liegen gelassen, anonyme, nicht zu identifizierende weiße Strandtücher, und Keller glaubte, dass ihnen auch eins genügen würde. Wenn sie sich genügend mit Wasser bespritzt hatten, fänden problemlos beide darauf Platz.

Er nahm das andere Badetuch und ging damit zum Privatstrand für die Bewohner der Gulf Water Towers. Er breitete es auf dem Sand aus und blickte sich kurz um, entdeckte aber niemand, der George Stillman ähnlich sah. Deshalb legte er sich auf den Rücken und schloss die Augen. In New York hatte sich die Sonne in letzter Zeit ziemlich rar gemacht, und umso besser fühlte sie sich jetzt in Florida auf seiner Haut an. Wenn er eine Weile bräuchte, um Stillman zu finden, hatte er nichts dagegen.

Aber daraus wurde nichts.

Nach einer halben Stunde öffnete Keller die Augen. Er fühlte sich ein bisschen wie Punxsutawney Phil am Groundhog Day, als er sich aufsetzte und am Strand umblickte. Da er weder Stillman noch seinen eigenen Schatten sehen konnte, legte er sich wieder hin und schloss erneut die Augen.

Das nächste Mal öffnete er sie, als er einen Mann lauthals fluchen hörte. Er setzte sich auf, und keine zwanzig Meter von ihm entfernt beschimpfte ein korpulenter Mann mit Hängebacken und schütterem Haar aufgebracht seine rechte Hand.

Wie konnte jemand so wütend auf seine eigene Hand sein? Er konnte natürlich einen Mörderdaumen haben, aber war das wirklich ein Grund? Keller, der selber einen hatte, hatte nie das Bedürfnis verspürt, so mit ihm zu reden.

Aber klar, natürlich. Der Mann sprach in ein Handy. Und es war Stillman. Zunächst hatte Keller kaum Notiz von seinem Gesicht genommen. Seine Aufmerksamkeit hatte ganz der aufgebrachten Stimme und dem massigen, dicht behaarten Oberkörper des Mannes gegolten. Nichts davon war auf dem Porträtfoto zu sehen gewesen, das ihm Dot gezeigt hatte, aber es war dasselbe Gesicht, und es war derselbe Kerl. Besser hätte es gar nicht kommen können.

Stillman ließ sich die Sonne auf den Pelz brennen, und das tat auch Keller. Als Stillman aufstand und ans Wasser ging, tat Keller das ebenfalls. Als Stillman hineinwatete, um sein Mütchen an der Brandung zu kühlen, folgte ihm Keller.

Als Keller wieder aus dem Wasser kam, blieb Stillman noch. Und als Keller mit zwei Badetüchern und einem Handy den Strand verließ, war Stillman noch immer nicht aus dem Wasser gekommen.

— 9 —

Warum ausgerechnet der Daumen?

Mit dieser Frage beschäftigte sich Keller, als er wieder zurück in New York war. Ihm leuchtete nicht ein, was ein Daumen mit Mord zu tun haben sollte. Wenn man eine Schusswaffe verwendete, betätigte man den Abzug mit dem Zeigefinger. Verwendete man ein Messer, hatte man es in der Handfläche und legte die Finger um den Griff. Der Daumen mochte es vielleicht am Heft führen, aber selbst wenn jemand überhaupt keine Daumen hatte, konnte er die Messerspitze dort landen, wo er sie haben wollte.

Verwendete man seine Daumen, wenn man jemand mit einer Schlinge erdrosselte? Er vollführte die Bewegung, damit die Hände sich daran erinnerten, aber wie es aussah, spielten die Daumen dabei keine große Rolle. Wenn man jemand mit bloßen Händen erwürgte, war das eine andere Sache. Dabei verwendete man die Daumen, aber auch den gesamten Rest beider Hände, sonst hätte man sich schwergetan.

Trotzdem, warum ein Mörderdaumen?

»Was ich nicht verstehe«, sagte Dot. »Du fährst in irgendein ödes Stinkskaff am Arsch der Welt und hängst dort eine Woche oder sogar zwei rum. Und dann fährst du mitten im New Yorker Winter in ein Urlaubsparadies in der Sonne und bist am selben Tag wieder zurück. Am selben Tag?«

»Ich bekam eine Chance und habe sie genutzt«, sagte Keller. »Hätte ich gewartet, hätte sich vielleicht nie mehr so eine gute Gelegenheit geboten.«

»Schon klar, Keller, und ich will mich weiß Gott nicht beschweren. Trotzdem finde ich es irgendwie schade. Da seid ihr beide gerade aus zwei Fliegern aus dem frostigen Norden gestiegen, und bevor einer von euch überhaupt die Kälte aus seinen Knochen bekommen hat, sitzt du schon wieder in einer Maschine zurück nach New York, und seine Körpertemperatur sinkt rapide auf Zimmertemperatur.«

»Wassertemperatur.«

»Ach ja, stimmt.«

101

»Und es war wie in der Badewanne.«

»Wie schön«, sagte sie. »Er hätte sich die Pulsadern aufschneiden können, aber nachdem du ihm ein paar Minuten den Kopf unter Wasser gedrückt hast, hatte er nicht mehr das Bedürfnis dazu. Aber hättest du nicht ein paar Tage warten können? Du wärst mit einer gesunden Bräune nach Hause gekommen, und er wäre mit einer beerdigt worden. Wenn man vor seinen Schöpfer tritt, möchte man doch gut aussehen.«

Er warf einen Blick auf den Fernseher, in dem sich ein dünner junger Mann und eine dicke junge Frau eine Lebensmittelschlacht lieferten. Hin und wieder hielten zwei stämmige Männer in Overalls einen von ihnen oder alle beide zurück, um sie dann einander weiter mit Salatschüsseln bewerfen zu lassen.

»Jerry Springer«, bemerkte Dot dazu. »Eine Mischung aus *Family Court* und *WWF Wrestling*.«

»Wieso hast du den Ton abgedreht?«

»Glaub mir, wenn du sie hören kannst, ist es noch schlimmer.«

»Würde mich nicht wundern«, sagte er. »Aber in letzter Zeit hast du den Ton immer ausgeschaltet. Das Bild an, den Ton aus.«

»Ja.«

»Wenn es anders rum wäre, würde ich sagen, du hast das Radio erfunden. Aber so? Den Stummfilm?«

»Ich schaue kaum hin, Keller. Aber warum habe ich ihn dann überhaupt an – sollte das deine nächste Frage werden?«

»Möglicherweise.«

»Seit Jahren«, sagte sie, »mache ich den Fernseher nur an, um irgendwas zu schauen. Zuerst hatte ich meine Nachmittagsprogramme, und dann habe ich diese Homeshopping-Kanäle entdeckt.«

»Ich erinnere mich.«

»Gekauft habe ich zwar nie was, aber ich habe stundenlang auf den Bildschirm geglotzt. Eine gewisse Rolle spielt dabei auch, dass man von der Werbung nicht ständig rausgerissen wird.«

»Es ist eine einzige Werbung.«

»Natürlich. Ich habe mir auch nicht eingebildet, PBS zu schauen. Trotzdem, eine Weile habe ich QVC geschaut, wovon ich dann aber wieder abgekommen bin. Sonst hätte ich noch meine gesamten Ersparnisse für Diamonique ausgegeben.«

»Viel hat aber nicht gefehlt.«

»Und dann ist er gestorben.« Sie warf einen kurzen Blick an die Decke. »Und man kann nun wirklich nicht behaupten, dass ich bei ihm viel Ansprache hatte, vor allem gegen Ende zu nicht. Trotzdem hat sich das Haus ohne ihn plötzlich so leer angefühlt. Nicht, dass mir ständig die Tränen gekommen wären. Und ich habe mich auch nicht nach seiner tröstlichen Anwesenheit gesehnt, denn wann war er schon mal ein Trost?«

»Trotzdem.«

»Jedenfalls habe ich Folgendes gemacht«, fuhr sie fort. »Ich habe ständig das Radio laufen lassen. Nur um den Klang einer menschlichen Stimme um mich zu haben. Findest du das komisch?«

»Nein, überhaupt nicht.«

»Aber soll ich dir sagen, was das Problem mit dem Radio ist? Du kannst die Werbung nicht stummschalten.«

»Den gleichen Gedanke hatte ich vor Kurzem auch. Es geht natürlich – indem man das ganze Gerät ausschaltet –, aber dann weiß man nicht, wann man es wieder einschalten soll.«

»Fernsehen verwöhnt einen. Ständig labert jemand irgendwelchen Quatsch und erzählt dir, dass deine Taschenlampenbatterien laufen und laufen und laufen ...«

»Irgendwie mag ich dieses Kaninchen aber.«

»Ich auch, aber ich will nichts darüber hören. Es zu sehen ist was anderes. Ich habe es mit NPR versucht, aber das ist nicht nur Werbung, sondern auch der ganze andere Mist, den man nicht hören will. Verkehr, Wetter und Bitte-schick-uns-Geld-damit-wir-dich-nicht-darum-bitten-müssen. Deshalb habe ich ständig den Fernseher laufen lassen und den Ton abgestellt, wenn er mir auf die Nerven gegangen ist, und wenn man nicht hört, was sie sagen, ist die Werbung gar nicht mal so schlimm. Manchmal weiß man nicht mal, was sie verkaufen, wenn der Ton aus ist.«

»Aber du hast ihn doch die ganze Zeit abgestellt, Dot.«

»Was ich festgestellt habe, ist, dass im Fernsehen fast alles besser ist, wenn der Ton aus ist. Außerdem überschneidet es sich dann nicht mit dem Rest deines Lebens. Du kannst Zeitung lesen oder telefonieren, ohne dass dich der Fernseher ablenkt. Wenn man nicht drauf schaut, vergisst man irgendwann, dass er läuft.«

103

»Warum stellst du ihn dann nicht gleich ab?«

»Weil er mir die Illusion vermittelt, nicht allein in diesem riesigen Kasten von einem alten Haus zu sein, während ich darauf warte, dass meine Arterien verkalken. Könnten wir vielleicht umschalten, Keller? Nicht in der Glotze, sondern bei unserer Unterhaltung. Könntest du mir einen großen Gefallen tun und das Thema wechseln?«

»Klar«, sagte er. »Ist dir jemals was an meinem Daumen aufgefallen, Dot?«

»An deinem Daumen?«

»Dem hier. Sieht er für dich irgendwie komisch aus?«

»Eines muss man dir auf jeden Fall lassen, Keller«, sagte sie. »Das ist der extremste Themenwechsel, den ich je erlebt habe. Es fällt mir schwer, mich zu erinnern, worüber wir gesprochen haben, bevor du mit deinem Daumen angefangen hast.«

»Und?«

»Soll das etwa dein Ernst sein? Lass mal sehen. Ich würde sagen, er sieht wie ein stinknormaler Daumen für mich aus, aber du kennst ja diese Redewendung. Wenn du einen Daumen gesehen hast ...«

»Aber genau das ist doch der Punkt, Dot. Sie sehen nicht gleich aus. Schau dir mal den anderen an.«

»Ach so, stimmt. Er hat diese kleine ...«

»Mhm.«

»Sehen meine genau gleich aus? Auf den ersten Blick gleichen sie sich wie ein Haar dem anderen. Der hier hat eine kleine Narbe am Ballen, aber frag mich nicht, wie ich sie bekommen habe, weil ich es nicht mehr weiß. Aber ich verstehe jetzt, was du meinst, Keller. Du hast einen ungewöhnlichen Daumen.«

»Glaubst du an so was wie Schicksal, Dot?«

»Ich muss schon sagen, Keller, du hast schon wieder das Thema gewechselt. Ich dachte, wir würden über Daumen reden.«

»Ich habe an Louisville gedacht.«

»Ich muss dir die Fernbedienung wegnehmen, Keller. Sie ist bei dir nicht in guten Händen. Louisville?«

»Du erinnerst dich doch noch, dass ich dort hingefahren bin.«

»Lebhaft sogar. Basketball spielende Kids, ein Typ in einer Garage, und wenn ich mich recht entsinne, der morbide Charme von Kohlenmonoxid.«

»Genau.«

»Und?«

»Erinnerst du dich noch, dass ich kein gutes Gefühl bei der Sache hatte und dass in meinem alten Motelzimmer ein Pärchen umgebracht wurde und ...«

»Ich erinnere mich sehr gut an diese Geschichte, Keller. Was soll damit sein?«

»Wahrscheinlich habe ich mich gerade gefragt, wie viel im Leben Schicksal ist und vorherbestimmt und wie weit wir Menschen selbst entscheiden können.«

»Wenn *wir* eine Wahl hätten«, sagte sie, »würden wir über was anderes reden.«

»Ich habe es nie darauf angelegt zu werden, was ich geworden bin. Es ist ja nicht so, dass ich in der Highschool einen Eignungstest gemacht habe und mein Betreuer mich beiseite genommen und mir zu einer Karriere als Auftragskiller geraten hat.«

»Da bist du einfach reingerutscht, oder?«

»Habe ich zumindest immer geglaubt. So ist es mir jedenfalls vorgekommen. Aber angenommen, es war mir vom Schicksal bestimmt?«

»Ich weiß nicht.« Sie legte den Kopf auf die Seite. »Müsste da jetzt im Hintergrund nicht Musik laufen? So ist es jedenfalls immer, wenn sie in einer meiner Seifenopern solche Gespräche führen.«

»Dot, ich habe einen Mörderdaumen.«

»Nicht zu glauben, jetzt sind wir wieder bei deinem Daumen. Wie hast du das bloß geschafft, und wovon redest du eigentlich?«

»Vom Handlesen«, sagte er. »Beim Handlesen nennt man einen Daumen wie meinen einen Mörderdaumen.«

»Beim Handlesen.«

»Ja.«

»Dein Daumen ist zugegebenermaßen etwas ungewöhnlich«, sagte sie, »obwohl er mir die ganze Zeit, die ich dich jetzt schon kenne, nie aufgefallen ist. Und wenn du mich nicht darauf aufmerksam gemacht hättest, wäre er mir auch nie aufgefallen. Aber wieso Mörderdaumen? Heißt das, man bringt Leute um, indem man mit dem Daumen über ihre Lebenslinie fährt?«

»Ich glaube nicht, dass man überhaupt was mit seinem Daumen macht.«

»Ich wüsste auch nicht, was man damit machen *könnte* – außer vielleicht per Anhalter fahren. Oder eine ordinäre Geste machen.«

»Alles, was ich dazu sagen kann, ist, dass ich von klein auf einen Mörderdaumen habe und ein Mörder geworden bin.«

»›Er hat alles nur wegen seines Daumens getan.‹«

»Vielleicht war es auch anders rum. Vielleicht war mein Daumen bei meiner Geburt normal, und er hat sich verändert, als sich mein Charakter verändert hat.«

»Also, ich weiß nicht«, sagte sie. »An sich müsste sich das aber klären lassen. Immerhin trägst du diesen Daumen schon dein ganzes Leben lang mit dir rum. War er immer schon so?«

»Keine Ahnung. Darauf habe ich nie geachtet.«

»Keller, das ist dein Daumen.«

»Schon. Aber ist mir aufgefallen, dass er anders war als andere Daumen? Ich weiß es wirklich nicht, Dot. Vielleicht sollte ich bei jemand Rat suchen.«

»Das wäre vielleicht keine schlechte Idee«, sagte sie. »Aber bevor du dir irgendwelche Medikamente verschreiben lässt, würde ich mir das zweimal überlegen.«

»Das habe ich damit nicht gemeint«, sagte er.

Die Astrologin war nicht, wie er sie sich vorgestellt hatte.

Schwer zu sagen, was er erwartet hatte. Wahrscheinlich jemand mit schwarz umrandeten Augen, langen, dunklen Haaren, einem bunten Kopftuch und großen Ohrringen – eine Mischung aus Zigeunerwahrsagerin und Hippiemädchen. Louise Carpenter dagegen war eine unauffällige, sympathische Frau Mitte vierzig, die im Kampf um ihre schlanke Linie längst das Handtuch geworfen hatte. Sie hatte große blaugrüne Augen und einen pflegeleichten Haarschnitt, wohnte in einem Apartment voller bequemer Möbel in der West End Avenue, trug weite Kleider, las Liebesromane und aß Pralinen, was ihr alles gut zu bekommen schien.

»Es wäre hilfreich«, sagte sie zu Keller, »wenn wir den genauen Zeitpunkt Ihrer Geburt wüssten.«

»Ich glaube nicht, dass sich der noch feststellen lässt.«

»Lebt Ihre Mutter nicht mehr?«

»Sie ist schon lange tot.«

»Und Ihr Vater ...«

»Ist schon vor meiner Geburt gestorben«, sagte Keller und fragte sich, ob das stimmte. »Sie haben mich am Telefon gefragt, ob es jemand gibt, der es wissen könnte. Ich bin der Einzige, den es noch gibt, und ich kann mich an nichts erinnern.«

»Es gibt Möglichkeiten, frühe Erinnerungen zu wecken«, sagte sie und schob sich eine Praline in den Mund. »In einigen Fällen sogar bis zurück zur Geburt, und ich kenne Leute, die behaupten, sich an ihre Empfängnis erinnern zu können. Aber ich weiß nicht, ob man darauf etwas geben kann. Ganz abgesehen davon, dass Sie damals wahrscheinlich keine Uhr getragen haben.«

»Leider weiß ich auch den Namen des Arzts nicht«, sagte er, »und er könnte außerdem ebenfalls schon gestorben sein, aber ich habe eine Kopie meiner Geburtsurkunde bekommen. Darauf steht allerdings nur das Datum und nicht die genaue Uhrzeit. Aber könnten sie die vielleicht im Standesamt vermerkt haben?«

»Möglicherweise«, sagte sie, »aber zerbrechen Sie sich deswegen mal nicht den Kopf. Das kann ich nachsehen.«

»Im Internet?«

Sie lachte. »Nein, nein. Sie haben gesagt, Ihre Mutter hätte Ihnen erzählt, früh morgens aufgestanden zu sein, um ins Krankenhaus zu fahren.«

»Hat sie jedenfalls gesagt.«

»Und Sie waren eine relativ leichte Geburt.«

»Sobald die Wehen eingesetzt haben, bin ich sofort rausgekommen.«

»Sie wollten hier sein. Und nachdem Sie Zwilling sind, John ... ich darf Sie doch John nennen?«

»Wenn Sie möchten.«

»Wie werden Sie denn normalerweise genannt?«

»Keller.«

»Dann eben Mr. Keller. Ich habe kein Problem damit, es auf einer förmlichen Ebene zu belassen, wenn Ihnen das lieber ist ...«

»Nein, nicht Mr. Keller«, sagte er. »Nur Keller.«

»Ach so.«

»So nennen mich die Leute normalerweise.«

»Verstehe. Also dann, Keller ... nein, ich glaube, das funktioniert nicht. Ich werde Sie wohl John nennen müssen.«

»Klar, kein Problem.«

»In der Schule haben sich die Kids immer mit ihren Nachnamen angesprochen. So haben sie sich erwachsener gefühlt. ›Hey, Carpenter, hast du deine Mathe-Hausaufgaben schon gemacht?‹ Nein, Keller kann ich Sie nicht nennen.«

»Macht doch nichts.«

»Ich merke, da bin ich richtig neurotisch, aber ...«

»John ist völlig in Ordnung.«

»Also dann.« Sie setzte sich in ihrem Sessel zurecht. »Wie Sie bestimmt wissen, John, sind Sie Zwilling. Ein später Zwilling, neunzehnter Juni, womit Sie sich direkt am Scheitelpunkt von Krebs befinden.«

»Ist das gut?«

»In der Astrologie ist nichts grundsätzlich gut oder schlecht, John. Aber es ist insofern gut, als ich gern mit Zwillingen arbeite. Ich halte Zwillinge für ein außerordentlich interessantes Zeichen.«

»Wieso?«

»Wegen der Dualität. Es heißt ja nicht umsonst Zwillinge.« Sie erläuterte ihm die Eigenschaften des Zeichens, und er nickte zustimmend, auch wenn er nicht alles verstand. Und dann sagte sie: »Das Interessanteste an Zwillingen ist wahrscheinlich ihr Verhältnis zur Wahrheit. Zwillinge sind von Natur aus doppelzüngig, haben aber in ihrem Innersten einen Hang zur Wahrhaftigkeit, der in ihrem gegenüberliegenden Zeichen des Tierkreises besonders stark ausgeprägt ist. Das ist natürlich Schütze, und ein typischer Schütze kann nicht einmal lügen, wenn es um sein Leben geht. Zwillinge lügen, ohne mit der Wimper zu zucken, sind aber zuweilen auch erstaunlich aufrichtig, wie das sonst eher für Schützen typisch ist.«

»Mhm.«

Er sei auch von Krebs beeinflusst, fuhr sie fort, da er seine Sonne, neben ein paar anderen Planeten in diesem Zeichen, auf ihrem Scheitelpunkt hatte. Und er hatte einen Stier-Mond, erklärte sie ihm, und das war der beste Ort, an dem der Mond sein konnte. »Der Mond ist im Stier erhöht«, sagte sie. »Würden Sie sagen, dass sich in Ihrem Leben normalerweise alles zum Guten für Sie wendet, selbst wenn es zunächst oft nicht so aussieht? Und haben Sie einen sehr stabilen inneren Kern, eine Art unerschütterliche Selbstgewissheit, dank deren Sie immer wissen, wer Sie sind?«

»Was Letzteres angeht, weiß ich nicht so recht. Aber ich bin hier, oder?«

»Vielleicht ist es Ihr Stier-Mond, der Sie hierher geführt hat.« Sie griff nach einer weiteren Praline. »Anhand des genauen Zeitpunkts Ihrer Geburt lässt sich Ihr Aszendent errechnen, und der ist in vielfacher Hinsicht wichtig. Da uns allerdings nähere Informationen hierzu fehlen, will ich eine intuitive Entscheidung treffen. Mein Fachgebiet ist die Astrologie, John, aber sie ist nicht das einzige Hilfsmittel, auf das ich mich stütze. Ich bin ein Medium, ich spüre Dinge. Mein Gefühl sagt mir, Sie haben Aszendent Krebs.«

»Wenn Sie das sagen.«

»Und auf der Basis dieser Annahme habe ich Ihnen ein Horoskop gestellt. Ich könnte Ihnen alle möglichen theoretischen Dinge über Ihr Horoskop erzählen, aber ich glaube nicht, dass Sie das interessiert, oder täusche ich mich da?«

»Sie sind tatsächlich eine Hellseherin.«

»Statt mich also des Langen und Breiten über Trigone, Quadrate und Oppositionen auszulassen, begnügen wir uns erst einmal damit, dass Ihr Horoskop hochinteressant ist. Sie sind ein extrem sanftmütiger Mensch, John.«

Aha?

»Aber es gibt so viel Gewalt in Ihrem Leben.«

Sieh mal einer an.

»Das ist die berühmte Zwillingsdualität«, fuhr sie fort. »Andererseits sind Sie rücksichtsvoll, sensibel und beherrscht, extrem beherrscht sogar. Werden Sie jemals wütend, John?«

»Nicht oft.«

»Und ich habe nicht den Eindruck, dass Sie Ihre Wut hinunterschlucken. Wie ich die Sache sehe, ist sie einfach nicht vorhanden. Aber um Sie herum ist viel Gewalt, sehe ich das richtig?«

»Wir leben in einer Welt voller Gewalt.«

»Schon Ihr ganzes Leben lang sind Sie von Gewalt umgeben. Sie sind sogar ein Teil davon, und trotzdem bleiben Sie irgendwie unberührt davon.« Sie tippte auf das Blatt Papier, auf dem seine Sterne und Planeten eingezeichnet waren. »Sie haben kein einfaches Horoskop.«

»Nicht?«

»Dafür sollten Sie sogar dankbar sein. Ich habe schon Horoskope von Leuten gesehen, die ohne ernsthafte Oppositionen, ohne schwierige Aspekte auf die Welt gekommen sind. Und dann führen sie ein Leben, in dem nicht viel passiert. Sie müssen sich keinen Herausforderungen stellen, sie müssen nie auf innere Ressourcen zurückgreifen, und deshalb führen sie ein recht ereignisloses Leben und haben einen sicheren Job und ziehen ihre Kinder in der heilen Welt einer grundsoliden amerikanischen Vorstadt auf. Und entsprechend machen sie nie etwas besonders Interessantes aus sich.«

»Ich habe auch nicht viel aus mir gemacht«, sagte Keller. »Ich habe nie geheiratet oder ein Kind gezeugt. Oder eine Firma gegründet oder für ein Amt kandidiert, oder einen Garten angelegt oder ein Theaterstück geschrieben oder ... oder ...«

»Ja?«

»Tut mir leid«, sagte er. »Ich dachte nicht, dass ...«

»Sie so emotional reagieren würden?«

»Ja.«

»Das passiert ständig.«

»Tatsächlich?«

»Erst kürzlich habe ich einer Frau gesagt, dass ihr Jupiter im Quadrat zu ihrer Sonne wäre, aber zugleich im Trigon zu Mars, worauf sie in Tränen ausgebrochen ist.«

»Ich weiß nicht einmal, was das bedeutet.«

»Das wusste sie auch nicht.«

»Oh.«

»Ich sehe so viel in Ihrem Horoskop, John. Sie befinden sich gerade in einer schwierigen Phase, oder?«

»So muss es wohl sein.«

»Nicht finanziell. Ihr Jupiter ... anders ausgedrückt, Sie sind nicht reich und werden auch nie reich werden, aber anscheinend haben Sie immer Geld, wenn Sie welches brauchen, habe ich recht?«

»Ich hatte nie finanzielle Probleme.«

»Und Sie werden auch nie welche bekommen. Sie haben in den letzten Jahren Möglichkeiten gefunden, es auszugeben ...« Für Briefmarken, dachte er. »... und das ist gut so, denn jetzt haben Sie etwas von Ihrem Geld. Aber Sie werden sich nicht übernehmen, und Sie können immer mehr bekommen.«

»Das ist gut.«

»Aber Sie sind nicht zu mir gekommen, weil Sie Geldsorgen haben.«

»Nein.«

»Deswegen machen Sie sich keine großen Gedanken. Sie haben es immer gut gefunden, Geld zu bekommen, und jetzt finden Sie es gut, es auszugeben, aber wirklich wichtig war es Ihnen nie.«

»Nein, nie.«

»Ich habe ein Solarhoroskop erstellt«, sagte sie, »damit Sie eine Vorstellung bekommen, was Sie in den nächsten zwölf Monaten zu erwarten haben. Manche Astrologen sind da in ihren Aussagen sehr konkret – ›der siebzehnte Juli ist der ideale Zeitpunkt, um ein neues Projekt in Angriff zu nehmen, und vermeiden Sie es am fünften September unbedingt, auf dem Wasser zu sein.‹ Ich gehe allerdings allgemeiner an die Sache heran und ... John? Warum halten Sie Ihre rechte Hand jetzt so?«

»Wie bitte?«

»Mit dem Daumen nach innen geknickt. Stört Sie an Ihrem Daumen etwas?«

»Eigentlich nicht.«

»Ich habe Ihren Daumen bereits gesehen, John.«

»Ach so.«

»Hat Ihnen mal jemand was über Ihren Daumen gesagt?«

»Ja.«

»Dass es ein Mörderdaumen ist?« Sie verdrehte die Augen und fügte seufzend hinzu: »Diese Handleser immer.«

»Glauben Sie daran denn nicht?«

»Natürlich glaube ich daran, aber sie neigen manchmal zu allzu groben Vereinfachungen.« Sie nahm seine Hand in die ihren. Ihre Hände waren weich und pummelig, stellte er fest, aber nicht auf eine unangenehme Art. Sie strich mit der Fingerspitze über seinen Daumen, seinen mörderischen Daumen.

»Eine anatomische Anomalie zu nehmen«, sagte sie, »und ihr einen derart dramatischen Namen zu verpassen. Noch niemand ist von seinem Daumen dazu gebracht worden, einen anderen Menschen zu töten.«

»Warum nennt man ihn dann so?«

»Leider bin ich mit der Geschichte der Handlesekunst nicht sonderlich vertraut. Aber ich vermute, jemand hat diese Besonderheit an ein paar notorischen Mördern beobachtet und daraufhin diesen Begriff geprägt. Ich bin nicht sicher, ob dieses Phänomen bei Mördern statistisch häufiger auftritt als in der Gesamtbevölkerung. Und ich glaube auch nicht, dass das jemand weiß. Jedenfalls ist es vollkommen belanglos, John, und nicht der Rede wert.«

»Aber er ist Ihnen aufgefallen«, sagte Keller.

»Ich habe ihn zufällig gesehen.«

»Und gewusst, was es damit auf sich hat. Sie haben erst etwas gesagt, als Sie gesehen haben, dass ich ihn in meiner Faust verborgen habe. Das habe ich nicht bewusst getan, ich habe nicht gemerkt, dass ich es getan habe.«

»Mhm.«

»Demnach muss es etwas bedeuten«, sagte er. »Warum hätten Sie es sich sonst gemerkt?«

Sie hielt immer noch seine Hand. Keller hatte gelernt, dass das etwas war, womit einem eine Frau signalisierte, dass sie an einem interessiert war. Frauen berührten einen oft auf völlig harmlose Art, an der Hand, am Arm oder an der Schulter, oder sie hielten einem die Hand länger als nötig. Wenn das ein Mann tat, war es sexuelle Belästigung, aber eine Frau signalisierte einem damit, dass sie nichts dagegen hatte, belästigt zu werden.

Aber in diesem Fall war das anders. Zwischen ihm und dieser Frau bestand keine sexuelle Spannung. Wäre er aus Schokolade gewesen, hätte er sich vielleicht Sorgen machen müssen, aber Fleisch und Blut hatte in ihrer Gegenwart nichts zu befürchten.

»John«, sagte sie behutsam, »ich habe danach Ausschau gehalten.«

»Nach …«

»Dem Daumen. Oder nach etwas anderem, das mir bestätigt hätte, was ich bereits über Sie wusste.«

Sie schaute ihm in die Augen, als sie das sagte, und er fragte sich, wie viel von seiner Bestürzung sie in ihnen sah. Er versuchte, nicht zu reagieren, aber wie verhinderte man, dass sich das, was in einem vorging, in den Augen widerspiegelte.

»Und was ist das, Louise?«

»Was ich über Sie weiß?«

Er nickte.

»Dass es in Ihrem Leben viel Gewalt gibt. Aber das habe ich, glaube ich, bereits erwähnt.«

»Sie haben gesagt, ich bin sanftmütig und nicht voll Wut.«

»Aber Sie mussten Menschen töten, John.«

»Wer hat Ihnen das gesagt?« Jetzt hielt sie seine Hand nicht mehr. Hatte sie sie losgelassen? Oder hatte er sie ihr entzogen?

»Wer mir das gesagt hat?«

Maggie, dachte er. Wer sonst kam dafür in Frage? Maggie war ihre einzige gemeinsame Bekannte. Aber woher wusste es Maggie? In ihren Augen war er ein typischer Vorstadt-Businesstyp, auch wenn er allein und mitten in der Stadt lebte.

»Genau genommen«, sagte Louise, »hatte ich mehrere Informanten.«

Sein Herz schlug wie wild. Wie sollte er das verstehen? Wie war das möglich?

»Schauen wir doch einfach mal, John. Hier sind Saturn und Mars, und hier, nicht zu vergessen, Merkur.« Ihre Stimme war sanft, ihr Blick freundlich. »Es steht in Ihrem Horoskop, John.«

»In meinem Horoskop?«

»Es ist mir sofort aufgefallen. Es ist mir geradezu ins Auge gesprungen, als ich Ihr Horoskop erstellt habe, und als Sie an der Tür geklingelt haben, wusste ich, dass ich sie einem Mann öffnen würde, der schon einige Morde begangen hat.«

»Warum haben Sie dann den Termin nicht abgesagt?«

»Ich habe es mir überlegt. Aber irgendetwas hat mich davon abgebracht.«

»Ein kleiner Mann im Ohr?«

»Eine innere Stimme. Vielleicht war es auch Neugier. Ich wollte wissen, wie Sie aussehen.«

»Und?«

»Nun ja, mir war sofort klar, dass mir bei Ihrem Horoskop kein Fehler unterlaufen ist.«

»Wegen meines Daumens?«

»Nein. Obwohl durchaus interessant war, diese zusätzliche Bestätigung zu erhalten, wobei das Verräterischste dabei war, dass Sie Ihren Daumen zu verbergen versucht haben. Aber Ihre Ausstrahlung hat mir wesentlich mehr verraten als Ihr Daumen.«

»Meine Ausstrahlung.«

»Ich weiß nicht, wie ich es besser ausdrücken soll. Manchmal nimmt man intuitiv Dinge wahr, für die unsere fünf Sinne taub und blind sind. Manchmal weiß man einfach etwas.«

»Mhm.«

»Ich wusste, Sie sind ... «

»Ein Killer«, sprach er den Satz für sie zu Ende.

»Zumindest ein Mann, der getötet hat. Und das ohne jede Leidenschaft. Für Sie ist es nichts Persönliches, oder, John?«

»Manchmal schleicht sich ein gewisses persönliches Element ein.«

»Aber nicht oft.«

»Nein.«

»Es ist etwas rein Geschäftliches.«

»Ja.«

»John, Sie brauchen keine Angst vor mir zu haben.«

Konnte sie seine Gedanken lesen? Er hoffte nicht. Denn was ihm in diesem Moment in den Sinn kam, war, dass er keine Angst vor ihr hatte, sondern vor dem, war er ihr vielleicht antun musste.

Und das wollte er nicht. Sie war eine sympathische Frau, und er spürte, sie konnte ihm Dinge sagen, die zu hören ihm gut tat.

»Sie brauchen keine Angst zu haben, dass ich etwas tun oder jemandem etwas sagen werde. Sie brauchen nicht einmal meine Missbilligung zu fürchten.«

»Nicht?«

»Ich fälle nicht viele moralische Urteile, John. Je mehr ich sehe, umso weniger glaube ich zu wissen, was richtig oder falsch ist. Sobald ich mich selbst akzeptiert habe«, sie griff grinsend nach einer Praline, »ist es mir leichter gefallen, andere zu akzeptieren. Daumen eingeschlossen.«

Er schaute auf seinen Daumen, dann blickte er auf und sah sie an.

»Außerdem«, fuhr sie sehr behutsam fort, »finde ich, dass Sie das Beste aus Ihrem Leben gemacht haben, John.« Sie tippte auf sein Horoskop. »Ich weiß, wo Sie angefangen haben. Ich finde, Sie haben sich sehr gut entwickelt.«

Er wollte etwas sagen, aber die Worte blieben ihm in der Kehle stecken.

»Nur zu«, sagte sie. »Weinen Sie ruhig. Sie sollten sich nie schämen zu weinen, John. Es ist völlig in Ordnung.«

Damit zog sie seinen Kopf an ihre Brust und drückte ihn an sich, während er sich, zu seinem nicht geringen Erstaunen, die Seele aus dem Leib heulte.

10

»Damit hatte ich wirklich nicht gerechnet«, sagte er. »Ich weiß zwar nicht, was ich mir von der Astrologie erwartet habe, aber Tränen sicher nicht.«

»Sie wollten raus. Sie haben sie schon ziemlich lang zurückgehalten.«

»Schon immer. Eine Weile habe ich eine Therapie gemacht, ohne dass es mir auch nur die Kehle zugeschnürt hat.«

»Wann war das? Vor drei Jahren?«

»Woher wissen Sie … steht das in meinem Horoskop?«

»Nicht die Therapie als solche, aber ich habe gesehen, dass Sie eine Phase hatten, in der Sie für Selbsterforschung zugänglich waren. Allerdings glaube ich nicht, dass Sie lange dabeigeblieben sind.«

»Ein paar Monate ist mir dabei einiges klar geworden, aber irgendwann hatte ich das Gefühl, Schluss damit machen zu müssen.«

Dr. Breen, sein Therapeut, hatte seine eigenen Ziele verfolgt, und diese waren denen Kellers deutlich zuwidergelaufen. Die Therapie hatte ein abruptes Ende genommen, und das hatte, nicht ganz zufällig, auch Breen.

Bei Louise Carpenter würde er es nicht so weit kommen lassen.

»Was wir hier machen, ist keine Therapie«, erklärte sie ihm, »aber es kann – wie Sie gerade selbst erlebt haben – eine sehr intensive Erfahrung sein.«

»Auf jeden Fall. Aber unsere fünfzig Minuten müssen längst um sein.« Er sah auf seine Uhr. »Wir haben weit überzogen. Tut mir leid, das habe ich nicht gemerkt.«

»Ich habe Ihnen doch gesagt, das ist keine Therapie, John. Wir kümmern uns nicht um die Uhr. Und ich habe nie mehr als zwei Termine am Tag, einen morgens und einen nachmittags. Wir können uns beliebig Zeit lassen.«

»Ach so.«

»Und wir müssen über das reden, was sich gerade bei Ihnen tut. Sie durchlaufen im Moment eine schwierige Phase, oder?«

War das so?

»Leider muss ich Ihnen sagen, dass es auch in den kommenden zwölf Monaten schwierig bleiben wird«, fuhr sie fort. »Solange Saturn da ist, wo er gerade ist. Schwierig und gefährlich. Aber ich nehme mal an, Gefahr ist etwas, womit Sie zu leben gelernt haben.«

»So gefährlich ist das, was ich tue, auch wieder nicht«, sagte er.

»Wirklich?«

Für andere schon, dachte er. »Für mich nicht«, sagte er. »Nicht besonders jedenfalls. Ein gewisses Risiko besteht immer, und man muss auf der Hut sein, aber es ist nicht so, dass man ständig unter Hochspannung steht.«

»Aber, John?«

»Wie bitte?«

»Sie hatten einen Gedanken, er ist gerade über Ihr Gesicht gehuscht.«

»Es wundert mich, ehrlich gestanden, dass Sie mir nicht sagen können, was ich gedacht habe.«

»Wenn ich raten müsste«, sagte sie, »würde ich sagen, Sie haben etwas gedacht, was dem Satz, den Sie gerade gesagt haben, widerspricht. Dass man nicht ständig unter Hochspannung steht.«

»Das war früher tatsächlich so.«

»Aber seit Kurzem nicht mehr.«

»Das alles können Sie tatsächlich erkennen? Entschuldigung, dass ich das immer wieder sage. Ja, es ist noch nicht lange her. Ein paar Monate.«

»Die gefährliche Phase hat also im Herbst begonnen.«

»Ja, das ist richtig.« Und ohne genauere Einzelheiten zu nennen, begann er von seinem Aufenthalt in Louisville zu erzählen und von seinem Eindruck, dass dort irgendetwas nicht gestimmt hatte. »Unter anderem hat jemand an die Tür meines Zimmers geklopft«, sagte er, »und ich habe Panik gekriegt, obwohl das sonst gar nicht meine Art ist.«

»Mhm.«

»Ich habe nach einem Gegenstand gegriffen ...« Einer Pistole. »... und mich damit neben die Tür gestellt, und mein Herz hat wie wild geschlagen, aber es war nur ein Besoffener, der seinen Freund gesucht hat. Ich stand kurz davor, ihn in Notwehr zu erschießen, und dabei hat er bloß an die falsche Tür geklopft.«

»Das muss ziemlich beunruhigend gewesen sein.«

»Das Beunruhigendste daran war zu sehen, wie beunruhigt ich war. Das hat meinen Puls zwar nicht so heftig in die Höhe schnellen lassen wie das

116

Klopfen an meiner Tür, aber es hat wesentlich länger nachgewirkt. Ehrlich gesagt, beschäftigt es mich immer noch.«

»Weil Ihre Reaktion unbegründet war. Aber vielleicht haben Sie sich wirklich in Gefahr befunden, John. Sie hat Ihnen zwar nicht unbedingt von dem Betrunkenen gedroht, aber möglicherweise von etwas Unsichtbarem.«

»Wovon zum Beispiel? Von Anthraxsporen?«

»Für Sie unsichtbar, aber nicht unbedingt für das bloße Auge. Irgendein unbekannter Widersacher, ein verborgener Feind.«

»Diesen Eindruck hatte ich tatsächlich. Aber es hat mir nicht eingeleuchtet.«

»Wollen Sie darüber reden?«

Wollte er das?

»Ich habe mir ein anderes Zimmer geben lassen«, sagte er.

»Wegen des Betrunkenen, der bei Ihnen geklopft hat?«

»Nein, natürlich nicht. Aber ein paar Tage später konnte ich wegen des Lärms, den die Leute über mir gemacht haben, nicht schlafen. In dieser Nacht musste ich zwar noch in meinem Zimmer bleiben, weil das Motel voll war, aber am nächsten Morgen habe ich mir sofort ein anderes Zimmer geben lassen. Und in dieser Nacht ...«

»Ja?«

»Sind zwei Leute in mein altes Zimmer gezogen. Ein Mann und eine Frau. Sie wurden ermordet.«

»In dem Zimmer, aus dem Sie gerade ausgezogen waren.«

»Es war ihr Ehemann. Sie war mit jemand anders dort, und der Ehemann ist ihnen anscheinend gefolgt. Er hat sie beide erschossen. Aber es hat mich ständig verfolgt, dass es in meinem alten Zimmer passiert ist. Als ob ihr Mann mich umgebracht hätte, wenn ich nicht das Zimmer gewechselt hätte.«

»Aber er war niemand, den Sie kannten.«

»Nein, natürlich nicht.«

»Und trotzdem hatten Sie das Gefühl, gerade noch davongekommen zu sein.«

»Das ist allerdings völlig absurd.«

Sie schüttelte den Kopf. »Sie hätten durchaus getötet werden können, John.«

»Aber wie? Das habe ich zwar auch gedacht, aber es kann gar nicht sein.

117

Der Mörder ist einzig und allein wegen der zwei Personen, die sich darin aufgehalten haben, in das Zimmer gekommen. Nur ihretwegen ist er dort aufgetaucht, nicht wegen des Zimmers. Wie hätte mir also von ihm Gefahr drohen können?«

»Es hat aber eine konkrete Gefahr bestanden.«

»Steht das in meinem Horoskop?«

Sie nickte ernst und hielt Daumen und Zeigefinger in etwa einem Zentimeter Abstand voneinander hoch. »So knapp sind Sie dem Tod entgangen.«

»Das war auch das Gefühl, das ich hatte! Aber ...«

»Vergessen Sie den Ehemann, vergessen Sie, was in dem Zimmer passiert ist. Vom Ehemann der Frau hat Ihnen nie Gefahr gedroht, aber von jemand anderem schon. Sie haben sich auf sehr dünnem Eis bewegt, John, und das ist insofern eine gute Metapher, weil ein Schlittschuhläufer erst merkt, wie dünn das Eis ist, wenn er einbricht.«

»Aber ...«

»Aber dazu ist es nicht gekommen«, sagte sie. »Egal, woher Ihnen Gefahr gedroht hat, sie ist an Ihnen vorübergezogen. Und als dann diese beiden Leute getötet wurden, hat Sie das hellhörig gemacht.«

»Als ob das Eis gebrochen wäre«, sagte er, »aber auf einem anderen Teich. Darüber muss ich mal in Ruhe nachdenken.«

»Das werden Sie bestimmt.«

Er räusperte sich. »Louise? Steht alles in den Sternen geschrieben, wie in einem Drehbuch sozusagen, und spielen wir es hier unten auf der Erde nur nach?«

»Nein.«

»Aber Sie brauchen bloß auf dieses Blatt Papier zu schauen«, sagte er, »und können dann sagen: ›Sie werden an dem und dem Tag dem Tod sehr nahe kommen, aber Sie werden es unbeschadet überstehen.‹«

»Das trifft nur auf die erste Hälfte zu. ›Sie werden dem Tod sehr nahe kommen.‹ Um Ihnen das sagen zu können, hätte ich mir nur Ihr Horoskop ansehen müssen. Ob Sie überleben werden, hätte ich Ihnen allerdings nicht sagen können. Die Sterne zeigen zwar Tendenzen und Wahrscheinlichkeiten, aber vollständig vorhersehbar ist die Zukunft nie. Außerdem haben wir einen freien Willen.«

»Wenn diese Leute nicht umgebracht worden wären und wenn ich einfach nach Hause zurückgekehrt wäre ...«

»Ja?«

»Naja, wenn ich dann dieses Gespräch mit Ihnen führen würde und Sie mir sagen würden, wie knapp ich noch einmal davongekommen bin, würde ich denken, so viel zur Weisheit der Sterne. Ich hatte zwar ein komisches Gefühl, aber ich hätte nicht mehr groß daran gedacht. Deshalb würde ich Sie jetzt ansehen und sagen: ›Aber sicher‹, und es sofort wieder vergessen.«

»Sie können dem Mann und der Frau dankbar sein.«

»Und dem Kerl, der sie erschossen hat, ebenfalls. Und den Rockern, die so viel Lärm gemacht haben. Und Ralph.«

»Wer ist Ralph?«

»Der Freund des Betrunkenen, der Mann, nach dem er überall gesucht hat. Auch dem Betrunkenen muss ich dankbar sein, nur weiß ich seinen Namen nicht. Andererseits weiß ich von keinem der Beteiligten, wie er geheißen hat. Außer Ralph.«

»Wahrscheinlich sind die Namen auch nicht wichtig.«

»Ich wusste mal, wie der Mann und die Frau geheißen haben, und der Mann, der sie erschossen hat, der Ehemann. Inzwischen habe ich ihre Namen allerdings wieder vergessen. Aber sie sind auch nicht wichtig, da haben Sie vollkommen recht.«

»Allerdings.«

Er sah sie an. »Das kommende Jahr ...«

»Wird gefährlich.«

»Wobei sollte ich besonders vorsichtig sein? Soll ich möglichst nicht fliegen? An windigen Tagen einen dicken Pullover anziehen? Können Sie mir sagen, woher mir Gefahr droht?«

Sie zögerte, bevor sie damit herausrückte. »Sie haben einen Feind, John.«

»Einen Feind?«

»Einen Feind. Es gibt jemand, der Sie umbringen will.«

11

»Ich weiß nicht«, sagte er zu Dot.

»Du weißt nicht? Was gibt es da zu wissen, Keller? Was willst du eigentlich? Es ist in Boston, nicht auf der Rückseite des Monds. Du nimmst dir ein Taxi zum La Guardia, du steigst in den Delta Shuttle, du musst nicht mal im Voraus buchen, und eine halbe Stunde später landest du am Logan. Du nimmst dir ein Taxi in die Stadt, du machst das, was du am besten kannst, und bevor der Tag zu Ende ist, sitzt du wieder im Shuttle und bist rechtzeitig zu Hause, um Jay Leno zu schauen. Die Bezahlung stimmt, der Kunde ist absolut zuverlässig, und der Job ist kinderleicht.«

»Das ist mir alles klar, Dot.«

»Aber?«

»Ich weiß nicht.«

»Irgendwas verschweigst du mir doch, Keller. Hilf mir also auf die Sprünge. Was von ›Ich weiß nicht‹ verstehe ich nicht?«

Ich weiß nicht, hätte er fast geantwortet, verkniff es sich aber gerade noch rechtzeitig. In der Highschool hatte eine Lehrerin die Klasse wegen dieser Redewendung einmal ins Gebet genommen. »So, wie ihr ›Ich weiß nicht‹ verwendet«, hatte sie gesagt, »ist es eine Lüge. Es ist nicht, was ihr meint. Was ihr meint, ist, ›Ich will es nicht sagen‹ oder ›Ich habe Angst, es zu sagen‹.«

»Hey, Keller«, hatte darauf einer der anderen Jungen gerufen. »Was ist die Hauptstadt von South Dakota?«

Und er hatte geantwortet: »Ich habe Angst, es zu sagen.«

Und was genau wollte er Dot nicht erzählen? Dass der Auftrag in Boston nicht in den Sternen stand? Dass der kommende Mittwoch, der Tag, den der Kunde als optimal bezeichnet hatte, der Tag war, den seine Astrologin – seine Astrologin! – ausdrücklich als gefährlich bezeichnet hatte, ein Tag, an dem ihm große Gefahr drohte.

(»Was soll ich dann an solchen Tagen tun?«, hatte er Louise gefragt. »Bei verschlossenen Türen im Bett bleiben? Mir alle Mahlzeiten nach Hause liefern lassen?« »Ersteres hielte ich nicht für die schlechteste Idee«, hatte sie gesagt,

»aber ich wäre vorsichtig, wer auf der anderen Seite der Tür ist, bevor ich sie öffne. Und ich würde auch aufpassen, was ich esse.« Der Junge aus dem chinesischen Restaurant konnte ein Ninja-Killer sein, dachte er. Das Rindfleisch mit Austernsoße konnte mit Zyankali versetzt sein.)

»Keller?«

»Die Sache ist, dass Mittwoch ungünstig für mich ist. Da habe ich schon was vor.«

»Hast du Karten für eine Matinee, oder was?«

»Nein.«

»Nein, natürlich nicht. Eine Briefmarkenauktion also, hm? Die Sache ist nur, Mittwoch ist der Tag, an dem die Zielperson in die Wohnung seiner Freundin in Black Bay fährt, und das muss er heimlich tun, also ohne seine Bodyguards. Deshalb ist das mit Abstand der beste Tag, um an ihn ranzukommen.«

»Und ist sie inbegriffen, die Freundin?«

»Das bleibt dir überlassen. Ja nachdem, was für dich einfacher ist.«

»Und das Wie ist egal? Es muss kein Unfall sein, es muss nicht wie eine Hinrichtung aussehen?«

»Auch das bleibt dir überlassen. Du kannst den Dreckskerl in einem Fass mit Lanolin einweichen, bis er sich nicht mehr rührt. Das Einzige, was zählt, ist, dass er nicht mehr atmet, wenn du mit ihm fertig bist.«

Schwer, bei so einem Auftrag nein zu sagen, dachte er. Auch schwer, *Ich weiß nicht* zu sagen.

»Ich schätze, der nächste Mittwoch müsste gehen«, sagte Dot. »Der Kunde möchte lieber nicht warten, aber vermutlich wird er es, wenn er muss. Er hat gesagt, ich wäre die Erste, die er angerufen hat. Aber das glaube ich nicht. Er ist einer von denen, denen nicht wohl dabei ist, mit Frauen Geschäfte zu machen. Geschäfte wie unsere zumindest. Deshalb würde ich sagen, ich war eher die Vierte oder Fünfte, die er angerufen hat, und ich glaube, er wird eine Woche warten, wenn ich ihm sage, dass es nicht anders geht. Möchtest du, dass ich mal vorfühle?«

Wollte er wirklich im Bett liegen und warten, dass ihn der böse schwarze Mann holte?

»Nein, nicht nötig«, sagte er. »Nächsten Mittwoch ist okay.«

»Bist du sicher?«

»Ja, ich bin sicher.« Er war sich zwar nicht sicher, er war sich nicht einmal annähernd sicher, aber es hörte sich besser an als *Ich weiß nicht.*

Am Dienstag, einen Tag, bevor er nach Boston fliegen sollte, verspürte Keller das starke Bedürfnis, Louise Carpenter anzurufen. Es war ein paar Wochen her, dass sie sein Horoskop mit ihm durchgesprochen hatte, und er sollte sie erst in einem Jahr wieder aufsuchen. Er hatte gedacht, es würde wie eine Therapie mit wöchentlichen Sitzungen, und er wusste, dass einige ihrer Kunden sie regelmäßig für einen astrologischen Kundendienst mit Ölwechsel aufsuchten. Aber er nahm an, dass für diese Leute die Astrologie so etwas wie ein Hobby war. Er hatte bereits ein Hobby, und Louise schien einen jährlichen Check für ausreichend zu halten, was ihm nur recht war.

Deshalb würde er sie erst in einem Jahr wieder aufsuchen – falls er dann noch am Leben war.

Der Wetterbericht sagte für Mittwoch reichlich Regen voraus, und beim Aufwachen sah Keller, dass sie keine Witze gemacht hatten. Es war ein trister, grauer Tag, und es regnete in Strömen. Dem Ansager von New York One schien das richtig peinlich zu sein, und er verkündete, die starken Regenfälle würden bei kräftigem Wind und niedrigen Temperaturen bis zum Abend anhalten. Das sagte er so, als wäre es seine Schuld.

Keller zog Anzug und Krawatte an, was in einer förmlichen Stadt wie Boston eine gute Tarnung und im Air Shuttle das Standardoutfit war. Er nahm den Trenchcoat aus dem Schrank, zog ihn an und war nicht begeistert, als er sich kurz im Spiegel begutachtete. Der Verkäufer hatte den Mantel als oliv bezeichnet, und im Neonlicht des Ladens war er das vielleicht auch gewesen. Im kalten, diesigen Licht eines verregneten Morgens sah das blöde Ding allerdings grün aus.

Nicht kleeblattgrün, nicht grasgrün, nicht einmal apfelgrün. Aber grün war er, ohne Frage. Man konnte damit am St. Patrick's Day die Fifth Avenue hinaufmarschieren, und niemand würde einen für einen Oranier halten. Wie man es auch drehte und wendete, das blöde Ding war grün.

Unter normalen Umständen hätte ihn die Farbe des Mantels nicht gestört. Er war nicht so grün, dass man blöd angesehen wurde, aber grün genug, um gelegentlich einen anerkennenden Blick auf sich zu ziehen. Außerdem hatte es durchaus seine Vorteile, einen Mantel zu haben, der nicht aussah wie jeder anderer an der Garderobe. Man erkannte ihn auf den ersten Blick, und man konnte ihn der Garderobiere zeigen, wenn man seine Marke nicht finden konnte. »Der dort«, konnte man sagen. »Der grüne, links von Ihnen.«

Aber wenn man nach Boston flog, um einen Mann umzubringen, wollte man nicht aus der Menge herausstechen, sondern wie alle anderen aussehen. In seinem unscheinbaren Anzug und der Krawatte sah Keller wie alle anderen aus.

In seinem Mantel dagegen stach er heraus.

Konnte er den Mantel weglassen? Nein, dafür war es zu kalt, und in Boston war es bestimmt noch kälter. Sollte er den anderen Mantel nehmen, den unauffälligen beigen? Nein, der war nicht wasserdicht, und er würde total durchnässt. Er würde einen Regenschirm mitnehmen, aber viel würde der auch nicht nützen, nicht bei dem starken Wind, der den Regen fast waagrecht durch die Luft peitschte.

Und wenn er sich einen neuen Mantel kaufte?

Das war lächerlich. Außerdem müsste er warten, bis die Geschäfte aufmachten, und dann bräuchte er bestimmt eine Stunde, um den neuen Mantel auszusuchen und den alten in die Wohnung zurückzubringen. Und wozu auch? In Boston würde es keine Zeugen geben, und jeder, der ihn zufällig das Haus betreten sah, würde sich nur an den Mantel erinnern.

Und das war vielleicht sogar ein Plus. Etwa so, wie wenn man eine Briefträgeruniform anzog oder einen Priesterkragen anlegte oder sich als Santa Claus verkleidete. Die Leute erinnerten sich an das, was man anhatte, aber das war auch schon alles. Niemandem fiel irgendein anderes besonders Kennzeichen an einem auf. Wie zum Beispiel der Daumen. Sobald man die Uniform oder den Kragen oder den roten Anzug und den Bart ablegte, war man unsichtbar.

Normalerweise hätte er sich darüber keine Gedanken gemacht. Aber es war ein ominöser Tag, einer der Tage, vor denen ihn seine mütterliche Astrologin gewarnt hatte. Deshalb konnte es nicht schaden, auf jede Einzelheit zu achten.

War das nicht lächerlich? Er hatte einen Feind, und dieser Feind versuchte, ihn zu töten, und an diesem speziellen Tag war das Risiko besonders groß. Und er hatte den Auftrag, einen Mann zu töten, und das war unausweichlich mit Gefahren verbunden.

Und da machte er sich Gedanken, welchen Mantel er anziehen sollte? Dass er zu auffällig *grün* war? Geht's noch?

Was soll der Quatsch, sagte er sich. Bring's einfach hinter dich.

Ein Taxi brachte ihn zum La Guardia und ein Flugzeug zum Logan, und ein weiteres Taxi setzte ihn vor dem Ritz-Carlton Hotel ab. Er durchquerte das Foyer, kam in der Newberry Street wieder nach draußen und machte sich auf die Suche nach einem Sportgeschäft. Er fand jedoch keines. Vielleicht war die Newberry Street auch nicht der geeignete Ort dafür. Antiquitäten, Lederwaren, Designerklamotten, Döschen aus Limoges-Porzellan – das war, was man hier kaufte, aber keine Polartec-Sweater und keine Kletterausrüstung.

Auch keine Jagdmesser. Wenn man hier in Back Bay eines bekam, hatte es wahrscheinlich einen Elfenbeingriff und eine Klinge aus Sterlingsilber – und auf dem Preisschild stand eine dreistellige Zahl. Er war sicher, dass es ein schönes Objekt wäre und jeden Cent seines Preises wert, aber wie ginge es ihm damit, es in einem Gully zu entsorgen, wenn er es nicht mehr brauchte?

Und überhaupt, war es wirklich eine so gute Idee, in einer großen Stadt an einem verregneten Frühlingstag unter der Woche ein Jagdmesser zu kaufen? Die Jagdsaison war schon – wie lang? – sieben oder acht Monate vorüber? Wie viele Jagdmesser würden an diesem Tag in Boston verkauft? Wie viele von ihnen würden von Männern in grünen Trenchcoats gekauft?

Er ging in ein Schreibwarengeschäft und suchte einen Brieföffner mit einer stabilen verchromten Stahlklinge und einem intarsierten Onyxgriff aus. Die Verkäuferin packte ihn, ohne zu fragen, in eine Geschenkbox. Anscheinend konnte sie sich nicht vorstellen, dass jemand einen solchen Gegenstand für sich selbst kaufen könnte.

Und in gewisser Hinsicht hatte Keller das auch nicht getan. Er hatte ihn für Alvin Thurnauer gekauft, und jetzt wurde es Zeit, ihn ihm zu bringen.

So hieß die Zielperson, Alvin Thurnauer, und Keller hatte ein Foto eines großen, kräftigen Manns, Typ Naturbursche, mit dichtem hellbraunem Haar bekommen. Außer dem Foto hatte er vom Auftraggeber eine Adresse in der Exeter Street und zwei Schlüssel erhalten, einen für die Haustür und einen für die Wohnung im ersten Stock, in der Thurnauer und seine Freundin »Endlich Dienstag« spielen würden.

In der Regel tauchte Thurnauer gegen zwei Uhr auf, hatte Dot gesagt, und um halb zwei postierte sich Keller in einem Hauseingang auf der anderen Straßenseite. In Boston war die Luft etwas kälter und der Wind etwas steifer als in New York, aber der Regen war etwa genauso stark. Obwohl Kellers Mantel wasserdicht und sein Regenschirm noch nicht umgestülpt worden war, blieb er nicht vollständig trocken. Das war unmöglich bei diesem Regen, den einem Gott persönlich ins Gesicht zu klatschen schien.

Vielleicht war das die drohende Gefahr. Man stand an einem unheilvollen Tag in Boston im Regen und holte sich eine tödliche Erkältung.

Aber er ließ sich nicht unterkriegen, und kurz vor zwei hielt vor dem Haus ein Taxi, und ein Mann stieg aus. Wegen seines Huts und seines Mantels, keiner von beiden grün, war er kaum zu erkennen. Kellers Puls schlug schneller. Es hätte Thurnauer sein können – aber genauso gut jemand anders –, und der Mann schaute eine Weile auf das richtige Haus, bevor er sich abwandte und die Straße hinunterging. Als er ein paar Häuser weiter war, hörte Keller auf, ihn zu beobachten, und zog sich wieder in das Dunkel des Hauseingangs zurück, um auf Thurnauer zu warten.

Der erschien auf die Minute pünktlich. Auf Kellers Uhr war es genau zwei Uhr, und da war der Kerl, leicht zu erkennen, als er aus dem Taxi stieg, weil er keinen Hut aufhatte. Sein brauner Haarschopf war unverwechselbar. Ein Blick genügte.

Sollte er es gleich erledigen?

Machbar war es. Bloß weil er die Schlüssel hatte, hieß das nicht, dass er sie benutzen musste. Er brauchte nur über die Straße zu flitzen und würde Thurnauer erreichen, bevor er dazu kam, die Haustür zu öffnen. Ihm an Ort und Stelle den Garaus machen, ihn in den Vorraum schieben, wo niemand ihn sehen konnte, und sich aus dem Staub machen. Alles nur eine Frage von wenigen Sekunden.

Außerdem bräuchte er sich wegen der Freundin keine Gedanken zu machen. Aber es konnte andere Zeugen geben, vorbeikommende Passanten, ein melancholischer Mitbürger, der am Fenster saß und in den Regen hinausstarrte. Und er fiel bestimmt auf, wenn er in seinem grünen Mantel über die Straße rannte. Und der Brieföffner war noch in der Geschenkbox. Er müsste es also mit bloßen Händen tun.

Und bis er das alles abgewogen hatte, war die Gelegenheit verstrichen und Thurnauer im Haus verschwunden.

Alles nur halb so wild. Wenn schon ein Seitensprung Thurnauer das Leben kosten sollte, sollte er wenigstens die Gelegenheit erhalten, ihn noch zu genießen. Statt die Sache zu überstürzen, beschloss Keller, Thurnauer dreißig, vierzig Minuten zusätzliche Lebenszeit zu gönnen und sich selbst eine Tasse Kaffee.

An der Essenstheke – ein ganz kleines Bisschen fühlte sich Keller wie die einsamen Leute auf seinem Edward-Hopper-Poster – merkte er, dass er den ganzen Tag nichts gegessen hatte. Aus irgendeinem Grund hatte er, was ungewöhnlich für ihn war, das Frühstück ausgelassen.

Na ja, es war ja auch sein Hochrisikotag. Lungenentzündung, Hungertod – der Gefahren waren viele.

Das Essen musste warten. Dafür reichte die Zeit nicht, außerdem arbeitete er nicht gern mit vollem Magen. Es machte einen träge, verlangsamte die Reflexe, beeinträchtigte das Urteilsvermögen. Besser, er wartete und genehmigte sich hinterher eine richtige Mahlzeit.

Während sein Kaffee kalt wurde, ging er auf die Toilette, nahm den Brieföffner aus seiner Schachtel und warf sie weg. Dann steckte er den Brieföffner in seine Jackentasche, wo er schnell an ihn rankam. Schneiden konnte man damit nichts, dafür war die Klinge zu stumpf, aber die Spitze war sehr scharf. War sie allerdings auch spitz genug, um mehrere Schichten Kleidung zu durchdringen? Nur gut, dass er sich zu keiner spontanen Aktion hatte hinreißen lassen. Besser, er wartete, bis Thurnauer Mantel, Sakko und Hemd abgelegt hatte. Dann war es für den Brieföffner einfacher.

Er trank seinen Kaffee aus, schlüpfte in seinen grünen Mantel, griff nach seinem Regenschirm und verließ das Lokal, um die Sache zu Ende zu bringen.

12

Wirklich ein Kinderspiel.

Die Schlüssel passten. Keine Hausbewohner, denen er im Vorraum oder im Treppenhaus begegnete. Als er an der Tür der Wohnung im ersten Stock lauschte, hörte er Musik und das Rauschen einer Dusche und schloss sich auf.

Er stellte den Regenschirm beiseite, legte den Mantel ab, zog die Schuhe aus und ging lautlos durchs Wohnzimmer und den Flur zum Schlafzimmer hinunter. Von dort kam die Musik, und dort saß die Frau im Schneidersitz auf dem ungemachten Bett. Sie war schlank und straßenköterblond, mit durchscheinender weißer Haut, und rauchte eine Zigarette.

Sie sah beängstigend verletzlich aus, und Keller hoffte, ihr nichts tun zu müssen. Wenn er an Thurnauer allein rankam, wenn er ihn erledigen und die Wohnung verlassen konnte, ohne gesehen zu werden, würde er sie am Leben lassen. Wenn sie ihn sah, tja, Pech gehabt.

Die Dusche wurde abgestellt, und kurz darauf ging die Badezimmertür auf. Ein Mann mit einem dunkelgrünen Badetuch um den Bauch kam heraus. Der Kerl hatte eine Vollglatze, und Keller fragte sich, wie er in der falschen Wohnung hatte landen können. Dann merkte er, dass es doch Thurnauer war. Er hatte seine Perücke abgenommen, bevor er sich unter die Dusche gestellt hatte.

Thurnauer verzog das Gesicht. Er ging zum Bett, nahm dem Mädchen die Zigarette aus der Hand und drückte sie in einem Aschenbecher aus. »Warum kannst du nicht endlich damit aufhören?«

»Und warum kannst du nicht endlich aufhören, mich damit zu nerven, dass ich aufhören soll?«, sagte sie. »Ich versuche es ja, aber ich schaffe es einfach nicht. Nicht jeder hat deine bescheuerte Willenskraft.«

»Es gibt doch auch Kaugummis.«

»Ich habe zu rauchen aufgehört, um mit dem Kaugummikauen aufzuhören. Sieht einfach unmöglich aus, eine erwachsene Frau, die Kaugummi kaut, wie eine ganze Kuhherde.«

»Oder ein Pflaster«, sagte er. »Warum versuchst du es nicht mit einem Pflaster?«

»Das war meine letzte Zigarette«, sagte sie.

»Das hast du schon öfter gesagt, und so gern ich es glauben würde ...«

»Nein, du Idiot«, keifte sie. »Es war die letzte, die ich noch hatte, nicht die letzte, die ich jemals rauchen werde. Wenn du schon auf strengen Papa machen und mir eine Zigarette wegnehmen musst, dann nicht ausgerechnet meine letzte.«

»Du kannst dir ja neue kaufen.«

»Allerdings«, sagte sie. »Kann ich tatsächlich.«

»Geh duschen«, sagte Thurnauer.

»Ich will nicht duschen.«

»Dann regst du dich wieder ab und fühlst dich besser.«

»Du meinst wohl, ich rege mich ab, und *du* fühlst dich besser. Und überhaupt, du hast gerade geduscht und bist trotzdem mies drauf. Warum soll da ich duschen?«

»Du gehst jetzt duschen.«

»Warum? Was hast du auf einmal, stinke ich etwa? Oder willst du nur, dass ich rausgehe, damit du telefonieren kannst?«

»Mavis, Herrgott noch mal ...«

»Du kannst gern ein anderes Mädchen anrufen, das nicht raucht und nicht schwitzt und ...«

»Mavis ...«

»Echt aber auch«, sagte Mavis. »Dann dusche ich eben. Aber du setzt deine Haare auf, ja? Du siehst aus wie eine Billardkugel.«

Die Dusche lief, und Thurnauer beugte sich über ihren Schminkspiegel, um seine Perücke zurechtzurücken, als ihm Keller eine Hand auf den Mund legte und den Brieföffner in den Rücken stieß, genau zwischen zwei Rippen hindurch und mitten ins Herz. Der kräftige Mann kam nicht dazu, sich zu wehren; bis er merkte, wie ihm geschah, war es bereits geschehen. Sein Körper zuckte einmal, dann erschlaffte er, und Keller ließ ihn auf den Boden sinken.

Die Dusche lief noch. Keller konnte die Tür erreichen, bis sie aus dem Bad kam. Aber sobald sie herauskam, sähe sie Thurnauer und wüsste sofort, dass er tot war, und dann würde sie schreien und nicht mehr aufhören und bei der Polizei anrufen. Musste das sein?

Außerdem war sein Mitleid für sie während der Unterhaltung mit ihrem Lover deutlich geschwunden. Ihm war inzwischen klargeworden, dass er auf die fragile Verletzlichkeit angesprochen hatte, die ihre durchscheinende Haut suggerierte. Aber in Wirklichkeit war sie eine nervige, unzufriedene Zicke und so fragil wie ein Springerstiefel.

Deshalb packte er sie von hinten und brach ihr das Genick, als sie aus dem Bad kam. Er ließ sie genauso, wie er Thurnauer im Schlafzimmer hatte liegen lassen, da liegen, wo sie zu Boden gefallen war. Er hätte natürlich versuchen können, es so hinzudrehen, als ob sie ihn erstochen hätte und dann hingefallen wäre und sich das Genick gebrochen hätte, aber warum sich die Mühe machen, wenn sowieso niemand darauf hereinfiel? Der Kunde hatte nur zur Bedingung gestellt, dass der Mann tot war, und dafür hatte Keller gesorgt.

Ein bisschen war es um das Mädchen schon schade, aber nur ein bisschen. Sie war keine Mutter Teresa. Und man durfte nicht zulassen, dass einem seine Gefühle in die Quere kamen. Das war nie gut und schon gar nicht an einem Hochrisikotag.

In Boston gab es einige gute Restaurants, und Keller überlegte, ob er ins Locke-Ober's gehen und sich ein richtig gutes Essen genehmigen sollte. Aber der Zeitpunkt war ungünstig. Es war kurz nach drei, zu spät, um zu Mittag, zu früh, um zu Abend zu essen. Wenn er um diese Uhrzeit in ein gutes Lokal ging, sahen sie ihn nur komisch an.

Er konnte ein paar Stunden totschlagen. Er hatte seinen Katalog nicht dabei, deshalb brachte es nichts, die Briefmarkengeschäfte abzuklappern, aber er konnte ins Kino oder in ein Museum gehen. So schwer konnte es nun wirklich nicht sein, einen Nachmittag rumzubringen, schon gar nicht in einer Stadt wie Boston.

An einem schöneren Tag wäre er vielleicht nur in Back Bay oder Beacon Hill herumgegangen. Boston war eine gute Stadt, um einen Spaziergang zu machen, nicht so gut wie New York, aber besser als die meisten Städte. Da es immer noch in Strömen regnete, war es kein Vergnügen, spazieren zu gehen, und es war schwer, ein Taxi zu bekommen.

Zurück in der Newberry Street, ging Keller so lange herum, bis er ein Café fand, das einen halbwegs passablen Eindruck machte. Es war nicht das Locke-Ober's, aber es war hier, und er bekam dort etwas zu essen, und er war zu hungrig, um zu warten.

*   *   *

Die Bedienung wollte wissen, was los sei. »Mein Mantel«, sagte Keller.

»Wieso, was ist mit Ihrem Mantel?«

»Na ja, ich habe ihn an die Garderobe gehängt, und jetzt ist er weg.«

»Sind Sie sicher, dass er nicht mehr da ist?«

»Ganz sicher.«

»Mäntel sehen nämlich oft sehr ähnlich aus, und an der Garderobe hängen mehrere Mäntel und ...«

»Meiner ist grün.«

»Richtig grün? Oder eher olivgrün?«

Was spielte das für eine Rolle? An der Garderobe hingen drei Mäntel, alle in verschiedenen Beigetönen, und keiner sah aus wie seiner. »Der Verkäufer hat ihn als olivfarben bezeichnet«, sagte er, »aber er war richtig grün. Und er ist nicht mehr da.«

»Sind Sie sicher, dass Sie ihn anhatten, als Sie reingekommen sind?«

Keller deutete aus dem Fenster. »So regnet es jetzt schon den ganzen Tag. Welcher Idiot ginge da ohne Mantel auf die Straße?«

»Vielleicht haben Sie ihn irgendwo anders vergessen?«

War das möglich? Er hatte den Mantel im Wohnzimmer in der Exeter Street ausgezogen. Könnte er ihn dort vergessen haben?

Nein, völlig ausgeschlossen. Er erinnerte sich, ihn angezogen zu haben, erinnerte sich, beim Verlassen des Hauses den Regenschirm aufgespannt zu haben, erinnerte sich, sowohl Mantel als auch Schirm aufgehängt zu haben, bevor er an seinem Tisch Platz genommen und nach der Speisekarte gegriffen hatte. Wo war überhaupt der Schirm? Ebenfalls weg, wie der Mantel.

»Ich habe ihn nirgendwo hängen lassen«, sagte er bestimmt. »Ich hatte ihn an, als ich hier reingekommen bin, und habe ihn an die Garderobe gehängt, und jetzt ist er nicht mehr da. Und mein Regenschirm auch nicht.«

»Dann hat ihn bestimmt jemand aus Versehen mitgenommen.«

»Aus Versehen? Er ist grün.«

»Vielleicht ein Farbenblinder«, sagte sie. »Oder jemand, der zu Hause einen grünen Mantel hat und vergessen hat, dass er heute einen braunen anhatte. Deshalb hat er versehentlich Ihren genommen. Wenn er ihn zurückbringt ...«

»Den bringt niemand zurück. Jemand hat meinen Mantel gestohlen.«

»Wieso sollte jemand einen Mantel stehlen?«

»Wahrscheinlich, weil er selbst keinen hatte«, sagte Keller geduldig. »Und draußen regnet es in Strömen, und deshalb wollte er nicht nass werden. Die drei Mäntel an der Garderobe gehören Ihren drei anderen Gästen, und ich werde keinem von ihnen den Mantel stehlen, und der Kerl, der meinen gestohlen hat, wird ihn nicht zurückbringen. Was soll ich jetzt also tun?«

»Für die Garderobe übernehmen wir keine Verantwortung.« Sie deutete auf ein Schild, das ihre Aussage bestätigte. Keller war nicht sicher, ob das Schild genügte, um das Restaurant aus der Verantwortung zu entlassen, aber es spielte keine Rolle. Er hatte nicht vor, sie zu verklagen.

»Wenn Sie bei der Polizei anrufen möchten, um den Diebstahl zu melden ...«

»Ich will nur endlich los«, sagte er. »Ich brauche ein Taxi, aber am Ende ertrinke ich da draußen noch, bevor ein freies vorbeikommt.«

Ihre Miene erhellte sich, als sie eine Möglichkeit sah, ihm behilflich zu sein. »Sehen Sie das Hotel dort drüben? Es hat ein Vordach, dort können Sie sich unterstellen, und es halten ständig Taxis, um Gäste abzusetzen. Und wissen Sie was? Angela an der Kasse hat bestimmt einen Schirm für Sie. Die Leute vergessen ständig welche, und wenn es nicht regnet, denken sie auch nicht daran, noch mal vorbeizukommen und sie zu holen.«

Das Mädchen an der Kasse gab ihm einen schwarzen Knirps, nicht sehr stabil, aber okay. »Ich kann mich an den Mantel erinnern«, sagte sie. »Grün. Ich habe ihn reinkommen und ich habe ihn gehen sehen, aber ich habe nicht gemerkt, dass zwei verschiedene Leute darin gesteckt haben. Der Mantel war sehr speziell, ziemlich auffällig. Glauben Sie, Sie finden wieder so einen?«

»Das wird bestimmt nicht einfach«, sagte er.

»Ursprünglich wolltest du diesen Auftrag nicht übernehmen«, sagte Dot, »und ich konnte nicht verstehen, warum. Es hat alles total simpel ausgesehen, und genau das war es auch, der reinste Spaziergang.«

»Ein Spaziergang im Regen«, sagte er. »Mir wurde der Mantel gestohlen.«

»Und der Regenschirm. Manche Leute kennen einfach keine Skrupel, Keller, sogar in einer anständigen Stadt wie Boston. Dann kauf dir eben einen neuen Mantel.«

»Ich hätte mir diesen erst gar nicht kaufen sollen.«

»Er war grün, hast du gesagt.«

»Zu grün.«

»Wieso? Wolltest du ihn noch ein bisschen reifen lassen?«

»Damit kann sich jetzt jemand anders rumschlagen. Der nächste wird beige.«

»Mit beige kannst du nichts falsch machen«, sagte sie. »Aber nicht zu hell, sonst siehst du jeden Fleck. Ich würde dir eher zu einem Ton in Richtung Sand raten.«

»Wenn du meinst.« Er schaute auf den Fernseher. »Worüber die wohl reden?«

»Sicher über nichts annähernd so Interessantes wie Regenmäntel. Ich könnte natürlich den Ton anstellen, aber ich glaube, wir wären besser beraten, uns weiter den Kopf darüber zu zerbrechen, worum sich ihre Unterhaltung drehen könnte.«

»Wahrscheinlich hast du recht. Ich frage mich nur, ob es sich damit bereits hat. Dass ich den Regenmantel verloren habe, meine ich.«

»Womit soll es sich bereits haben?«

»Mit diesem komischen Gefühl, das ich hatte.«

»Stimmt, du hattest wegen Boston ein komisches Gefühl. Aber es war nicht wegen einer Briefmarkenauktion. Du wolltest den Job nicht machen.«

»Aber dann habe ich ihn doch gemacht.«

»Aber zuerst wolltest du nicht. Was war das für ein komisches Gefühl, Keller?«

»Einfach ein komisches Gefühl«, sagte er. Er wollte ihr nichts von seinem Horoskop erzählen, weil er sich nur zu gut vorstellen konnte, wie sie darauf reagieren würde, und darauf konnte er verzichten.

»So ein Gefühl hattest du schon mal«, sagte sie. »In Louisville.«

»Das war was anderes.«

»Und beide Male ist alles glatt gelaufen.«

»Das ja.«

»Woher kommen dann diese komischen Gefühle? Irgendeine Idee?«

»Eigentlich nicht. Diesmal war dieses Gefühl auch nicht besonders stark. Deshalb habe ich den Auftrag ja auch angenommen und erledigt.«

»Und es ging alles reibungslos über die Bühne.«

»Mehr oder weniger.«

»Mehr oder weniger?«

»Ich habe einen Brieföffner verwendet.«

»In Boston?«

»Na ja, ich wollte ihn nicht durch den Metalldetektor mitnehmen. Ich habe ihn in Boston gekauft und mitgenommen, als ich fertig war.«

»Natürlich. Und hast ihn dann in einer Mülltonne oder einem Gully entsorgt. Nur hast du das nicht getan, weil du es sonst nicht erwähnt hättest. Also echt, Keller. In der Manteltasche?«

»Zusammen mit den Schlüsseln.«

»Welchen Schlüsseln? Ach so, den Schlüsseln für die Wohnung. Zwei Schlüssel und eine Mordwaffe, und das alles trägst du in deiner Manteltasche mit dir rum.«

»Ich hätte sie in einem Gully entsorgt, bevor ich zum Flughafen gefahren bin«, sagte er, »aber vorher wollte ich noch was essen, und dann war auf einmal mein Mantel weg.«

»Und der Dieb hat mehr als nur einen Mantel bekommen.«

»Einen Regenschirm.«

»Den Regenschirm können wir vergessen. Außer dem Mantel hat er also die Schlüssel und den Brieföffner. An den Schlüsseln war hoffentlich kein Anhänger mit der Adresse drauf?«

»Nein, nur zwei Schlüssel an einem simplen Metallring.«

»Und du hast dir nicht deine Initialen in den Brieföffner gravieren lassen?«

»Nein, und ich habe ihn auch gründlich saubergemacht«, sagte er. »Aber trotzdem.«

»Nichts, was auf deine Spur führt.«

»Nein.«

»Aber trotzdem«, sagte sie.

Zurück in der Stadt, kaufte sich Keller die Bostoner Tageszeitungen. Beide berichteten ausführlich über den Mord. Wie sich herausstellte, war Alvin Thurnauer ein bekannter Bostoner Geschäftsmann mit Verbindungen zur Lokalpolitik und Andeutungen der Zeitungen zufolge auch etwas zwielichtigen Kreisen. Der Umstand, dass er in einem Liebesnest in Back Bay zusammen mit einer Blondine, mit der er nicht verheiratet war, eines gewaltsamen

Todes gestorben war, trug nicht dazu bei, den Nachrichtenwert seines Todes zu schmälern.

Die Polizei, stand in beiden Zeitungen zu lesen, verfolgte verschiedene Spuren. Das deutete Keller dahingehend, dass sie keinerlei Anhaltspunkte hatten. Möglicherweise schlossen sie nicht aus, dass jemand Thurnauer aus dem Weg hatte räumen lassen, und vielleicht konnten sie sich auch denken, wer dieser Jemand war, aber das brachte sie keinen Schritt weiter. Es gab weder Zeugen noch brauchbare Sachbeweise.

Den zweiten Mord hätte er beinahe übersehen.

Im *Globe* stand gar nichts darüber. Im *Herald* schon, aber es war nur eine kurze Meldung im hinteren Teil. Im Boston Common war ein Toter gefunden worden, dem jemand mit einer kleinkalibrigen Waffe zweimal in den Kopf geschossen hatte.

Keller konnte sich den armen Teufel gut vorstellen, wie er im strömenden Regen mit dem Gesicht nach unten im Gras lag. Auch den Mantel des Toten konnte er sich vorstellen. Im *Herald* stand zwar nichts von einem Mantel, aber Keller konnte sich trotzdem vorstellen, wie er aussah.

Er ging nach Hause und telefonierte ein bisschen herum. Am nächsten Morgen kaufte er als Erstes den *Globe* und den *Herald*, und las die Zeitungen beim Frühstück. Dann telefonierte er noch einmal und nahm einen Zug.

13

»Er hieß Louis ›Warum nicht?‹ Minot«, erzählte er Dot. »Ausweis hatte er keinen einstecken, aber seine Fingerabdrücke waren in der Datenbank. Er war schon einige Male verhaftet worden, aber immer wegen irgendwelchem harmlosem Kram wie Kleindiebstählen oder Scheckbetrug.«

»Da hast du's. Du hast dich gefragt, wer dir deinen Regenmantel gestohlen haben könnte. Irgendein Kleinganove.«

»Er hat mit einer Zweiundzwanziger zwei Kopfschüsse verpasst bekommen.«

»Rein rechnerisch läuft das auf dasselbe hinaus wie ein Kopfschuss mit einer Vierundvierziger.«

»Es hat jedenfalls seinen Zweck erfüllt. Ich nehme mal an, die Waffe hatte einen Schalldämpfer, aber das ist nur eine Vermutung. Minot war im Common unterwegs, und jemand wartet, bis niemand in der Nähe ist – was bei diesem Sauwetter nicht allzu schwer gewesen sein dürfte. Er nähert sich ihm von hinten, knallt ihn ab und geht einfach weiter.«

»Muss irgend so ein Bürgerwehrtyp gewesen sein«, sagte Dot. »Immer wenn er mitbekommt, dass jemand einen Mantel stiehlt, schreitet er ein. Charles Bronson wäre die Idealbesetzung, wenn sie einen Film draus machen.«

»Was weißt du über unseren Kunden, Dot?«

»Ich kann mir nicht vorstellen, dass er dahinter steckt. Halte ich sogar für völlig ausgeschlossen.«

»Ich kann es mir nur so erklären«, sagte er, »dass jemand vor dem Haus in der Exeter Street auf der Lauer gelegen hat. Ganz sicher sogar.«

»Wie kommst du denn darauf?«

»Als ich auf ihn gewartet habe, hat ein Taxi vor dem Haus gehalten. Zuerst dachte ich, der Mann, den es abgesetzt hat, wäre er – wie hieß er gleich wieder? – Thurnauer. Nicht, dass er Ähnlichkeit mit ihm hatte. Ich habe ihn nur von hinten gesehen. Er hat sich das Haus kurz angeschaut, und ist dann weggegangen. Könnte natürlich sein, dass er sich nur ein Stück weiter auf die Lauer gelegt hat.«

»Und gesehen hat, wie du in das Haus gegangen und wieder rausgekommen bist.«

»In meinem schicken grünen Mantel. Dann ist er mir zu dem Lokal gefolgt, in dem ich zu Mittag gegessen habe, und als ich rausgekommen bin, hat er sich wieder an mich gehängt. Bloß war es diesmal nicht ich.«

»Sondern Louis Minot.«

»In meinem Mantel. An einem Tag wie diesem, es hat wie aus Kübeln gegossen, hat er mein Gesicht bestimmt nicht besonders gut zu sehen bekommen. Er hat sich an den Mantel gehalten und ist dem Mantel gefolgt. Minot geht zum Common rüber, der andere Typ folgt ihm, passt einen geeigneten Moment ab und ...«

»Peng, peng.«

»Oder plopp, plopp, wenn er einen Schalldämpfer verwendet hat.«

»Wer wusste, dass du in die Exeter Street kommen würdest? Nur der Kunde. Trotzdem kann ich mir nicht vorstellen, dass er dahintersteckt.«

»Die Polizei schon.«

»Wie das?«

»Welche Farbe Minots Mantel hatte, wissen wir bereits. Und jetzt rate mal, was er in der Tasche hatte?«

»Die Schlüssel und das Messer.«

»Es war ein Brieföffner.«

»Ach ja, stimmt. Aber egal. Und die Cops haben den Zusammenhang hergestellt?«

»Wie hätten sie das übersehen sollen? Ein Typ wird erstochen, und ein paar hundert Meter weiter taucht ein Toter mit einem Brieföffner in der Tasche auf? Und Blutspuren haben sie auch daran gefunden.«

»Ich dachte, du hast ihn saubergemacht.«

»Ich habe ihn abgewischt, aber in der Waschanlage war ich nicht damit. Sie haben Spuren gefunden. Wahrscheinlich nicht genug für einen DNA-Vergleich, aber für die Blutgruppe müssten sie gereicht haben, und das wird bestimmt die gleiche sein wie die Thurnauers.«

»Und der Brieföffner passt zu der Wunde.«

»Richtig. Und die Schlüssel in die Schlösser.«

Sie nickte nachdenklich. »Passt alles ganz gut zusammen. Minot spielt plötzlich eine Liga höher, führt den Auftragsmord an Thurnauer in der Exeter

Street durch und will sich anschließend im Boston Common mit seinem Auftraggeber treffen, um sich sein Geld abzuholen. Wird aber stattdessen – peng, peng oder plopp, plopp – erschossen, weil Tote nichts mehr erzählen können.«

»So erklären sie es sich.«

»Aber wir wissen es besser, Keller, oder? Minot sagt beim falschen Mantel ›Warum nicht?‹ und wird irrtümlicherweise abgeknallt. Von jemand, der für unseren Kunden arbeitet.«

»Hast du nicht gerade gesagt, das kannst du dir nicht vorstellen?«

»Habe ich denn eine andere Wahl, Keller? So muss es gewesen sein, ob es mir gefällt oder nicht.«

»Nicht unbedingt.«

»Aha?«

»Ich habe fast die ganze Nacht wach gelegen und nachgedacht«, sagte er. »Erinnerst du dich an Louisville?«

»Ob ich mich an Louisville erinnere? Also ob ich diese wunderschöne Stadt je vergessen könnte. Der Geruch von echtem Kentucky-Bluegrass, der Geschmack eines Mint Julep in einem geeisten Glas. Die vollen Tribünen in Churchill Downs, die Pferde, die über die Rennbahn preschen. Ich war nie in Louisville, Keller, woran sollte ich mich also erinnern?«

»Du weißt genau, was ich meine.«

»Dein Trip dorthin, das andere Mal, als du ein komisches Gefühl hattest. Ein Ehemann, der seiner untreuen Frau in dein Motel gefolgt ist und sie und ihren Lover in deinem alten Zimmer umgebracht hat.«

»Mit zwei Kopfschüssen aus einer Zweiundzwanziger.«

»Du sagst es. Aber haben sie dafür nicht den Ehemann eingelocht?«

»Er war's aber nicht.«

»Bist du sicher?«

»Die Cops sind es jedenfalls. An seinem Alibi gab es nichts zu rütteln.«

»Haben sie sonst jemand, der dafür in Frage kommt?«

»Ich glaube nicht, dass sie besonders intensiv suchen«, sagte Keller, »weil sie den Ehemann noch nicht ganz abgeschrieben haben. Sie glauben, er hat es in Auftrag gegeben, obwohl er nicht den Eindruck macht, als hätte er so was im Kreuz. Aber sie glauben, er hat jemand angeheuert, der Frau zu folgen und sie in flagranti umzulegen. Nach einem Profi hat es nämlich eindeutig ausgesehen.«

»Zwei Kopfschüsse, di da di da da.«

»Dämmert dir langsam was?«

»Ich muss fast die Augen zusammenkneifen, so hell wird es plötzlich. Lass mich kurz nachdenken, ja? Und mach die blöde Glotze aus, ich kann mich ja nicht mal selbst denken hören.«

Der Ton des Fernsehers war wie auch sonst meistens abgedreht, aber er wusste, was sie meinte. Er drückte auf die Powertaste, und der Bildschirm wurde dunkel.

Nach einer Weile sagte sie: »Es war nicht der Kunde in Louisville, und es war nicht der Kunde in Boston. Es war jemand anders, der persönlich ein Hühnchen mit dir zu rupfen hat.«

»Nur das ergibt einen Sinn.«

»Eine andere Möglichkeit fällt auch mir nicht ein, Keller. Jedenfalls kann es nicht irgendein Racheengel sein, der es dir für Thurnauer und den Typen in Louisville heimzahlen will ...«

»Hirschhorn.«

»Meinetwegen. In Boston hat er das Haus beobachtet und gewartet, bis du zuschlägst, um dann selbst zuzuschlagen. Ob Thurnauer ins Gras beißen musste, war ihm egal. Ihm ging es nur um dich.«

»Und in Louisville ...«

»In Louisville muss er Hirschhorns Haus beobachtet haben. Nachdem du den Typen in seiner Garage vergast hast, ist er dir zu deinem Motel gefolgt und ...«

»Und?«

»Das haut nicht hin, oder? Er kann dir nicht in das Zimmer gefolgt sein, aus dem du zwölf Stunden vorher ausgezogen bist.«

»Mach ruhig weiter, Dot.«

»Ich kann nur sagen, wenn ich eine Landkarte und eine Taschenlampe hätte, wäre alles einfacher. Ich tappe völlig im Dunkeln. Wenn er in das falsche Zimmer gekommen ist, in das alte, dann nur deshalb, weil er bereits gewusst hat, welches du hast. Er hat gewusst, in welchem Zimmer du warst, bevor du Hirschhorn erledigt hast.«

»Genau.«

»*Eindeutig* nicht der Kunde«, folgerte sie daraus. »Denn woher hätte er wissen sollen, in welchem Motel, geschweige denn in welchem Zimmer du absteigen würdest? Er wusste ja nicht mal, wer du bist, Keller. Ich stoße mir im Dunkeln ständig den Kopf an. Hilf mir ein bisschen, ja?«

»Erinnerst du dich an den Betrunkenen?«

»Der seinen Freund gesucht hat? Wie hieß der Freund gleich wieder?«

»Spielt das eine Rolle?«

»Natürlich nicht. Also vergiss es.«

»Er hieß Ralph, wenn du es unbedingt wissen willst, aber ...«

»Es spielt tatsächlich keine Rolle, weil er gar nicht existiert. Ralph, meine ich. Der Betrunkene hat allerdings schon existiert, außer dass er nicht wirklich betrunken war.«

»Wahrscheinlich nicht.«

»Er wusste, in welchem Zimmer du warst. Woher wusste er das? Du hast doch auf dem Zimmer nicht telefoniert, oder?«

»Ich glaube nicht. Falls ich das Telefon dort überhaupt benutzt habe, dann bestimmt erst lange nachdem er bei mir geklopft hat.«

»Und du hast dich im Motel nicht mit deinem richtigen Namen eingetragen?«

»Natürlich nicht.«

»Dann muss er dir vom Flughafen gefolgt sein. Oder er hat einen Sender an deinem Auto angebracht. Aber das Auto hattest du vom Kunden, und dass es der Kunde nicht war, steht bereits fest. Jemand anders muss gewusst haben, dass du nach Louisville kommst, oder er ist dir schon von New York gefolgt. Wäre das möglich?«

»Nein.«

»Bist du sicher?«

»Ziemlich. Ich weiß nämlich, glaube ich, schon, wer es war.«

»Wer?«

»Gehen wir noch mal kurz nach Louisville zurück. Ich steige aus dem Flieger und werde von einem Typen abgeholt.«

»Wie abgemacht.«

»Wie abgemacht. Da war aber noch ein anderer Typ am Flughafen, mit einem Schild, das ich nicht lesen konnte. Ich gehe auf ihn zu und bleibe ganz dicht vor ihm stehen, um besser lesen zu können, was auf seinem Schild steht.«

»Und das war der Typ, meinst du?«

»Ich glaube schon.«

»Weil er nicht buchstabieren konnte?«

»Weil er auf niemand gewartet hat, außer du rechnest mich mit ein. Überleg doch mal, Dot, es muss jemand sein, der nicht weiß, wer ich bin.«

»Und wozu das Ganze? Einfach nur, um irgendjemand umzubringen?«

»Er weiß zwar, was ich tue«, sagte Keller, »aber nicht, wer ich bin. Wenn er meinen Namen und meine Adresse wüsste, müsste er mir nicht quer durchs ganze Land hinterherjagen. Warum will er mich ausgerechnet dann umlegen, wenn ich arbeite und besonders vorsichtig bin? Was mache ich dagegen zwischen den einzelnen Aufträgen? Ich gehe ins Kino, ich gehe spazieren, ich gehe essen.«

»Vielleicht liebt er die Herausforderung.«

»Nein«, sagte er. »Das glaube ich nicht. Ich glaube, er kannte den Typen, der mich abgeholt hat. Zumindest vom Sehen. Und er wusste, dass er zum Flughafen musste, um einen Killer von auswärts abzuholen. Deshalb hat er sich selbst ein Schild gemacht, ein Schild, das zu niemand passt, der gerade angekommen ist, und er hat im Abholbereich rumgestanden und gewartet. Und dann tauche ich auf und sorge dafür, dass er mich aus nächster Nähe zu sehen kriegt.«

»Und danach bist du auf den Richtigen zugesteuert und hast die Identifizierung bestätigt.«

»Darauf ist er uns zu dem Auto gefolgt, das sie auf dem Langzeitparkplatz für mich bereitgestellt haben. Und als ich losgefahren bin, hat er sich an mich gehängt.«

»Bis zum Motel.«

»Ich habe unterwegs noch was gegessen und den Stadtplan studiert, aber dann habe ich mir ein Motel gesucht, und es dürfte nicht sonderlich schwer gewesen sein, mir zu folgen. Ich habe nicht darauf geachtet. Es bestand ja auch kein Grund dafür.«

»Und dann hat er an deine Tür geklopft. Angenommen, du hättest ihm geöffnet. Peng, peng?«

»Eher nicht.«

»Warum nicht? Wäre doch ganz einfach gewesen.«

»In den nächsten paar Tagen wäre es einfach gewesen. Aber er hat gewartet, bis ich Hirschhorn erledigt hatte. Und in Boston hat er gewartet, bis ich Thurnauer erledigt hatte.«

»Wieso? Aus reiner Höflichkeit? Weil er anderen den Vortritt lässt?«

»Offensichtlich.«

»Ein Gentleman der alten Schule«, sagte sie. »Ich bin immer noch damit beschäftigt, alles auf die Reihe zu kriegen, Keller. Er hat bei dir geklopft, weil er angeblich nach Ralph gesucht hat. Aber in Wirklichkeit wollte er sich nur vergewissern, dass du tatsächlich in diesem Zimmer bist. Sobald er das wusste, hat er sich ans Warten gemacht.«

»Wahrscheinlich ist er mir noch weiter gefolgt.«

»Als du Briefmarken gekauft hast und über den Fluss nach Indiana gefahren bist. Das liegt doch auf der anderen Seite? Indiana?«

»Ja.«

»Und dann kommst du bei Hirschhorn endlich zum Zug, und er hält sich ganz in der Nähe auf und bekommt alles mit, und dann? Er folgt dir wieder zurück ins Motel?«

»Er hätte mir nicht folgen müssen. Er wusste, wohin ich wollte.«

»Jedenfalls seid ihr beide zum Motel gefahren, und du bist in dein neues Zimmer gegangen und er in dein altes.«

»Ich habe auf der Rückseite geparkt, nicht weit von meinem alten Zimmer«, sagte Keller. »Aus purer Gewohnheit, schätze ich mal. Er muss das Auto gesehen und daraus geschlossen haben, dass ich in meinem Zimmer bin. Dann hat er mir ein bisschen Zeit gelassen, um langsam runterzukommen und mich schlafen zu legen, und dann hat er mir einen Besuch abgestattet.«

»Hatte er einen Schlüssel?«

»Vielleicht wusste er auch nur, wie man eine Motelzimmertür ohne einen aufbekommt – was bekanntermaßen nicht wahnsinnig schwer ist.«

»Er schleicht also in das Zimmer und sieht zwei Köpfe auf dem Kissen. Wahrscheinlich dachte er, du hast weibliche Gesellschaft bekommen.«

»Durchaus möglich.«

»Es ist dunkel, deshalb merkt er nicht, dass keiner der beiden Köpfe deiner ist. Aber macht er hinterher nicht das Licht an? Man möchte doch meinen, er will sein Werk begutachten?«

»Vielleicht.«

»Aber nicht zwangsläufig?«

»Wieso auch, wenn er weiß, dass er beide Beteiligten erledigt hat? Und wenn er Licht macht, was dann?«

»Er ist dir die ganze Zeit gefolgt, Keller. Da wird er doch gewusst haben, wie du aussiehst.«

»Der Mann, den er erschossen hat, könnte eine gewisse Ähnlichkeit mit mir gehabt haben, und er hat gar nichts gemerkt«, sagte Keller. »Vor allem, wenn er das Gesicht ins Kissen gedrückt und zwei Kugeln im Kopf hatte. Aber selbst wenn er sein Versehen bemerkt, was soll er schon groß tun? Von Tür zu Tür gehen und nach mir suchen?«

»Kaum.«

»Aller Wahrscheinlichkeit nach erklärt er es sich damit, dass ich bereits ausgecheckt, den Wagen einfach stehen gelassen und mich von jemand zum Flughafen habe fahren lassen. Jedenfalls deutet für ihn alles darauf hin, dass ich ihm entkommen bin. Für wahrscheinlicher halte ich allerdings, dass er das Licht nicht angemacht und folglich auch nicht gemerkt hat, dass er Mist gebaut hat. Das ist ihm erst klar geworden, als er am nächsten Morgen die Zeitung aufgeschlagen hat.«

»Jedenfalls ganz schön kompliziert das Ganze«, sagte Dot. »Möchtest du etwas Eistee?«

»Gern, aber bleib ruhig sitzen. Ich hole mir selber welchen.«

»Nein, wenn ich ein bisschen rumgehe, kann ich besser denken. Was hast du nach Louisville gemacht?«

»Ich bin nach Hause geflogen und habe mir einen schönen Lenz gemacht.«

»Nein, arbeitsmäßig, meine ich. Ach, stimmt, da war der Auftrag in New York, dessentwegen ich ein schlechtes Gewissen hatte, weil ich ihn hätte ablehnen sollen. Wo war dein Freund, als du den erledigt hast?«

»Keine Ahnung.«

»Um sich hier in New York an deine Fersen zu hängen, hätte er zumindest deinen Namen und deine Adresse wissen müssen. Aber hier hast du nichts von ihm mitbekommen. Was ist deiner Meinung nach der Auslöser, dass er in Aktion tritt, Keller?«

»Er muss irgendwie Wind davon bekommen, wenn ein Auftrag rausgeht, dass jemand beseitigt werden soll.«

»Dann weiß er also nur, wer die Zielperson ist, aber nicht, wer den Auftrag ausführt.«

»Offensichtlich.«

»Und er beobachtet die Zielperson – oder entdeckt den Killer bei der

Ankunft am Flughafen, wie das in Louisville der Fall war. Dieser Künstler hier in New York, vielleicht hat er davon gar nichts mitbekommen.«

»Gut möglich.«

»Oder er hat es mitbekommen, konnte dich aber bei der Ankunft nicht orten, weil du ja schon hier warst. Niemand hat dich abgeholt, niemand den Künstler ausgekundschaftet. Wie hieß er gleich wieder?«

»Niswander.«

»Du warst bei der Vernissage.«

»Mit der Hälfte aller Schmarotzer von Lower Manhattan, Dot.«

»Wenn er Niswander observiert und darauf gewartet hat, dass ihn jemand erledigt, wartet er vermutlich immer noch, weil du stattdessen den Auftraggeber aus dem Verkehr gezogen hast. Was ist dann gekommen?«

»Tampa.«

»Richtig, Tampa. Dingsbums Dingsbums Beach.«

»Indian Rocks Beach.«

»Du warst am selben Tag wieder zurück. Selbst wenn er dort hätte zuschlagen wollen, warst du schon wieder auf dem Heimweg, bevor er überhaupt auf dich anlegen konnte. Und damit wären wir bei Boston, deinem letzten Auftrag. Oder habe ich einen vergessen?«

»Nein.«

»Hast du nicht gesagt, du hast ihn in Boston gesehen? Als er vor dem Haus, in dem Thurnauer gewohnt hat, aus einem Taxi gestiegen ist?«

»Thurnauer hat dort aber nicht gewohnt, glaube ich. Es war die Wohnung des Mädchens.«

»Gott sei Dank, dass du das klargestellt hast. Jedenfalls hast du ihn gesehen, oder?«

»Ich habe jemand gesehen. Vielleicht war er es, vielleicht auch nicht.«

»Jetzt kommt die eigentliche Frage. War es jemand, den du vorher schon mal gesehen hast?«

»Keine Ahnung.«

»In Louisville zum Beispiel, wo dieser Kerl mit dem unleserlichen Schild rumgestanden hat.«

»Als er aus dem Taxi gestiegen ist«, sagte Keller, »dachte ich zuerst, es wäre Thurnauer. Aber was habe ich wirklich von ihm zu sehen bekommen? Einen Mann mit Mantel und Hut, der den Kopf eingezogen hat, um nicht nass zu werden. Außerdem habe ich ihn nur von hinten gesehen, sein Gesicht war immer von mir abgewandt.«

»Es könnte also derselbe Typ gewesen sein, aber auch jemand völlig anderes.«

»Das bringt uns jedenfalls nicht weiter.«

»Noch mal zurück nach Louisville«, sagte sie. »Hast du ihn dort gut zu sehen bekommen?«

»Ob ich ihn gesehen habe? Ja. Kann ich ihn mir noch vorstellen? Nein, nicht wirklich. Ich habe mehr auf das Schild geachtet, das er in der Hand gehalten hat.«

»Das bringt uns auch nicht weiter, Keller. Höchstwahrscheinlich hält er es inzwischen nicht mehr.«

»Er hatte eine Lederjacke an. Aber das hilft uns auch nicht. Er war etwa so groß wie ich, nicht jung, aber auch nicht alt. Nicht dick, nicht dünn. Es war nichts an ihm, was einem aufgefallen wäre.«

»Du könntest dich selbst beschreiben, Keller.«

»*Ich* war's aber sicher nicht.«

»Nein, sonst würdest du dich daran erinnern. Aber was bezweckt er damit? In Batmans Fußstapfen will der Kerl jedenfalls nicht treten, sonst würde er dich deinen Auftrag erst gar nicht ausführen lassen. Ginge es ihm um Wahrheit und Gerechtigkeit und amerikanische Werte, müsste er etwas schneller einschreiten.«

»Möchte man eigentlich meinen.«

»Warum wartet er also? In Boston hatte er vielleicht keine andere Wahl. Wahrscheinlich konnte er dich dort erst identifizieren, als du wieder aus dem Haus gekommen bist. Aber in Louisville hatte er mehr als genug Zeit. Worauf hat er dort gewartet?«

»Vielleicht wollte er einfach nur Rücksicht nehmen?«

»Auf wen? Auf Hirschhorn jedenfalls nicht, so viel steht fest. Und auf dich? Wollte er dich etwa noch deinen Triumph auskosten lassen, bevor er dir den Garaus gemacht hätte? Das kann ich mir nicht vorstellen. Wer bleibt dann noch?« Sie machte große Augen. »Doch nicht aus Rücksicht auf den *Kunden*?«

»Ich weiß nicht, wer sonst noch in Frage käme.«

»Aber warum sollte er auf den Kunden Rücksicht nehmen? Augenblick.

Mir dämmert es bereits. Er will dem Kunden nicht die Tour vermasseln. Deshalb versucht er dich erst auszuschalten, nachdem du den Auftrag ausgeführt hast. Und warum nimmt er Rücksicht auf den Kunden?«

»Weil er aus der Branche ist.«

»Was uns eigentlich von Anfang an hätte klar sein müssen. Nimm doch nur sein Markenzeichen. Zwei Kopfschüsse mit einer Zweiundzwanziger? Das ist ein Profi, der seine Signatur hinterlässt.«

»Aber was hat er gegen mich?« Keller stand auf. »Was Persönliches kann es nicht sein. Er weiß ja nicht mal, wer ich bin. Will er, dass ich der Gewerkschaft beitrete? Wäre mir zwar neu, dass es überhaupt eine gibt, aber ich würde meine Beiträge brav bezahlen wie alle anderen auch.«

»Vielleicht würde es sich sogar lohnen«, sagte sie, »und sei es nur wegen der günstigeren Krankenversicherung. Vielleicht bist du zu selbstbezogen, Keller.«

»Er will mich umbringen, weil ich zu selbstbezogen bin?«

»Vielleicht geht es gar nicht um dich.«

»Eigentlich kann es gar nicht um mich gehen«, sagte er. »Alles fängt damit an, dass ein Auftrag rausgeht und er darauf wartet, dass der Killer auftaucht. Und was sagt uns das? Er ist aus der Branche und versucht, andere Typen aus der Branche aus dem Verkehr zu ziehen? Ist das möglich, Dot? Darüber wäre uns doch sicher was zu Ohren gekommen.«

»Erinnerst du dich noch an den Job hier in New York?«

»Natürlich. Darüber haben wir doch gerade gesprochen.«

»Zuerst habe ich deswegen den Typen angerufen, der normalerweise die New Yorker Aufträge für mich erledigt.«

»Kein Anschluss unter dieser Nummer.«

»Richtig.«

»Und später hast du herausgefunden, dass …«

»Hör jetzt nicht einfach auf, Keller. Spinn den Gedanken ruhig weiter.«

»Dass er tot ist. Aber ist er nicht im Bett gestorben?«

»Das ist auch das sympathische Paar in Louisville, wie du dich vielleicht noch erinnerst.«

»Hatte er denn keinen Herzinfarkt oder so?«

»Sein Herz hat zu schlagen aufgehört«, sagte sie, »und das hat auch das dieser beiden. Wenn man stirbt, hört das Herz zu schlagen auf. So funktioniert das. «

»Glaubst du, er wurde ermordet? «

»Ich würde es zumindest nicht ausschließen. Falls es unter natürliche Ursachen gefallen ist, kann ich nur sagen: Bei wie vielen deiner Aufträge war das ebenfalls der Fall? «

»Bei einigen. «

»Und in jedem dieser Fälle «, fuhr sie fort, »hat das Herz der Betroffenen zu schlagen aufgehört. «

»Du glaubst also, dein Typ hat einen Auftrag angenommen, und dieser andere Typ hat gewartet, bis er ihn ausgeführt hat, und dann ist er ihm nach Hause gefolgt und ... «

»Und hat dafür gesorgt, dass sein Herz zu schlagen aufgehört hat. «

»Warum? «

»Wieso könnte jemand so was tun? Ist das deine Frage? «

»Ja, weil ich es nicht verstehe. «

»Du machst doch genau das Gleiche, Keller. Deshalb stelle ich dir dieselbe Frage. Warum machst du es? «

Er dachte kurz nach. »Andria hat gesagt, es wäre mein Karma. Aber ich weiß nicht recht, was das bedeutet. Vielleicht steht es in den Sternen, keine Ahnung. Vielleicht hat mein Daumen was damit zu tun oder ... «

»Hör sofort auf, Keller. «

»Wieso? Womit? «

»Komm mir nicht mit solchem philosophischem Quatsch. Ich frage dich nicht, was ein nettes Mädchen wie du in so einem Gewerbe zu suchen hat. Ich sage, du tust einfach, was du tust, und wenn ein Auftrag reinkommt, nimmst du ihn an. Warum nimmst du ihn an? «

»Was meinst du damit, Dot? Warum ich ihn annehme? Weil es ist, was ich tue. «

»Und warum tust du es? Was springt dabei für dich heraus? «

»Was für mich dabei herausspringt? Also, das muss ich dir doch hoffentlich nicht eigens sagen. «

»Tu mir trotzdem den Gefallen. «

»Geld natürlich «, sagte er. »Ich werde dafür bezahlt. «

»Na also. «

»Ist das, was du von mir hören wolltest? Dass ich dafür bezahlt werde? Ich dachte, das verstünde sich von selbst. Worauf willst du also hinaus? Der Typ, der mich kaltzumachen versucht hat, er hat es getan, weil ihn jemand dafür bezahlt hat?«

»Nein, er hat es wegen des Geldes getan.«

»Wegen welchem Geld?«

»Für ihn ist es eine Investition«, sagte sie. »Eine langfristige. Warum will Coke Pepsi fertigmachen, Keller? Er will die Konkurrenz ausschalten.«

– 14 –

Es hörte sich verrückt an.

»Vielleicht ist es auch verrückt«, gab Dot zu. »Vielleicht ist *er* verrückt. Seit wann gehört geistige Gesundheit zum Anforderungsprofil? Aber was die Dollar-Logik angeht, weiß ich nicht, was daran auszusetzen sein sollte. Wenn du die anderen in deiner Branche aus dem Verkehr ziehst, bekommst du mehr Aufträge. Entweder du verbesserst die Auftragslage, oder du kannst mit dem Preis hochgehen, aber so oder so streichst du mehr Kohle ein.«

»Wer geht denn so an die Sache ran? Seit ich diesen Job mache, habe ich nie was anderes getan, als zu euch rauszukommen, wenn ihr angerufen habt, und dort hinzufahren, wo ihr mich hingeschickt habt. Der alte Mann hat mir gesagt, wo ich hinfahren soll und was ich dort tun soll, und genau das habe ich dann getan, und wenn ich nach Hause gekommen bin, habe ich mein Geld bekommen. Ich habe mir nie Gedanken gemacht, wie ich mehr Geld bekommen könnte. Musste ich ja auch nicht. Ich hatte immer mehr Geld, als ich gebraucht habe.«

»Du hast dich nie um Aufträge bemüht.«

»Wieso auch?«

»Du hast einfach abgewartet, was reinkommt.«

»Und es ist immer was reingekommen.«

»Zumindest fast immer. Weißt du noch, wie ich diese Anzeige aufgegeben habe?«

»In dieser Zeitschrift. Nicht in *Soldier of Fortune*, in der anderen. Wie hieß sie gleich wieder?«

»*Mercenary Times.*«

»So sind wir an einen Auftrag gekommen«, erinnerte er sich. »Und wir mussten furchtbar aufpassen, damit der alte Mann nichts gemerkt hat, und dann hat uns der Kunde zu bescheißen versucht.«

»Was er lieber hätte bleiben lassen sollen. Tatsache ist aber, dass wir aktiv geworden sind, um Aufträge an Land zu ziehen. Genauer gesagt, ich bin aktiv geworden, aber darauf ist es hinausgelaufen.«

148

»Das waren besondere Umstände. Der alte Mann war irgendwie komisch drauf und hat reihenweise Aufträge abgelehnt.«

»Ich weiß.«

»Es gab jede Menge Arbeit. Bloß haben wir sie nicht gekriegt.«

»Schon klar, Keller. Es war ja nur ein Beispiel.«

»Okay.«

»Weißt du noch, wie wir den Anruf für den Job in Boston bekommen haben? Der Kunde hat gesagt, ich wäre die Erste, die er angerufen hat, aber ich habe es ihm nicht abgenommen.«

»Weil er nicht gern mit Frauen zusammenarbeitet, hast du gesagt.«

»Ich glaube, er hat schon ein paar andere Leute angerufen, bevor er sich bei mir gemeldet hat. Ich vermute, Typen, die machen, was du machst, sind immer schwerer zu finden, wobei ich nicht glaube, dass das an einer Verbesserung des moralischen Klimas in unserem Land liegt. Ich glaube, dieser Dreckskerl ist schon eine ganze Weile dabei, seine Kollegen aus dem Verkehr zu ziehen, und wenn mich nicht alles täuscht, ist er mit seiner Strategie recht erfolgreich. Inzwischen gibt es weniger Typen wie dich.«

»Und damit mehr Arbeit für ihn.«

»Mehr Arbeit und mehr Geld.«

»Trotzdem, Dot, wozu der Aufwand? Es gibt mehr als genug Arbeit.«

»Weniger als vor fünf Jahren.«

»Ich arbeite genauso viel wie sonst auch.«

»Vielleicht weil dieser Typ die Reihen lichtet. Du kannst es auch so sehen, dass er dir einen Gefallen tut.«

»Das glaube ich nicht, Dot. Wie viel Geld, denkt der Kerl, braucht er?«

»Für manche Leute haben die Worte ›genug Geld‹ genauso wenig Bedeutung wie das Schild, das er in Louisville hochgehalten hat. So was wie genug gibt es für die nicht.«

»Was will er damit tun?«

»Etwas kaufen, was er sich sonst nicht leisten könnte. Keller, du gibst einen Haufen Geld für deine Briefmarkensammlung aus. Gibt es Marken, die du dir nicht leisten kannst?«

»Soll das ein Witz sein? Es gibt Marken, und nicht gerade wenige, für die musst du locker eine sechsstellige Summe hinblättern.«

»Und dieser Künstler, den du nicht umgebracht hast. Hast du eins seiner Bilder gekauft?«

»Nein.«

»Aber du hast es dir überlegt. Wenn du wirklich gewollt hättest, hättest du dir eins kaufen können, oder?«

»Klar.«

»Angenommen, du wolltest einen Picasso.«

Oder einen Hopper. »Ich glaube, ich weiß, was du meinst.«

»Dieser Typ ist ein gieriges Schwein«, sagte sie. »Je mehr er bekommt, umso mehr will er. Er möchte der einzige Killer sein, damit er das ganze Geld einstreichen kann. Was kümmert es dich da, warum er das will? Das ist nicht die Frage. Die Frage ist, was wir dagegen tun können.«

Wenn jemand versucht, einen zu töten, versucht man, ihm zuvorzukommen und vorher ihn zu töten. So viel stand fest.

Bloß wie? Keller tötete ständig Menschen, das war sein Beruf. Es war allerdings einfacher, wenn man wusste, wen man töten sollte und wo man ihn finden konnte. Dann war es relativ leicht. Es erforderte Entschlossenheit und Einfallsreichtum, und es war hilfreich, wenn man nicht auf den Kopf gefallen war, aber ein Genie musste man auch nicht sein.

»Ich denke ständig, er ist aus Louisville«, sagte er, »aber wahrscheinlich ist auch er bloß hingeflogen. Genau wie ich. Vielleicht war der Kerl an der Gepäckausgabe auch gar nicht er. Er könnte jemandem einen Zehner in die Hand gedrückt haben, damit er sich mit einem Schild zu den Wartenden stellt, während er sich irgendwo in der Nähe postiert und nach mir Ausschau hält.«

»Es muss eine Möglichkeit geben, ihn zu finden.«

»Aber wie?«

Sie dachten eine Weile schweigend nach. Dann sagte Dot: »Wie würdest du es anstellen, Keller?«

»Genau das ist doch, was ich nicht weiß, ich …«

»Nein, ich meine, angenommen, du wärst er. Du willst auf Microsoft in Sachen Mord machen und die Konkurrenz ausschalten. Wie würdest du es anpacken?«

»Ach so, jetzt verstehe ich. Die erste Frage wäre natürlich, wie bekomme ich heraus, bei wem ich anfangen soll? Ich kenne sonst niemand, der macht, was ich mache. Wir haben ja keinen Berufsverband und keine jährliche Mitgliederversammlung.«

»Gott sei Dank. Ich fände es schrecklich, euch alle mit irgendwelchen dämlichen Mützen rumlaufen zu sehen.«

»Und er kennt auch niemand«, fuhr Keller fort. »Sonst müsste er nicht auf irgendwelchen Flughäfen rumstehen. Aber woher weiß er, auf welchem Flughafen er rumstehen soll? Weißt du, was ich täte, Dot? Aufträge ablehnen.«

»Wieso?«

»Ich bekomme eine Anfrage, ob ich mich um jemand in Omaha kümmern kann. Ich versuche, so viel wie möglich über den Job rauszubekommen, und dann denke ich mir eine Ausrede aus, warum ich ihn nicht machen kann.«

»Die Beerdigung deiner Großmutter. Das kommt immer gut an.«

»Ein Konflikt, ein früheres Engagement, egal was. Ich sage dem Kunden, er soll sich jemand anders suchen, und dann fliege ich nach Omaha und schaue, wer auftaucht.«

»Und wartest, bis dein Ersatzmann den Auftrag ausgeführt hat, und erledigst ihn dann. Aber warum warten?«

»Damit niemand etwas merkt. Angenommen, er knipst mich schon am ersten Tag in Louisville aus. Angenommen, er stellt sich, statt nach Ralph zu suchen, einfach vor meine Tür und knallt mich ab, sobald ich mich zeige. Dann weiß der Auftraggeber sofort Bescheid.«

»Und wenn er dich den Auftrag erst erledigen lässt?«

»Ist das Schlaueste«, sagte Keller, »mir nach Hause zu folgen.«

»Was er ja auch getan hat, nur ins falsche Zimmer.«

»Nein, ganz nach Hause. Zurück nach New York. Er findet raus, wer ich bin und wo ich wohne, und erledigt mich, wenn es ihm in den Kram passt und ich meinem gewohnten Alltag nachgehe.«

»Wenn du ins Kino gehst«, sagte sie, »oder Briefmarken in dein Album einordnest.«

»Egal was. So hat er es mit dem Kerl gemacht, der im Schlaf gestorben ist. Er ist ihm nach Hause gefolgt und hat sich Zeit gelassen.«

»Aber bei dir wollte er nicht warten.«

»Offensichtlich nicht, aus welchem Grund auch immer. Und das ist auch gut so, denn er hätte mich voll auf dem falschen Fuß erwischt. Mit so etwas hätte ich nie gerechnet. Und wenn er es in New York probiert und den Falschen erwischt hätte, hätte er es am nächsten Tag noch mal versuchen können.«

»Dieses miese Drecksschwein.«

»Tja.«

»Es ist keineswegs so, dass er nicht genügend Arbeit hat. Wenn man deiner Darstellung folgt, lehnt er jedes Mal einen Auftrag ab.«

»So würde ich es jedenfalls machen.«

»Und so macht es auch diese Ratte. Nur hat er einen Fehler gemacht. Und jetzt hat er ein Problem.«

»Er hat ein Problem? Wir wissen absolut nichts über ihn, Dot. Weder wer er ist, noch wo er lebt, noch wie er aussieht. Wo soll da das Problem für ihn sein?«

»Wir wissen, dass es ihn gibt«, sagte Dot finster. »Und das genügt, Keller. Fahr nach Hause.«

»Häh?«

»Fahr nach Hause, mach's dir gemütlich, leg die Beine hoch. Spiel mit deinen Briefmarken. Im Moment hast du von dieser Type nichts zu befürchten. Wahrscheinlich glaubt er, den Richtigen erwischt zu haben, als er in Boston Louis Minot erledigt hat. Und selbst wenn nicht, weiß er nicht, wo er nach dir suchen soll. Du kannst also beruhigt nach Hause fahren und weiter dein Leben führen.«

»Und?«

»Und ich hänge mich ans Telefon und höre mich ein bisschen um und schaue, was ich über diesen prinzipienlosen Dreckskerl herausfinden kann.«

»Was ich nicht verstehe«, sagte sie, »ist, wie sie darauf gekommen sind, dieses Gesöff Long Island Iced Tea zu nennen. Da sind bestimmt ein halbes Dutzend verschiedene Sorten Alkohol drin, aber ist auch Tee drin?«

»Da fragst du den Falschen.«

»Es ist keiner drin«, entschied sie. »Ist es also ironisch gemeint? Oder ist das, was sie auf Long Island statt Tee trinken? Oder ist es vielleicht eine Anspielung auf die Prohibition?«

»Da bin ich überfragt.«

»Und egal ist es dir sicher auch. Jedenfalls, ein Glas von diesem Zeug reicht mir, so viel kann ich jetzt schon sagen. Ich möchte nüchtern sein, wenn ich nachher einkaufen gehe, und auf keinen Fall möchte ich heute Abend beim *König der Löwen* einschlafen.«

Sie waren in einem Restaurant in der Madison Avenue. Dot kam nicht oft in die Stadt, und wenn doch, schaffte sie es, auszusehen wie eine Vorstadtmatrone, die sich für einen ausgiebigen Einkaufsbummel und einen Abend im Theater fein gemacht hat. Was durchaus stimmte, fand er, weil sie das ziemlich treffend beschrieb.

Als das Essen kam, sagte sie: »Aber jetzt zur Sache. Ich wollte das nicht am Telefon regeln. Und warum dich extra nach White Plains rauskommen lassen, wenn ich sowieso in die Stadt muss? Ich habe diese Karte schon so lange bestellt, dass ich mir einbilde, das Musical schon gesehen zu haben. Ich habe rumtelefoniert.«

»Das wolltest du tun.«

»Und ich habe Verschiedenes über Roger rausgefunden.«

»So heißt er?«

»Wahrscheinlich nicht.« Sie schüttelte den Kopf. »Aber unter diesem Namen läuft er. Kein Nachname, nur Roger.«

»Wo lebt er?«

»Das weiß niemand.«

»Aber irgendjemand muss es doch wissen. Nicht unbedingt die genaue Adresse, aber in welcher Stadt.«

»Roger the Lodger«, sagte sie. »Aber wo er zu Hause ist, ist ein Geheimnis.«

»Wenn mich jemand erreichen will«, sagte er, »versucht er es über dich. Wenn rufst du an, um Roger zu erreichen?«

»Einen von mehreren Mittelsmännern. Oder man ruft ihn direkt an.«

»Da hast du es doch schon. Seine Nummer muss eine Vorwahl haben. Welche?«

»Drei-null-neun.«

»Sagt mir nichts.«

»Peoria, Illinois. Aber alles, was du dranbekommst, wenn du unter dieser Nummer anrufst, ist seine Mailbox in der Zentrale von Sprint, und die ist nicht mal annäherungsweise in Peoria. Man hinterlässt seine Nummer, und er ruft zurück.«

»Glaubst du, er lebt in Peoria?«

»Gänzlich ausschließen würde ich es nicht«, sagte sie, »aber bei der Lotterie stünden meine Chancen vermutlich besser, und das, obwohl ich mir kein Los gekauft habe. Ich schätze, er war mal in Peoria und hat sich ein Handy gekauft, um die Mailbox zu haben.«

»Er ruft einen also zurück«, sagte Keller. »Wahrscheinlich nicht mit seinem Handy, das verwendet er vermutlich nur für die eingehenden Nachrichten. Und dann?«

»Du nennst ihm die Einzelheiten des Auftrags, und er sagt ja oder nein.«

»Du sagst ihm den Namen und die Adresse und die anderen Details.«

»Und was er sonst noch braucht.«

»Angenommen, du willst ihm die Zielperson zeigen?«

Sie schüttelte den Kopf. »Auf so was lässt sich Roger nicht ein. Er will nicht am Flughafen abgeholt werden.«

»Anders ausgedrückt, niemand bekommt ihn zu sehen.«

»So ist es.«

»Ganz schön clever«, sagte er. »Und so handhaben es von jetzt an auch wir, aber nicht, weil wir vor dem Kunden Angst haben.«

»Sondern weil wir vor Roger Angst haben.«

»Nicht unbedingt Angst, aber ...«

»Viel fehlt jedenfalls nicht. Wie ist dein Kalbfleisch?«

»Gut. Was hast du überhaupt, ein Seezungenfilet?«

»Sie schmeckt ganz hervorragend«, sagte sie, »nur der Long Island Iced Tea war nicht unbedingt die beste Möglichkeit, sie hinunterzuspülen. Trotzdem, wirklich hervorragend. Sehr zart. Aber du hast recht, keine Abholung am Flughafen, niemand, der dir ein Auto und eine Knarre besorgt.«

»Trotzdem muss er eine Möglichkeit gefunden haben, sich seinen Vorschuss zukommen zu lassen. Und hin und wieder auch einen Schlüssel oder eine Kanone.«

»FedEx.«

»Und wohin mit FedEx?«

»In ein FedEx-Depot. In welches, bestimmt er.«

»Und es ist sicher nicht jedes Mal dasselbe.«

»Nie zweimal dasselbe, nie zweimal dieselbe Stadt. Und wenn er nach getaner Arbeit den Rest bekommt, lässt er ihn sich in ein anderes FedEx-Depot in einer anderen Stadt schicken. Und der Name des Empfängers ist jedes Mal ein anderer. Die naheliegenden Fehler macht der Typ jedenfalls nicht.«

»Nein.«

»Ein Profi.«

»Ein Profi.« Keller nickte. »Weiß du, als ich aus Boston zurückgekommen bin, habe ich ständig auf meine Umgebung geachtet. Ich war richtig unruhig und nervös.«

»Kein Wunder.«

»Aber man gewöhnt sich daran. Zuerst dachte ich, das war's, ich höre auf. Wieso die Sache überreizen? Ich habe zum ersten Mal ans Aufhören gedacht.«

»Sehr schlau, nachdem du deinen ganzen Rentenfonds in Briefmarken angelegt hast.«

»Nicht alles«, sagte er. »Einen beträchtlichen Teil, aber nicht alles. Aber selbst wenn ich genügend Rücklagen hätte, wenn ich es mir leisten könnte, in Rente zu gehen – soll ich mich etwa von diesem Dreckskerl aus dem Geschäft drängen lassen?«

»Wenn mich nicht alles täuscht, ist die Antwort darauf nein.«

»Wir sind ab sofort besonders vorsichtig«, sagte er. »Wir nehmen uns Roger-Roger zum Vorbild. Kein direkter Kontakt mit dem Kunden oder einem seiner Leute. Wenn sie darauf bestehen, passen wir.«

»Und ich werde ein paar Fragen stellen, die ich sonst nicht stelle. Zum Beispiel: Wer hat den Auftrag abgelehnt, bevor sie ihn uns angeboten haben? Manchmal geht ein Kontrakt an mehrere Vermittler raus, sodass der Mann, der mich anruft, möglicherweise gar nicht weiß, wo er zuerst abgelehnt wurde, aber ich werde versuchen, so viel wie möglich darüber herauszufinden. Und falls ich dabei auch nur einen Hauch von Rogers Witterung aufschnappe, werde ich einen Grund finden, um nein zu sagen.«

»Und ich werde die Augen offenhalten.«

»Das kann nie schaden.«

»Und früher oder später«, sagte er, »werden wir eine Möglichkeit finden, seine Fährte zu kreuzen.«

»›Seine Fährte kreuzen‹? Was soll das heißen?«

»Das sagen sie in Western immer. Was es genau bedeutet, weiß ich nicht.

155

Wir machen eine Kehrtwende, versuchen, ihm in den Rücken zu fallen, etwas in der Art.«

»Habe ich mir fast gedacht.«

»Jedenfalls versuchen wir es«, sagte er. »Er ist ein Profi, aber was soll's? Ich bin auch einer – was nicht heißt, dass ich keine Fehler mache. Ich habe im Lauf der Jahre einige gemacht.«

»Er wird auch einen machen.«

»Allerdings«, sagte er. »Und wenn er einen macht ...«

»Peng peng. Nein, lieber plopp plopp.«

»Nein, peng peng ist völlig in Ordnung«, sagte er. »Wenn ich diesen Kerl erwische, macht es nichts, wenn es ordentlich kracht.«

15

Keller verdrückte die letzte Gabel Omelett mit dem letzten Bissen Toast und beobachtete, wie ihm die Bedienung Kaffee nachschenkte. Er war nicht sicher, ob er mehr Kaffee wollte, aber es war einfacher, ihn stehen zu lassen, als die Bedienung davon abzuhalten, ihm nachzuschenken. Das Lokal warb mit Schildern, auf denen Kaffeetassen ohne Boden abgebildet waren. Damit hatte Keller, der beigebracht bekommen hatte, seinen Teller leer zu essen, gewisse Schwierigkeiten. Man konnte seinen Kaffee nicht austrinken, sie ließen einen seinen Kaffee nicht austrinken, sie schenkten einem nach, bevor die Tasse leer war. Für Leute in Geldnöten war das vielleicht gut, aber ihn störte es.

Und die Teetrinker? Er fand, dass sie massiv benachteiligt wurden. Wenn man seinen Tee ausgetrunken hatte, schenkten sie einem heißes Wasser nach, aber einen neuen Teebeutel bekam man nicht. Wahrscheinlich reichte ein Teebeutel auch für eine zweite Tasse Tee, wenn man nichts gegen schwachen und geschmackslosen Tee hatte, aber bei einer dritten Tasse wurde es kritisch. Ein Kaffeetrinker dagegen konnte literweise Kaffee trinken, der von der ersten Tasse bis zur letzten immer gleich stark war.

Aber seit wann war das Leben fair?

»Es sieht gut aus«, hatte Dot gesagt. »Der Mittelsmann, mit dem ich gesprochen habe, hat direkten Kontakt zum Kunden, und laut ihm bin ich die erste Person, die er angerufen hat. Wir bekommen einen Namen und eine Adresse und ein Foto, und an der Gepäckausgabe des O'Hare wird niemand auf dich warten. Wir können mit an Sicherheit grenzender Wahrscheinlichkeit davon ausgehen, dass unser Freund ebenso wenig von diesem Auftrag weiß wie Klinger.«

»Klinger?«

»Der Typ in Lake Forest, zu dem du hallo und tschüss sagen wirst. Er ahnt nichts von seinem Glück. Und du wirst auch nicht lange auf der Hut sein müssen.«

»Nur hin und wieder auf meine Umgebung achten.«

Zurück in seiner Wohnung, warf Keller als Erstes einen kurzen Blick in das Horoskop, das Louise Carpenter für ihn erstellt hatte. Die gefährliche Phase, die ihren Höhepunkt bei seinem Abstecher nach Boston erreicht hatte, war vorüber. Jetzt lagen mehrere relativ unbedenkliche Monate vor ihm, zumindest was die Sterne anging. Im Sommer konnte es wieder gefährlich werden, aber bis dahin war es noch eine Weile.

Trotzdem war das kein Grund, leichtsinnig zu werden. Lake Forest, Illinois, lag nördlich von Chicago am Lake Michigan und war am einfachsten zu erreichen, wenn man zum O'Hare Airport flog. Keller flog jedoch nach Milwaukee, nahm sich einen Leihwagen und quartierte sich in einem Motel fünfzehn Minuten nördlich von Lake Forest ein.

Er ließ sich Zeit. Der Kunde hatte es nicht eilig, und Klinger würde sich nicht aus dem Staub machen, sondern weiterhin fünf Tage die Woche jeden Morgen ins Büro fahren und am Abend wieder nach Hause. Keller beobachtete ihn und hielt gleichzeitig nach jemandem Ausschau, der in dieser Umgebung wie ein Fremdkörper wirkte. Falls sich Roger irgendwo herumtrieb, wollte ihn Keller als Erster sehen.

Keller schaute auf die Uhr. Die Zeit reichte noch, um seinen Kaffee auszutrinken, aber wieso sollte er? Die Bedienung würde ihm bloß wieder nachschenken, und bevor ihr der Kaffee ausging, ginge ihm die Zeit aus. Er bezahlte, gab ein anständiges Trinkgeld und ging zu seinem Leihwagen. Zwanzig Minuten später hielt er in der Rugby Road, einer Vorortstraße wie aus dem Bilderbuch. Sie war von alten Laubbäumen gesäumt, die einem Gemälde von Declan Niswander hätten entsprungen sein können. Sein Augenmerk galt einem weißen Holzhaus mit dunkelgrünen Fensterläden, das etwa hundert Meter vor ihm lag. Er stand mit laufendem Motor am Straßenrand und hatte einen Stadtplan über das Lenkrad gebreitet, damit jeder, der vorbeikam, dächte, er versuchte, sich zu orientieren.

Aber er wusste, wo er war, und er wusste, dass er nicht lang warten müsste. Lee Klinger war ein Gewohnheitstier und hielt sich mit ähnlicher Zuverlässigkeit an seinen geregelten Tagesablauf, wie die Bedienung die Kaffeetassen nachgefüllt hatte. Er nahm fünf Tage die Woche den 8:11-Uhr-Zug nach

Chicago, und wenn es das Wetter zuließ, ging er zu Fuß zum Bahnhof und verließ das Haus um 7:48 Uhr.

Man konnte die Uhr nach dem Kerl stellen.

Prompt sah Keller, der seine Uhr nach dem Autoradio gestellt hatte, zur erwarteten Uhrzeit die Seitentür des Hauses aufgehen. Klinger, der an diesem Morgen einen dunkelbraunen Anzug trug und eine rotbraune Aktentasche bei sich hatte, ging die Einfahrt zur Straße hinunter und bog nach links. An der nächsten Ecke überquerte er, sobald die Ampel auf Grün schaltete, die Culpepper Lane und wartete erneut auf die Ampel, um die Rugby Road zu überqueren. Da nirgendwo ein Auto zu sehen war, hätte er ohne weiteres bei Rot über die Kreuzung gehen können – sogar diagonal, dachte Keller, um beide Straßen in einem Aufwasch zu überqueren. Aber in den drei Tagen, die er Lee Klinger gefolgt war, hatte er ihn gut genug einzuschätzen gelernt, um zu wissen, dass er so etwas nicht täte. Er wartete auf die Ampel und überquerte die Straßen so, wie man sie überqueren sollte.

Keller fragte sich, wer den Mann aus dem Weg geräumt haben wollte und warum. Aber eigentlich wollte er es nicht wirklich wissen. Im Lauf der Jahre hatte er gelernt, dass es besser war, diese Dinge nicht zu wissen, auch wenn es unmöglich war, diesbezüglich keine Spekulationen anzustellen. Ein Konkurrent? Jemand, der mit Mrs. Klinger ins Bett ging? Jemand, mit dessen Frau Klinger ins Bett ging?

So, wie Keller den Mann einschätzte, konnte er sich das nicht so recht vorstellen. Doch was wusste er schon über Klinger? So gut wie nichts. Er war pünktlich, er hielt sich an die Verkehrsregeln, er trug Anzüge, und jemand wollte ihn beseitigt haben. Höchstwahrscheinlich war deutlich mehr an Klinger, aber das war alles, was Keller wusste – und wissen musste.

Keller fuhr los. Sobald Klinger die Straße überquert hatte, wollte auch er über die Kreuzung fahren, dann aber eine andere Strecke zum Vorortbahnhof nehmen. Und dann? Was er dann machen würde, wusste er noch nicht. Vielleicht bot sich ihm auf dem Bahnsteig eine Gelegenheit, wenn Klinger auf den Zug wartete. Oder im Zug oder in Chicago. Aber vielleicht auch nicht. In Chicago gab es mehrere Briefmarkenhändler, alle in der Loop, wo man sie zu Fuß erreichen konnte, und er hatte den Katalog dabei, der ihm als Bestandsliste diente. Er konnte die Runde bei ihnen machen und ein paar Marken kaufen.

Dot zufolge spielte die Zeitfrage keine Rolle. Auf ein paar Tage mehr oder weniger kam es nicht an.

Die Ampel schaltete um, und ein Auto, das auf die Kreuzung zufuhr, verlangsamte sein Tempo. Klinger begann, die Straße zu überqueren. Plötzlich beschleunigte das andere Auto wieder und machte einen abrupten Satz nach vorn, wie ein angreifendes Raubtier. Klinger blieb nicht einmal genügend Zeit, um wie angewurzelt stehen zu bleiben, geschweige denn auszuweichen. Das Auto erwischte ihn mitten in der Bewegung und schleuderte ihn und die Aktentasche in hohem Bogen durch die Luft. Bevor Keller begriff, was da vor seinen Augen geschah, war es bereits vorbei, und Klinger bekam gar nicht mit, wie ihm geschah.

»Okay«, sagte Dot. »Ich gebe auf. Wie hast du das hinbekommen?«

»Ich habe nichts weiter getan, als zuzusehen«, sagte Keller. »Und nicht einmal das richtig. Ich bin Klinger gefolgt, aber da ich bereits wusste, wohin er wollte, habe ich nicht groß auf ihn geachtet.«

»Langsam nervt dieser Roger wirklich«, sagte Dot. »Er hat sein Vorgehen geändert. Statt den Killer auszuschalten, schlägt er jetzt vor ihm zu.«

»Roger kann es nicht gewesen sein, höchstens Rogeretta.«

»War es denn eine Frau?«

»Eine kleine alte Lady. Im Moment des Zusammenstoßes dürfte sie an die hundert gefahren sein. Sie hatte einen Olds, das Modell von letztem Jahr, eine große Limousine.«

»Aber es war nicht der Oldsmobile deines Vaters.«

»Sie hat gesagt, mit dem Wagen hat was nicht gestimmt. Sie ist auf die Bremse getreten, aber er ist nur schneller gefahren.«

»Dann war es eindeutig nicht der Oldsmobile deines Vaters.«

»So was kommt häufig vor«, sagte Keller, »bei allen möglichen Autos. Der Fahrer steigt auf die Bremse, und der Wagen beschleunigt, statt langsamer zu werden. Die einzige Gemeinsamkeit ist, dass die Fahrer ausnahmslos fortgeschrittenen Alters sind.«

»Und es liegt wahrscheinlich nicht an der Bremse.«

»Nein, sie glauben, auf die Bremse zu steigen, aber in Wirklichkeit ist es das Gas. Darauf geraten sie in Panik und steigen noch fester auf das Pedal, damit die Bremse endlich wirkt, aber das Auto fährt immer schneller. Wozu das dann führt, haben wir gesehen.«

»Mit fatalen Folgen für Klinger.«

»Als die Ampel auf Rot geschaltet hat«, fuhr Keller fort, »ist sie vom Gas gegangen und langsamer gefahren. Klinger hat begonnen, die Straße zu überqueren, und als sie dann auf die Bremse treten wollte ... den Rest kennen wir.«

»Jedenfalls ist Klinger jetzt tot«, sagte Dot.

»Ich habe es kommen sehen, und ich muss gestehen, ich war richtig geschockt.«

»Du, Keller?«

»Ich habe einen Menschen sterben sehen.«

Sie bedachte ihn mit einem Blick. »Keller, du siehst ständig Menschen sterben. Und normalerweise bist du die Todesursache.«

»Das war was anderes. Es kam so unerwartet. Und es war ganz schön brutal.«

»Brutal ist es normalerweise immer, Keller. Das müsstest du eigentlich am besten wissen.«

»Aber in diesem Fall hatte ich nicht das Geringste damit zu tun«, sagte er. »Ich habe nur in meinem Auto gesessen und zugeschaut. Dann sind die Cops gekommen und ...«

»Und du warst immer noch da?«

»Ich dachte, wegzufahren könnte riskanter sein. Du weißt schon, sich unerlaubterweise vom Unfallort entfernen. Auch wenn ich nicht am Unfall beteiligt war.« Er zuckte mit den Achseln. »Sie haben meine Aussage zu Protokoll genommen und mich weitergewinkt. Ich habe gesagt, ich hätte nicht wirklich was gesehen, und sie hatten einen anderen Zeugen, der alles mitbekommen hat, und es war eigentlich sonnenklar, was passiert war. Außer dass die alte Dame immer noch glaubt, es wäre die Schuld des Autos gewesen und nicht ihre.«

»Aber wir wissen, wie es wirklich war«, sagte sie. »Und der Kunde auch.«

»Der Kunde?«

»Er hält dich für ein Genie, Keller. Er glaubt, du hättest dir was einfallen lassen und alles so arrangiert, dass Klinger der alten Frau vors Auto läuft.«

»Aber ...«

»Der Kunde hat immer recht«, schnitt sie ihm das Wort ab. »Vor allem, wenn er zahlt, was dieser prompt getan hat. Wie aus der Pistole geschossen, könnte man fast sagen. Der Auftrag ist erledigt, der Kunde ist zufrieden, und wir haben unser Geld. Siehst du etwa irgendwo ein Problem, Keller? Ich nämlich nicht.«

Er dachte nach.

»Keller? Was hast du gemacht, nachdem Klinger plattgewalzt worden ist?«

»Er wurde nicht plattgewalzt. Er ist in hohem Bogen durch die Luft geflogen und ...«

»Erspar mir die Details. Ich weiß, dass du geblieben bist und brav deine Aussage zu Protokoll gegeben hast. Aber was hast du danach gemacht?«

»Ich bin nach Hause geflogen. Aber nicht sofort. Vorher war ich noch bei zwei Briefmarkenhändlern in Milwaukee.«

»Und hast ein paar Marken für deine Sammlung gekauft.«

»Klar, nachdem ich schon mal da war. Außerdem bestand kein Grund, möglichst bald nach Hause zu fliegen.«

»Klar. Und inzwischen ist das Geld eingetroffen, und du kannst dir noch mehr Marken kaufen. Ist irgendwas, Keller? Du wirkst ein bisschen bedripst, obwohl das eigentlich nicht am Jetlag liegen dürfte, wenn du aus Milwaukee zurückkommst.«

»Nein, nein, mir fehlt nichts«, sagte er. »Es ist nur alles ein bisschen seltsam. Mehr nicht.«

16

Drei Wochen später aß Keller im Call Me Carlos am Rand von Albuquerques Altstadt Huevos Rancheros. Auf der Speisekarte war das gleiche Logo wie auf dem Schild an der Fassade, ein grinsender Mexikaner mit einem riesigen Sombrero. Da wusste man sofort, dass der Laden in mexikanischer Hand war, dachte Keller, denn kein Gringo hätte es gewagt, mit so einer derben Karikatur für sein Lokal zu werben.

Sollten diesbezüglich noch letzte Zweifel bestanden haben, räumte sie das Essen aus. So gute Huevos Rancheros hatte er noch nie gegessen, höchstens vielleicht in einem kleinen Café in Roseburg, Oregon.

Als er das am Abend zuvor Dot erzählt hatte, hatte sie gesagt: »Bitte verschone mich, Keller. Roseburg, Ohio? Da wolltest du doch mal hinziehen, erinnerst du dich noch?«

Er hatte den Satz noch nicht zu Ende gesprochen, als ihm klar wurde, dass es ein Fehler gewesen war, Roseburg zu erwähnen. Normalerweise war es Dot, die das kleine Städtchen zur Sprache brachte. Damit zog sie ihn immer auf, wenn er etwas Positives über die Orte sagte, an denen er gewesen war.

»Von Hinziehen kann gar keine Rede sein«, protestierte er.

»Immerhin hast du dir ein paar Häuser angesehen.«

»Ich habe es mir überlegt«, sagte er, »wie man eben alles Mögliche in Gedanken durchspielt. Aber ich habe nicht …«

»Wie *du* alles Mögliche in Gedanken durchspielst, Keller. Nicht, wie *ich* alles Mögliche in Gedanken durchspiele. Es gibt übrigens noch was anderes als Häuser in Roseburg, Oregon, worüber du dir Gedanken machen könntest.«

»Ich weiß«, sagte er. »Und außerdem habe ich es gar nicht getan.«

»Was? Darüber nachgedacht, dir dort ein Haus zu kaufen? Du hast gesagt …«

»Ich musste an dieses Café denken, und alles, was ich gedacht habe, war, dass es besser war als das, in das ich sonst frühstücken gehe. Außer dass das vielleicht gar nicht stimmt, weil in der Erinnerung immer alles besser und schöner ist.«

»Muss wohl so sein«, sagte Dot. »Sonst würden wir uns alle umbringen.«

»Und was die andere Sache angeht, über die ich mir Gedanken machen sollte, ich glaube, es ist unmöglich.«

»Das überrascht mich nicht.«

»Noch ein paar Teller Huevos Rancheros mehr«, sagte er, »und ich wäre an dem Punkt angelangt, dass ich gern nach Hause geflogen wäre.«

»Ohne dir Häuser anzusehen?«

»Die meisten sind aus Lehmziegeln«, sagte er, »und ich muss sagen, von außen sehen sie wirklich nett aus, aber ich weiß nicht, ob ich auch in einem wohnen wollte. Aber grundsätzlich lässt sich nichts gegen Albuquerque sagen. Wenn man schon eine überflüssige Reise machen muss, ist es bestimmt nicht das schlechteste Ziel.«

Eine Woche davor war er mit dem Zug nach White Plains hinausgefahren, wo ihm Dot am Küchentisch den Sachverhalt auseinandergelegt hatte. Michael Petrosian wartete in einem Bundesgefängnis darauf, in einem großen Prozess als Kronzeuge auszusagen, und wurde rund um die Uhr bewacht. Ohne seine Aussage stand die Anklage bei dem Verfahren auf verlorenem Posten, mit ihr konnte sie ein paar wichtige Leute lange hinter Gitter bringen.

»Das beantwortet die Frage nach dem Warum«, hatte Keller gesagt, »aber nicht nach dem Wie.«

»Hört sich unmöglich an, oder?«

»Das ist das Wort, das mir in den Sinn gekommen ist.«

»Mir ist es nicht nur in den Sinn gekommen, sondern auch auf die Lippen, zusammen mit dem Satz: ›Da passen wir ausnahmsweise mal.‹«

»Aber dann hast du es dir doch anders überlegt.«

»Sobald er sich bereiterklärt hat, so oder so zu zahlen.«

»Wie das?«

»Eine Hälfte im Voraus, die andere bei Erledigung.«

»Das ist eigentlich so üblich.«

»Geduld«, sagte sie. »Nicht üblich ist, dass du es dir überlegen kannst. Und wenn du zu der Überzeugung gelangst, dass es unmöglich ist, kannst du einfach nach Hause fahren und die Hälfte, die sie angezahlt haben, trotzdem behalten.«

»Wie hast du das hingekriegt?«

»Indem ich sie mich dazu habe überreden lassen. Wie sich gezeigt hat, bin ich darin nämlich ziemlich gut, Keller.«

»Das überrascht mich nicht im Geringsten.«

»Vermutlich könnte man ohne Übertreibung sagen, dass ihnen der Arsch auf Grundeis geht. Einerseits muss es gemacht werden. Andererseits lässt es sich nicht machen. Und dass das keine gute Ausgangssituation ist, brauche ich dir hoffentlich nicht eigens zu erklären.«

»Und noch hektischer sind sie wahrscheinlich geworden«, sagte Keller, »als sie es ausgeschrieben haben, und niemand es machen wollte.«

Sie schenkte sich Eistee nach. »Ich weiß, dass sie damit hausieren gegangen sind. So offen haben sie das natürlich nicht zugegeben, aber sie wären nie auf meine Bedingungen eingegangen, wenn sie sich vorher nicht schon einige Absagen eingehandelt hätten.«

»Wäre nur gut zu wissen, wer ihnen alles abgesagt hat.«

»Roger zum Beispiel.«

»Was du nicht sagst?«

»Jedenfalls müssen wir davon ausgehen«, sagte sie, »dass sie es ihm angeboten haben. Deshalb ergreifen wir die üblichen Vorsichtsmaßnahmen. Niemand holt dich ab, niemand weiß, wer du bist oder woher du kommst. Selbst wenn Roger also in Albuquerque ist und in Petrosians Schoß sitzt, hast du nichts von ihm zu befürchten. Denn du musst nichts weiter tun, als hinzufliegen und wieder zurück und das Geld einzustecken.«

»Die Hälfte«, sagte Keller.

»Die Hälfte, wenn du nur reinschnupperst. Die andere Hälfte, wenn du es durchziehst. Und es gibt einen Lift.«

»Statt einer Treppe?«

»Nein, natürlich nicht.«

»Was jetzt? Soll er im Lift stolpern, oder was?«

»Eine Liftklausel, Keller. Im Kontrakt.«

»Ach so.«

»Ein dicker Bonus, wenn du ihn zum Schweigen bringst, bevor er vor Gericht aussagt. Ein kleiner Bonus, wenn es passiert, nachdem er zu singen angefangen hat, aber noch nicht bis zur letzten Strophe gekommen ist.«

»Wenn er im Zeugenstand ist?«

Sie verdrehte die Augen. »Er wird mehrere Tage brauchen, um unseren

Auftraggebern den größtmöglichen Ärger zu machen. Angenommen, er ist einen Tag im Zeugenstand, und am Abend rutscht er auf einer Bananenschale aus und fällt den Lift hinunter.«

»Oder findet eine andere Möglichkeit, sich das Genick zu brechen.«

»Genau. Auch dann bekommen wir einen Bonus, aber er ist nicht so hoch, wie wenn er sich einen Tag früher das Genick gebrochen hätte.« Sie zuckte mit den Achseln. »Aber das ist ohnehin alles illusorisch, weil es nicht passieren wird. Du fliegst hin und wieder zurück, und sie können sich mit dem Gedanken an das viele Geld trösten, das sie sich auf diese Weise gespart haben. Nicht nur die Hälfte des Honorars, sondern auch den Bonus.«

»Weil es unmöglich ist«, sagte Keller. »Außer dass nie etwas total unmöglich ist. Zum Beispiel eine Bombe unter einem Gullydeckel auf dem Weg zum Gericht. Oder eine Spezialeinheit, die den Ort überfällt, wo er festgehalten wird.«

»Eine Truppe aus lauter Desperados«, sagte sie. »Befehligt von einem abgezockten Haudegen im Stil von Lee Marvin.«

»Oder ein Scharfschütze auf einem Hausdach. Aber das ist alles nicht mein Stil.«

»Du könntest dir eine Ladung Sprengstoff um den Bauch schnallen und auf ihn zustürzen und ihn umarmen«, schlug Dot vor. »Aber das ist vermutlich auch nicht dein Stil. Aber mach dir deswegen mal keinen Kopf. Lass dir eine Woche, maximal zehn Tage Zeit. Gibt es in Albuquerque Briefmarkenhändler? Müsste es eigentlich.«

»Ich habe per Post schon ab und zu was von einem Händler in Roswell gekauft.«

»Roswell, New Mexico?«

»Keine Ahnung, wo das ist.«

»Es ist jedenfalls in New Mexico«, sagte sie. »So viel wissen wir schon mal.«

»Ich weiß aber nicht, ob es in der Nähe von Albuquerque ist, und vielleicht betreibt er nur einen Postversand. Aber doch, dort gibt es bestimmt ein paar Briefmarkenhändler. Müsste es jedenfalls.«

»Dann mach dir eine schöne Zeit«, sagte sie. »Kauf dir ein paar Briefmarken.«

»Und wenn sich doch eine Möglichkeit ergibt, es zu machen ...«

»Umso besser, aber mach dir deswegen keinen Stress. Bis Petrosian seine Aussage gemacht hat, werden sie ihn bewachen wie Fort Knox. Dann stecken sie ihn in das Zeugenschutzprogramm, und in ein paar Jahren wird ihn jemand aufspüren. Und wenn dann immer noch jemand meint, ihn zum Schweigen bringen zu müssen, bekommst du einen zweiten Versuch bei ihm.«

Kellers Motel war etwa eine Meile vom Arrowhead Inn in der Candelaria Road entfernt, in dem das FBI Michael Petrosian untergebracht hatte. Das Einfachste wäre natürlich gewesen, sich im Arrowhead Inn ein Zimmer zu nehmen. Das ging aber nicht, weil Petrosian und seine Bewacher die einzigen Gäste des Motels waren. Die Medien sprachen von einer Festung, was Keller keineswegs übertrieben fand. Er war ein paarmal am Hotel vorbeigefahren und hatte es immer wieder im Fernsehen gesehen, und es war tatsächlich wie eine Festung, der Parkplatz voller Regierungsfahrzeuge, die Eingänge von Männern in Anzügen und mit Sonnenbrillen bewacht. Das Einzige, was fehlte, waren ein Wachturm und Stacheldrahtzäune.

Wenn er nicht gerade einen unterirdischen Gang grub, sah Keller keine Möglichkeit hineinzukommen – und wieder raus, wenn er mal drinnen war. Und Petrosian verließ das Motel nie. Seine Bewacher brachten ihm das Essen, nachdem sie es telefonisch bestellt und zwei von den Anzug-und-Sonnenbrille-Jungs losgeschickt hatten, es zu holen.

Wenn man wusste, wo sie es bestellten, und wenn man an das Essen rankam, bevor es jemand abholte, und wenn man wusste, welche Gerichte für Petrosian waren, und wenn man ihm etwas Geeignetes in sein Essen mischen konnte, und wenn sie es ihn essen ließen, ohne dass es ein Vorkoster probierte, und wenn ...

Ausgeschlossen.

Bis es Zeit wurde, Petrosian ins Gericht zu bringen, würden sie ihn hermetisch von der Außenwelt abriegeln, und Keller hatte bereits auf CNN einen übergewichtigen US Marshal mit ihren Sicherheitsvorkehrungen angeben hören. Um Petrosian ins Gericht und wieder zurück ins Hotel zu bringen, stand ein ganzer Konvoi von gepanzerten Fahrzeugen bereit, und niemand wäre in der Lage, auch nur halbwegs in seine Nähe zu kommen. Der Marshal hatte ein Doppelkinn und einen selbstgefälligen Gesichtsausdruck und sah überhaupt nicht wie Dennis Weaver als McCloud aus, und Keller hätte gute Lust gehabt, ihm dieses dämliche Grinsen aus seiner vollgefressenen Visage zu wischen. Bloß wie?

Er fuhr zweimal am Gericht vorbei, in dessen Nähe man schon jetzt nicht kam, obwohl sie die Sicherheitsvorkehrungen bei Prozessbeginn noch mal verschärfen würden. Wenn man dort nichts zu suchen hatte, durfte man sich nicht einmal in seiner näheren Umgebung aufhalten – dafür trugen uniformierte Polizisten Sorge –, und in das Gebäude selbst kam man nur mit einem speziellen Ausweis. Einen solchen hätte er sich beschaffen können, vermutete Keller. Einen Journalisten finden, dem man den Presseausweis klauen konnte, irgendwas in der Art. Aber was dann? Um in das Gerichtsgebäude zu gelangen, musste man durch einen Metalldetektor, aber selbst wenn man seiner Aufgabe mit bloßen Händen nachkam, wie wollte man hinterher wieder nach draußen kommen?

Es hatte keinen Sinn, sich vor dem Gerichtsgebäude oder in der Nähe des Arrowhead Inn herumzutreiben.

Deutlich einfacher war es, sich alles auf Court TV anzusehen. Und das machte Keller gerade. Er saß in seinem Motelzimmer, schaltete während der Werbung den Ton aus und versuchte zu erraten, was sie einem jeweils andrehen wollten. Irgendwann würde er so neugierig, dass er den Ton wieder anstellte und geradezu an ihren Lippen hinge. So weit war es bisher noch nicht mit ihm gekommen, aber er konnte es sich immerhin schon vorstellen.

Er schaute die Werbung mit dem Finger auf der Stummschaltetaste an, und erst als sie zu Ende war, machte er den Ton wieder an. Ein Kommentator sagte etwas über das verspätete Eintreffen Michael Petrosians, des lang erwarteten Kronzeugen der Anklage, und sie schalteten auf eine Luftaufnahme aus einem Hubschrauber, in der die Ankunft des offiziellen Transportkonvois zu sehen war.

Wie Keller richtig vermutet hatte, war es unmöglich, in die Nähe dieses Dreckskerls zu kommen. Als der Konvoi mit Petrosian vorfuhr, waren weit und breit keine anderen Fahrzeuge zu sehen, und die einzigen Zuschauer auf der Eingangstreppe des Gerichts waren ein paar Fotografen und Reporter. Sie machten einen frustrierten Eindruck, weil sie hinter einer Seilabsperrung stehen mussten und nicht an ihre Beute herankamen. Selbst vom Hubschrauber aus war Petrosian schwer auszumachen. Er war nur ein weiterer Körper in einer Herde von Körpern, die aus den Autos stiegen und rasch die Marmorstufen hinaufgingen.

Da hätte Lee Marvin mit seiner Truppe einiges zu tun gehabt, dachte Keller. Außer ... Mal angenommen, das war Lee dort oben im Hubschrauber? Und er flog nur mit einer Hand und steuerte den Vogel so nah wie möglich ran und lehnte sich mit einem MG nach draußen. Das könnte funktionieren, aber das täte auch eine taktische Atomwaffe, was Keller beides vergessen konnte.

Eines musste man dem Kameramann allerdings lassen. Es war ihm gelungen, Petrosian unter all den Leuten auszumachen, und da war der Kerl auch schon zu sehen, wie er mit gesenktem Kopf und leicht vornüber gebeugt die Treppe hinaufging.

Und dann, aus welchem Grund auch immer, wichen die Männer, die Petrosian umringten, von ihm zurück. Petrosian drehte sich um und hob seinen spärlich behaarten Kopf, sodass er direkt in die Kamera blickte. Er sah erschrocken aus, fand Keller. Entsetzt.

Und dann beobachtete Keller, wie der Kronzeuge der Anklage erblasste, eine Hand an seine Brust riss und vornüber auf die Stufen fiel.

»Sie halten dich für ein Genie«, sagte Dot. »Sie glauben, du kannst Wunder wirken. Und weißt du was, Keller? Ich muss gestehen, dass ich das auch glaube.«

»Ich habe es im Fernsehen gesehen«, sagte er.

»Keller«, sagte sie, »*jeder* hat es im Fernsehen gesehen. Es haben mehr Leute gesehen, als Leute gesehen haben, wie Ruby Oswald erschossen hat. Allein ich habe es bestimmt zwanzigmal gesehen. Zwar nicht, als es passiert ist, aber seit wann ist das noch nötig im Zeitalter des Videobeweises?«

»Ich habe es live gesehen.«

»Und inzwischen bestimmt noch einige Male mehr. Habe ich gerade zwanzigmal gesagt? Eher wohl fünfzigmal. Und weißt du was, Keller? Ich kann mir immer noch nicht erklären, wie du es gemacht hast.«

»Ich habe gar nichts gemacht.«

»Mir ist natürlich klar, dass sie nach Einstichspuren suchen werden«, fuhr sie fort. »Wie bei diesem Bulgaren, der mit einem Regenschirm oder was weiß ich erstochen wurde. Und zwei Tage später ist er dann gestorben. Sie suchen nach Einstichwunden und Spuren eines langsam wirkenden Gifts.«

»Und wenn sie nichts finden?«

»Dann heißt das, es war ein Gift, das keine Spuren hinterlässt und das verabreicht wurde, ohne die Haut zu durchdringen. Mit einem Zerstäuber vielleicht. Er atmet das Zeug ein, und ein paar Tage später stirbt er an was, das für alle Welt wie ein Herzinfarkt aussieht.«

»Wie ein solcher hat es auch ausgesehen«, sagte Keller, »weil es nämlich einer war.«

»Schon, aber wie hast du das hingekriegt?«

»Ich habe gar nichts gemacht.«

»Es ist einfach so passiert?«

»Ja.«

»Soll ich dir das wirklich glauben, Keller?«

»Dann frag dich einfach, weshalb ich dir was vormachen sollte.«

Sie dachte kurz nach. »Stimmt, das würdest du nicht. Und überhaupt, er hatte Übergewicht, er war nicht in Form, und er stand unter enormem Stress.«

»Möchte man eigentlich meinen.«

»Und diese Treppe hat ziemlich steil ausgesehen. Wenn in einem Film jemand auf einer Treppe erschossen wird, fällt er sie immer ganz hinunter, aber dieser Typ ist nur auf die Stufen gefallen und einfach liegengeblieben. Keller? Das ist sogar noch besser als der Typ, der an dieser Kreuzung überfahren worden ist, bloß, warum kann ich mich nicht mehr an seinen Namen erinnern?«

»Lee Klinger.«

»Richtig. Damals warst du wenigstens vor Ort. Als es Petrosian erwischt hat, hast du in deinem Motelzimmer vor dem Fernseher gesessen.«

»Zuerst haben sie Werbung gebracht«, sagte er, »und ich konnte nicht sagen, wofür sie geworben haben. Und dann ist Petrosian tot umgefallen, und mein erster Gedanke war, dass ihn der Typ im Hubschrauber erschossen hat. Aber es hat ihn niemand erschossen – und auch nicht mit einem Regenschirm erstochen oder giftiges Parfüm in sein Gesicht gespritzt.«

»Er ist einfach tot umgefallen.«

»Vor aller und Gottes Augen.«

»Vor allem vor aller.« Sie nahm einen großen Schluck Eistee. »Das Geld ist schon eingetroffen.«

»Das ging aber schnell.«

»Tja, du hast jetzt ein paar glühende Fans in Albuquerque, Keller. Sie wissen zwar nicht mal, wie du heißt, aber sie sind hellauf begeistert von dir.«

»Sie haben also die zweite Hälfte bezahlt. Und was ist mit dem Lift?«

»Es war eine Marmortreppe. Ach so, klar, ich habe kurz auf der Leitung gestanden. Den Lift haben sie auch bezahlt. Du hast den Kerl erledigt, bevor sie ihn auch nur vereidigen konnten. Sie haben den Lift bezahlt, und sie haben einen Bonus gezahlt.«

»Einen Bonus?«

»Einen Bonus.«

»Warum? Wofür?«

»Damit sie sich großzügig vorkommen können, schätze ich mal. Ich weiß zwar nicht, wie die Verhältnisse in den Gefängnissen von New Mexico sind, aber ich vermute schwer, dass sie heilfroh sind, in keines zu kommen, und da haben sie sich eben zu einer kleinen Geste veranlasst gefühlt. Der Bonus ist für den Knalleffekt, haben sie gesagt.«

»Welchen Knalleffekt?«

»Na, auf der Treppe vor dem Gericht, Keller. Der Mann stirbt umringt von FBI-Agenten, und die ganze Welt kann ihm immer wieder dabei zusehen. Du kannst mir glauben, dieser Bonus hat sich für sie schnellstens amortisiert. Sie werden das Video jedem vorspielen, den sie neu in ihrem Verein aufnehmen. ›Du glaubst, du kannst uns verarschen und kommst damit davon? Dann schau dir mal an, was mit Petrosian passiert ist.‹«

Keller überlegte kurz. »Dot«, sagte er schließlich. »Ich habe nichts getan.«

»Du warst nur jeden Morgen bei einem Mexikaner frühstücken.«

»Huevos Rancheros.«

»Und ich habe immer gedacht, ein mexikanisches Frühstück wären eine Zigarette und ein Glas Wasser. Du hast Eier gegessen und ferngesehen. Was sonst noch? Warst du auch mal im Kino?«

»Ein-, zweimal.«

»Briefmarken gekauft?«

Er schüttelte den Kopf. »Roswell ist drei, vier Stunden Fahrt von Albuquerque entfernt. Die Briefmarkenhändler in der Stadt, zwei von ihnen haben einen reinen Postversand, und der einzige Laden, den es dort gibt, hat

171

hauptsächlich Münzen im Angebot. Sie haben zwar Sammlerbedarf und Alben, und ein paar Briefmarken auch, aber nichts, was der Rede wert wäre.«

»Dann kannst du dir ja jetzt welche kaufen, Keller. Und nicht gerade wenige.«

»Wahrscheinlich.«

Sie runzelte die Stirn. »Irgendwas scheint dich zu beschäftigen.«

»Ich sag's dir doch. Ich habe nichts getan.«

»Das weiß ich inzwischen, und das muss unser kleines Geheimnis bleiben. Aber wer kann schon sagen, ob es auch wirklich stimmt?«

»Wie soll ich das jetzt verstehen?«

»Überleg doch mal.« Sie summte die Erkennungsmelodie von *Twilight Zone*. »Du fliegst nach Illinois, und Klinger wird von einem Auto überfahren. Du fliegst nach Albuquerque, und Petrosian bekommt praktischerweise einen Herzinfarkt. Zufall?«

»Aber ...«

»Vielleicht liegt es an der Macht deiner Gedanken, Keller. Vielleicht brauchst du nichts weiter zu tun, als an jemand zu denken, und schon fällt er tot um.«

»Das ist doch völlig verrückt.«

»Dann ist es das eben«, sagte Dot.

17

»Ist schon eine Weile her«, sagte Maggie Griscomb.

Sie waren in ihrem Loft in der Crosby Street. Kellers Sachen waren ordentlich zusammengelegt auf der Couch, die von Maggie lagen in einem schwarzen Haufen auf dem Boden. Aus der Stereoanlage kam Musik, irgendwas schräges Elektronisches. Keller konnte sich nicht vorstellen, welche Instrumente es waren, geschweige denn, warum sie so gespielt wurden.

»Ich dachte schon, du würdest dich nicht mehr melden«, sagte sie. »Aber dann hast du angerufen. Und da bist du.«

Da war er, in ihrem Bett, und unter dem Deckenventilator verdampfte sein Schweiß.

»Ich war verreist«, sagte er.

»Ich weiß.«

»Woher?« Er gab sich große Mühe, sich seinen Schrecken nicht anmerken zu lassen, als er sie ansah. »Woher wusstest du, dass ich verreist war?«

»Du hast es mir gesagt.«

»Ich habe es dir gesagt?«

»Vor zwei Stunden – oder wann du eben angerufen hast. ›Hi, ich bin's, ich war verreist.‹ «

»Ach so.«

»Jedenfalls irgendwas dieses Inhalts. Erinnerst du dich jetzt wieder?«

»Klar«, sagte er. »Ich war nur kurz ein bisschen verwirrt, mehr nicht.«

»Noch ganz weggetreten vom Liebesakt.«

»Offensichtlich.«

Sie drehte sich auf die Seite und legte ihr spitzes Kinn auf seine Brust. »Du dachtest wohl, ich spioniere dir nach.«

»Wie kommst du denn darauf?«

»Doch, doch. Du dachtest, ich hätte schon gewusst, dass du verreist warst, *bevor* du es mir erzählt hast.«

Das hatte er tatsächlich gedacht. Und deshalb waren die Alarmglocken bei ihm losgegangen.

»Aber dem war nicht so«, sagte sie. »Sonst hätte ich nicht gedacht, unsere oberflächliche Beziehung wäre zu Ende. Dann hätte ich gedacht: ›Er ruft schon an, wenn er wieder zurück ist.‹«

Vielleicht lag es an der Musik, dachte er. Hätten sie sie in einem Film gespielt, hätte man darauf gewartet, dass etwas passiert. Irgendwas Gruseliges, wenn es ein Horrorfilm gewesen wäre. Irgendwas Unerwartetes, wenn es irgendein Film gewesen wäre.

»Oder vielleicht auch nicht.« Ihre Augen waren so dicht an seinen, dass es unmöglich war, in ihnen zu lesen oder auch nur in sie zu schauen, ohne Kopfschmerzen zu bekommen. Er wollte die Augen schließen, aber durfte man das, wenn einen jemand so ansah? War das nicht unhöflich?

»Fast hätte ich dich angerufen, Keller. Vor ein paar Tagen. Du hast mir deine Nummer nicht gegeben.«

»Du hast mich ja auch nicht danach gefragt.«

»Stimmt. Aber ich habe Anrufererkennung auf meinem Telefon, und deshalb habe ich deine Nummer. Oder hatte sie zumindest.«

»Hast du sie verloren?«

»Als ich dich fast angerufen hätte, habe ich sie nachgesehen. Aber dann ist mir klar geworden, dass man das nicht macht, wenn eine Beziehung oberflächlich bleiben soll. Deshalb habe ich deine Telefonnummer verbrannt.«

»Du hast sie verbrannt?«

»Nein, natürlich nicht. Ich habe sie in lauter winzige Fitzel zerrissen und wie Konfetti aus dem Fenster geworfen. Und das waren sie vermutlich auch, denn was sind Konfetti anderes als kleine Papierfitzel?«

Ihm kam ein Bild von einer Truppe Polizeitechniker in den Sinn, die winzige Papierfetzen wie ein Puzzle zusammensetzten, bis seine Telefonnummer sichtbar wurde.

»Ich fange an, dich zu langweilen«, sagte sie. »Gib's ruhig zu. Heute Abend hast du mich nur angerufen, weil dir nach Sex war.«

Er öffnete bereits den Mund, um die Behauptung zu widerlegen, überlegte es sich aber anders und sagte stirnrunzelnd: »Was anderes machen wir doch auch nicht.«

»Da hast du allerdings recht.«

»Warum hätte ich dich also sonst anrufen sollen?«

»Stimmt.« Sie löste sich von ihm. »Da hast du nicht ganz unrecht. Warum hättest du sonst anrufen sollen?«

»Ich meine …«

»Ich weiß, was du meinst. Und die Regeln habe ich aufgestellt, oder? Ich kann dir sagen, oberflächliche Beziehungen sind genauso schwer aufrechtzuerhalten wie die andere Sorte. Ich werde dich nicht wiedersehen, oder?«

»Also …«

»Nein«, sagte sie bestimmt, »und es ist auch besser so. Du mit deiner ganz in Schwarz gekleideten Downtwon-Künstlerin, die komische Musik hört. Ich mit meinem zugeknöpften Businesstypen-Lover, der irgendwo in Uptown wohnt. Ich weiß nicht mal, wo du wohnst.«

Das ist auch gut so, dachte Keller.

»Wenn ich deine Telefonnummer nicht für eine Konfettiparade zweckentfremdet hätte, wäre das natürlich problemlos herauszufinden. Ich müsste die Nummer bloß in einem Invers-Telefonbuch nachschlagen. So was Blödes aber auch.«

»Was hast du denn plötzlich?«

»Du hast mich vor ein paar Stunden angerufen. Wahrscheinlich nicht von einer Zelle aus, oder?«

»Nein.«

»Du hast aus deiner Wohnung angerufen.«

»Klar.«

»Und ich habe schon gewusst, dass du es bist, bevor ich abgenommen habe. Weißt du noch, wie ich mich gemeldet habe? ›Wer ruft denn da an?‹ Als ob ich gewusst hätte, wer es war. Oder hast du gedacht, ich melde mich am Telefon immer so?«

»Darüber habe ich mir eigentlich keine Gedanken gemacht«, sagte er.

»Vielleicht sollte ich das künftig immer machen. Es würde die Telefonverkäufer verunsichern. Jedenfalls habe ich deine Nummer auf dem Display gesehen und sofort erkannt. Ich habe sie mir nie bewusst gemerkt, trotzdem habe ich sie sofort erkannt, als ich sie gesehen habe.«

»Und?«

»Seitdem hat niemand mehr angerufen. Das heißt, die Nummer ist immer noch in meiner Anrufererkennung gespeichert. Ich brauche nur den Hörer abzunehmen, und schon erscheint deine Nummer auf dem Display. Deshalb, tu mir einen Gefallen. Ruf mich an, sobald du an einer Telefonzelle vorbeikommst. Dann ist, egal, von wo du anrufst, diese Nummer auf meiner

Anrufererkennung, und deine richtige Nummer wird gelöscht und macht mein Leben nicht mehr unnötig kompliziert.«

Die Musik, fand er, war keineswegs das Eigenartigste, was hier gerade lief. Seine Telefonnummer? Sie machte ihr Leben kompliziert? »Okay«, sagte er vorsichtig. »Wenn du meinst.«

»Am besten, du rufst gleich von der Zelle unten an der Ecke an. Damit du es nicht vergisst.«

»Okay.«

»Und das Allerbeste wäre«, fügte sie hinzu, »wenn du dich sofort anziehen und losgehen und anrufen würdest.«

»Wenn du unbedingt meinst«, sagte er. »Aber hat das nicht Zeit? Kann ich das nicht machen, wenn ich nach Hause gehe?«

»Geh jetzt gleich nach Hause und ruf an.«

»Okay.«

»Oder geh sonst wohin. Zwischen uns ist es aus, Keller. Deshalb ist es das Beste, du schaffst deine Nummer von meinem Telefon und verlierst meine Nummer, und wir gehen wieder getrennter Wege. Wie hört sich das an?«

Er war nicht sicher, ob sie auf ihre Frage eine Antwort erwartete, aber ihm fiel auch keine ein. Er stand auf, zog sich an und verließ ihr Loft, und dann rief er sie von einer Bar an der Ecke Broadway und Bleecker an.

Sie nahm sofort ab und sagte ohne lange Vorrede: »Es war echt schön mit dir, aber alles geht mal vorbei.« Und hängte auf.

Keller, der das Gefühl hatte, irgendwas nicht richtig mitbekommen zu haben, suchte sich in der Bar einen Platz und setzte sich. Die Klientel war gemischt – Downtown-Typen, Uptown-Typen, Typen von auswärts. Die Bar machte eine junge Chinesin mit langen, schnurgeraden, dotterblumengelben Haaren und einem Nasenring, wie ihn heutzutage fast jeder hatte. Keller fragte sich, wie so etwas hatte Mode werden können.

Er hörte, wie jemand einen Black Russian bestellte. Er hatte vor Jahren mal einen getrunken und konnte sich nicht mehr erinnern, ob er ihm geschmeckt hatte oder nicht. Er ließ sich von der gelbhaarigen Chinesin einen machen, nahm einen Schluck davon und stellte fest, dass er es Jahre aushalten würde, bevor er sich wieder einen bestellte.

Keller hörte eine Weile der Nummer zu, die gerade in der Musikbox lief, und dabei wurde ihm bewusst, dass sich Maggies letzter Satz wie eine Songzeile anhörte. Sie hatte ihn in normalem Gesprächston gesagt, ohne jede Ironie und ohne die spezielle Betonung, mit der man etwas sagte, wenn es sich dabei um ein Zitat handelte. Und er hatte es erst jetzt gemerkt. Es war schön mit dir. Aber alles geht mal vorbei.

Ich war verreist, hatte er gesagt. Ich weiß, hatte sie gesagt.

Und es hatte ihn in den Fingern gejuckt.

Hatte sie etwas geahnt? Hatte sie gemerkt, wie wenig in diesem Moment gefehlt hatte, dass sich seine Hände um ihren Hals legten?

Nach einigem Nachdenken gelangte er zu der Überzeugung, dass sie es nicht gemerkt hatte, jedenfalls nicht bewusst. Aber vielleicht hatte sie auf einer tieferen Ebene etwas wahrgenommen, und vielleicht war das der Grund, weshalb sie ihn, die Glut ihres Liebesakts war noch nicht einmal ganz erloschen, aus ihrer Wohnung und ihrem Leben geworfen hatte.

Die Macht seiner Gedanken war groß. Warum sollte sie da nichts gespürt haben?

Er nahm einen weiteren Schluck von seinem Drink. Irgendwo da draußen war ein Mann, den sie Roger nannten und auf dessen Abschussliste er stand. Nicht namentlich – Roger wusste seinen Namen ebenso wenig, wie er den von Roger wusste. Aber Roger hatte ihn schon zweimal zu töten versucht und würde es höchstwahrscheinlich wieder versuchen.

Wusste Roger überhaupt, dass er es beide Male auf denselben Mann abgesehen gehabt hatte, in Louisville und in Boston? Und wusste er, dass er beide Male den Falschen getötet hatte?

Wenn dem so war, hätte es Keller nicht gewundert, wenn Roger das Ganze allmählich persönlich nahm, wie Wile E. Coyote in einem Road-Runner-Trickfilm.

Keller wusste, dass es nicht persönlich gemeint war. Wie auch, wenn man die Person, die man umbringen wollte, gar nicht kannte? Trotzdem, er selbst schien es persönlich zu nehmen, wenn sich Roger in seine Gedanken schlich.

Was nicht allzu oft der Fall war. Die Tage vergingen, und er bemerkte nichts Auffälliges, wenn er sich umblickte, und er dachte nicht mehr an Roger. Und ab und zu schickte ihn Dot mit einem Auftrag los, und dann achtete er wieder verstärkt auf seine Umgebung und dachte öfter an Roger. Doch dann kam er von dem Job zurück, ohne Roger oder sonst jemandem etwas getan zu haben, und der Kunde zahlte, und damit hatte es sich.

Und dann hatte er Maggie erzählt, er sei verreist gewesen, und sie hatte gesagt, das wüsste sie, und er hatte kurz davor gestanden, sie zu packen und ihr das Genick zu brechen. Einfach so.

Er hatte sie, wie gebeten, angerufen, um seine Nummer auf ihrer Anrufererkennung mit der Nummer des Münztelefons zu überschreiben. Aber funktionierte Anrufererkennung überhaupt so? Speicherte sie immer nur eine Nummer? Er selbst hatte keine auf seinem Telefon. Da er sich nicht vorstellen konnte, wozu das gut sein sollte, kannte er sich damit nicht aus. Und selbst wenn es so war, wie sie gesagt hatte, woher wollte er wissen, dass sie nicht sofort nach dem Telefon gegriffen hatte, sobald er zur Tür hinaus gewesen war? Sie könnte sich die Nummer vom Display notiert haben, bevor er angerufen hatte, um sie zu löschen.

Sie war, machen wir uns nichts vor, eine ziemlich schräge Nummer. Das hatte ursprünglich einen Teil ihres Reizes ausgemacht, diese Downtown-Durchgeknalltheit, obwohl dieser Reiz, wenn er ehrlich war, mit der Zeit etwas nachgelassen hatte. Trotzdem ließ sich unmöglich sagen, was die Frau tun würde.

Wenn sie seine Nummer hatte, konnte sie seine Adresse herausbekommen. Sie hatte selbst das Invers-Telefonbuch erwähnt. Demnach wusste sie, dass es so etwas gab und dass man damit die Adresse von jemand herausfinden konnte, wenn man seine Telefonnummer wusste. Wenn sie das alles wusste, und seinen Namen kannte sie natürlich auch schon, hatte sie sie vielleicht von Anfang an gewusst ...

Das hieß aber nicht, dass sie wusste, womit er seinen Lebensunterhalt verdiente. Angenommen, sie hatte seine Reaktion intuitiv richtig gedeutet, angenommen, sie hatte irgendwie gespürt, dass er kurz davor gestanden hatte, ihr die Hände um den Hals zu legen und zuzudrücken. Andererseits hatte er aber auch nichts gemacht. Nicht einmal wütend reagiert hatte er, geschweige denn mordgierig. Sobald er zur Tür hinaus gewesen war, sobald festgestanden hatte, dass sie nichts mehr zu befürchten hatte, hatte sie sich diese beängstigenden Gedanken bestimmt wieder aus dem Kopf geschlagen.

Oder doch nicht?

Zurück in seiner Wohnung, beschäftigte er sich ein paar Minuten mit seiner Briefmarkensammlung, bevor er alles wegpackte und den Fernseher anmachte.

Er zappte zwei-, dreimal durch alle Kanäle und bearbeitete die Fernbedienung, bis seine Hand müde wurde. Er drückte mit dem Daumen auf die Powertaste, und der Bildschirm wurde dunkel. Dann saß er in dem spärlichen Licht, das durchs Fenster hereinfiel, da und schaute auf die Fernbedienung in seiner Hand – und auf seinen Daumen.

Maggie wusste, dass er einen Mörderdaumen hatte. Sie war es gewesen, die ihn darauf aufmerksam gemacht hatte.

Vielleicht fiel es ihr wieder ein, und sie brachte es mit dem in Zusammenhang, was sie gespürt hatte, als er beinahe die Hände nach ihr ausgestreckt hätte. Und vielleicht kalkulierte sie mit ein, dass er schon so jung in Rente war, aber gelegentlich verreiste, um für nicht näher genannte Auftraggeber spezielle Aufträge zu erledigen. Und vielleicht tauchte in einer Schlagzeile oder einem Film oder einer Fernsehsendung, die sie sah, ein Auftragskiller auf. Und vielleicht bekam sie große Augen und stellte den Zusammenhang her und merkte, was er war?

Und dann?

18

Der Flughafen von Orange County war nach John Wayne benannt. Beim Verlassen des Flugzeugs ging Keller ständig eine Melodie durch den Kopf, und auf halbem Weg zur Gepäckausgabe fiel ihm ein, welche es war. Die Erkennungsmelodie von *Es wird immer wieder Tag*.

Schon komisch, was dabei im Kopf ablief.

An der Gepäckausgabe standen ein halbes Dutzend Männer, manche in Chauffeuruniformen, alle mit handbeschrifteten Schildern. Keller ging an ihnen vorbei, ohne sie eines Blickes zu würdigen. Niemand holte ihn ab – so war es abgemacht, seit der geheimnisvolle Roger sein Unwesen trieb. Außerdem rechnete bestimmt niemand damit, dass er nach Orange County flog, wenn er seinen Auftrag in La Jolla unten erledigen musste. La Jolla war ein Vorort von San Diego, und San Diego hatte einen eigenen Flughafen, der zudem größer und stärker frequentiert war als der von Orange County und nach niemandem benannt war.

»Außer du lässt St. James gelten«, sagte Dot, als er ihr das alles erzählte.

Als er sie darauf verständnislos ansah, erklärte sie ihm, dass San Diego spanisch für St. James oder Hl. Jakob war. »Oder auch Santiago«, fügte sie hinzu. »San Diego, Santiago. Beide Male derselbe Typ.«

»Warum haben sie dann zwei Namen für ihn?«

»Vielleicht ist einer das Äquivalent zu James«, sagte sie, »Und der andere mehr wie Jimmy. Was interessiert dich das außerdem. Du fliegt sowieso nicht hin.«

Stattdessen war er für den Fall, dass Roger ihm in San Diego auflauerte, nach Orange County geflogen. Die Wahrscheinlichkeit dafür schätzte er jedoch nicht sehr hoch ein. Sie hatten keinen Pieps mehr von Roger gehört, seit er diesen Mann in Boston umgebracht hatte, den Kerl, der Kellers grünen Trenchcoat gestohlen und teuer dafür bezahlt hatte. Das war gewesen, als er und Dot darauf gekommen waren, wer Roger war und was er vorhatte.

Das hatte Keller damals sehr beunruhigend gefunden. Der Gedanke, dass es jemand gab, der es auf Teufel komm raus darauf angelegt hatte, das unpersönliche Werkzeug seines Todes zu werden, hatte zur Folge gehabt, dass er ständig seine Umgebung im Auge behielt. Dazu hatte er sich sonst nie veranlasst gefühlt, und es gefiel ihm gar nicht.

Aber man gewöhnte sich daran. Keller vermutete, es war ein wenig, wie wenn man einen Herzfehler hatte. Zuerst machte man sich Sorgen, und dann hörte man auf, sich Sorgen zu machen. Man traf vernünftige Sicherheitsvorkehrungen, man nahm nicht zwei Stufen auf einmal, man bezahlte einen jungen Burschen dafür, dass er einem im Winter den Gehsteig räumte, aber man dachte nicht ständig daran. Man gewöhnte sich daran.

Und er hatte sich an Roger gewöhnt. Es gab einen Mann, einen Mann, der nicht wusste, wie er hieß, und ihn möglicherweise nicht erkannte, wenn er ihn sah, einen Mann, der in der gleichen Branche war wie er und die Konkurrenz ausdünnen wollte. Man ließ sich von den Kunden nicht mehr am Flughafen abholen, und man verwischte seine Spuren, aber man musste sich nicht unter dem Bett verstecken. Man tat einfach, was man immer schon getan hatte.

Zu einem weniger günstig gelegenen Flughafen zu fliegen, fiel unter die Kategorie »vernünftige Sicherheitsvorkehrungen«. Keller betrachtete es als Bonus, dass der Flughafen nach John Wayne benannt war. Er fühlte sich ein paar Zentimeter größer und etwas breiter in den Schultern, als er zu Avis ging.

Der Mann am Schalter – Keller hätte ihn am liebsten *Pilgrim* genannt, verkniff es sich aber – ließ sich Kellers Führerschein und Kreditkarte zeigen, und als er darauf die üblichen Formalitäten zu erledigen begann, stutzte er plötzlich. Keller fragte ihn, ob etwas nicht stimmte.

»Ihre Reservierung«, sagte der Mann. »Sie scheint storniert worden zu sein.«

»Das muss ein Versehen sein.«

»Ich kann es rückgängig machen, überhaupt kein Problem. Schließlich haben wir genügend Fahrzeuge, und Sie sind hier.«

»Allerdings.«

»Deshalb werde ich einfach ... oh, da ist noch ein Zettel beigefügt. Sie sollen in Ihrem Büro anrufen.«

»In meinem Büro.«

»Steht hier jedenfalls. Soll ich mit dem Papierkram schon mal weitermachen?«

Keller bat ihn zu warten. Von einem Münztelefon rief er in seiner New Yorker Wohnung an. Während es anläutete, hatte er das gruselige Gefühl, dass jemand drangehen würde und die Stimme, die er hörte, seine eigene wäre und mit ihm redete. Amüsiert über die Kapriolen seiner Fantasie, schüttelte er den Kopf, und dann hörte er tatsächlich seine Stimme, die ihn aufforderte, eine Nachricht zu hinterlassen. Es war natürlich sein Anrufbeantworter, aber er brauchte einen Moment, um es zu merken, und hätte beinahe den Hörer fallen gelassen.

Es waren keine Nachrichten auf Band.

Er legte auf und rief Dot in White Plains an. Noch bevor das erste Läuten endete, hob sie ab und sagte: »Es hat also funktioniert. Ich habe schon überlegt, ob ich dich ausrufen lassen soll. ›Mr. Keller, Mr. John Keller, auf dem weißen Kundentelefon ist ein Anruf für Sie.‹ Aber wollen wir wirklich, dass ein Lautsprecher deinen Namen durch den ganzen Flughafen posaunt?«

»Eher nicht.«

»Und hättest du die Durchsage überhaupt gehört? Mein Gedanke war: Er muss nicht zur Gepäckausgabe und wird bestimmt sehen, dass er möglichst schnell aus dem Flughafengebäude kommt. Und sobald er seinen Leihwagen abgeholt hat, ist er ganz weg. Und mein nächster Gedanke war: Ah, das ist ja bereits des Rätsels Lösung.«

»Du hast bei Avis angerufen.«

»Nicht nur bei Avis, überall. Zum Glück wusste ich den Namen auf deinem Führerschein und deiner Kreditkarte, aber wenn du jetzt andere Papiere verwendet hättest? Jedenfalls hatten sie bei Avis deine Reservierung, und sie wollten dir die Nachricht zukommen lassen, was sie auch tatsächlich getan haben. Es hat also funktioniert.«

»Nicht ganz«, sagte er. »Weil sie schon dabei waren, haben sie auch gleich meine Reservierung storniert.«

»Das war *ich*, Keller. Du brauchst keinen Wagen, weil du nirgendwohin musst, außer zum nächsten Flieger zurück nach New York.«

»Ach?«

»Vor drei Stunden, als du über was – Illinois, Iowa? – warst ...«

»Irgendwo muss ich wohl gewesen sein.«

»Während also deine Maschine in zehntausend Meter Höhe in leichte Turbulenzen geraten ist, haben zwei Streifenpolizisten den vergeblichen Versuch unternommen, Heck Palmieri wiederzubeleben, nachdem er sich seinen Gürtel um den Hals gelegt, die Schranktür über dem losen Ende des Gürtels geschlossen und den Stuhl umgestoßen hat, auf den er sich gestellt hat. Und jetzt rate mal, was mit ihm passiert ist?«

»Er ist gestorben?«

»Für unsere Sünden«, sagte Dot. »Oder eher für seine eigenen. Jedenfalls heißt das, dass es für dich drüben an der Westküste nichts mehr zu tun gibt. Andererseits, wer sagt, dass du auf der Stelle umkehren musst? Ich bin sicher, du findest jemand, der dir ein Auto vermietet.«

»Sie wollten die Stornierung gerade rückgängig machen.«

»Dann lass sie das tun, wenn du willst. Geh schön essen, sieh dir die Sehenswürdigkeiten an. Du bist wo, in Orange County? Dann schau dir doch ein paar Republikaner an.«

»Ich glaube, ich komme lieber nach Hause«, sagte Keller.

»Diesmal hatte der Jetlag keine Chance«, sagte Keller. »Bevor er zuschlagen konnte, war ich schon wieder am Ausgangspunkt zurück.«

»Wie waren deine beiden Flüge?«

»Ganz okay – außer dass das Ganze völlig umsonst war.«

Sie saßen auf der Veranda des großen Hauses am Taunton Place in zwei Liegestühlen, und auf dem Tisch zwischen ihnen stand ein Krug Eistee. Es war ein warmer Tag, wärmer als in Südkalifornien. Allerdings hatte er die Temperatur dort gar nicht wirklich gespürt, weil er den vollklimatisierten Flughafen nie verlassen hatte.

»Nicht völlig umsonst«, sagte Dot. »Sie haben die Hälfte im Voraus bezahlt, und die behalten wir.«

»Das will ich doch hoffen.«

»Sie haben mich angerufen«, sagte sie, »um alles abzublasen. Aber deine Maschine nach Kalifornien war bereits gestartet. Und als sie mit einer Rückerstattung angefangen haben, habe ich ihnen gesagt, sie könnten mich mal.«

»Eine Rückerstattung!«

»Sie haben es nur versucht, Keller. Sie haben sofort eingelenkt.«

»Sie sollten den vollen Betrag zahlen«, sagte er.

»Wieso das denn?«

»Der Kerl ist tot, oder etwa nicht?«

»Aber von eigener Hand, Keller. Oder von seinem Gürtel. Was hattest du damit zu tun?«

»Was hatte ich mit Klinger zu tun? Oder Petrosian?«

»Mögen sie ruhen in Frieden«, sagte Dot, »aber sie sind unser kleines Geheimnis, schon vergessen? Die Kunden zumindest glauben, dass du sie ins Jenseits befördert hast. In Palmieris Fall warst du bereits in der Luft, als er beschlossen hat, die Belastbarkeit eines drei Zentimeter breiten Lederstreifens zu testen. Sieh mich nicht so an, Keller. Ich weiß wirklich nicht, was für einen Gürtel er verwendet hat. Das Entscheidende ist, dass du nicht in seiner Nähe warst. Wie sollen sie also glauben, dass du daran beteiligt warst?«

»Hast du letztes Mal nicht was über die Macht meiner Gedanken gesagt?«

»Stimmt. Ich werde den Kunden gleich mal anrufen und ihm das klarmachen. ›Mein Mann hat die Augen geschlossen und ganz fest an die Zielperson gedacht‹, werde ich ihm sagen. ›Und das hat diesen Kerl dazu veranlasst, sich selbst aufzuhängen. Es ist zwar ein Selbstmord, aber wir kriegen den Assist.‹ Dieser Logik dürfte er sich kaum verschließen können.«

»Sie haben den Auftrag erteilt, und der Kerl ist tot«, beharrte Keller auf seinem Standpunkt. »Was wollen sie mehr?«

»Vielleicht wusste er, dass es jemand auf ihn abgesehen hat, und wollte nicht warten.« Sie ließ sich in den Liegestuhl zurücksinken. »Nur damit du beruhigt bist. Ich habe sogar etwas in dieser Richtung versucht. ›Sie wollten ihn tot haben, und er ist tot‹, habe ich angeführt. ›Deshalb steht uns der volle Betrag zu.‹ Aber das war nur Taktik, um ihre Forderung nach einer Rückerstattung der Anzahlung besser abschmettern zu können. Sie haben mich ausgelacht, und ich habe sie ausgelacht, und damit hatte sich die Sache.«

»Das heißt, wir bekommen die Hälfte.«

»So ist es, Keller. Oder hast du etwa ernsthaft damit gerechnet, alles zu bekommen?«

»Nein, eigentlich nicht.«

»Und so schlimm ist es nun wirklich nicht. Oder bist du finanziell gerade knapp? Eher würde ich sagen, du hast in letzter Zeit einen ziemlich guten Schnitt gemacht. Oder hast du es schneller ausgegeben, als es reingekommen ist. Ist das der Grund?«

Er schüttelte den Kopf.

»Oder gibt es eine Briefmarke, die du mit den Palmieri-Einnahmen kaufen wolltest und dir jetzt nicht mehr leisten kannst? Ist es etwas in dieser Richtung?«

»Nein.«

»Wie lang willst du mich eigentlich noch auf die Folter spannen, Keller? Woran liegt es dann?«

Er überlegte kurz. »Es geht mir nicht ums Geld.«

»Du wirst mir doch hoffentlich nicht erzählen, es geht dir ums Prinzip?«

»Nein, Dot. Erinnerst du dich noch, dass ich vorhatte, den Job an den Nagel zu hängen?«

»Lebhaftest. Genügend Geld hattest du dafür zurückgelegt, aber ich habe dir gesagt, du würdest durchdrehen, du bräuchtest unbedingt ein Hobby. Daraufhin hast du angefangen, Briefmarken zu sammeln.«

»Richtig.«

»Und plötzlich konntest du es dir nicht mehr leisten, dich zur Ruhe zu setzen, weil du dein ganzes Geld für Briefmarken ausgegeben hast. Deshalb sind wir beide wieder ins Geschäft miteinander gekommen.«

Das war etwas grob vereinfacht, fand Keller, aber es kam dem Sachverhalt ziemlich nahe. »Selbst ohne die Briefmarken«, sagte er, »hätte ich mich nicht zur Ruhe setzen können. Gekonnt hätte ich es natürlich schon, aber ich wäre es nicht lange geblieben.«

»Das heißt wohl, du brauchst die Arbeit.«

»Wahrscheinlich schon, ja.«

»Du musst tun, was du tust.«

»Offensichtlich.«

»Irgendein innerer Drang, der dich dazu treibt.«

»Wahrscheinlich. Einen Kick verschafft es mir aber nicht, das weißt du.«

»Das habe ich nie gedacht.«

»Manche Jobs sind ganz schön knifflig, und das erfüllt mich hinterher mit einer gewissen Genugtuung, wie man sie auch verspürt, wenn man ein schwieriges Problem gelöst hat. Ein Kreuzworträtsel zum Beispiel. Man füllt das letzte Kästchen aus, und es ist fertig.«

»Kann ich nachvollziehen.«

»Aber so ist es nur ab und zu. In den meisten Fällen ist es einfach nur ein Job. Man fährt irgendwohin, erledigt seinen Auftrag, fährt wieder nach Hause.«

»Und bekommt sein Geld.«

»Genau. Und längere Pausen zwischen den Aufträgen machen mir nichts aus. Ich finde immer was, womit ich mich beschäftigen kann, und das war auch schon so, bevor ich angefangen habe, Briefmarken zu sammeln.«

»Aber plötzlich ist irgendwas anders.«

»Es hängt mit Roger zusammen«, sagte Keller. »Die Vorstellung, dass da jemand ist, du weißt schon? Dass er auf der Lauer liegt und eine Gelegenheit abpasst. Er weiß nicht mal, wer ich bin, und trotzdem will er mich umbringen.«

»Muss ganz schön stressig sein«, sagte Dot.

»Das kannst du laut sagen. Und weißt du, was das Komische ist? Sobald uns klar geworden ist, was er tut und warum, ist der Scheißkerl plötzlich verschwunden.«

»Weil wir ihm keine Gelegenheiten mehr geboten haben«, sagte Dot. »Seit du nicht mehr zum nächstgelegenen Flughafen fliegst und dich nicht mehr abholen lässt, schaut Roger in die Röhre. Das ist doch schon mal was, Keller. Du bist noch am Leben, oder etwa nicht?«

»Ja.«

»Und bei den letzten drei Jobs – selbst wenn er dir aufzulauern versucht haben sollte – hat er dich nicht zu sehen gekriegt. Weil du nicht aktiv geworden bist.«

»Wäre ich aber, wenn ich eine Gelegenheit dazu bekommen hätte.«

»Hast du aber nicht, und falls Roger in der Nähe war, konnte er nur dumm rumstehen und in der Nase bohren. Und du bist nach Hause gekommen und hast dein Geld bekommen. Ich weiß ehrlich nicht, wo das Problem sein soll, Keller.«

»Es nervt einfach«, sagte er. »Ich packe meine Sachen, fliege wohin, überlege mir, wie ich am besten vorgehe, und dann muss ich gar nichts mehr tun. Es ist einfach frustrierend, das ist alles.«

»Kann ich gut verstehen.«

Er senkte den Blick, sortierte seine Gedanken. Dann rückte er damit heraus. »Dot, ich hätte fast jemand umgebracht.«

»Aber nur fast, weil er sich vorher selbst umgebracht hat.«

»Nein, das meine ich damit doch nicht. Hier.«

»Hier?«

186

»Nicht hier.« Er deutete auf seine Umgebung. »Nicht hier in White Plains. In New York. Und nicht aus beruflichen Gründen.«

Sie sah ihn scharf an. »Weswegen dann, Keller? Zum Vergnügen?«

»Jetzt hör aber mal.«

»Was bleibt denn sonst noch?«

»Persönliche Gründe.«

»Ach so.« Die Anspannung fiel spürbar von ihr ab. »Nimm das bitte nicht persönlich, Keller, aber manchmal vergesse ich ganz, dass du ein Privatleben hast.«

»Da war diese Frau, mit der ich mich ab und zu getroffen habe.«

»Die nur Schwarz getragen hat.«

»Ja, die.«

»Sie wollte eine oberflächliche Beziehung, wollte nicht mit dir essen gehen und sich nichts von dir schenken lassen.«

»Genau.«

»Und sie wolltest du umbringen?«

»Von Wollen würde ich dabei nicht unbedingt reden, aber fast hätte ich es getan.«

»Jetzt aber«, sagte Dot. »Was hat sie gemacht, dass du so sauer geworden bist, wenn die Frage gestattet ist? Hat sie mit jemand anders geschlafen?«

»Nein«, sagte er, dachte aber noch einmal über die Frage nach. »Vielleicht doch, keine Ahnung. Darüber habe ich mir nie Gedanken gemacht.«

»Du bist wahrscheinlich keiner von der eifersüchtigen Sorte. Demnach muss es was richtig Ernstes gewesen sein. Hat sie etwa im Bett Cracker gegessen?«

»Ich war nicht sauer auf sie.«

»Wenn ich jetzt schön stillsitze«, sagte Dot, »wirst du es mir bestimmt erklären.«

Als er fertig war, ging Dot mit dem leeren Krug ins Haus und kam mit einem vollen zurück. »Dieses Wetter«, bemerkte sie dazu. »Ich schütte das Zeug literweise in mich rein. Glaubst du, man kann zu viel Eistee trinken.«

»Keine Ahnung.«

»Wenn man zu viel von etwas zu sich nimmt, ist wahrscheinlich alles schädlich.«

»Wahrscheinlich.«

»Keller«, sagte Dot, »diese Frau hat einen Sprung in der Schüssel. Der spontane Impuls, sie umzubringen, macht dich noch lange nicht zu einem mordlüsternen Irren.«

»Ich habe nie gesagt …«

»Ich weiß, was du nie gesagt hast. Du glaubst, du bist frustriert, weil du gern weiter Aufträge erledigen würdest, aber das Schicksal dich nicht zum Zug kommen lässt. Und vielleicht bist du es ja wirklich, aber deshalb haben sich dir nicht die Nackenhaare aufgestellt, als deine Freundin gesagt hat, was sie gesagt hat.«

»Eher hat es mich in den Fingern gejuckt.«

»Danke, dass du das klargestellt hast. Aber ich wiederhole, sie hat einen Sprung in der Schüssel. Du hättest den gleichen Impuls verspürt, wenn du vorher den ganzen Kosovo ausgelöscht hättest. Und es wäre dir nicht nur flüchtig der Gedanke gekommen. Du hättest ihn umgesetzt.«

»Sie hat nichts getan, Dot.«

»Und du hättest dafür gesorgt, dass sie auch nie etwas tun würde.«

Darüber dachte er eine Weile nach. »Vielleicht«, pflichtete er ihr schließlich bei. »Habe ich aber nicht, und ich habe nie mehr etwas von ihr gehört. Inzwischen hat sie sich bestimmt auf ein halbes Dutzend anderer oberflächlicher Beziehungen eingelassen. Wahrscheinlich denkt sie nicht mal mehr an mich.«

»Hoffen wir mal, dass du recht hast«, sagte Dot.

Sechs Wochen später bekam Keller einen Anruf und fuhr wieder einmal nach White Plains hinaus. Gegen ein Uhr nachmittags war er wieder in seiner Wohnung zurück, und zwei Stunden später war er am JFK und wartete darauf, dass sein TWA-Flug nach St. Louis aufgerufen wurde.

Während des Flugs studierte Keller den SkyMall-Katalog. Es gab einige Artikel, die er kaufen wollte. Zugleich wusste er, dass er unter anderen Umständen keinen Gedanken an sie verschwendet hätte. Das war immer so, wenn er in einem Flugzeug saß, und sobald er gelandet war, war das Bedürfnis, den supergünstigen Koffer oder den praktischen Terminplaner zu bestellen, für immer verflogen – zumindest bis zur nächsten Flugreise. Vielleicht lag es an der Höhe, dachte er. Vielleicht schwächte sie den Widerstand gegen Lockangebote.

Wie vereinbart holte ihn am Flughafen niemand ab. Keller nahm einen Zettel aus seiner Geldbörse. Er hatte sich Namen und Adresse bereits eingeprägt, las sie aber sicherheitshalber noch einmal. Dann ging er nach draußen und nahm sich ein Taxi.

Die Zielperson war ein gewisser Elwood Murray. Er lebte in Florissant, einem Vorort im Norden der Stadt. Sein Büro war im Olive Boulevard, auf halbem Weg zwischen City Hall und Gateway Arch, dem Wahrzeichen der Stadt.

Keller ließ sich von dem Taxi vor einem Imbiss in der Nähe von Murrays Büro absetzen. Einem Schild im Fenster zufolge war das Tagesgericht ein Three-Alarm Chili. Das hörte sich gut an, fand er. Wenn es so gut war, wie es sich anhörte, konnte er später noch mal herkommen. Diesmal bestand kein Grund zur Eile, hatte Dot gesagt. Er konnte sich Zeit lassen.

Trotzdem ging er sofort zu dem Haus, in dem Murrays Büro war. Es hatte sechs Stockwerke und seine besten Zeiten schon hinter sich. Murrays Name stand auf dem Belegungsplan im Foyer: MURRAY, ELWOOD, #604. Der automatische Lift war einer der langsamsten, die Keller je benutzt hatte, und er ertappte sich dabei, dass er ihn mit bloßer Willenskraft dazu bringen wollte, schneller zu fahren. Hätte er gewusst, dass er so langsam war, hätte er die Treppe genommen.

Murrays Name stand zusammen mit irgendwelchen Initialen, deren Bedeutung sich Kellers Kenntnis entzog, auf der Milchglasscheibe der Bürotür. Dahinter brannte Licht, und Keller drehte den Türgriff und öffnete die Tür. Hinter einem mächtigen Eichenholzschreibtisch saß ein Mann, der ein paar Jahre älter war als Keller. Er war in Hemdsärmeln, und seine Anzugjacke hing an einem Haken an der Wand.

»Elwood Murray?«

»Ja?«

»Hätten sie kurz Zeit für mich?« Keller schloss die Tür. So konnte sie niemand sehen, der zufällig auf dem Flur vorbeikam, doch diese Maßnahme versetzte Murray sofort in Alarmbereitschaft, und ein Blick in sein Gesicht genügte Keller, um ohne Zögern in Aktion zu treten. Murray reagierte als Erster. Seine Hand schoss in die Mittelschublade des Schreibtischs. Keller warf sich gegen Murrays Schreibtisch, schob ihn gegen die Wand und klemmte Murray mit seinem Stuhl fest, sodass er die Schublade nicht mehr aufbekam.

Murray konnte weder die Schublade öffnen noch die Hand herausziehen noch sich bewegen. Keller dagegen konnte das alles und tat es auch. Er packte den Mann.

»Ah, gut«, sagte Dot. »Hast du die Nachricht erhalten?«

»Welche Nachricht?«

»Auf deinem Anrufbeantworter. Du hast sie nicht gekriegt? Warum rufst du dann an?«

»Mission erfüllt«, sagte er.

Darauf trat eine Pause ein. Schließlich sagte sie: »Das heißt wohl, was ich glaube, dass es heißt.«

»Es gibt nicht allzu viele Alternativen, was es sonst heißen könnte«, sagte er. »Weißt du noch, diese Besorgung, um die du mich heute Morgen gebeten hast? Ist bereits alles erledigt.«

»Dann bist du also nicht mehr in New York.«

»Nein, natürlich nicht. Ich bin in ... ich kann den Bogen von hier sehen.«

»Und damit meinst du vermutlich nicht den des McDonald's auf der anderen Straßenseite? Und du hast bereits getan, weswegen du dort bist.«

»Sonst würde ich nicht anrufen, Dot. Was soll das Ganze, Dot?«

»Sie haben es abgeblasen«, sagte sie.

»Sie ...«

»Haben es abgeblasen. Es sich anders überlegt. Den Auftrag storniert.«

»Oh.«

»Aber das wusstest du nicht.«

»Woher auch?«

»Du hättest deinen Anrufbeantworter abhören können, was du natürlich nicht getan hast. Wie sehen deine weiteren Pläne aus, Keller?«

»Eigentlich wollte ich nach Hause kommen.«

»Willst du nicht bei ein paar Briefmarkenhändlern vorbeischauen? Ein paar Tage dort verbringen, ein gutes mexikanisches Restaurant entdecken?«

»Diesmal nicht.«

»Klar, warum auch?«, sagte sie. »Komm nach Hause und komm mich besuchen, dann sehen wir weiter.«

*   *   *

190

»Auf dem Hinflug«, sagte er, »hätte ich fast einen Terminplaner gekauft. Auf dem Rückflug waren es Videos von Vorlesungen zu allen möglichen Themen. Die besten auf dem Markt, wurden sie in der Werbung angekündigt.«

»Hättest du sie dir angesehen?«

»Natürlich nicht«, sagte Keller. »Genauso wenig, wie ich den Terminplaner verwendet hätte. Was soll ich groß planen? Schon komisch, was da mit einem passiert. Man verstaut sein Handgepäck, man legt den Sicherheitsgurt an und schon will man Dinge, die man nie gewollt hat. Sie haben sogar Bordtelefone, auf denen man anrufen und diesen ganzen Mist kostenlos bestellen kann.« Er runzelte die Stirn. »Wobei natürlich nur der Anruf kostenlos ist.«

»Was hast du gekauft?«

»Nichts. Ich kaufe nie was, aber ich überlege es mir immer.«

»Keller …«

»Warum haben sie es abgeblasen?«

»Keine Ahnung«, sagte sie, »weil ich auch nicht weiß, warum sie den Auftrag ursprünglich erteilt haben. Wer war er überhaupt?«

»Er hatte ein Büro«, sagte Keller. »Ganz für sich allein. Und hinter seinem Namen standen irgendwelche Initialen. Aber ich weiß nicht mehr, welche. Ich schätze, er war eine Art Geschäftsmann, und ich hatte den Eindruck, dass seine Geschäfte nicht gut gelaufen sind.«

»Vielleicht hat er jemand Geld geschuldet, und vielleicht hat er am Ende doch gezahlt. Das wollen sie allerdings nicht.«

»Zahlen, meinst du?«

»Ja.«

»Sie haben die Hälfte angezahlt, aber den Rest wollen sie nicht mehr herausrücken?«

»Richtig.«

»Was denken die sich eigentlich? Ich habe getan, was ich tun sollte.«

»Aber zu dem Zeitpunkt, zu dem du es getan hast, solltest du es nicht mehr tun.«

»Das ist doch nicht meine Schuld.«

»Du hast natürlich vollkommen recht, Keller.«

»Sie haben nicht gesagt, flieg da mal hin und warte auf weitere Anweisungen. Sie haben gesagt, führe den Auftrag aus, und ich habe den Auftrag ausgeführt. Wo ist da das Problem?«

»Das Problem ist, dass sie nicht für einen Auftrag zahlen wollen, den sie zu stornieren versucht haben. Sie wollten sogar den Vorschuss zurück.«

»Geht's noch?«

»Das habe ich ihnen auch gesagt.«

»Ich habe den Auftrag ausgeführt«, sagte Keller. »Ich sollte das ganze Geld bekommen.«

»Auch das habe ich ihnen gesagt.«

»Und?«

»Man könnte es ein mexikanisches Patt nennen, wenn ich damit vielleicht auch Gefahr laufe, politisch nicht korrekt zu sein.«

»Du meinst, wir behalten, was sie bereits gezahlt haben.«

»Genau.«

»Und sie behalten, was sie uns schulden.«

»Wenn du es so bezeichnen willst.«

»Ich weiß nicht, wie ich es sonst nennen sollte«, sagte er. »Warum heißt es übrigens *mexikanisches* Patt, weißt du das zufällig? Was ist daran mexikanisch?«

»Du bist der Briefmarkensammler, Keller. Gibt es vielleicht eine mexikanische Marke mit einem berühmten Patt drauf?«

»Ein berühmtes Patt? Was ist ein berühmtes Patt?«

»Keine Ahnung. Die Schlacht von Alamo vielleicht.«

»Das war kein Patt. Das war ein Massaker, alle wurden niedergemetzelt.«

»Okay.«

»Und die Mexikaner würden keine Briefmarke zu diesem Anlass herausgeben. Es sind die Texaner, die das Fort zu einem Nationalheiligtum erhoben haben.«

»Diejenigen, die massakriert worden sind.«

»Nicht dieselben, andere Texaner. Die Mexikaner dürften versucht haben, das Ganze möglichst schnell unter den Teppich zu kehren.«

»Na schön«, sagte sie. »Vergessen wir also Alamo. Vergessen wir auch Maine, wenn wir schon dabei sind. Aber wenn du wissen willst, warum es mexikanisches Patt heißt, kannst du es sicher irgendwo nachschlagen. Gönne dir einen Nachmittag in der Bibliothek, bitte die Frau am Schalter, dir zu helfen. Dafür ist sie da, Keller.«

»Dot …«

»Keller, das ist nur eine Redewendung. Wen interessiert schon, woher sie kommt?«

»Jedenfalls werde ich deswegen nicht nächtelang wach liegen.«

»Und wen interessiert schon das Geld? Dich sicher nicht. Es geht dabei doch gar nicht ums Geld.«

Er überlegte kurz. »Nein«, sagte er, »wahrscheinlich nicht.«

»Es geht darum, im Recht zu sein. Wenn sie dich nicht bezahlen, sagen sie, du bist im Unrecht. Und wenn du dich mit der Hälfte begnügst, gibst du *zu*, dass du im Unrecht bist.«

»Immerhin habe ich getan, was ich tun sollte, Dot! Sie haben nicht gesagt, flieg da hin und warte auf Anweisungen. Sie haben nicht gesagt, finde den Kerl und zähle bis zehn. Sie haben gesagt ...«

»Ich weiß, was sie gesagt haben, Keller.«

»Eben.«

»Du hattest es eilig«, sagte sie. »Wegen der jüngsten Entwicklungen und weil immer Rogers Schatten irgendwo lauert. Einerseits hast du völlig recht, du hast getan, was du tun solltest, aber es gibt dabei noch etwas anderes zu bedenken, was nichts mit dem Kunden zu tun hat.«

»Und das wäre?«

»Normalerweise lässt du dir Zeit. Zumindest ein, zwei Tage. Manchmal eine Woche, manchmal noch länger.«

»Ja und?«

»Warum, Keller?«

»Warum ich es eilig hatte? Du hast mir gerade erzählt, warum ich es eilig hatte.«

Sie schüttelte den Kopf. »Warum lässt du dir Zeit? Ich muss dir sagen, Keller, die Leute an der Heimatfront nervt das manchmal. Du lässt dir nicht nur Zeit, du trödelst.«

»Ich trödle?«

»Wahrscheinlich tust du das gar nicht, aber für einen Außenstehenden sieht es so aus. Und es liegt nicht nur daran, dass es ein gutes Frühstückslokal gibt oder dass du auf dem Motelfernseher HBO reinbekommst. Du lässt dir Zeit, um es ordentlich hinzukriegen.«

So redete sie noch eine Weile weiter, und er nickte dazu. Ihm war klar, worauf sie hinauswollte. Denn er hatte es wirklich eilig gehabt, Murray hatte es

193

kommen sehen, er hatte nach seiner Pistole gegriffen, als Keller hereingekommen war. Wenn die Schreibtischschublade von Anfang an offen gewesen wäre, wenn Murray ein bisschen schneller oder Keller ein bisschen langsamer gewesen wäre ...

»Damit will ich nicht sagen, dass das ein Grund zur Sorge ist. Es ist vorbei, und du hast es mit heiler Haut überstanden. Trotzdem solltest du dir vielleicht mal Gedanken darüber machen.«

»Ich werde mir darüber Gedanken machen, ob ich will oder nicht«, sagte er.

»Wahrscheinlich. Keller?«

»Ja?«

»Du machst an deinem Daumen rum.«

»Tatsächlich?«

»Am komischen. Ich weiß nicht mehr, wie du ihn genannt hast.«

»Mörderdaumen.«

»Du reibst daran und versteckst ihn unter deinen Fingern.«

»Nur so eine Angewohnheit, wenn ich nervös bin.«

»Daran rumzuspielen, wäre vermutlich schlimmer. Aber jetzt mach nicht so ein Gesicht. Es ist ja nichts passiert, du bist hin- und am selben Tag wieder zurückgeflogen, und wenn man deinen Zeitaufwand berücksichtigt, hast du einen super Schnitt gemacht.«

»Wahrscheinlich.«

»Aber?«

»Ich musste gerade an Elwood Murray denken.«

»Du solltest nie an diese Leute denken, Keller.«

»Tue ich auch so gut wie nie. Aber Murray musste grundlos sterben.«

Sie schüttelte den Kopf. »Einen Grund gibt es immer. Er hat jemand geärgert. Dann hat er es geradegerückt. Bloß, wie lange wäre es so geblieben? Wie lange hätte es gedauert, bis er wieder jemandem auf die Nerven gegangen wäre und dieser Jemand nach dem Telefon gegriffen hätte?«

»Er hat tatsächlich wie jemand ausgesehen, der anderen Leuten auf die Nerven geht.«

»Da hast du's«, sagte Dot.

19

»Wahrscheinlich muss ich froh sein, dass du meine Stimme noch erkennst«, sagte Dot. »Du hast lange nichts mehr von mir gehört.«

»Allerdings.«

»Ich habe einige Aufträge abgelehnt«, fuhr sie fort. »Irgendwas an ihnen war faul. Aber dieser ist genau richtig, und wir sind eindeutig die Ersten, die angerufen worden sind, sodass du nicht ständig auf der Hut sein musst. Am besten, du fährst gleich mal zum Bahnhof, dann erzähle ich dir alles.«

»Augenblick.« Keller legte das Telefon beiseite und entfernte sich. Als er wieder zurückkam, sagte er: »Entschuldige bitte, das Wasser hat gerade gekocht.«

»Ich habe es pfeifen gehört. Nur gut, dass du mir gesagt hast, was es war. Ich dachte schon, es wäre ein Luftangriff.«

»Nein, nur eine Tasse Tee.«

»Seit wann bist du so häuslich? Du hast nicht etwa auch noch ein Soufflé im Ofen?«

»Ein Soufflé?«

»Ach, nichts, Keller. Gieß den Tee in die Spüle und komm mich besuchen. Bei mir bekommst du so viel Tee, wie du trinken kannst. Setz dich also gefälligst in den nächsten Zug ...«

»Ist es irgendwo außerhalb?«

»Es ist in White Plains. Genau wie sonst auch. Knapp vierzig Minuten mit der Metro North. Kommt es dir langsam wieder?«

»Nein, was ich gemeint habe, ist der Auftrag irgendwo außerhalb.«

»Natürlich, Keller. Ich habe nicht vor, dich noch mal in der Stadt arbeiten zu lassen, die du dein Zuhause nennst. Das haben wir bereits einmal probiert, erinnerst du dich nicht mehr?«

»Nur zu gut. Es ist nur, dass ich im Moment nicht weg kann.«

»Du kannst nicht weg?«

»Ja, eine Weile.«

»Was ist los, trägst du eine dieser elektronischen Fußfesseln? Die dir einen Stromschlag verpasst, wenn du das Haus verlässt?«

»Ich muss in New York bleiben, Dot.«

»Darfst du nicht mal einen Zug nach White Plains nehmen?«

»Das schon«, sagte er. »Zumindest heute. Aber ich kann keinen Auftrag außerhalb annehmen.«

»Eine Weile, sagst du.«

»Ja.«

»Und wie lang ist eine Weile? Ein Tag? Eine Woche? Ein Monat?«

»Das weiß ich nicht.«

»Trink deinen Tee«, sagte sie. »Vielleicht bringt er dich wieder auf Vordermann. Und dann nimmst du den nächsten Zug, und wir reden.«

»Ich glaube, ich weiß jetzt, woran es liegt«, sagte sie. »Es ist wegen einer Briefmarkenauktion, die du auf keinen Fall versäumen willst. Wahrscheinlich versteigern sie eine Marke, die du unbedingt haben willst.«

»Jetzt hör aber mal, Dot.«

»Wieso?«

»Es ist ein Hobby für mich«, sagte er. »Wegen einer Auktion würde ich nie einen Job sausen lassen.«

»Nicht?«

»Auf gar keinen Fall.«

»Selbst wenn es eine Marke wäre, die du für deine Sammlung haben möchtest?«

»Es gibt tausende Marken, die ich für meine Sammlung haben möchte. Auf jeden Fall genug, um nie an einer bestimmten Auktion teilnehmen zu müssen.«

»Und wenn es eine ganz bestimmte Marke wäre, die du unbedingt haben willst? Aber so läuft es vermutlich nicht.«

»Für manche Sammler vielleicht schon, aber für mich nicht. Außerdem habe ich mich in letzter Zeit relativ wenig mit meinen Briefmarken beschäftigt.«

»Ach?«

»Ich würde nicht sagen, dass ich das Interesse verloren habe, aber mal ist es stärker, mal schwächer. Ich habe zwei Zeitschriften und eine Wochenzeitung abonniert, und manchmal lese ich sie von vorne bis hinten, aber in letzter Zeit habe ich kaum einen Blick hineingeworfen. Ein paar Händler schicken mir Sammlungen zur Ansicht, und die sehe ich mir an, aber das war in letzter Zeit so ziemlich alles, was ich getan habe. Andere Händler schicken mir Preislisten und Auktionskataloge, aber die habe ich in letzter Zeit weggeworfen, ohne sie mir anzusehen.«

»Das ist aber schade.«

»Nein«, sagte er, »es ist eher eine Verschnaufpause. Ich habe mir auch selbst Sorgen gemacht, dass ich die Lust daran verlieren könnte, aber die Astrologin hat gesagt, ich soll mir deswegen keine Sorgen machen.«

»Du warst wieder bei der Astrologin?«

»Wenn mich etwas beschäftigt, rufe ich sie gelegentlich an. Sie schaut sich kurz mein Horoskop an und sagt mir, ob es eine gefährliche Phase ist oder was sonst der Grund war, weshalb ich sie angerufen habe.«

»Und diesmal war es wegen der Briefmarken?«

»Sie hat gesagt, mit meinem Interesse wäre es wie mit dem Wetter.«

»Leicht bewölkt, mit einer Tendenz zu Regen.«

»Einen Tag heiß, den anderen kalt«, sagte er. »Wechselhaft, aber nichts, weswegen man sich Sorgen machen müsste. Und das Schöne am Briefmarkensammeln ist, dass man damit aufhören kann, solange man will, und an dem Punkt, wo man aufgehört hat, sofort wieder einsteigen kann. Es ist nicht wie mit einem Garten, wo man ständig das Unkraut jäten muss. Oder mit einem virtuellen Aquarium, in dem die Fische sterben.«

»Ein virtuelles Aquarium? Was soll das sein?«

»Das ist etwas, was man auf seinem Computer installieren kann, und dann sieht dein Bildschirm wie ein Aquarium aus, mit Pflanzen und Guppys und allem. Und du kannst andere Fischarten einsetzen.«

»Wie?«

»Wahrscheinlich, indem du auf die richtigen Tasten tippst. Das Verrückte daran ist aber, es ist wie ein richtiges Aquarium, weil die Fische sterben, wenn du sie zu füttern vergisst.«

»Sie sterben?«

»Ja.«

»Wie können sie sterben, Keller? Es sind doch gar keine realen Fische.«

»Nein, es sind virtuelle Fische.«

»Soll heißen? Sie sind Bilder auf einem Bildschirm, richtig? Wie eine Fernsehsendung.«

»Gewissermaßen.«

»Sie schwimmen also auf deinem Bildschirm rum. Und was passiert, wenn man sie nicht füttert? Treiben sie dann mit dem Bauch nach oben an der Oberfläche?«

»Offensichtlich.«

»Hast du etwa so ein Ding, Keller?«

»Wie denn? Ich habe nicht mal einen Computer.«

»Hätte mich auch gewundert.«

»Ich will keinen Computer«, sagte er, »und wenn ich einen hätte, würde ich bestimmt kein virtuelles Aquarium darauf haben wollen.«

»Woher weißt du dann so viel darüber?«

»Ich weiß doch kaum was darüber. Ich habe einen Artikel gelesen, mehr nicht.«

»Aber nicht in einer deiner Briefmarkenzeitschriften.«

»Natürlich nicht.«

»Wenn es nicht die Briefmarken sind, was kann es dann sein? Eine Frau? Triffst du dich wieder mit diesem Mädchen, Keller?«

»Mit welchem Mädchen?«

»Das ist vermutlich ein Nein. Das schwarze Mädchen, das nicht mit dir essen gehen wollte. Wenn ich mich anstrenge, fällt mir sogar ihr Name ein.«

»Maggie.«

»Jetzt muss ich mich nicht mehr anstrengen.«

»Sie ist nicht schwarz. Sie trägt nur Schwarz.«

»Das läuft fast auf das Gleiche hinaus.«

»Wie auch immer, ich treffe mich nicht mit ihr – oder sonst jemand.«

»Das ist wahrscheinlich auch gut so«, sagte Dot. »Weißt du was? Ich gebe auf. Ich habe zu raten versucht, warum du in New York bleiben musst, und bin in einem Gespräch über Briefmarkensammeln gelandet, und dann ging es um Fische, und ich will lieber nicht wissen, worum es als Nächstes gehen könnte. Deshalb lass mich dich einfach fragen, was ich dich wahrscheinlich schon am Telefon hätte fragen sollen. Warum musst du in New York bleiben?«

Er erzählte es ihr.

Sie bekam große Augen. »Du bist Geschworener? Du, Keller? Du musst als Geschworener an einem Prozess teilnehmen?«

»Jedenfalls muss ich mich melden«, sagte er. »Ob ich dann tatsächlich ausgewählt werde, ist eine andere Frage.«

»Viele sind berufen, aber nur wenige sind auserwählt. Wie sind sie ausgerechnet auf dich gekommen?«

»Keine Ahnung.«

»Es kann doch nicht im Sinn unserer Justiz sein, auf Leute wie dich zurückzugreifen?«

»Leute wie mich?«

»Leute, die machen, was du machst.«

»Nur dann nicht, wenn sie sich erwischen lassen«, sagte er. »Ich glaube nicht, dass man Geschworener werden kann, wenn man wegen eines Schwerverbrechens verurteilt worden ist. Aber ich bin nie eines Schwerverbrechens oder sonst einer Straftat angeklagt worden. Ich bin nicht einmal wegen irgendwas verhaftet worden, Dot.«

»Gott sei Dank.«

»Allerdings. Soviel irgendjemand weiß und soviel aus irgendwelchen amtlichen Unterlagen hervorgeht, bin ich ein unbescholtener Bürger.«

»Citizen Keller.«

»Was ich ja auch bin«, sagte er. »Ich begehe keine Ladendiebstähle, ich nehme keine Drogen, ich verkaufe auch keine, ich überfalle keine Getränkemärkte, ich raube keine Leute aus. Ich bescheiße keine Taxifahrer und fahre nicht schwarz.«

»Gehst du wenigstens mal bei Rot über die Straße?«

»Das ist nicht mal ein Fehlverhalten. Es ist eine Gesetzesübertretung, und überhaupt bin ich nie wegen so was vorgeladen worden. Ich habe einen Beruf, der, na ja, wir beide wissen, was mein Beruf ist. Aber außer uns weiß niemand davon, weshalb es mich nicht daran hindert, Geschworener zu werden.«

»Du gehst doch sicher nicht wählen, Citizen Keller? Weil ich immer dachte, sie rekrutieren die Geschworenen aus den Wählerlisten.«

»Normalerweise schon«, sagte er. »Deshalb wurde ich bisher nie berufen. Aber jetzt greifen sie auch auf andere Listen zurück, auf die der Kfz-Zulassungsstelle und der Telefongesellschaften und keine Ahnung, auf welche sonst noch.«

»Du hast doch gar kein Auto. Und im Telefonbuch stehst du auch nicht.«

»Aber einen Führerschein habe ich. Und sie verwenden die Rechnungsunterlagen der Telefongesellschaften, nicht das Telefonbuch. Ist doch auch egal, wie sie auf mich gekommen sind. Ich habe eine Benachrichtigung erhalten, und ich muss mich am Montagmorgen melden.«

»Heute ist Freitag.«

»Richtig.«

»Kannst du keinen Aufschub beantragen?«

»Hätte ich gekonnt, wenn ich es getan hätte, als ich die Benachrichtigung erhalten habe. Aber ich wollte es lieber hinter mich bringen, und in letzter Zeit war die Auftragslage ohnehin ziemlich mau, und jetzt entgeht mir eben eine Gelegenheit.«

»Kannst du dich nicht befreien lassen?«

»Mit welcher Begründung? Früher konnten sich alle möglichen Leute befreien lassen. Anwälte oder selbständige Geschäftsleute. Inzwischen musst du mindestens schwanger sein, und ich bin nicht mal sicher, ob sie das als Grund gelten lassen.«

»Außerdem würden sie dir das nie glauben, Keller.«

»Inzwischen kommt niemand mehr darum herum. Sogar der Bürgermeister wurde vor ein paar Monaten zum Geschworenendienst eingeteilt, weißt du nicht mehr?«

»Darüber habe ich, glaube ich, was gelesen.«

»Er hätte sich wahrscheinlich befreien lassen können. Immerhin ist er der Bürgermeister, er kann machen, was er will. Aber wahrscheinlich dachte er, es wäre gut für sein Image. Stell dir vor, du stehst vor Gericht und da sitzt der Bürgermeister auf der Geschworenenbank.«

»Ich würde mich auf der Stelle schuldig bekennen.«

»Wäre wahrscheinlich das Schlaueste«, sagte Keller. »Ich würde diesen Job wirklich gern übernehmen. Ich könnte den Auftrag brauchen. Weißt du, was komisch ist? Ich dachte, ich stelle mich als Geschworener zur Verfügung, denn dann habe ich wenigstens was zu tun. Und jetzt *hätte* ich was zu tun und kann es nicht tun.«

»Es ist ein guter Auftrag, Keller.«

»Erzähl.«

Es war in Baltimore. Er konnte also in weniger als einer Stunde hinfliegen oder in weniger als drei mit dem Zug hinfahren. Mit der Bahn wäre es bequemer, und wenn man die Taxifahrten zum und vom Flughafen dazurechnete, fast genauso schnell. Und man musste keinen Ausweis vorlegen, wenn man in einen Zug stieg, und konnte bar zahlen, ohne komisch angesehen zu werden, gar nicht erst zu reden von den ganzen Security-Leuten. Alles in allem sprach einiges dafür, den Zug zu nehmen.

In Baltimore gab es eine Gegend, die Fell's Point hieß, ein buntes, unkonventionelles Szeneviertel, das immer mehr Touristen und Leute, die ihnen etwas verkaufen wollten, anlockte. Und ...

»Du nickst«, sagte Dot. »Kennst du das Viertel? Wann warst du in Baltimore?«

»Vor ein, zwei Jahren«, sagte Keller. »Aber ich habe nichts von der Stadt mitbekommen. Aber Fell's Point kenne ich aus dem Fernsehen. Du weißt schon, diese Krimiserie, die in Baltimore spielt.«

»Wurde die nicht abgesetzt?«

»Die Wiederholungen laufen immer noch. Auf Court TV. Fünf Abende die Woche.«

»Schaust du neuerdings Court TV, Keller? Um dich auf deine Aufgabe als Geschworener vorzubereiten?«

In einem Viertel, mit dem es aufwärts ging, kam es zu den üblichen Konflikten, erklärte sie ihm. Eine Seite wollte jeder Tankstelle und jedem Hot-Dog-Stand unbedingt den Status einer historischen Sehenswürdigkeit verleihen, und die andere war genauso sehr darauf erpicht, alles abzureißen und Eigentumswohnungen und Themenrestaurants hochzuziehen. Eine gewisse Irene Macnamara machte sich besonders lautstark für eine dieser beiden städtebaulichen Entwicklungsmöglichkeiten stark, und jemand von der Gegenseite war zu der Überzeugung gelangt, der wichtigste Schritt sei, ihr erst einmal das Maul zu stopfen.

Obwohl es zu einigen heftigen Auseinandersetzungen bei den Sitzungen der Planungskommission und zu einer Menge schroffer Worte auf den einschlägigen Pressekonferenzen gekommen war, war die Kontroverse noch nicht in Gewalt ausgeartet. Für Macnamara bestand also kein Grund, auf der Hut zu sein.

Nach kurzem Nachdenken sagte Keller: »Und du bist sicher, dass sie sonst noch niemand angerufen haben?«

»Wir sind ihre erste Wahl.«

»Was hast du ihnen gesagt?«

»Dass sich Macnamara lieber keine Langspielplatten mehr kaufen sollte, weil wir uns der Sache annehmen.«

»Hast du dich tatsächlich so ausgedrückt?«

»Natürlich nicht, Keller. Das habe ich mir nur einfallen lassen, um dich ein bisschen aufzuheitern.«

»Heute haben wir Freitag.«

»Ich werde mir auch für Samstag was überlegen. Im *Reader's Digest* haben sie eine Kolumne. ›Wie drücke ich mich bildhafter aus.‹ Vielleicht finde ich dort ein paar Anregungen.«

»Nein, was ich damit sagen wollte, ist: Heute ist Freitag. Ich könnte heute Abend hinfahren, und hätte morgen und Sonntag Zeit.«

»Wenn du Sonntagabend mit dem Zug zurückfährst, kannst du am Montagmorgen deiner Bürgerpflicht nachkommen.«

»Was sage ich denn?«

»Keine LPs für Macnamara und auch keine grünen Bananen. Ich weiß nicht, Keller. Einerseits finde ich es gut, andererseits aber auch nicht, wenn du verstehst, was ich meine.«

»Ich bin nicht ganz sicher.«

»Ich sage nur zwei Worte. St. Louis.«

»Ach so.«

»Das ging richtig schnell. Am selben Tag hin und wieder zurück. Bedauerlicherweise ...«

»Ist diesem Kunden klar, dass er es sich nicht anders überlegen kann?«

»Ob du's glaubst oder nicht, ja. Darauf habe ich ihn ausdrücklich hingewiesen. Aber das ist nicht das Einzige, was mich an deiner Eile stört. Wenn du in dem Bewusstsein nach Baltimore fährst, dass du keine achtundvierzig Stunden Zeit hast, die Sache durchzuziehen ...«

Keller wurde klar, was sie meinte. In so einem Fall war es nicht förderlich, die Uhr ticken zu hören.

»Ich will die Sache auf keinen Fall überstürzen«, sagte er. »Aber angenommen, ich fahre heute Abend hin und schaue mich übers Wochenende ein bisschen um. Wenn sich eine Gelegenheit bietet, den Auftrag zu erledigen, ergreife ich sie. Wenn nicht, setze ich mich Sonntagabend in den Zug und komme zurück.«

»Und ich sage dem Kunden, Pech gehabt?«

»Nein, du sagst ihm, ich nehme mich der Sache an, und mehr oder weniger ist bereits alles geregelt. Geschworener ist man ja nicht sein Leben lang. Wie lang kann so was schon dauern?«

»Das hat diese Frau aus L.A. auch gesagt, als sie für den Prozess gegen O.J. Simpson als Geschworene eingeteilt wurde.«

»Dann fahre ich eben am nächsten Wochenende noch mal nach Baltimore«, sagte Keller, »und wenn es unbedingt sein muss, auch das Wochenende danach noch mal. Und bis dahin habe ich auch meiner Bürgerpflicht Genüge geleistet. Hat der Kunde eine Frist gesetzt?«

»Nein. Er will natürlich nicht, dass sie an Altersschwäche stirbt, aber der Vertrag enthält keine Klausel, dass die Sache eilt.«

»Es ist also allerhöchstens eine Frage von zwei, drei Wochen, und wenn sie anfangen, ungeduldig zu werden, sagst du ihnen, ich bin in Baltimore und versuche lediglich, es ordentlich zu machen.«

»Außerdem könntest du ja wieder mal Glück haben?«

»Glück?«

»Der berühmte Keller-Dusel. Macnamara könnte einen Herzinfarkt bekommen oder von einer Straßenbahn überfahren werden.«

»In Baltimore?«

»Du verstehst schon, was ich meine. Ach, und es muss übrigens nicht nach einer natürlichen Ursache aussehen. Es wäre sogar besser, wenn nicht. Es soll anderen eine Lehre sein.«

»Eine Lektion sozusagen.«

»Etwas in der Art.«

Er nickte. »Diesmal werde ich nichts überstürzen, aber eigentlich müsste es schon dieses Wochenende unter Dach und Fach sein.«

»Und ich dachte, du lässt dir gern Zeit.«

»Manchmal«, sagte er. »Nicht immer.«

Die Bar hieß Counterpoint und war in der Fleet Street, im Herzen von Fell's Point. Keller hatte ein komisches Gefühl, als er sie betrat. Einerseits fühlte er sich sofort wie zu Hause, als hätte er dort schon viele schöne Stunden verbracht. Zugleich spürte er, dass ihm in der Bar Gefahr drohte.

Dabei hatte die Atmosphäre nichts Bedrohliches. Es waren zwischen zwanzig und dreißig Gäste da, mehr Männer als Frauen, hauptsächlich Weiße, vorwiegend zwischen Anfang Dreißig und Ende Vierzig. Der Dresscode war leger, die Stimmung entspannt. Keller war in Bars gewesen, in denen ihm auf der Stelle klar geworden war, dass die Hälfte der Gäste vorbestraft waren, dass in den Toiletten gekokst wurde und dass ein Gast eine Flasche auf dem Kopf eines anderen zerdeppern würde, bevor der Laden schloss. Unter diese Kategorie fiel das Counterpoint eindeutig nicht. Keine Ganoven, keine Cops. Lauter stinknormale Leute.

Und dann dämmerte es ihm. Cops. Er hatte das Gefühl, als wäre die Bar voller Cops, Cops, die den dienstlichen Stress hinunterspülten, Cops, die hinterm Tresen Bier zapften oder Drinks mixten. Es lag an dieser Serie, merkte er. Sie handelte von einer Gruppe Cops, die zusammen eine Bar aufgemacht hatten – was eine gewisse befreiende Komik haben sollte –, und er kam sich vor, als hätte er sie gerade betreten.

War die Serie hier gedreht worden? Bei genauerem Hinsehen merkte er jedoch, dass Einrichtung und Grundriss anders waren. Es war einfach eine Bar, und nachdem ihm klargeworden war, was ihn ursprünglich daran gestört hatte, fand er sie sogar ausgesprochen gemütlich.

Er suchte sich einen Platz und trank sein Bier.

Es wäre schön gewesen, sich Zeit lassen zu können, weil ihm auch das Viertel gefiel, in dem die Bar lag. Aber er wollte die Sache rasch hinter sich bringen, und nicht nur aus den Gründen, die er Dot genannt hatte.

Ob Irene Macnamara sich nun für die Erhaltung des Viertels oder für seine Sanierung einsetzte, hatte ihm Dot nicht sagen können. Aber er schätzte, die Chancen standen zehn zu eins, dass sie Fell's Point so erhalten wollte, wie es war, während der Kunde Hotels hochziehen und Factory-Outlets und Handelsketten anlocken wollte. Profit machte man mit der Entwicklung eines Viertels, nicht mit dem Kampf für seine Erhaltung.

Das hieß nicht unbedingt, dass Macnamara sympathisch war. Keller wusste, dass das nicht immer der Fall war. Privat konnte sie ein richtiges Ekel sein, das ihrem Mann das Leben schwer machte, ihre Kinder schlug und im Park

Tauben vergiftete. Was allerdings die Zukunft von Fell's Point anging, war Keller auf ihrer Seite. Es gefiel ihm so, wie es war.

Dabei ging er ganz selbstverständlich davon aus, dass sie sich für die Erhaltung des Viertels einsetzte, aber mit Sicherheit konnte er das nicht sagen. Letztlich wollte er allerdings gar nicht wissen, ob es sich so oder so verhielt. Je mehr er nämlich über Irene Macnamara wusste, umso weniger würde er seinen Auftrag ausführen wollen. Deshalb wollte er die Sache vom Tisch haben, bevor er nach New York zurückfahren musste.

Andererseits fand er es auch schade, denn es gefiel ihm hier. Es war zwar nicht die Bar aus der Fernsehserie und auch keine, in der er schon einmal gewesen war, trotzdem fühlte er sich hier erstaunlich wohl. In New York hatte er keine Lieblingskneipe, er verbrachte überhaupt wenig Zeit in Kneipen, aber irgendwie gefiel ihm das Counterpoint besser als jede New Yorker Bar, die er kannte. Und es wäre doch schön, eine Kneipe zu haben, in die man jeden Tag gehen konnte, eine Kneipe, in der einen jeder namentlich kannte, und …

Nein, dachte er. Das war eine andere Fernsehserie und hatte auch nichts mit der Realität zu tun.

– 20 –

Am späten Sonntagabend war er wieder zurück in New York, und am nächsten Morgen fand er sich um 8:15 Uhr im State Supreme Court in der Centre Street ein, wo er einem Wachmann seine Vorladung zeigte und anschließend durch einen Metalldetektor gehen musste. Inzwischen hatten sie diese Dinger sogar in Schulen und Polizeiwachen. Demnächst, dachte er, musste man noch durch einen Metalldetektor, wenn man in einen Supermarkt wollte.

Mit zunehmender Terrorgefahr und angesichts von Schülern, die Schusswaffen ins Klassenzimmer mitnahmen, war das wahrscheinlich unvermeidlich, auch wenn es zur Folge hatte, dass es dem gesetzestreuen Durchschnittsbürger das Leben massiv erschwerte. Noch vor wenigen Jahren war man zum Beispiel einfach in ein Flugzeug gestiegen wie in einen Zug oder einen Bus. Doch dann hatten sie wegen der abrupt ansteigenden Zahl von Flugzeugentführungen begonnen, einen durch einen Metalldetektor zu schicken, und seitdem war es für einen normalen Bürger unmöglich, eine Schusswaffe in ein Flugzeug mitzunehmen.

Na ja, das war vielleicht nicht das treffendste Beispiel ...

Er hatte zwar keine Schusswaffe ins Gericht mitgenommen, aber ein Buch. Allzu vielen Leuten hatte er zwar nichts von seiner Ernennung zum Geschworenen gesagt – er war auch nicht mit allzu vielen Leuten befreundet –, aber er hatte es dem Mädchen erzählt, das ihm im Café das Frühstück serviert hatte, und dem Türsteher des Hauses neben seinem und dem Mann, der ihm die Zeitung verkauft hatte. Alle hatten das gleiche gesagt, und bei dem Mann im Zeitungskiosk hatte ihn das schon erstaunt. Er war Pakistani und noch keine zwei Jahre in den Staaten, und trotzdem wusste er bereits, dass man etwas zu lesen ins Gericht mitnehmen sollte, wenn man zum Geschworenendienst eingeteilt war. Andererseits, sagte sich Keller, war der Kerl aus der Branche. Er verkaufte Lesestoff, und vielleicht kamen ab und zu Leute zu seinem Kiosk und erzählten ihm, dass sie ins Gericht mussten, weil sie zum Geschworenendienst eingeteilt waren, und deshalb etwas zu lesen brauchten. Vielleicht war er so darauf gekommen.

Kellers Roman war ein Thriller. Der Böse war ein Terrorist, aber kein

206

Metalldetektor hatte eine Chance gegen ihn, weil er keine Waffe trug. Stattdessen verfügte er über einen neuen Supervirus, mit dem er eine Epidemie auslösen konnte, die ganz New York und vielleicht sogar ganz Amerika und, durchaus vorstellbar, auch die ganze Welt auslöschen würde. Die Krankheit war richtig fies und absolut tödlich, und man starb nicht einfach nur daran. Nein, man blutete aus jeder Körperöffnung, sogar aus den Poren, und man bekam Krämpfe und Knochenschmerzen, die Zunge schwoll an, die Zähne fielen einem aus, die Füße verfärbten sich blau, und man wurde blind. Und dann starb man, keine Sekunde zu früh.

Die Heldin, eine Spezialagentin des für Seuchenbekämpfung zuständigen Center for Disease Control, sah natürlich super aus, aber sie war auch tough und findig und entschlossen. Trotzdem machte sie ständig irgendwelche Dummheiten, und am liebsten hätte man sie gepackt und kräftig durchgeschüttelt.

Keller fand, der Held war zu gut, um wahr zu sein. Seine Frau war Forscherin beim CDC gewesen und an einer ähnlichen Krankheit gestorben, nachdem sie sich im Labor an einem infizierten Hamster angesteckt hatte. Der Held trauerte mannhaft und zog die Kinder groß, während er gleichzeitig für eine geheime Abteilung des Finanzministeriums als Ermittler arbeitete. Er half der alten Frau nebenan bei der Gartenarbeit und den Kindern bei den Hausaufgaben, und jede Frau, die er kennenlernte, wollte unbedingt mit ihm schlafen oder ihn bemuttern, oder beides. Alle waren verrückt nach ihm, alle außer der Heldin – und Keller, was aber vorhersehbar war. Von weißen Rittern hatte Keller noch nie viel gehalten.

Sie riefen den ganzen Morgen Namen auf, und die Wartenden gingen in verschiedene Zimmer, um zu sehen, ob sie für den Geschworenendienst eingeteilt worden waren. Kellers Name wurde nicht aufgerufen, und bis Mittag war er in seinem Buch schon ziemlich weit gekommen. Als er das Gerichtsgebäude verließ, kam eine Frau an seine Seite. »Muss gut sein, Ihr Buch«, sagte sie. »Sie haben es keine Sekunde aus den Händen gelegt.«

»Es geht so«, sagte Keller. »Ein Irrer will eine Epidemie auslösen, die ganz New York auslöscht, wenn es dem Mädchen nicht gelingt, ihn aufzuhalten.«

»Frau«, korrigierte sie ihn.

O Mann, dachte er. »Sie ist aber erst sechs Jahre alt«, sagte er. »Deshalb hielt ich es für angebracht, sie als Mädchen zu bezeichnen.«

»Sie ist erst sechs?«

»Sie geht auf sieben zu.«

»Und das Schicksal der Welt liegt in ihren Händen?«

»Eine enorme Verantwortung, egal wie alt man ist. Aber eine gute Schule fürs Leben. In fünfzehn Jahren könnte sie als Geschworene eingeteilt werden und über das Schicksal eines Mitmenschen entscheiden müssen.«

»Beängstigende Vorstellung.«

»Allerdings.«

»Mögen Sie vietnamesisches Essen? Nicht weit von hier ist ein Lokal, das gut sein soll. Es steht aber nicht auf der Liste, die sie verteilt haben.«

»Ein nicht registriertes Lokal«, sagte er. »Für Geschworene tabu. Sind wir doch mal wagemutig, probieren wir es aus.«

Um drei Uhr schickten sie alle nach Hause, und um vier telefonierte er mit Dot. »Ich hatte was zu lesen«, erzählte er ihr, »und ich habe gut zu Mittag gegessen. Bei einem Vietnamesen.«

»Sei bloß vorsichtig, Keller. Nächstens willst du dort noch hinziehen.«

»Vielleicht dauert das hier nur noch zwei Tage. Sie suchen die Geschworenen aus, und wenn man nach drei Tagen nicht ausgewählt worden ist, stehen die Chancen gut, dass sie einen nach Hause schicken.«

»Dann sieh zu, dass du nicht ausgewählt wirst.«

»Bisher stehen meine Chancen gut«, sagte er. »Wir sitzen alle im Geschworenenzimmer, und ab und zu rufen sie ein paar Namen auf und bringen die Glücklichen in einen Gerichtssaal.«

»Und das sind dann die Geschworenen?«

»Nein, sie durchlaufen erst mal ein Auswahlverfahren, bei dem ihnen Anwälte alle möglichen Fragen stellen, und wenn sie zwölf Geschworene und zwei Ersatzleute haben, machen sie Schluss. Dann werden die anderen wieder in den Pool zurückgeworfen.«

»Ist das, was sie mit dir gemacht haben?«

»Am Vormittag habe ich es nicht mal aus dem Geschworenenzimmer raus geschafft«, sagte er. »Am Nachmittag haben sie mich dann in einen

Gerichtssaal gebracht, aber bevor sie zu mir gekommen sind, haben sie bereits vierzehn Geschworene gefunden, mit denen sie leben konnten.«

»Deshalb haben sie dich in den Pool zurückgeworfen.«

»Und ich habe zu strampeln angefangen, um den Kopf über Wasser zu halten, und sie haben uns nach Hause geschickt. Ich schätze, mit hoher Wahrscheinlichkeit werde ich gar nicht Geschworener. Aber das habe nicht ich zu entscheiden. Das entscheiden die Anwälte.«

»Das halte ich für eine ganz schlechte Idee«, sagte Dot. »Wenn du ein System ruinieren willst, musst du nur alles den Anwälten überlassen. Wenn du mich fragst, Keller, solltest du vielleicht ein bisschen proaktiv werden.«

»Proaktiv?«

»Ja, indem du dafür sorgst, dass sie dich aussortieren. Das ist übrigens einfacher als gedacht. Wenn sie dich fragen, was du von der Todesstrafe hältst, sagst du nur, du bist grundsätzlich dagegen, weil du sie für eine Form von gerichtlich sanktioniertem Mord hältst. Der Staatsanwalt wird dich auf der Stelle nach Hause schicken.«

»Ebenso einfach wie genial«, sagte Keller.

»An sich total durchschaubar. Aber es funktioniert. Noch zwei Tage, sagst du?«

»Hat es jedenfalls geheißen.«

»Noch ein Tag«, sagte Keller.

Am Dienstagvormittag hatte er der Frau, mit der er am Montag mittagessen war, zugenickt und zugelächelt, und in der Mittagspause zogen sie gemeinsam los. Ohne dass einer von ihnen einen entsprechenden Vorschlag machte, gingen sie wieder ins Saigon Pearl und setzten sich an denselben Tisch wie am Vortag.

»Außer wir haben Glück«, sagte Gloria.

So hieß sie, Gloria Dantone. Sie war ein paar Jahre jünger als Keller und hatte kurzes Haar und ein verschmitztes Lächeln. Sie arbeitete als Anwaltsgehilfin in einer Kanzlei in Midtown (»Sie müssen aber nie ins Gericht«, vertraute sie ihm an. »Sie sind auf Immobiliengeschäfte spezialisiert und vertreten bei Zwangsversteigerungen die Kreditgeber.«) Sie wohnte in Inwood und war mit einem Buchhalter verheiratet, der im World Financial Center arbeitete.

(»Bei einem der Big-Four-Unternehmen. Als er bei ihnen angefangen hat, waren es noch die Big Eight, dann wurden es die Big Six, und jetzt sind es nur noch vier. Sie fusionieren immer weiter. Demnächst werden es wahrscheinlich die Huge Two sein, aber Jerry ist das egal. Er geht einfach ins Büro und erledigt, was auf seinem Schreibtisch landet.«) Keller hatte keine Ahnung, wovon sie redete. Er wusste, die Big Ten war eine Collegefootball-Konferenz, aber hier musste es sich um was anderes handeln. Er glaubte nicht, mehr darüber wissen zu müssen.

»Würdest du da wirklich von Glück reden?«, sagte er. »Was springt dabei schon für uns heraus?«

»Wir könnten für einen interessanten Fall eingeteilt werden. Und so interessant wie das, was ich in der Kanzlei mache, ist es allemal. Außerdem habe ich keinen finanziellen Nachteil davon. Die Kanzlei zahlt mir weiter mein Gehalt.«

»Und mich bezahlt die Stadt«, sagte Keller.

»Ja, super, läppische vierzig Dollar am Tag. Bei so einer großzügigen Entschädigung könnte man meinen, die Leute reißen sich darum, Geschworene zu werden. Du bist noch ein bisschen jung, um schon in Rente zu sein.«

»Stellenabbau«, sagte er. »Mein Job ist wegrationalisiert worden, und die Abfindung war gut, und auf die hohe Kante gelegt hatte ich auch schon was. Jetzt übernehme ich auf selbständiger Basis den einen oder anderen Auftrag.«

Auf dem Weg zurück ins Gericht wollte sie wissen, wie ihm das Buch gefiel. »Ganz okay«, sagte er. »Ich musste mich richtig beherrschen, es nicht schon gestern Abend zu Ende zu lesen.«

»Die Heldin ist doch nicht wirklich erst sechs, oder?«

»Mitte dreißig.«

»Du bist mir vielleicht einer. War natürlich auch doof von mir, dich zu verbessern, als du sie ein Mädchen genannt hast. Ich hoffe jedenfalls, ich werde für einen Fall eingeteilt.«

»Echt?«

»Klar. Das wird sicher interessant.«

Am Mittwochnachmittag rief er Dot an. »Sie haben dich früh nach Hause geschickt«, sagte sie. »Das heißt wohl, der Krieg ist vorbei.«

»Sie haben mich genommen.«

»Hast du ihnen denn nicht erzählt, was du von der Todesstrafe hältst?«

»Das haben sie mich nicht gefragt«, sagte er. »Wenn ein Halbwüchsiger einer Frau die Handtasche entreißt und damit abhaut, interessiert es sie wahrscheinlich nicht, was man von der Todesstrafe hält.«

»So ein mieser kleiner Pimpf, der einer Frau die Handtasche klaut, sollte unbedingt die Spritze verpasst bekommen. Ist das, worum es in deinem Prozess geht? Ein Handtaschenraub?«

»Nein, es geht, glaube ich, um Hehlerei. Der Angeklagte hat während der ganzen Anhörung gesessen. Für einen Handtaschenraub hat er mir zu alt und zu langsam ausgesehen. Morgen erfahre ich mehr darüber. Dann bekommen wir die Eröffnungsplädoyers zu hören.«

»Du wirst die ganze Nacht wachliegen vor Aufregung.«

»Ich werde die ganze Nacht aufbleiben, um dieses Buch fertig zu kriegen.«

»Das über diese Epidemie? Wolltest du dir das nicht für den Prozess aufsparen?«

»Sobald man auf der Geschworenenbank sitzt«, sagte Keller, »darf man nichts mehr lesen. Man soll aufpassen.«

»Außer du bist der Richter. Aber hättest du beim Auswahlverfahren nicht ein bisschen tricksen können? Zum Beispiel irgendeine extreme Meinung äußern?«

»Mir war nicht recht klar, was sie hören wollen. Deshalb habe ich aufgehört, mir darüber den Kopf zu zerbrechen, und einfach auf ihre Fragen geantwortet. Und sie haben mich genommen.«

»Du Glückspilz. An den Wochenenden hast du aber schon frei?«

»Von Freitagnachmittag bis Montagmorgen.«

»Außer du wirst sequestriert.«

»Bei der Sorte Prozess, bei denen sie die Geschworenen über Nacht einschließen«, sagte Keller, »brauchen sie eine Woche für die Auswahl der Geschworenen. In meinem haben sie die zwölf Geschworenen und die zwei Ersatzleute in ein paar Stunden ausgesucht.«

»Pipifax also. Wie lang wird der Spaß dauern?«

»Ein paar Tage. Höchstens eine Woche.«

»Das geht.«

»Klar.«

»Fährst du am Wochenende wieder nach Baltimore runter?«

»Sobald sie uns nach Hause schicken.«

»Und entweder bekommst du es dann gebacken, oder du fährst ein paar Tage später noch mal hin, wenn der Prozess zu Ende ist. Ich sehe da jedenfalls kein Problem. Du etwa, Keller?«

»Nein.«

Als er allein in seiner Wohnung war und von nichts abgelenkt wurde, ging er ganz in seinem Schmöker auf. Die allmählich sich anbahnende Beziehung zwischen Held und Heldin, zuerst spröde, dann zunehmend romantischer, ließ ihn kalt, aber der Rest der Handlung war so spannend, dass er das Buch nicht weglegen konnte.

Und er konnte nicht umhin, Sympathien für den Bösewicht zu entwickeln. Der Autor versuchte ihm menschliche Züge zu verleihen, indem er schilderte, was für eine schlimme Kindheit er gehabt hatte, dass ihn sein Vater misshandelt hatte und seine Mutter gestorben war und was ihm sonst noch alles widerfahren war. Vielleicht erklärte das, warum er war, wie er war, aber Keller nahm es ihm nicht ab. Keller mochte den Kerl, weil ihm gefiel, wie er vorging und wie er tickte.

Da hatte es schon ganz zu Beginn eine Episode gegeben, in der ein reizendes kleines Mädchen mit seinem kleinen Hund spielt, und der Böse freundet sich mit der Kleinen an, und es ist richtig süß, wie er sich mit ihr unterhält. Aber dann probiert er das Virus an ihr aus, er versetzt ihren Milchshake damit, und sie stirbt genau so, wie die Leute eben an dieser Krankheit sterben, sie blutet aus jeder Körperöffnung und windet sich vor Schmerzen. Damit sollte gezeigt werden, was für ein mieser Dreckskerl er war, falls jemand noch irgendwelche Zweifel gehabt haben sollte.

Keller sah es nicht so. Der Typ hatte sich von Anfang an nur deshalb mit dem Mädchen angefreundet, um sie mit dem Virus zu infizieren. Daher war die Freundschaft zwischen ihnen nie echt gewesen. Er hatte sie nur vorgetäuscht.

Außerdem plante der Kerl, die gesamte Bevölkerung New Yorks, wenn nicht sogar der ganzen Welt auszulöschen. Das Mädchen wäre also ohnehin zusammen mit allen anderen gestorben. So kam sie den anderen zuvor und wurde in ein Krankenhaus eingeliefert, als noch Ärzte und Krankenschwestern lebten, um sich um sie zu kümmern. Auch wenn sie ihr das Leben nicht retten konnten, konnten sie ihr das Sterben ein wenig erleichtern.

Natürlich, musste Keller zugeben, neigte er dazu, zu den Bösen zu halten. Jedenfalls in Büchern und Filmen. Seine Lieblingsschauspieler waren die Typen, die von Bruce Willis und Stephen Seagall und Jean-Clauce Van Damme reihenweise niedergemäht wurden. Heutzutage gab es jede Menge gute Hollywood-Schurken, aber in Kellers Augen kam keiner an Jack Elam heran. Er war wahrscheinlich der beste Bösewicht, der je vor einer Kamera gestanden hatte. Und in welchem Film hatte Jack Elams Herz noch geschlagen, wenn der Nachspann begann?

Mit dem Bösewicht in seinem Buch sympathisierte Keller nicht unbedingt. Immerhin wollte der Kerl die gesamte Menschheit ausrotten. Das war eindeutig ein wenig übertrieben, selbst wenn man einen schlechten Tag hatte und auf alles und jeden sauer war. Trotzdem, als es dem grandiosen Pärchen endlich gelang, ihm das Handwerk zu legen und die Welt zu retten, konnte Keller nicht umhin, sich betrogen zu fühlen. Da drohte diese gigantische Katastrophe, und was kam am Ende dabei heraus? Am Ende kam dabei heraus, dass nichts passierte. Es war, als zündete man einen Feuerwerkskörper an, der dann ein bisschen zischte und funzelte, und damit hatte es sich.

Das ging ihm durch den Kopf, als er das Buch durch hatte und im Bett lag. Er hatte die ganze Zeit gegen den Schlaf angekämpft, um das Buch zu Ende zu lesen, und jetzt konnte er nicht einschlafen. Er konnte es sich nicht leisten, sich die ganze Nacht lang im Bett zu wälzen. Er musste am Morgen hellwach sein, damit er im Gericht über einen anderen Menschen urteilen konnte und ...

Genau das war es. Deswegen war er so aufgeregt. Er musste sich eingestehen, was er Dot gegenüber nicht zugegeben hatte. Er hatte Geschworener werden *wollen*.

Zum Teil, vermutete er, lag das an dem menschlichen Bedürfnis, jede Prüfung bestehen zu wollen, ob man sie nun machen wollte oder nicht. Wie Charlie the Tuna wollte man gut genug sein, um StarKist zu werden, auch wenn es bedeutete, in einer Konservendose zu landen.

Deshalb hatte er sich gewaltig angestrengt, genommen zu werden. Viele Fragen drehten sich um die Polizei. Hatte der angehende Geschworene Verwandte, die bei der Polizei waren? Glaubte er, dass Polizisten normalerweise die Wahrheit sagten? Hielt er es für denkbar, dass ein Polizist die Wahrheit verdrehte, um eine Verurteilung des Angeklagten zu erwirken?

Daraus zog Keller – und jeder andere, der nicht auf den Kopf gefallen war – den Schluss, dass bei dem Prozess die Aussage eines Polizisten von ausschlaggebender Bedeutung wäre und der Verteidiger geltend machen würde, dass die Polizei log, um einen Unschuldigen hinter Gitter zu bringen. Hätte Keller die Fragen ehrlich beantworten wollen, wäre ihm das schwer gefallen. Er hatte im Lauf der Jahre erfreulich wenig mit der Polizei zu tun gehabt, und welchen Eindruck er von ihr hatte, hing vor allem davon ab, welchen Film oder Fernsehkrimi er zuletzt gesehen hatte. Er mochte die Cops aus der Serie, die in Baltimore spielte, und fand es gut, dass sie manchmal mit den Cops einer in New York spielenden Serie zusammenarbeiteten. Es gab aber auch Serien, in denen die Polizisten dumm und brutal und fies waren, und diese Cops mochte Keller nicht. Sie logen im Zeugenstand, dass sich die Balken bogen. Dagegen verzapfte Munch zwar jede Menge Unsinn und gab gern der Gesellschaft, der Regierung oder seiner Exfrau die Schuld für alles, was ihm nicht in den Kram passte, aber einen Meineid hätte er sicher nicht geleistet.

Deshalb folgte Keller nicht dem Beispiel einer Frau, die vor ihm auf ihre Eignung als Geschworene getestet wurde. Wenn Polizisten einem Prominenten wie O.J. Simpson belastendes Beweismaterial unterschoben, machte sie geltend, war ihnen alles zuzutrauen. *Dankeschön und auf Wiedersehen! Wegen Voreingenommenheit ausgemustert.* Auf sie folgte ein Mann, der ganz sachlich und nüchtern an die Sache heranging und den Standpunkt vertrat, dass ein Polizist manchmal sogar dazu verpflichtet sei, vor Gericht die Unwahrheit zu sagen, um einen Kriminellen nicht ungestraft davonkommen zu lassen. *Dankeschön und auf Wiedersehen! Wegen Voreingenommenheit ausgemustert.*

Keller schlug einen Kurs ein, der genau zwischen diesen beiden Extremen lag, einen Kurs, der seiner Meinung nach sowohl für die Anklage als auch für die Verteidigung akzeptabel war. Und er hatte Erfolg damit. Er wurde als Geschworener genommen.

Und das wurde auch Gloria Dantone.

Am nächsten Morgen saß Keller punkt neun Uhr zusammen mit den anderen glücklichen Dreizehn auf der Geschworenenbank. Nachdem beide Parteien ihre Eröffnungsplädoyers gehalten hatten, entließ der Richter die Beteiligten in die Mittagspause. Wie selbstverständlich sonderten sich Keller und Gloria von den anderen ab, die den Gerichtssaal verließen. Genauso selbstverständlich ging sie wieder ins Saigon Pearl, wo sie das Tagesgericht bestellten.

Auf dem Weg dorthin hatten sie sich übers Wetter unterhalten und wie frisch die Luft im Freien im Vergleich mit der im Gerichtssaal war, aber als sie auf ihr Essen warteten, wussten beide nicht, was sie sagen sollten. »Wir sollen auf keinen Fall über den Fall sprechen«, begann Gloria schließlich. »Ich weiß nicht mal, ob wir überhaupt zusammen essen gehen dürften.«

»Der Richter hat nicht gesagt, dass nicht.«

»Stimmt. Dürfen wir über die anderen Geschworenen reden?«

»Keine Ahnung. Jedenfalls dürfen wir nicht über die Anwälte reden und wie wir ihre Eröffnungsplädoyers gefunden haben.«

»Und was ist mit ihrer Kleidung? Oder ihren Frisuren?«

Gloria verdrehte die Augen, was Keller dahingehend auffasste, dass sie sich nicht groß für die Kleidung oder die Frisur der Staatsanwältin interessierte. Keller fand die Haare der Frau – braun mit roten Strähnen, schulterlang, aus dem Gesicht frisiert – ganz okay, und was sie anhatte, sah für ihn nach der typischen Berufskleidung einer Frau aus, aber er wusste, dass er in dieser Hinsicht nicht sonderlich kompetent war. Wenn es um die Einschätzung von Kleidung und Frisuren ging, war jeder heterosexuelle Mann wie ein Nicht-Sammler, der in ein Briefmarkenalbum schaute. Die Feinheiten entgingen ihm.

»Ich wüsste gern, worüber sie bei den ständigen Unterredungen an der Richterbank sprechen«, sagte er. »Wenn mich nicht alles täuscht, dürfen wir darüber nicht mal Spekulationen anstellen.«

»Ein paarmal konnte ich fast verstehen, was sie gesprochen haben.«

»Tatsächlich?«

»Deshalb habe ich versucht, nicht hinzuhören, aber das ist, als würde man versuchen, an nichts zu denken, vor allem nicht an ein weißes Nashorn.«

»Häh?«

»Und jetzt versuch mal, nicht an eins zu denken«, sagte sie.

Es gab vieles, worüber sie nicht sprechen durften. Damit blieb ihnen die ganze Welt außerhalb des Gerichtssaals. Keller erzählte ihr, dass er lang auf geblieben war, um das Buch zu Ende zu lesen, und sie erzählte ihm eine Geschichte über einen der Seniorpartner der Kanzlei, der ein Verhältnis mit einer Mandantin hatte. Der Gesprächsstoff ging ihnen nicht aus.

Um halb zwei fanden sie sich wieder auf der Geschworenenbank ein. Die

Staatsanwältin begann, die Zeugen vorzustellen, und Keller konzentrierte sich auf ihre Aussagen. Es war kurz vor fünf, als der Richter den Prozess vertagte.

Am nächsten Tag, einem Freitag, bedauerte Keller, das Buch schon ausgelesen zu haben. Alle rieten einem, ein Buch mitzunehmen, während man auf sein Auswahlgespräch wartete. Was sie einem nicht erzählten, war, dass man genauso sehr Ablenkung brauchte, wenn man als Geschworener angenommen worden war. Während der Besprechungen an der Richterbank durfte man nicht lesen – es sähe nicht gut aus, wenn ein Geschworener ein Taschenbuch herausholte, sobald sich der Richter und die Anwälte in eine Diskussion verstrickten –, aber es gab genügend andere Gelegenheiten.

»Kommen Sie bitte ins Richterzimmer mit«, sagte der Richter gegen zehn Uhr, worauf er und die zwei Anwälte für etwa zwanzig Minuten verschwanden. Zwei Geschworene schlossen in ihrer Abwesenheit die Augen, und einer schaffte es nicht, sie wieder aufzubekommen, als die Verhandlung weiterging.

»Sieht ganz so aus, als wäre Mr. Bittner eingeschlafen«, sagte Keller beim Mittagessen, und Gloria meinte, der Mann hätte entweder geschlafen oder er beherrschte die Kunst, hellwach zu schnarchen.

»Aber darüber dürfen wir wahrscheinlich nicht reden«, sagte sie, und Keller nickte zustimmend.

Am Nachmittag fanden zwei weitere Unterredungen an der Richterbank statt, und es kam zu langen Pausen, in denen der Richter und die Anwälte im Saal blieben, während ihn die Geschworenen verlassen mussten. Der Gerichtsdiener brachte sie in ein Zimmer, wo sie sich an einen Tisch setzten, als berieten sie über das Urteil. Dabei gab es gar nichts zu beraten, und sie hatten sogar strikte Anweisungen, nicht über den Fall zu sprechen, und da sie zu dicht aufeinandersaßen, um Privatgespräche zu führen, konnten sie eigentlich nichts anderes tun, als stumm dazusitzen und Löcher in die Luft zu starren. In solchen Momenten wäre ein Buch ideal gewesen.

Gegen halb fünf schickte sie der Richter übers Wochenende nach Hause. Keller, der einen Aktenkoffer mit einem sauberen Hemd und frischer Unterwäsche und Socken dabeihatte, fuhr sofort zur Penn Station.

21

Am vorigen Wochenende war Keller in einem Hotel am Bahnhof abgestiegen, doch dann hatte er eine Frühstückspension in Fell's Point entdeckt, die einen netten Eindruck machte und deutlich günstiger gelegen war. Er hatte am Abend zuvor ein Zimmer reserviert und traf Freitagabend kurz nach 21 Uhr dort ein. Es war fast Mitternacht, als er von einer Zelle um die Ecke in White Plains anrief.

»Ich bin in Baltimore«, sagte er.

»Na, wunderbar«, sagte Dot. »Jeder muss wo sein. Und da du in Baltimore was zu tun hast ... «

»Nein, dieses Wochenende nicht.«

»Ach?«

»Unsere Freundin ist verreist. Sie ist an der Ostküste.«

»Sind wir das nicht alle? New York ist doch auch an der Ostküste, genau wie Baltimore und alle Stellen dazwischen.«

Es war ein Teil von Maryland, erklärte er Dot, eine Art Halbinsel auf der anderen Seite der Chesapeake Bay. Und das war, wo sich Irene Macnamara gerade aufhielt und bis Montagmorgen bleiben würde.

»Zu welchem Zeitpunkt du wieder in einem muffigen Gerichtssaal sitzen wirst«, sagte Dot. »Es sei denn, du machst deiner alten Tante Dorothy eine große Freude und berichtest ihr, der Prozess ist zu Ende.«

»Wie stellst du dir das vor? Er hat doch gestern Morgen erst begonnen.«

»Es gibt immer das Zaubermittel eines Deals. In diesem Fall wohl nicht, hm?«

»Nein.«

»War es ein Handtaschenräuber, Keller? Wirst du dafür sorgen, dass dieser kleine Dreckskerl seine verdiente Strafe erhält?«

»Ich soll nicht über den Fall sprechen.«

»Sag das noch mal, Keller.«

»Wieso, ist plötzlich die Verbindung so schlecht? Ich habe gesagt ... «

»Ich weiß, was du gesagt hast.«

»Warum willst du dann, dass ich es wiederhole?«

»Damit du es selbst hören kannst, Keller. Überleg mal, was du gerade gesagt hast und wem du es gesagt hast. Und denk an all die Dinge, die du nicht tun solltest, darunter auch, was du dieses Wochenende nicht tun kannst, weil jemand an die Ostküste gefahren ist.«

»Dieser Cop hat sich einen Videorekorder gekauft.«

»Wahrscheinlich keine schlechte Idee, Keller. Diese armen Teufel machen jede Menge Überstunden und fahren manchmal Doppelschichten. Wie sollen sie sonst bei ihren Lieblingssoaps nicht ins Hintertreffen geraten? Die einzige Lösung ist, die Sendungen aufzunehmen und später anzuschauen.«

»Er war gestohlen.«

»Das heißt, er muss sich einen anderen kaufen. Er war doch hoffentlich versichert.«

»Hör zu, es ist schon spät, Dot. Ich rufe dich morgen noch mal an.«

»Ich werde mich zusammenreißen«, sagte sie. »Ehrenwort. Der Cop hat einen gestohlenen Fernseher gekauft. Jetzt ist die Frage wahrscheinlich, hat er gewusst, dass er gestohlen war, als er ihn gekauft hat.«

»Nur deshalb hat er ihn gekauft. Der Typ, der ihn ihm verkauft hat, wusste nicht, dass er ein Cop ist, und jetzt steht er wegen Hehlerei vor Gericht.«

»Hört sich nach einem klaren Fall an.«

»Wenn der Cop die Wahrheit sagt.«

»Und? Tut er das deiner Meinung nach?«

»Keine Ahnung. Wir haben die Aussage des Cops noch gar nicht gehört.«

»Wie bitte?«

»Wir haben noch so gut wie nichts zu hören bekommen. Die Anwälte führen ständig private Unterredungen, und wie ich die Sache sehe, geht es in erster Linie um die Frage, was wir zu hören bekommen sollen und was nicht. Letztlich läuft es darauf hinaus, dass die Geschworenen diejenigen sind, die am wenigsten wissen, was eigentlich Sache ist.«

»Tja, das ist unser großartiges Rechtssystem.«

»Offensichtlich. Der Richter hat gesagt, wir dürfen Zeitung lesen und fernsehen, aber wenn etwas über den Prozess kommt, müssen wir aufhören weiterzulesen.«

»Oder auf einen anderen Sender schalten.«

»Genau.«

»Ein Typ verkauft einem Cop einen gestohlenen Videorekorder. Ich kann mir nicht vorstellen, dass das der Hauptbeitrag bei *Live at Five* wird. Aber um auf Nummer sicher zu gehen, verkriechst du dich in Baltimore. Oder hast du vor, früher nach Hause zu kommen?«

»Ich habe das Zimmer gebucht. Da kann ich genauso gut bleiben.«

»Je länger du dich dort aufhältst, desto mehr Aufmerksamkeit erregst du.«

»Wenn ich frühzeitig aus dem Gasthaus abreise, errege ich auch Aufmerksamkeit.«

»Du wohnst in einem Gasthaus?«

»Na ja, eher ist es so eine Art Frühstückspension.«

»Ist sie urig?«

»Sie ist nett«, sagte er. »Was urig in diesem Zusammenhang bedeuten soll, ist mir nicht so recht klar.«

»Das hängt ganz davon ab, *wie* man es sagt. Ich bin müde, Keller. Ich gehe jetzt schlafen.«

Er legte auf. Auch er war müde, und sein Himmelbett hatte sehr einladend gewirkt, obwohl man nicht mehr mitbekam, dass es ein Himmelbett war, sobald man die Augen geschlossen hatte.

Urig.

Nach kurzem Überlegen ging er in die andere Richtung los, fort von der Pension. So müde war er auch noch nicht, und am Morgen konnte er schlafen, so lang er wollte. Es sprach also nichts gegen einen Absacker im Counterpoint.

Am Montag sagte Gloria beim Mittagessen: »Willst du wissen, was ich am Wochenende gemacht habe? Du hältst mich bestimmt für komplett verrückt.«

»Du hast einen Bungee-Sprung vom World Trade Center gemacht.«

»Fast. Ich habe auf der Couch gesessen und Court TV geschaut.«

»Bungee-Jumping wäre verrückter gewesen.«

»Und vor allem auch aufregender. Als ob ich nicht schon unter der Woche genug von diesem Müll mitbekäme. Weißt du, was ich getan habe?«

»Hast du mir doch gerade erzählt.«

»Nein, was ich damit eigentlich bezweckt habe, wenn ich ganz ehrlich bin. Es hat eine Weile gedauert, bis ich es gemerkt habe. Ich habe gehofft, zufällig-absichtlich einen Bericht über unseren Fall zu sehen.«

»Unbewusst, meinst du.«

»Ja, zuerst unbewusst, aber dann bewusst, weil ich gemerkt habe, was ich getan habe, und es weiter getan habe. Du weißt natürlich, wie hoch die Wahrscheinlichkeit ist, dass sie bei Court TV ihre Zeit mit unserem Fall verschwenden. Es ist nicht gerade der Postraub.« Sie schob sich eine Gabel von dem, was sie gerade aßen, in den Mund. »Und natürlich haben sie auch nichts darüber gebracht. Sie haben ja nicht mal Kameras im Gerichtssaal, glaube ich.«

»Ich habe jedenfalls keine gesehen.«

»Als ich zu Hause erzählt habe, dass ich als Geschworene eingeteilt worden bin, war das Erste, was meine Schwägerin gesagt hat, dass ich dann vielleicht im Fernsehen komme. Du weißt schon, wenn sie einen Schwenk auf die Geschworenen machen. Was sie eigentlich nicht tun sollen, aber wen interessiert das schon? Außerdem, was hat man davon, wenn man kurz auf ein paar Millionen Fernsehschirmen zu sehen ist?«

»Das macht es real«, sagte Keller. »Du siehst eine Frau, deren Baby von einem Kojoten gefressen wurde, und ein Reporter hält ihr ein Mikrophon unter die Nase und fragt, wie es ihr damit geht.«

»Und statt ihm zu sagen, er soll sich verpissen, was die normale menschliche Reaktion wäre …«

»Beantwortet sie die Frage und teilt ihren Schmerz mit der Welt. Die Leute glauben, dass sie das tun sollen. Sie glauben, man soll sich die Gelegenheit, im Fernsehen zu kommen, auf keinen Fall entgehen lassen, weil es seinem persönlichen Erlebnis besondere Bedeutung verleiht.«

»Das sind ja richtig tiefschürfende Gedanken. Aber weißt du, was? Ich glaube, du hast recht.«

Am nächsten Tag sagte sie: »Ich habe mit meinem Schwager über Mr. Bittner gesprochen und dass ihm ständig die Augen zufallen.«

»Mhm.«

»Ich habe nicht gesagt, dass er ein Geschworener ist, und ich habe auch seinen Namen nicht erwähnt. Jedenfalls hat er gemeint, es könnte damit zusammenhängen, dass Mr. Bittner krankhaft adipös ist.«

»Adipös?«

220

»Das ist der medizinische Fachbegriff für fett. Mein Schwager ist nämlich Rettungssanitäter. «

Fett war der Mann, dachte Keller, das auf jeden Fall. Sogar fett genug, um eine eigene Postleitzahl zu haben. Aber wieso krankhaft? Bekam man Depressionen, wenn man so viel Gewicht mit sich herumschleppte? Überlegte man stundenlang, wie viele Männer nötig wären, um seinen Sarg zu tragen?

»Vielleicht ist er einfach nur müde«, sagte Keller. »Vielleicht kann er nachts nicht schlafen, weil ihn die Verantwortung, über einen Mitmenschen zu Gericht zu sitzen, zu stark belastet. «

»Oder er langweilt sich schlicht und einfach zu Tode. Es ist doch wirklich langweilig, oder etwa nicht? «

»Manchmal ist es ganz interessant«, sagte Keller, »aber diese Momente sind eher selten. Meistens ist es, als sähe man Wasser beim Verdunsten zu. «

»An einem schwülen Tag. Die Anwälte kauen alles mit einer Gründlichkeit durch, dass man am liebsten losschreien würde. Sie stellen immer wieder die gleichen Fragen. Sie müssen wirklich eine hohe Meinung von den Geschworenen haben. «

»Es ist nicht wie im Fernsehen. «

»Nein, sonst würde man auf der Stelle ausschalten. Nimm nur mal *Law and Order*. Die zwei Cops schnappen den Typen in den ersten dreißig Minuten, und bevor die Stunde um ist, hat ihn Sam Waterston hinter Schloss und Riegel gebracht. Aber unser Staatsanwalt braucht länger, um lediglich rauszufinden, welche Marke der fragliche Videorekorder ist. «

»Court TV ist realistischer. «

»Wenn sie live berichten. Sonst zeigen sie nur den Teil, in dem sich was tut. Und selbst bei der Live-Berichterstattung schneiden sie die langweiligen Passagen raus. « Sie rührte in ihrem eisgekühlten Kaffee. »Wahrscheinlich sollten wir über so was nicht reden. «

»Keine Angst«, sagte er, ohne eine Miene zu verziehen. »Ich bin nicht verkabelt. «

Sie sah ihn an, dann lachte sie schallend los. Und legte ihre Hand auf seine.

»Der Cop ist ein Schwarzer«, erzählte er Dot, »und der Angeklagte ein Weißer. Ich glaube nicht, dass ich das schon erwähnt habe. «

»Du und die Justiz«, sagte sie. »Beide farbenblind.«

»Zuerst«, sagte er, »haben wir es nicht gewusst. Vom Angeklagten wussten wir es natürlich schon, denn er hat die ganze Zeit mit seinen Anwälten im Gerichtssaal gesessen, ein Weißer, ein gewisser Huberman, um die Fünfzig, ziemlich verlebt, miserables Toupet.«

»Hast du schon mal ein Toupet gesehen, das nicht miserabel war?«

»Jedenfalls, den Cop haben wir erst zu sehen bekommen, als er in den Zeugenstand gerufen wurde und die Anklage mehr oder weniger schon alles unter Dach und Fach hatte. Und dann zeigt sich, dass er schwarz ist. Und der Dieb ist auch ein Schwarzer.«

»Eben hast du noch gesagt, er ist ein Weißer.«

»Nein, nicht der Angeklagte. Der Dieb, der Typ, der den Videorekorder gestohlen und Huberman verkauft hat. Er ist ein Zeuge der Anklage, und er und der Cop sind beide Afro-Amerikaner.«

»Und?«

»Na ja, das erklärt einiges über das Vorgehen bei der Auswahl der Geschworenen. Die große Frage dabei war, ob wir glauben, dass Cops lügen oder dass sie die Wahrheit sagen. Grundsätzlich kann man wohl sagen, dass Weiße mehr Vertrauen in die Polizei haben als Schwarze.«

»Was du nicht sagst, Keller. Warum wohl?«

»Genau. Deshalb könnte man meinen, die Anklage will weiße Geschworene und die Verteidigung schwarze.«

»Schon klar. Wenn der Angeklagte ein Weißer ist und der Cop ein Schwarzer, ist es genau anders rum.«

»Bloß glaube ich nicht, dass jemand so recht weiß, wie weit sich dann alles anders herum verhält. Wirklich blöd, dass mir das nicht schon vor der Auswahl der Geschworenen klar war. Das wäre nämlich wirklich interessant zu beobachten gewesen. Denn für die Anklage wäre der ideale Geschworene ein Schwarzer, der eine hohe Meinung von Polizisten hat, und für die Verteidigung ein Weißer, der keine hohe Meinung von ihnen hat.«

»Schwarzer, Weißer. Habt ihr denn keine Frauen dabei?«

»Sieben der zwölf Geschworenen sind Frauen. Und eine der zwei Ersatzleute.«

»Und das Verhältnis von Schwarz und Weiß.«

»Vier Weiße und drei Schwarze, und beide Ersatzleute sind schwarz.«

»Da fehlen aber noch ein paar, Keller.«

»Plus drei Latinos und zwei Asiaten.«

»Unter welche Kategorie fallen sie denn, was ihr Vertrauen in die Polizei angeht?«

»Keine Ahnung.«

»Wie werden die Geschworenen deiner Meinung nach entscheiden?«

»Auch da kann ich nur sagen: keine Ahnung. Ich würde nicht mal eine Prognose wagen.«

»Und du? Wie wirst du entscheiden?«

»Darüber sollte ich eigentlich nicht sprechen.«

»Keller ...«

»Ich habe mich noch nicht entschieden.«

»Tatsächlich? Du weißt nicht, ob er schuldig ist oder nicht?«

»Nein, das steht völlig außer Frage«, sagte er. »Natürlich ist er schuldig. Du brauchst den Kerl nur anzusehen und weißt, dass er Dreck am Stecken hat. Wahrscheinlich hat er schon auf der Highschool Wetten auf Footballspiele angenommen. Und Diebesgut verkauft er, seit er von der Schule abgegangen ist.«

»Aber hast du nicht gerade gesagt ...«

»Und dabei berücksichtige ich noch nicht mal die Zeugenaussage, die wir noch nicht zu hören bekommen haben. Zum Beispiel hat uns niemand gesagt, was sie in Hubermans Wohnung gefunden haben.«

»Vielleicht haben sie ja gar nichts gefunden.«

»Dann hätte das die Verteidigung zur Sprache gebracht. ›Meine Damen und Herren Geschworenen, mein Mandant soll angeblich ein Hehler sein. Zugleich gesteht der Staatsanwalt jedoch ein, dass der als Beweismittel Nummer eins der Anklage eingeführte Videorekorder der einzige gestohlene Gegenstand im Besitz des Angeklagten war. Halten Sie das nicht auch für einen erstaunlichen Zufall?‹ Allerdings hat niemand auch nur mit einem Wort erwähnt, was bei der Wohnungsdurchsuchung gefunden wurde, und das kann nur heißen, dass alles voller Fernseher und Videorekorder und Camcorder war und dass der Richter die Durchsuchung für unrechtmäßig und deshalb als Beweismittel für nicht zulässig erklärt hat.«

»Trotzdem, wenn du weißt, der Mann ist schuldig ...«

»Aber haben sie es bewiesen? Wurde er vielleicht hereingelegt?«

»Na und, wen interessiert das schon? Weißt du, was ich glaube, Keller? Der Typ ist ein Hehler, und der Cop hat ihm den Videorekorder für sich selbst abgekauft. Und dann ist er sauer geworden, weil er das blöde Ding nicht programmieren konnte, und hat den Kerl verhaftet. Glaubst du nicht auch?«

»Ich glaube, es ist wirklich schade, dass du keine Geschworene bist.«

»Das Kreuzverhör war ganz schön brutal«, sagte Gloria.

Clifford Mapes, der Officer, der die Festnahme vorgenommen hatte, war den ganzen Vormittag im Zeugenstand gewesen. Keller sagte, er hätte nur darauf gewartet, dass Mapes der Kragen platzt.

»Ich habe darauf gewartet, dass er in Tränen ausbricht. Ich weiß, ich weiß, Cops weinen nicht. Aber wenn ich an seiner Stelle gewesen wäre, wären mir die Tränen gekommen.«

»Vielleicht wäre das eine gute Strategie gewesen«, sagte Keller. »Vielleicht hätte es Nierstein aus dem Konzept gebracht.«

Nierstein war der Leiter des Verteidigerteams, ein trügerisch sanftmütig aussehender Mann mit extrem hoher Stirn. Wenn er jedoch einen feindlichen Zeugen befragte, entpuppte er sich als brutale Bulldogge.

»Ich sähe nur zu gern, wie er aus dem Konzept gebracht wird«, sagte Gloria. »Oder aus dem Fenster gestürzt.«

»Du magst ihn wohl nicht besonders.«

»Ich finde ihn richtig widerwärtig.«

»Alles nur Show. ›Ich bin keineswegs ein fieser Sack, ich tue vor Gericht nur so.‹«

»Dann sollte er einen Emmy kriegen«, sagte sie. »Und sie einen Einlauf.«

»Wer? Sheehy?«

»Mhm. Ich kann jetzt schon sagen, dass sie ihn am Nachmittag noch mal in den Zeugenstand ruft.«

»Was anderes bleibt ihr doch gar nicht übrig.«

»Schon. Wir sollen uns zwar nicht von unserer persönlichen Abneigung oder Sympathie für die Anwälte beeinflussen lassen, aber wie willst du das vermeiden? Zum Glück sind mir beide gleich unsympathisch, insofern gleicht es sich aus. Ehrlich gestanden, mag ich niemand von den Prozessbeteiligten. Die übrigen Geschworenen sind ziemliche Trottel, und der Gerichtsdiener ist ein selbstgefälliger Idiot. Nur Mapes tut mir leid, aber er ist auch nicht gerade der Hellste, hm? Und Huberman tut mir auch leid, weil ihm der Prozess gemacht wird, und außerdem hat er Familie. Andererseits ist der Kerl ein Gauner. Ob er nun schuldig ist oder nicht, er ist ein Gauner.«

»Du freust dich wohl schon auf das Ende des Prozesses.«

»Und dass ich wieder zurück ins Büro kann? Es ist ein Job, nicht mehr und nicht weniger. Glaub mir, die Arbeit im Büro reißt mich auch nicht gerade vom Hocker.« Sie senkte den Blick. »Und zu Hause ist es auch nicht so berauschend.«

»Oh.«

»Aber mit der eigenen Ehe verhält es sich ähnlich wie mit unserem Prozess«, fuhr sie fort. »Man soll mit anderen nicht darüber reden. Aber zumindest so viel muss ich sagen: So wahnsinnig toll ist es nicht.«

»Vielleicht wird es besser.«

»Ach ja, klar. Oder ich gewöhne mich daran. Aber weißt du, worauf ich mich bis dahin freue?«

»Auf die Wochenenden? Nein, du hast ja gerade gesagt, dass es zu Hause auch nicht so super ist.«

»Nein, auf die Wochenenden sicher nicht. Aufs Mittagessen, fünf Tage die Woche, hier im Saigon Pearl. Das ist, worauf ich mich zurzeit freue.«

Am späten Freitagvormittag erklärte die Anklage ihre Beweisführung für abgeschlossen, und als sie nach der Mittagspause weitermachten, beantragte die Verteidigung einen Freispruch. Das war die gängige Vorgehensweise, und der Richter lehnte den Antrag ab, was ebenso vorhersehbar war. Dann erklärte Nierstein, die Verteidigung verzichte darauf, ihre Argumente vorzubringen, da es der Anklage erwiesenermaßen nicht gelungen sei, irgendetwas zu beweisen. Der Richter sagte ihm, sich das für sein Schlussplädoyer aufzusparen, und forderte beide Anwälte auf, ihre Plädoyers am Montagmorgen zu halten. Er erteilte den Geschworenen die üblichen Anweisungen – sprechen Sie mit niemandem, lesen Sie keine Zeitungsmeldungen über den Fall und so weiter und so fort. Keller hätte es inzwischen Wort für Wort mit ihm herunterbeten können.

Es gab einen Zusatz. Dieses Mal legte der Richter den Geschworenen nahe, sich darauf einzustellen, dass sie am Montag übernachten müssten. Sobald sie sich zur Beratung zurückgezogen hätten, erklärte er ihnen, würden sie so lange sequestriert, bis sie zu einem Urteil gelangt wären. Die Stadt würde für ihr Hotelzimmer aufkommen, aber für Zahnpasta und Rasierzeug und frische Kleider reichte die Großzügigkeit der Stadt nicht, weshalb sie das alles mitbringen sollten.

»Du hast schon alles dabei«, sagte Gloria, als sie das Gerichtsgebäude verließen. Sie deutete mit dem Kopf auf Kellers Aktenkoffer. »Da sind doch sicher Socken und Unterwäsche und ein frisches Hemd drin.«

»Und ein Buch zum Lesen«, sagte er. »Alles, was ich für ein Wochenende brauche.«

»Doch hoffentlich ein romantisches?«

Er schüttelte den Kopf. »Ein Neffe von mir heiratet. Für ihn ist es daher schon ein romantisches Wochenende – oder zumindest hoffe ich das. Für mich fällt es unter die Kategorie familiäre Verpflichtungen.«

Er kam am frühen Sonntagabend aus Baltimore zurück. Nachdem er lange in der Badewanne gelegen hatte, rief er bei einem Chinesen an und bestellte etwas zu essen. Er legte auf, nahm aber sofort wieder ab. Ihm war danach, jemand anzurufen. Dot? Nein, Dot nicht, irgendjemand anders.

Aber wen? Gloria? Sie konnte er nicht anrufen, selbst wenn er es wollte, und er war nicht sicher, ob er es wollte. Maggie? Nein, diese alte Geschichte wollte er auf keinen Fall wieder aufwärmen. Er wollte sich mit niemand treffen, wollte auch nicht wirklich ein Gespräch mit jemand führen, er hatte nur das Gefühl, dass er gern eine gewisse Rückmeldung von jemand gehabt hätte. Ihm fiel nur niemand ein, der dafür in Frage kam. Er war seltsam rastlos, merkte er, fast so, als ob Vollmond wäre, obwohl der Mond gar nicht voll war, soviel er wusste.

Oder vielleicht doch? Er ging ans Fenster, konnte aber den Mond, ob nun voll oder sonst was, nirgendwo sehen. Er konnte nach draußen gehen und nachsehen, aber sein chinesisches Essen konnte jeden Moment geliefert werden. So etwas konnte man wahrscheinlich im Bauernkalender nachsehen, aber die einzige Ausgabe, die er hatte, war fünf Jahre alt. Er hatte danach nie mehr einen gekauft und konnte sich auch nicht erinnern, was ihn dazu veranlasst hatte, ihn das erste Mal zu kaufen.

Er hatte sich eine Zeitung gekauft, sie aber im Zug liegengelassen. Wahrscheinlich stand dort etwas über die Mondphasen, wenn nicht im Wetterbericht, dann wahrscheinlich im Horoskop.

Louise Carpenter. Sie konnte er anrufen. Wenn sonst schon nichts, konnte sie ihm zumindest sagen, ob gerade Vollmond war.

War es zu spät, um sie anzurufen? Er fand, nicht. Er sah ihre Nummer nach und wählte sie. Sie ging nicht dran, und auch ihr Anrufbeantworter schaltete sich nicht ein. Er versuchte es ein zweites Mal – vielleicht hatte er sich verwählt –, aber wieder ohne Erfolg, und dann kündigte die Türglocke die Ankunft seines Abendessens an.

Nach dem Essen beschäftigte er sich mit den Marken, die ihm die Händlerin aus Maine ein paar Tage zuvor zugeschickt hatte. Er suchte sich ein paar davon aus, ordnete sie in seine Alben ein und schrieb einen Scheck aus.

Er fügte ihm eine kurze Nachricht bei. »Liebe Beatrice, danke für die schöne Auswahl. Ich habe mir ein paar Marken ausgesucht und lege einen Scheck über $ 72,20 bei. Ich bin zum Geschworenendienst eingeteilt, darf aber nicht über den Fall sprechen. Aber Du kannst mir glauben, es würde Dich auch nicht interessieren!« Er setzte seine Unterschrift darunter und steckte den Zettel, den Scheck und die Marken, die er nicht wollte, in den Rückumschlag. Dann ging er nach unten und warf ihn im Briefkasten an der Ecke ein. Er war wieder im Haus zurück, bevor er an den Mond dachte, aber es schien ihm nicht der Mühe wert, noch mal rauszugehen und nach ihm zu sehen.

Zurück in seiner Wohnung, machte er es sich vor dem Fernseher bequem. Gegen Mitternacht ließ er die Badewanne einlaufen und nahm ein weiteres heißes Bad. Bevor er sich schlafen legte, packte er ein neues frisches Hemd und Unterwäsche und Socken in seinen Aktenkoffer.

22

Der Sprecher, den sie gewählt hatten, hieß Milton Simmons. Er war groß, Mitte/Ende vierzig, und hatte eine gewisse Ähnlichkeit mit Morgan Freeman. Keller vermutete, dass sie ihn deshalb gewählt hatten. Morgan Freeman besaß eine gewisse moralische Autorität. Egal, ob er einen Guten oder einen Bösen spielte, wusste man, dass man sich auf ihn verlassen konnte.

»So«, sagte Simmons gerade. »Als Erstes müssen wir uns darüber klar werden, wie wir die Sache angehen. Die entscheidende Frage ist vermutlich: Hat die Anklage den Nachweis für ihre Anschuldigungen erbracht?«

»Ohne jeden begründeten Zweifel«, sagte jemand, und viele Köpfe nickten.

Keller saß wie auf Kohlen, er konnte es nicht erwarten, zur Sache zu kommen. Die Schlussplädoyers hatten sich fürchterlich gezogen, und Keller fand, dass keiner der Anwälte besonders gut gewesen war. Nierstein war als Erster an der Reihe gewesen. Er hatte die Beweisführung der Anklage Punkt für Punkt zerpflückt und dabei ständig zwischen rationaler Sachlichkeit und beißendem Sarkasmus gewechselt. Danach hatte Sheehy, die Staatsanwältin, genauso lang gebraucht, um alles wieder geradezurücken.

Zum Schluss hatte sich der Richter in ermüdender Ausführlichkeit an die Geschworenen gewandt. Als ob sie Kinder – und noch dazu nicht besonders helle – wären, sagte er immer wieder das Gleiche, bis endlich alle zwölf aus dem Saal geführt und eingeschlossen wurden. Und da waren sie nun, mit der ganzen Last der Verantwortung, über die weiteren Geschicke eines Mitmenschen zu entscheiden.

»Ich habe den Eindruck«, begann eine Frau und beließ es dabei, als es klopfte und der Gerichtsdiener hereinkam. Er wurde gefolgt von zwei schlanken jungen Männern, die mit der Anmut von Tänzern zwei Tabletts hereintrugen und auf einen Tisch an der Wand stellten.

»Der Staat New York lädt sie zum Essen ein«, verkündete der Gerichtsdiener. »Es gibt Putensandwiches, nur weißes Fleisch, und es gibt Schinken- und Käsesandwiches, mit Schweizer Käse. Ich habe mich im Voraus erkundigt, ob Vegetarier unter Ihnen sind, aber niemand hat sich gemeldet. Trotzdem habe ich zur Sicherheit ein paar Erdnussbuttersandwiches beigefügt. Dazu gibt es Kaffee, Eistee und Diet Coke sowie Wasser, falls Mormonen unter Ihnen sind. Lassen Sie es sich schmecken.«

Er folgte den zwei jungen Männern aus dem Zimmer. Das Schweigen, das darauf eintrat, wurde schließlich von Morgan Freeman gebrochen. »Ich schlage vor, wir essen erst mal. Reden können wir dann später.«

Keller nahm sich ein Schinken-Käse-Sandwich und ein Glas Eistee. Als sich herausstellte, dass niemand ein Erdnussbuttersandwich wollte, nahm er sich auch davon eins. Das Mittagessen verlief eigenartig. Niemand sagte etwas, und bis auf das Summen der Klimaanlage und das resolute Kauen von zwölf Kieferpaaren herrschte vollkommene Stille. Als alle fertig gegessen hatten, schlug eine Frau vor, den Gerichtsdiener zu rufen und das Essen wegbringen zu lassen. Mr. Bittner, der beim Eintreffen des Essens sichtlich aufgeblüht war, machte geltend, dass der Gerichtsdiener nichts dergleichen gesagt hatte, und plädierte dafür, die Reste für den Fall, dass jemand im Lauf der Beratungen Hunger bekam, auf dem Tisch stehen zu lassen.

Keller schaute Gloria an, die die Augen verdrehte. Eine der Asiatinnen sagte, sie bekäme keinen Bissen mehr hinunter, und der Sprecher sagte, ihm ginge es im Moment genauso, was aber nicht hieße, dass er später nicht noch mal Appetit bekommen könnte. Eine andere Frau sagte, die Sandwiches würden trocken, wenn sie so offen herumlägen, und eine andere führte an, sie würden sowieso nur weggeworfen, wenn sie der Gerichtsdiener abtragen ließ.

»Es ist ja nicht so, dass sie wegen der Hungersnot in Somalia nach Afrika verfrachtet werden«, fügte sie hinzu, und eine Schwarze, die Keller gegenüber saß, runzelte kurz die Stirn, gelangte dann aber offensichtlich zu der Ansicht, dass diese Bemerkung nicht rassistisch war, und ließ die Sache auf sich beruhen.

»Wie sieht es aus?«, fragte Morgan Freeman. »Können wir uns darauf einigen, dass wir Sandwiches und Getränke hier lassen?« Niemand hatte etwas einzuwenden, worauf er lächelnd fortfuhr: »Damit wäre dieses Problem geklärt. Dann können wir uns jetzt der Frage zuwenden, ob der Angeklagte schuldig oder unschuldig ist.«

»Schuldig oder nicht schuldig«, sagte Gloria.

»Ich nehme alles zurück«, sagte der Sprecher, »und danke auch, dass Sie mich darauf aufmerksam gemacht haben. Immerhin hat uns das der Richter zur Genüge eingebläut. Um diesen Mann freizusprechen, müssen wir nicht glauben, dass er unschuldig ist, sondern nur, dass seine Schuld nicht erwiesen worden ist. Hat jemand von Ihnen eine Idee, wie wir an die Sache herangehen sollen?«

Eine Hand ging hoch, sie gehörte einer Mrs. Estévez. Der Sprecher nickte ihr zu und lächelte erwartungsvoll.

»Ich muss auf die Toilette«, sagte die Frau.

Der Gerichtsdiener wurde gerufen. Er brachte die Frau weg. Als er sie zurückbrachte, wurde er von den zwei schlanken jungen Männern begleitet. Niemand sagte etwas, als sie das Essen abtrugen.

»Könnten wir noch mal auf den Videorekorder zurückkommen?«, sagte Gloria.

»Mein Cousin hatte auch so einen«, sagte jemand. »Um Kassetten aus dem Videoverleih abzuspielen, war er okay, aber aufnehmen konnte man damit nichts.«

»Vielleicht konnte er ihn nicht richtig programmieren«, warf jemand ein.

»Nein, daran hat es nicht gelegen. Das Gerät fing an, eine Sendung aufzuzeichnen, aber dann hat es plötzlich von selbst den Sender gewechselt. Es hat gemacht, was es wollte.«

Damit hatte es den Geschworenen schon mal was voraus, fand Keller, denn die wussten offensichtlich nicht, was sie wollten. Sie befassten sich ständig mit Nebensächlichkeiten.

Und jetzt manövrierte Gloria sie auf ein besonders unergiebiges Abstellgleis. Nachdem die Launen von Videorekordern in einiger Ausführlichkeit abgehandelt worden waren, griff sie ein Thema auf, auf dem die Verteidigung lang herumgeritten war. Nierstein hatte mehrere Zeugen aufgerufen, um die Vorgeschichte des Videorekorders, den die Anklage in den Gerichtssaal gebracht hatte, von dem Zeitpunkt an, zu dem ihn Clifford Mapes angeblich vom Angeklagten erworben hatte, bis zum gegenwärtigen Augenblick zu rekonstruieren. Die Anklage hatte keine Mühen gescheut, ihn als Bestandteil einer Lieferung zu identifizieren, die aus einem Price-Club-Lagerhaus auf Long Island gestohlen worden war, und hatte einen Zeugen namens William Gubbins aufgetrieben, der bei dem Diebstahl Schmiere gestanden hatte und den

Videorekorder als Teil seines Anteils erhalten hatte. Gubbins hatte ausgesagt, dass er den Videorekorder an den Angeklagten verkauft hatte.

Niersteins Einwand war, dass die Beweiskette korrumpiert sei, weil das Wunderwerk der Elektronik auf dem Tisch mit den Beweisstücken nicht dasselbe Gerät sei, das sein Mandant angeblich von William Gubbins gekauft und angeblich an den verdeckten Ermittler verkauft hatte.

»Erinnern Sie sich noch, was er den Sachbearbeiter in der Asservatenkammer gefragt hat? Er hat ihn gefragt, ob er ihm anvertraute Gegenstände manchmal nach Hause mitnähme?«

»Das hat der Mann verneint«, sagte eine der Asiatinnen, eine Ms. Chin.

»Aber dabei hat es Nierstein nicht belassen«, rief ihnen Gloria in Erinnerung. »Er hat ihn nach einem ganz bestimmten Gegenstand gefragt, einem Camcorder.«

»Weil er wissen wollte, ob sich der Typ die Videokamera nicht vielleicht ausgeliehen hat, um den Kindergeburtstag seiner Tochter zu filmen.«

»Auch das hat er verneint«, konterte Ms. Chin.

Keller erinnerte sich an den Wortwechsel. Der Mann aus der Asservatenkammer, der nach Glorias Ansicht eine wesentlich bessere Figur abgegeben hätte, wenn er fünf Kilo abgenommen und seinen Schnurrbart abrasiert hätte, hatte zugegeben, dass seine Tochter an dem und dem Datum ihren Kindergeburtstag gefeiert hatte, dass er daran teilgenommen hatte und dass er das Ereignis auf Video festgehalten hatte. Er hatte auch zugegeben, zum damaligen Zeitpunkt keine Videokamera besessen zu haben und auch gegenwärtig keine zu besitzen, aber er hatte beharrlich geleugnet, einen Camcorder von der Arbeit mit nach Hause genommen zu haben, und darauf bestanden, die Kamera von seinem Schwager ausgeliehen zu haben. Mit dem Hinweis auf die Irrelevanz dieses Teils der Einvernahme hatte Sheehy Einspruch dagegen erhoben und mit unüberhörbarem Sarkasmus vorgeschlagen, die Verteidigung solle doch beantragen, das Video von dem Kindergeburtstag vor Gericht abzuspielen. Das trug ihr eine Rüge des Richters ein, der dieses Thema offensichtlich interessant genug fand, um ihren Einspruch abzulehnen.

»Also, ich weiß nicht«, sagte Gloria.

»Wir müssen uns an die Zeugenaussage halten«, sagte Mrs. Estévez. »Der Anwalt hat die Fragen gestellt, und der Mann hat sie beantwortet.«

Eigentlich hatte Keller nichts sagen wollen, aber jetzt konnte er nicht mehr

an sich halten. »Woher wusste er überhaupt, dass er diese Frage stellen sollte?« Als alle ihn ansahen, fügte er hinzu: »Woher wusste er von dem Kindergeburtstag, und dass dieser Typ dabei gefilmt hat?«

»Die Kindergeburtstage seiner Kinder nimmt doch jeder auf«, sagte jemand.

Tatsächlich? Wurde jeder Kindergeburtstag aufgezeichnet und dank der
Wunder der Videotechnik für immer festgehalten? Sah sich diese Aufnahmen
jemals jemand an?

»Er wusste sogar das genaue Datum«, fuhr Keller fort. »Er muss irgendwie mitbekommen haben, dass sich der Typ aus der Asservatenkammer eine
Videokamera ausgeliehen hat. Dieser musste natürlich leugnen, dass er sie von
seinem Arbeitsplatz mit nach Hause genommen hat, denn es ist gegen die Vor-
schriften. Bloß weil er es geleugnet hat, heißt das aber nicht, dass es nicht so
war.«

»Aber es heißt auch nicht, dass es so war«, gab eine Frau zu bedenken.

»Klar«, sagte Keller. »Letztlich läuft es also darauf hinaus, wem wir glauben.«

»Aber spielt das denn eine Rolle? Von einer Videokamera ist in der Beweisführung der Anklage gar keine Rede. Nur von einem Videorekorder. Wen
interessiert es da, ob sich dieser Typ eine Kamera ausgeliehen hat? Niemand
hat sie verwendet, und er hat sie in dem Zustand, in dem er sie ausgeliehen hat,
wieder zurückgebracht.«

»Damit beginnt sich ein Muster abzuzeichnen«, sagte Gloria.

»Was für ein Muster? Dass er sich, wenn er sich eine Kamera geliehen hat,
auch einen Videorekorder ausgeliehen haben muss? Und selbst wenn? Was ist
schon dabei, wenn er den Videorekorder mit nach Hause genommen hat –
was, nur ganz nebenbei, niemand behauptet hat – und ihn am Tag danach
oder eine Woche später wieder zurückgebracht hat? Es ist immer noch derselbe Videorekorder.«

»Außer er hat ihn ausgetauscht«, sagte ein Mann.

Jetzt waren sie nicht mehr zu bremsen. Sie versuchten, eine Erklärung zu
finden, warum der Mann aus der Asservatenkammer einen Videorekorder mit
nach Hause genommen und gegen einen anderen ausgetauscht haben könnte. »Vielleicht war es das gleiche Modell wie das Ihres Cousins«, sagte ein
Mann und nickte in Richtung der Frau, deren Cousins Videorekorder ohne

ersichtlichen Grund die Kanäle wechselte. »Vielleicht hatte er ein fehlerhaftes Gerät und hat es deshalb gegen das aus der Asservatenkammer ausgetauscht.«

»Gegen den Videorekorder, den Mapes vom Angeklagten gekauft hat.«

»Von dem Mapes *behauptet*, ihn vom Angeklagten gekauft zu haben.«

Keller sah Gloria an. Sie lächelte nicht, ihr Gesichtsausdruck war vollkommen neutral, aber er wusste, dass sie begeistert war.

»Acht Schuldig«, verkündete Morgan Freeman. Eigentlich Milton Simmons, dachte Keller, aber Morgan Freeman hätte es nicht besser sagen können. »Drei Nicht-schuldig.«

»Das kann aber nicht sein«, sagte jemand.

»Das sind elf, plus ein leerer Stimmzettel. Da konnte sich wohl jemand nicht entscheiden.« Er runzelte die Stirn. »Diese Abstimmung hat nur dem Zweck gedient, uns einen Eindruck zu verschaffen, wo wir im Moment stehen. Sie müssen sich noch nicht hundert Prozent sicher sein, wie Sie entscheiden werden, deshalb ist es völlig in Ordnung, wenn Sie noch unschlüssig sind. Will jemand, der für Schuldig gestimmt hat, etwas dazu sagen, warum er sich so entschieden hat?«

»Ich bin einfach nicht davon überzeugt«, meldete sich Gloria zu Wort, »dass die Anklage ihre Anschuldigungen bewiesen hat. Woher soll ich wissen, dass es derselbe Videorekorder ist?«

»Mädchen«, sagte die größte der drei Schwarzen, »was soll das für eine Rechtfertigung sein? ›Das ist nicht der gestohlene Videorekorder, den ich ihm verkauft habe. Ich habe ihm einen *anderen* gestohlenen Videorekorder verkauft.‹ Gestohlen ist gestohlen, und verkauft ist verkauft.«

»Und was ist mit der Frucht des vergifteten Baums?«

»Das ist was völlig anderes«, sagte Milton Simmons und erklärte, was Anwälte meinten, wenn sie von Früchten des vergifteten Baums sprachen. »Wenn die Polizei die Wohnung von jemandem durchsucht«, führte er als Beispiel an, »und wenn sie dabei auf ein Zimmer voller gestohlener Gegenstände stoßen und wenn die Durchsuchung für unrechtmäßig erklärt wird, dann sind alle Dinge, die sie gefunden haben, und alles, wozu sie geführt haben, Früchte des vergifteten Baums, und wehe dem, der davon kostet. Sprich, es ist als Beweismaterial nicht zulässig.«

»Das haben sie doch bestimmt gemacht«, sagte Keller.

»Was haben sie gemacht?«

»Sein Haus durchsucht. Wenn man jemand wegen Hehlerei verhaftet, durchsucht man doch sein Haus.«

»Vielleicht haben sie nichts gefunden.«

»Dann hätte Nierstein rumgejammert: ›Und haben Sie das Haus meines Mandanten durchsucht, Officer? Und haben Sie dort etwas Belastendes gefunden? Heißt das demnach, Sie möchten uns glaubhaft machen, dass der angeblich von meinem Mandanten verkaufte Videorekorder der einzige angeblich gestohlene Gegenstand war, der sich angeblich in seinem Besitz befunden hat?‹ Da aber niemand etwas von einer Durchsuchung gesagt hat, heißt das, es wurde nicht zugelassen.«

»Da hat wohl jemand mit dem Durchsuchungsbeschluss Mist gebaut«, sagte eine Frau. »Früchte des vergifteten Baums.«

Die Erwähnung von Früchten weckte Mr. Bittners Lebensgeister. »Sie mussten ja unbedingt auf die Toilette«, hielt er Mrs. Estévez vor. »Und jetzt haben wir nichts mehr zu essen.«

»Was hätte sie denn sonst tun sollen?«

»Tut mir leid«, sagte Bittner. »Wenn mein Blutzucker zu stark sinkt, werde ich unausstehlich.«

»Warum haben Sie dann dem Gerichtsdiener nicht gesagt, er soll die Sandwiches hier lassen?«

Und weiter und immer weiter, dachte Keller.

Es klopfte, und bevor jemand reagieren konnte, kam der Gerichtsdiener bereits herein. »Der Richter möchte wissen, wie Sie vorankommen. Glauben Sie, Sie kommen demnächst zu einer Entscheidung?«

»Bei uns hier ist so weit alles klar«, sagte der Sprecher.

»Wir wollen Sie bestimmt nicht zur Eile drängen«, sagte der Gerichtsdiener, »aber es ist schon vier Uhr. Sie haben also noch eine Stunde Zeit, wenn Sie heute Abend nach Hause wollen. Falls Sie bis fünf nicht zu einer Entscheidung gelangt sind, werden Sie über Nacht sequestriert. Das heißt, Sie werden die Nacht auf Kosten der Stadt in einem Hotel verbringen. Es ist zwar nicht das Waldorf, aber ganz okay. Wenn Sie allerdings mich fragen, sind Sie bei sich zu Hause vermutlich besser untergebracht.«

»Wie sieht's mit Abendessen aus?«, wollte Bittner wissen.

»Das bekommen sie im Hotel.«

»Nein, ich meine jetzt.«

Der Gerichtsdiener bedachte ihn mit einem Blick und verließ den Raum.

»Bei uns zu Hause vermutlich besser untergebracht«, sagte die große Frau, die Gloria »Mädchen« genannt hatte. »Im Klartext: Kneift die Arschbacken zusammen und kommt zu einer Entscheidung. Glaubt denn jemand, dass er es nicht getan hat?«

»Das ist nicht die Frage«, sagte Gloria. »Die Frage ist ...«

»... hat es die Anklage bewiesen? Glauben Sie, das weiß ich nicht? Das beten wir schon den ganzen Tag immer wieder herunter, ohne einen Schritt weiter zu kommen. Deshalb noch mal meine Frage. Ist hier jemand, der glaubt, dass er es nicht getan hat?«

Da niemand antwortete, sagte Keller: »Hat der Angeklagte jemals Diebesgut angenommen? Ich würde sagen, ja. Hat er jemals Diebesgut verkauft? Wieder ja. Hat er es einem Cop verkauft? Hat er dieses spezielle gestohlene Gerät diesem speziellen Cop verkauft? Ich kann es mir vorstellen, trotzdem glaube ich nicht, dass die Anklage den Beweis dafür erbracht hat.«

»Ohne jeden begründeten Zweifel«, murmelte jemand.

»Aber ich weiß nicht, was ich glauben soll«, fuhr Keller fort. »Letztlich läuft es immer wieder auf die gleiche Frage hinaus. Glauben wir Mapes?«

»Selbst wenn es Mapes mit der Wahrheit nicht so genau genommen hat ...«

»Wenn Mapes nicht die Wahrheit sagt, ist das Ganze hinfällig. Und wenn Mapes lügt, gibt es nicht einmal eine Straftat.«

»Er ist Polizist«, sagte jemand, »und die Polizisten, mit denen ich zu tun hatte, waren alle ziemlich anständig und ehrlich, aber an Mapes kommt mir irgendetwas komisch vor.«

»Das finde ich jetzt echt interessant«, sagte jemand anders. »Ich habe nämlich die Erfahrung gemacht, dass Cops ständig lügen, aber Mapes kommt mir wie ein ausgesprochen vertrauenswürdiger junger Mann vor.«

»Dieser Mann aus der Asservatenkammer hat gelogen.«

»Ganz meine Meinung.«

»Er hat eine Videokamera mit nach Hause genommen, um die Geburtstagsfeier seines Kinds aufzunehmen. Das heißt nicht, dass die Beweiskette für den Videorekorder gestört ist.«

»Und es heißt nicht, dass Mapes gelogen hat.«

»Aber auch nicht, dass er nicht gelogen hat.«

Um viertel vor fünf ließ sie Morgan Freeman noch mal abstimmen, diesmal allerdings formlos. Er ging von einem zum anderen, und als er zu Keller kam, hatten sechs für Schuldig gestimmt und drei für Freispruch. Keller fand, es war egal, sie kämen an diesem Abend ohnehin nicht nach Hause, unabhängig davon, wofür er stimmte. Irgendetwas muss er aber sagen, deshalb sagte er.

»Schuldig.«

»Nicht schuldig«, sagte die Frau links von ihm.

Somit glich es sich aus. Bei der letzten Abstimmung war Keller für einen Freispruch gewesen, die Frau links von ihm für einen Schuldspruch. Da Morgan Freeman zum Schluss für Schuldig stimmte, stand es acht zu vier, und sie hatten noch fünfzehn Minuten Zeit, um zu einer Entscheidung zu kommen.

»Okay«, sagte der Sprecher. »Ich würde nicht sagen, die Sache ist festgefahren, davon kann gar keine Rede sein. Wir brauchen einfach nur Zeit, um uns einig zu werden. Immerhin geht es darum, ob ein Mann ins Gefängnis kommt oder nicht. Wir sollten also nichts überstürzen. Jedenfalls sieht es so aus, als müssten wir die Nacht in einem Hotel verbringen.«

Keller fand das leichte Murren, das darauf laut wurde, relativ moderat. Sie waren lauter New Yorker. Da war mit einem gewissen Gemeckere zu rechnen.

– 23 –

Das Hotel war ein Days Inn in Queens, nicht weit vom JFK. Es kam Keller bekannt vor, und er merkte, dass er sich vor Jahren in der Lounge mit einem Kunden getroffen hatte. Der Mann war von Atlanta hochgekommen, um Keller ein paar Fotos und eine Adresse zu geben. Dann war er nach Europa weitergeflogen – um sich ein bombensicheres Alibi zu verschaffen, wenn man so wollte –, und Keller war nach Atlanta runtergeflogen und wieder zurück. Der Kunde saß in Brüssel in einer Besprechung, als er erfuhr, dass seine Frau von einem Einbrecher erschossen worden war. Er brach die Geschäftsreise vorzeitig ab und flog nach Hause, und vier Monate später heiratete er seine Sekretärin.

Aber war das Hotel damals kein Ramada gewesen? Keller war sich ganz sicher. Er erinnerte sich, dass der Kunde über die Vorzüge der Ramada-Kette gesprochen hatte. Folglich konnte es nicht dasselbe Hotel sein. Trotzdem kam es Keller bekannt vor.

Überhaupt nicht bekannt kam ihm das Zimmer vor, das er bekam. Aber er war auch in keinem der Zimmer des Ramada gewesen, nur im Foyer und in der Lounge. Er duschte rasch, rief an der Rezeption an und bestellte sich etwas zu essen aufs Zimmer. Dann setzte er sich vor den Fernseher, bis der Zimmerservice das Essen brachte. Keller unterschrieb die Rechnung und gab dem Kellner, den das zu überraschen schien, ein paar Dollar. Vermutlich bekam er von sequestrierten Geschworenen selten Trinkgeld.

»War das hier eigentlich immer schon ein Days Inn?«, fragte er den Mann.

»Wenn Sie weit genug zurückgehen, war es mal ein Sumpf.«

»Und wenn wir zwei Jahre zurückgehen?«

»War es ein Ramada.« Der Kellner grinste. »Aber das war vor meiner Zeit und ist somit nur ein Hörensagen-Beweis.«

Während Keller aß, fragte er sich, wie sie so etwas tun konnten, ein Hotel aus einer Kette zu entfernen und einer anderen hinzufügen. Das kam ihm ziemlich willkürlich vor.

Er überlegte gerade, ob er noch eine Tasse Kaffee wollte, als jemand klopfte. Er schaute kurz durch den Spion, bevor er die Tür öffnete. Gloria flitzte herein, zog die Tür hinter sich zu und griff nach der Verriegelung.

»Irgendwie fand ich es komisch, allein zu essen«, sagte sie. »Und statt vietnamesischem Essen hatte ich einen Hamburger mit Fritten und ein Coke. Wenn ich wieder gehen soll, sag es einfach.«

»Wieso das denn?«

»Wir sollen doch nicht zusammenkommen. Wir könnten ja über den Fall reden.«

Ihr Gesicht war leicht gerötet, und sie hatte ihr Make-up aufgefrischt. Und waren ihre Haare anders?

»Du siehst verändert aus«, sagte er.

»Ach so. Na ja, ich habe noch schnell geduscht. Und da dachte ich, mache ich mir die Haare mal so.«

»Steht dir gut.«

»Danke.«

»Ich habe auch geduscht.«

»Klar, nach einem Tag im Gericht ...«

»Hat man eine Dusche nötig.«

»Auf jeden Fall.« Sie sah ihn an. »Und? Was willst du machen? Über den Fall sprechen?«

»Nein.«

»Ich auch nicht. Und das ist auch gut so, weil sie uns gesagt haben, dass wir das nicht tun sollen. Ganz schön verrückt, hm? Ich weiß wirklich nicht, was ich mir dabei gedacht habe, einfach so hier reinzuschneien.«

»Nicht?«

»So was ist sonst ganz und gar nicht meine Art. Nach dem Duschen habe ich mich im Spiegel angesehen. So in etwa, na, du Schlampe, was hast du dir eigentlich dabei gedacht? Ich habe nackt davor gestanden, wenn du dir das vorstellen kannst.«

»Kann ich.«

»Ich habe schon daran gedacht, als ich unter der Dusche war. Du auch? Hast du auch daran gedacht?«

»Ja.«

»Du hast unter der Dusche an mich gedacht?«

»Ja.«

»Als du dich eingeseift hast ...«

»Ja.«

»Wir haben beide geduscht«, sagte sie. »Ist doch super. Wir sind beide sauber.« Sie holte tief Luft. »Dann lass uns ein bisschen rumsauen.«

»Wahnsinn«, sagte sie. »Diese ganzen Fantasien, die ich hatte, und da sind wir jetzt, und es ist besser als die Fantasien. Gestern Abend, als ich meinen kleinen Koffer gepackt habe? Ich habe alles geplant.«

»Echt?«

»Na klar. Als wir im Beratungszimmer um den Tisch gesessen haben, habe ich gedacht, dass wir bis fünf nie zu einer Entscheidung kommen. Selbst wenn ich als Einzige den ganzen Laden aufhalte und alle mich für eine dumme Kuh und stur wie einen Maulesel halten, ist mir doch egal. Wir werden sequestriert.«

»Ich gebe zu, ich habe es auch ein bisschen zu verzögern versucht.«

»Habe ich mir fast gedacht. Du bist zwar schwer zu durchschauen, aber mein Gefühl hat mir gesagt, wir sind auf derselben Wellenlänge.« Sie drehte sich auf die Seite und legte ihre Hand auf seine Brust. »Weißt du, was ich noch gedacht habe? Wenn wir zu einem Urteil kommen, wenn es keine Möglichkeit gibt, es hinauszuschieben, ohne zu dumm dabei auszusehen, dann gehen wir zusammen raus ...«

»Wie wir das immer tun.«

»Wie wir das vom ersten Tag an getan haben«, sagte sie. »Und ich hatte mir Folgendes zurechtgelegt. Ich sage was wie: Ich dachte, wir müssten heute Nacht in einem Hotel schlafen. Und du sagst dann, ja, habe ich auch gedacht. Und ich, na ja, das können wir doch trotzdem. Wir haben sogar schon unsere Koffer dabei.«

»Das mache ich auch manchmal«, sagte er. »Mir irgendwelche Szenen vorstellen.«

»Hast du dir auch mit uns was ausgemalt?«

»Ja, nicht nur einmal.«

»Ich weiß nicht, ob ich mich getraut hätte«, sagte sie. »Tatsächlich vorzuschlagen, in ein Hotel zu gehen. Ich habe mich ja auch kaum getraut, in dein Zimmer zu kommen.«

»Aber dann hast du's doch getan.«

»Und wenn nicht? Hättest du bei mir geklopft?«

»Ich hätte dich wahrscheinlich angerufen.«

»Hätten sie dir meine Zimmernummer gegeben?«

»Drei-vierzehn«, sagte er. »Ich habe aufgepasst, als du eingecheckt hast.«

»So habe ich deine rausbekommen! Und genauso hast du meine rausbekommen. Es war also nicht nur meine Idee.«

»Nein, wir haben eindeutig auf derselben Wellenlänge gelegen.«

»Jetzt fühle ich mich gleich besser. So was habe ich nämlich noch nie gemacht. Ich kann kaum glauben, dass ich das gesagt habe! Aber es stimmt wirklich. Ich bin ein anständiges italienisches Mädchen, ich bin in eine katholische Schule gegangen, ich mache so was nicht. Ich bin kein einziges Mal fremdgegangen, und ich hätte, weiß Gott, genügend Gelegenheiten gehabt.«

»Glaube ich dir gern.«

»Ich habe vom ersten Tag an ein Auge auf dich geworfen, aber nur, weil ich fand, dass man sich mit dir gut unterhalten können müsste. Beim Mittagessen habe ich mir dann gedacht, echt ein netter Mann. Und ein, zwei Tage später hieß es dann schon, ein richtig attraktiver Mann. Als der Prozess losging, hatte ich dann die ersten Fantasien.«

»Fantasien?«

»Na ja, ich habe dir am Tisch gegenübergesessen und an alles Mögliche gedacht, was ich mit dir gern täte.«

»Und jetzt hast du es getan.«

»M-m-m.«

»Was?«

»Vielleicht noch nicht alles.«

»Oh?«

»Ich habe viel Fantasie. Wer bin ich überhaupt, um an einige dieser Dinge auch nur zu denken? Ich meine, ich bin aus Staten Island.«

»Ich dachte, aus Inwood.«

»Nach Inwood bin ich gezogen, als ich geheiratet habe. Aber ursprünglich komme ich aus Staten Island.«

»Na, dann lass mal sehen«, sagte Keller.

»Ich gehe mal lieber wieder in mein Zimmer.«

»Warum?«

»Na ja, wenn jemand anruft.«

»Hast du jemand die Nummer gegeben?«

»Nein. Eigentlich könnte ich auch hierbleiben. Möchtest du, dass ich hierbleibe.«

»Ja.«

»Ich würde auch gern bleiben. Diese Nacht ist nämlich die einzige, die wir zusammen verbringen werden. Das ist dir doch klar, oder?«

»Ja.«

»Wir kommen zu einem Urteil, und ich verwandle mich in einen Kürbis.«

»Das nenne ich einen Kürbis.«

»Na ja, eine Anwaltsgehilfin und brave Ehefrau. Ich habe so was noch nie getan. Was nicht heißt, dass ich es nie wieder tun werde.«

»Wahrscheinlich wirst du es in zwanzig Minuten wieder tun.«

»Nach heute Nacht, du kleiner Dummkopf. Mit dem richtigen Mann und unter den richtigen Umständen und bei der richtigen Provokation zu Hause kann es wieder passieren. Aber vielleicht auch nicht.«

»Vielleicht wirst du ja wieder mal zum Geschworenendienst eingeteilt.«

»Vielleicht. Aber bei uns muss es bei diesem einen Mal bleiben.«

»Wahrscheinlich hast du recht.«

»Und weißt du was? Andernfalls würde der Reiz schnell verfliegen. Ich habe sogar schon überlegt, ob wir die Beratungen noch mal verzögern sollen, damit wir ein zweites Mal hier übernachten können. Aber eine zweite Nacht wäre nicht mehr dasselbe, oder?«

»Ganz zu schweigen davon, dass uns die anderen Geschworenen umbringen würden«, sagte er.

»Glaubst du denn nicht, dass es noch andere gibt wie uns?«

»Also, zwei hätte ich da schon im Verdacht.«

»Wirklich?«

»Bittner und Chin«, sagte Keller. »Die beiden sind doch wie füreinander bestimmt.«

»Du machst dich wieder mal nur lustig über mich«, sagte sie. »Und ich dachte, du meinst es ernst. So ein unartiger Junge aber auch. Man sollte dir richtig den Hintern versohlen. Oh, was haben wir denn hier? Da hat es aber jemand eilig. Und ich dachte, ich müsste zwanzig Minuten warten.«

*　　*　　*

»Erstaunlich, was eine Nacht gesunder Schlaf alles bewirken kann«, sagte Keller. »Als ich heute Morgen aufgewacht bin, war mir plötzlich vollkommen klar, dass Huberman alles getan hat, was ihm die Anklage vorwirft. Ich glaube, es spielt überhaupt keine Rolle, ob es immer derselbe Videorekorder war. Der Mann ist angeklagt, einem Polizisten einen gestohlenen Videorekorder verkauft zu haben, und das hat die Anklage hinreichend bewiesen. Ich glaube, der Videorekorder, den er Mapes verkauft hat, ist derselbe, der jetzt auf dem Tisch mit den Beweisstücken liegt. Der Mann aus der Asservatenkammer könnte vielleicht eine Videokamera nach Hause mitgenommen haben – ein Gerät, das man für ein besonderes Ereignis brauchen kann –, aber wer würde sich einen Videorekorder leihen und am nächsten Tag zurückbringen?«

»Außerdem hat jeder einen Videorekorder«, sagte jemand.

»Genau.«

Keller fuhr fort und zerpflückte der Reihe nach jedes Argument der Verteidigung. Rings um den Tisch nickten zustimmend Köpfe. Es war wirklich erstaunlich, was eine Nacht gesunder Schlaf bewirkte, dachte er, obwohl er nur eine Stunde hier, eine Stunde da ergattert hatte. Nur gut, dass er diese Frau nie wieder sehen würde. Noch so eine Nacht, und er landete im Krankenhaus.

»Also dann«, sagte Milton Simmons. »Allem Anschein nach hat unser nächtlicher Aufenthalt die Dinge für alle von uns geradegerückt. Außer Ms. Dantone plagen immer noch Zweifel.«

»Mir war eigentlich von Anfang an klar, dass der Mann schuldig ist«, sagte Gloria. »Aber ich wollte über jeden berechtigten Zweifel hinaus sicher sein.«

»Und?«

»Beim Aufwachen hat sich mir alles in einem klareren Licht dargestellt«, fuhr sie fort. »Und offensichtlich ging es auch allen anderen so. Und sollte ich noch letzte Zweifel gehabt haben, hat sie Mr. Keller ausgeräumt.«

»Wir könnten uns zusammen ein Taxi nehmen«, sagte Gloria. »Aber lieber nicht.«

»Okay.«

»Es war eine Urlaubsaffäre, und eine solche geht bekanntlich zu Ende, wenn der Urlaub vorbei ist.«

»Jedenfalls werde ich immer an dich denken, wenn ich vietnamesisch esse.

Aber erst mal werde ich mich von vietnamesischen Restaurants fernhalten. Und sollten wir jemals wieder in dieselbe Jury gewählt werden ...«

»So was kann man nie wissen.«

Sie winkte einem Taxi und stieg ein, als es neben ihr hielt. Keller sah ihm hinterher, dann nahm er selber eins.

Auf seinem Anrufbeantworter waren vier Nachrichten, alle von derselben Person. Er rief zurück, und Dot nahm ab und sagte: »Wo *warst* du?«

»Sequestriert«, sagte er und erklärte es ihr.

»Du warst also gestern den ganzen Tag im Gericht, und dann haben sie euch über Nacht in einem Hotel am Flughafen untergebracht. Warum am Flughafen?«

»Keine Ahnung.«

»Ihr konntet euch nicht auf ein Urteil einigen, deshalb wurdet ihr eingeschlossen. Dann habt ihr euch geeinigt, und sie haben euch nach Hause gehen lassen. Wenn daraus keine Lehre zu ziehen ist.«

»Wem sagst du das?«

»Aber übers Wochenende haben sie euch nicht eingesperrt, oder?«

»Nein.«

»Du bist nach Baltimore gefahren.«

»Sobald am Freitag die Verhandlung vertagt wurde.«

»Und am Sonntag bist du wieder zurückgekommen.«

»Ja.«

»Und du hast mich angerufen, und wir haben uns unterhalten.«

»Nein, ich habe nicht angerufen.«

»Stimmt, du hast nicht angerufen. Was völlig in Ordnung ist. Ich bin nicht deine Mutter, ich werde nicht nervös, wenn mal ein Sonntag ohne einen Anruf von dir vergeht. Warum solltest du auch anrufen, wenn es nichts zu berichten gibt?«

»Dot ...«

»Dann bekomme ich am Montagnachmittag von FedEx ein Päckchen geliefert. Es war ziemlich klein, halb so groß wie eine Zigarrenkiste, und jetzt rate mal, was drin war.«

»Keine Zigarren.«

243

»Geld«, sagte sie. »Und das hat mich etwas überrascht, denn wer sollte mir Geld schicken? Zufällig war es auch noch genau der Betrag, den wir bekommen sollten, sobald du die Sache in Baltimore erledigt hättest. Also bin ich in die Stadt gefahren, habe mir an einem Zeitungsstand im Bahnhof die *Baltimore Sun* gekauft und sie auf der Fahrt zurück nach White Plains gelesen. Und jetzt rate mal, worauf ich dort gestoßen bin.«

»Ähm ...«

»Macnamara hat in ihrem Haus in Fell's Point einen Einbrecher überrascht«, fuhr Dot fort. »Aber seine Überraschung war nichts im Vergleich zu ihrer, als er den Schürhaken vom Kamin nahm und ihr damit den Schädel einschlug. Das müsste dir an sich neu sein, Keller, weil du sonst bestimmt angerufen hättest. Also wieder mal der sprichwörtliche Keller-Dusel, hm? Jemand anders ist uns zu Hilfe gekommen und hat sich die Hände schmutzig gemacht, und wir ernten die Früchte seiner Tat.«

»Das war ich, Dot.«

»Was du nicht sagst?«

»Es war schon spät, als ich am Sonntag zurückgekommen bin.«

»Zu spät, um anzurufen?«

»Na ja, ziemlich spät jedenfalls.«

»Und gestern Morgen musstest du schon früh los?«

»Ich war ein bisschen in Eile«, sagte er. »Ich musste für den Fall, dass wir über Nacht sequestriert würden, frische Sachen packen, und da ist die Zeit einfach knapp geworden.«

»Und gestern Nacht?«

»Waren wir sequestriert.«

»Sie haben dich nicht mal telefonieren lassen?«

»Woher hätte ich wissen sollen, wie sicher der Anschluss war?«

»Ach so. Und was war, bevor du in Baltimore in den Zug gestiegen bist? Am Sonntagnachmittag oder Sonntagabend oder wann immer das war? Ich hätte auch ein R-Gespräch angenommen, wenn du nicht genügend Quarter eingesteckt gehabt hättest.«

»Ich habe nicht daran gedacht.«

»Du hast nicht daran gedacht.«

»Ich hatte andere Dinge im Kopf.«

»Wie zum Beispiel?«

»Den Prozess«, sagte er. »Weißt du was, Dot? Mir ging der Prozess die ganze Zeit durch den Kopf. Sogar in Baltimore, als ich mir überlegt habe, wie ich es durchziehe, und sogar als ich es dann durchgezogen habe. Ich musste ständig an die Anwälte und die Zeugen und diesen armen Teufel Huberman denken.«

»Und wie ist der Prozess ausgegangen? Und erzähl mir jetzt bitte nicht, darüber dürftest du nicht reden, weil der Ausgang zu Protokoll genommen worden ist.«

»Nein, inzwischen ist es okay, darüber zu reden. Wir haben ihn schuldig befunden.«

»Er kommt also ins Gefängnis.«

»Wahrscheinlich, aber darüber haben wir nicht zu entscheiden. Er wird bis zur Verkündung des Strafmaßes in Gewahrsam bleiben.«

»Wie viel wird er aufgebrummt bekommen, zwei Jahre?«

»In etwa.«

»Du bist nach Baltimore runtergefahren und hast eine Frau erledigt, und dann bist du nach New York zurückgekommen und hast einen Mann zwei Jahre hinter Gitter gebracht, weil er einen gestohlenen Fernseher verkauft hat.«

»Einen Videorekorder.«

»Ach so, das ist natürlich etwas völlig anderes. Siehst du da nicht einen gewissen Widerspruch, Keller? Oder zumindest eine gewisse Ironie?«

Er dachte kurz nach. »Nein«, sagte er dann. »Das eine ist mein Job, das andere meine Pflicht.«

»Und du hast beides getan.«

»Ja.«

»Und wir werden bezahlt, und Huberman wandert in den Knast.«

»Ja«, sagte er. »Du siehst, das System funktioniert.«

24

Komisch, dachte Keller.

In der Nacht, als er aus Baltimore zurückgekommen war, hatte er seine Astrologin anzurufen versucht. Er konnte sich nicht mehr erinnern, warum, irgendwas mit dem Mond, ob er voll war oder so. Aber um das herauszufinden, war keine Expertin nötig. Er nahm an, dass er lediglich das Bedürfnis gehabt hatte, mit ihr zu reden, und als sie nicht ans Telefon gegangen war, hatte er sich eben damit abgefunden.

Dann rief er etwa eine Woche später wieder bei ihr an, und diesmal war es nicht an einem Sonntagabend, sondern zu den üblichen Geschäftszeiten – falls eine Astrologin so etwas hatte. Es war an einem Nachmittag unter der Woche, und wieder ging sie nicht dran. Auch ihr Anrufbeantworter schaltete sich nicht ein.

Er runzelte ratlos die Stirn und erklärte es sich schließlich damit, dass sie verreist war. Wie alle anderen machten wahrscheinlich auch Astrologen ab und zu Urlaub. Vielleicht lag sie irgendwo am Strand und schaute zu den Sternen hoch.

Er hätte es auf sich beruhen lassen und nicht weiter an die Frau gedacht, doch dann rief Dot an.

Er las gerade in einer Briefmarkenzeitschrift einen Artikel über gefälschte Überdrucke früher Ausgaben aus den französischen Kolonien, als das Telefon klingelte. Es gab jede Menge echter Marken, aber auch viele Fälschungen, und oft war der Unterschied nicht ohne weiteres zu erkennen. Er fragte sich gerade, ob er Fälschungen in seiner Sammlung hatte und ob es sinnvoll wäre, das herauszufinden, als das Telefon klingelte.

»Unser Freund war wieder am Werk«, sagte Dot.

»Unser Freund?«

»Roger.«

»Weißt du«, sagte Keller. »Eine Weile habe ich viel an ihn gedacht und irgendwann nicht mehr. Ich könnte nicht sagen, wann ich zum letzten Mal an ihn gedacht habe.«

»Die Frage, Keller, ist eher, ob er an dich denkt.«

»Und die Antwort darauf ist ja, sonst würdest du nicht anrufen.«

»Er denkt vielleicht nicht an dich persönlich«, sagte sie. »Er kennt dich ja nicht mal persönlich, was nur gut ist, muss ich sagen. Aber nur zu offensichtlich hat er nicht angefangen, Golf zu spielen oder sonst etwas zu tun, das ihn von seinem Hauptziel ablenken könnte, und was das ist, weißt du sicher noch.«

»Das Bewerberfeld einzuengen.«

»Es ist gerade noch enger geworden. Da war ein Auftrag, den ich abgelehnt habe, und ich muss sagen, zum Glück.«

»Dann solltest du mir vielleicht mehr darüber erzählen.«

»Morgen Vormittag«, sagte sie. »Setz dich in den Zug und komm mich besuchen.«

»Ich könnte auch jetzt kommen, Dot.«

»Nein«, sagte sie. »Lieber erst morgen. Vorher muss ich noch Verschiedenes erledigen, und dann werden wir entsprechende Schritte unternehmen müssen. Wir haben gehofft, das Problem mit diesem Komiker könnte sich von selbst lösen, aber dem ist nicht so. Deshalb müssen wir ein wenig nachhelfen.«

»Wie?«

»Das erzähle ich dir alles morgen«, sagte sie.

Er legte auf, und das Erste, was ihm in den Sinn kam, war seine Astrologin. Er brauchte sie nur anzurufen, und sie konnte ihm sagen, wie gefährlich die momentane Phase für ihn war. Er wählte die Nummer, und diesmal läutete es nur einmal an. Dann teilte ihm eine Stimme vom Band mit: »Kein Anschluss unter dieser Nummer.«

In der Annahme, sich verwählt zu haben, versuchte er es noch einmal und erhielt die gleiche Ansage. Kein Anschluss unter dieser Nummer.

Seltsam.

Ihre Wohnung war auf der anderen Seite der Stadt in der West End Avenue, zwischen 97th und 98th Street. Während der aus den West Indies stammende Taxifahrer nur den Kopf schüttelte über den Verkehr, saß Keller ganz entspannt auf dem Rücksitz und fragte sich, warum er das eigentlich tat. Er stieg an der Ecke aus und ging zu dem Haus, konnte aber keine Klingel mit ihrem Namen finden. Er sah sich das Haus noch einmal genau an, war aber sicher, dass es das richtige war. Trotzdem stand nirgendwo am Eingang ihr Name.

Er nahm sich wieder ein Taxi und fuhr nach Hause.

*　　　*　　　*

Ihm fiel nur ein Mensch ein, der hätte wissen können, wohin Louise Carpenter verschwunden war. Das war Maggie Griscomb, und sie wollte er nicht anrufen.

Er musste die Nummer nachsehen, und dann musste er sich überwinden, sie zu wählen. Nach dem zweiten Läuten wollte er bereits einhängen, doch dann nahm sie mitten im dritten Läuten ab. Er konnte immer noch auflegen und zog es auch in Erwägung, und die Gereiztheit in ihrer Stimme war unüberhörbar, als sie ein zweites Mal Hallo sagte, und dann sagte er: »Ich kann Louise nicht erreichen.«

Er hatte nicht vorgehabt, einfach damit herauszuplatzen. Hallo, wie geht's, bla bla bla, und *dann* konnte er vielleicht damit herausrücken. Aber irgendetwas hatte ihn dazu veranlasst, sofort zur Sache zu kommen. Darauf trat eine Pause ein, und schließlich sagte sie: »Du?«

Was sagte man auf so was? Keller war um eine Antwort verlegen, und bevor er sich eine überlegen konnte, sagte sie: »Du hast echt Nerven. Wieso hast du nicht angerufen?«

»Du hast doch gesagt, ich soll nicht mehr anrufen. Weißt du nicht mehr?«

»Lebhaft. Und als du dann nicht angerufen hast ...«

Weil du gesagt hast, dass ich das nicht tun soll, dachte er.

»... habe *ich* angerufen und dir mehrere Nachrichten hinterlassen, aber du hast nicht darauf reagiert.«

»Ich habe nie eine Nachricht von dir erhalten.«

»Ach ja, klar.«

Hatte sie ihm etwas auf den Anrufbeantworter gesprochen? Nein, natürlich nicht. Er bereute den Anruf bereits und war noch nicht einmal zu seinem eigentlich Grund gekommen. »Ich habe Probleme mit meinem Anrufbeantworter«, sagte er, »und es spielt keine Rolle, ob du mir glaubst oder nicht. Ich versuche schon die ganze Zeit, Louise zu erreichen, und ...«

»Warum?«

»Die Astrologin«, sagte Keller.

»Das ist wer. Ich habe gefragt, warum.«

»Warum?«

»Du brauchst keine Astrologin«, sagte sie, »um zu wissen, wie die Sterne stehen. Wenn du ihre Nummer wissen willst, schlag sie nach. Sie steht im Telefonbuch.«

»Aber genau das ist es doch«, sagte er und beließ es dabei, weil er mit sich selbst redete. Sie hatte aufgelegt.

»Wie es für mich aussieht, haben wir zwei Möglichkeiten«, sagte Dot. »Wir können passiv darauf warten, dass sich alles von selbst erledigt, oder wir können proaktiv werden.«

»Das ist ein Wort, das man bis vor Kurzem nie gehört hat«, sagte Keller, »aber auf einmal hört man es ständig. Ich weiß, was es bedeutet, aber was soll der Quatsch? Warum sagt man nicht einfach aktiv?«

»Weil es besser klingt.«

»Findest du?«

»Klar. Proaktiv. Als ob du dich wirklich am Riemen reißen und was tun würdest, und das natürlich hochprofessionell. Und ich muss sagen, es wird auch Zeit. Wir haben Sicherheitsvorkehrungen getroffen, aber das hat nur zur Folge, dass Roger andere Leute umbringt. Wäre schön, wenn einer von ihnen Lunte riechen und den Spieß umdrehen würde, aber er ist ein echter Profi, und er ist aktiv, und er überrumpelt sie, sodass sie keine Chance gegen ihn haben. Er macht einfach weiter das, was er am besten kann, und wir lehnen Aufträge ab und sind extra vorsichtig, wenn wir einen annehmen, und langsam wird es Zeit, dass sich das ändert.«

»Und wir ihm das Handwerk legen.«

»Und ihm einen Pfahl ins Herz rammen, weil man bei so einem Kerl lieber auf Nummer sicher geht.«

»Bloß wie, Dot? Wie finden wir ihn? Wo anfangen?«

»Er muss zu uns kommen.«

Keller nickte. »Wir stellen ihm eine Falle.«

»Na, siehst du?«

»Und wie? Sollen wir ihm einen Auftrag erteilen? Bloß wird er ihn nicht annehmen. Außer ...«

»Was?«

»Na ja«, sagte er. »Wenn der Auftrag lautet, einen Killer auszuschalten, würde er da keine Ausnahme machen? Immerhin machte er das schon die ganze Zeit umsonst, und wenn er dafür bezahlt wird ...«

»Ich rufe ihn wegen eines Auftrags für einen Killer an.«

»Mhm.«

»Und nicht bloß irgendeinen Killer. Ich nehme mal an, wir reden hier gerade von dir.«

»Mhm.«

»Ich gebe ihm also deinen Namen und deine Adresse und ein halbwegs schmeichelhaftes Foto von dir, und du sitzt zu Hause vor dem Fernseher und lauschst auf seine Schritte. Muss ich dir eigens erklären, warum das keine gute Idee ist?«

»Nein.«

»Ich mache mir schon seit einiger Zeit Gedanken über diese Geschichte«, sagte sie, »und bin dabei zu folgendem Ergebnis gelangt: Ich werde Roger anrufen und ihm eine Nachricht hinterlassen. Er erhält die Nachricht und ruft mich auf irgendeiner nicht rückverfolgbaren Hightech-Leitung an, worauf ich ihm erkläre, worum es bei dem Auftrag geht, den ich ihm erteilen will. Ich gebe ihm Namen und Adresse, und er überlegt es sich und lehnt ab.«

»Und?«

»Und dann erteile ich den Auftrag jemand anders.«

»Mir? Das brächte doch nichts. Wem würdest du ihn erteilen?«

»Einem anderen Profi. Wahrscheinlich würde ich einen anderen Mittelsmann anrufen und ihn jemand suchen lassen, der den Auftrag übernimmt. Nicht, dass noch besonders viele Leute übrig sind, die sich finden ließen, aber der Typ, den er aussuchen wird, ist bestimmt nicht allzu clever. Sobald wir dann jemand haben, rufe ich Roger an und sage ihm, er soll sich keine Gedanken machen, ich habe inzwischen jemand anders. Merkst du langsam, wie der Hase läuft?«

»Ich glaube schon.«

»Du legst dich vor dem Haus der Zielperson auf die Lauer und wartest, bis die beiden auftauchen. Einer von ihnen wird der Typ sein, der den Auftrag ausführen will, den er erhalten hat. Der andere wird Roger sein.«

»Und woher weiß ich, welcher von beiden welcher ist?«

»Du könntest beide umbringen und alles Weitere Gott überlassen, wie es auf diesen T-Shirts heißt. Aber eher würde ich vorschlagen, du wartest, bis einer von ihnen die Zielperson ausgeschaltet hat. Dann weißt du, dass der andere Roger ist.«

Keller nickte. »Und sobald er die Zielperson ausgeschaltet hat, wird Roger zuschlagen. Das heißt, ich folge dem Killer und halte nach Roger Ausschau.«

»Wenn er zuschlagen will«, sagte Dot, »schlägst du zu. Wenn du ihn ausschalten kannst, bevor er sein Vorhaben ausführt, umso besser. Wenn nicht, hast du es zumindest versucht. Und Roger haben wir so oder so vom Tisch.«

»Mit einem Pfahl durchs Herz.« Keller runzelte die Stirn. »Ich möchte ihn rechtzeitig erwischen. Wäre wirklich schade, wenn ein Unschuldiger umsonst sterben müsste.«

»Na ja, von unschuldig würde ich hier nicht unbedingt reden. Immerhin hat er dann gerade die Zielperson ausgeschaltet. Aber ich weiß, was du meinst.«

»Die Zielperson«, sagte Keller. »An sie habe ich noch gar nicht gedacht. Sie ist mehr oder weniger hypothetisch, denn du hast ja noch gar keinen Auftrag für Roger oder Mr. Zweite Wahl. Es ist nur eine Falle – in der aber ein Köder sein muss, oder wie stellst du dir das sonst vor?«

»Wenn man etwas damit fangen will, schon.«

»Und wer ist dann der Köder? Wenn nicht ich es bin, wer dann? Suchst du völlig willkürlich irgendeinen armen Teufel dafür aus?«

»Wie sollte es denn sonst gehen? Was schaust du plötzlich so, Keller?«

»Der Köder muss also höchstwahrscheinlich dran glauben?«

»Da der Köder keinen Grund hat, irgendetwas zu befürchten, und da nicht nur einer, sondern zwei Weltklassekiller auf ihn angesetzt sind, würde ich die Chancen des Köders nicht sehr hoch einschätzen.«

»Seine Überlebenschancen, meinst du.«

»Ja. Andererseits, wenn du es von der positiven Seite sehen willst, stehen die Chancen des Köders, getötet zu werden, nicht schlecht.«

»Und genau das ist es«, sagte Keller, »was mir an der Sache nicht gefällt. Wir werfen Darts auf ein Telefonbuch.«

»Keller, auf ein Telefonbuch wirft man keine Darts. Darts wirft man auf eine Landkarte.«

»Wie soll das gehen?«

»Gar nicht, außer du wählst einen Ort aus, an den du fahren willst. Du wirfst einen Dart, und er landet auf Wichita Falls, Texas, und dorthin fährst du dann. Du isst in einem netten mexikanischen Restaurant, kaufst dir ein paar Briefmarken für deine Sammlung. Lässt dir von einer Maklerin vielleicht ein paar Häuser zeigen.«

»Dot ...«

»Aber wenn man eine Person sucht, wirft man keine Darts. Du schlägst ein Telefonbuch auf und tippst mit dem Finger auf einen Namen.«

»Das habe ich auch gemeint.«

»Du hast aber Darts gesagt.«

»Ich weiß, aber ...«

»Schon gut, Keller. Ich weiß, was du gemeint hast. Ich tue das nur, weil das der Punkt ist, mit dem auch ich nicht glücklich bin.«

»Allerdings«, sagte er. »Gott zu spielen, willkürlich jemand auszusuchen ...«

»Doch nicht willkürlich.«

Er sah sie an. »›Du schlägst das Telefonbuch auf‹, hast du gerade selbst gesagt. Was meinst du damit, Dot? Alles Karma? Es steht in den Sternen? Egal, welche scheinbar willkürlichen Entscheidungen wir treffen, sie stehen alle in Einklang mit dem großen Plan des Universums?«

»Wahrscheinlich ergibt das genauso viel Sinn wie sonst irgendwas«, sagte sie. »Was nicht unbedingt für die Sache spricht. Keller, ich habe bereits jemand ausgesucht.«

Er dachte kurz nach. Dann sagte er: »Nicht willkürlich.«

»Nicht willkürlich, nein. Keine Darts, keine Telefonbücher.«

»Ein Typ, den du kennst?«

»Nein und nein?«

»Häh?«

»Niemand, den ich kenne«, sagte sie, »und kein Typ.«

»Eine Frau?«

»Seit wann bist du ein Sexist?«

»Nein, aber ...«

»Galanterie ist nicht mehr in, Keller. Eine Frau hat genauso das Recht, umgebracht zu werden, wie irgendjemand sonst. Außerdem hattest auch du schon Aufträge, wo die Zielperson eine Frau war. Du bist losgezogen und hast getan, was du tun solltest.«

»Klar.«

»Inzwischen herrscht Chancengleichheit«, sagte Dot. »Ich habe sogar schon von weiblichen Killern gehört, oder sollte man besser Killerinnen sagen? Oder weibliche Killerpersonen?«

»Du hast vielleicht davon gehört«, sagte Keller, »aber ich weiß nicht, ob es wirklich welche gibt. Außer im Kino natürlich.«

»Dann ist es Zeitverschwendung, sich den Kopf zu zerbrechen, wie man sie nennen soll.«

»Du hast nein und nein gesagt. Es ist also kein Typ und was? Niemand, den du kennst?«

»Genau.«

»Wenn es jemand ist, den du nicht kennst, wie kommt es dann, dass deine Wahl nicht willkürlich war?«

»Lass es ein bisschen einwirken, Keller, dann fällt der Groschen schon.«

»Es ist jemand, den ich kenne.«

»Was sage ich denn? Er ist gefallen.«

»Eine Frau, die ich kenne …«

Sie griff seufzend nach dem Krug mit dem Eistee und schenkte sich und ihm nach. »Keller«, sagte sie dann. »Vielleicht liegt es an dieser Geschichte mit Roger und dem damit verbundenen Stress, aber vielleicht machst du diesen Job einfach schon zu lange. Jedenfalls gehst du in letzter Zeit Risiken ein und nimmst es in manchen Dingen nicht mehr so genau.«

»Findest du?«

»Eigentlich geht es mich ja nichts an, es ist schließlich dein Leben.«

»Moment«, sagte er. »Könntest du dich vielleicht etwas präziser ausdrücken? Welche Risiken? Womit nehme ich es nicht so genau?«

Sie tippte mit dem Zeigefinger auf seinen Daumen.

»Mit meinem Daumen nehme ich es nicht so genau? Was soll ich damit tun, ihn abschneiden?«

»Wer sagt denn, dass dein Daumen das Problem ist? Du hast dein ganzes Leben lang gut damit gelebt, und dann erzählt dir eines Tages eine Tussi, es ist ein Mörderdaumen und du rennst zu so einer Sterndeuterin, die dir erzählt, du bist ein Zwilling mit steigender Temperatur und deinem Mond über Miami.«

»Aszendent Krebs«, sagte er, »und mit dem Mond im Stier. Der Mond ist erhöht im Stier.«

»Und wahrscheinlich müssen sie sich dort auch keine Sorgen wegen irgendwelcher Wirbelstürme machen. Keller, sie erzählt dir diesen ganzen Schwachsinn, und du erzählst ihr, was du beruflich machst.«

»Erzählt habe ich es ihr nicht.«

»Aber sie hat nur deinen Daumen gesehen und sofort Bescheid gewusst.«

»Und mein Horoskop. Ich glaube, sie hat es mehr oder weniger intuitiv erfasst.« Er setzte sich kerzengerade auf. »Hast du sie ausgesucht? Louise?«

»Keller …«

»Weil es nämlich nicht ganz einfach werden könnte, sie zu finden. Sie muss umgezogen sein, vermutlich in eine andere Stadt, ihr Telefonanschluss ist nämlich abgemeldet. Könnte zwar sein, dass sie irgendwo ihre neue Adresse hinterlassen hat, und es gibt auch andere Möglichkeiten, jemand ausfindig zu machen, aber du wolltest doch die Falle hier in New York stellen. Dann kannst du Louise Carpenter allerdings vergessen.«

Als sie darauf nichts sagte, sah er sie forschend an, und dann dämmerte es ihm.

»Sie hat keine Adresse hinterlassen«, sagte er schließlich.

»Nein.«

»Sie ist tot, oder?«

»Entweder sie ist eins mit dem Universum«, sagte Dot, »oder sie wurde als Schmetterling wiedergeboren. So würde es Louise wahrscheinlich sehen, und wer sind wir schon, ihr zu widersprechen?«

»Aber«, stammelte er. »Was … wann? Wie?«

»Keller, du hörst dich an wie ein Handbuch für Zeitungsreporter. Willst du das wirklich wissen? Wäre es nicht besser, du sagst dir einfach, das steht in den Sternen, und belässt es dabei?«

»Ich will es aber wissen.«

»Du bist deiner Pflicht als Geschworener nachgekommen«, sagte sie.

»Und du hast jemand beauftragt …«

»Nein. Lass mich einfach mal ausreden.«

»Okay.«

Sie nahm einen Schluck Eistee. »Das Ganze hat mich schon länger beschäftigt«, begann sie schließlich. »Da ist eine Frau, die etwas weiß, was sie nicht wissen sollte, und wie lang kann es schon dauern, bis sie es jemand Falschem erzählt? Nein, unterbrich mich nicht. Du wolltest sagen, es läuft ihrem Berufsethos zuwider, über ihre Kunden zu sprechen, habe ich recht? Dieser Gedanke ist auch mir gekommen, aber was Leute tun sollen und was sie tatsächlich tun ist nicht immer dasselbe, oder wir sind in zwei verschiedenen Branchen.«

»Was ich also gemacht habe«, fuhr sie fort, »ich habe sie angerufen und einen Termin mit ihr vereinbart.«

»Während ich im Gericht auf der Geschworenenbank gesessen habe.«

»Nein, schon einige Zeit davor. Ich weiß nicht, wo du warst. Wahrscheinlich hast du zu Hause in New York über deiner Briefmarkensammlung gesessen. Ich habe sie angerufen und mir, unter falschem Namen und mit einem falschen Geburtsdatum, einen Termin geben lassen, und dann bin ich in die Stadt gefahren und habe sie aufgesucht. Schöne Wohnung, wenn man auf Brokat und Perlenvorhänge und dicke Polstermöbel steht. Wir haben uns bei einer Tasse Tee zusammengesetzt und mein Horoskop durchgesprochen.«

»Es war aber gar nicht dein Horoskop.«

»Weil ich ein falsches Geburtsdatum angegeben habe. Auch wenn du es vielleicht nicht glauben wirst, das war mir durchaus klar. Das Problem war nur, dass ich so tun sollte, als wäre ich schwer beeindruckt, wie zutreffend das Horoskop war, was es natürlich nicht war. Wie auch? Für jemand, der am dreiundzwanzigsten September geboren ist, könnte es natürlich haargenau zugetroffen haben. Alles in allem war ich wahrscheinlich mit einem falschen Geburtsdatum besser dran. So bin ich wenigstens keine Gefahr gelaufen, mich von dem Horoskop ablenken zu lassen, weil mir klar war, dass es reiner Blödsinn war. Ich konnte mich also voll und ganz darauf konzentrieren, sie auszuhorchen.«

»Worüber?«

»Über dich. Ich habe ihr erzählt, ich wäre mal bei einer Handleserin gewesen, und darauf hat sie gesagt, damit würde sie sich auch ein wenig auskennen, und sich meine Hand angesehen. Und ich habe ihr von einer Schulfreundin erzählt, die einen ungewöhnlichen Daumen hatte, und schon hat sie mir in aller Ausführlichkeit von einem ihrer Kunden erzählt, der einen Mörderdaumen hat.«

»Sie hat dir von meinem Daumen erzählt?«

»Sie meinte, das hätte nicht unbedingt etwas zu bedeuten«, fuhr Dot fort, »aber in diesem Fall hätte die Person mit dem Mörderdaumen tatsächlich eine sehr dunkle Seite gehabt. Ich habe nicht zu hartnäckig nachgehakt, aber ich hatte das Gefühl, wenn ich es wirklich darauf angelegt hätte, hätte ich deinen Namen und deine Adresse aus ihr herausbekommen.«

»Das überrascht mich jetzt«, sagte er. »Ich habe sie für sehr diskret gehalten.«

»Wahrscheinlich glaubte sie auch, diskret zu sein. Sie hat alles Mögliche von deinem Horoskop erzählt, aber frag mich bitte nicht, was das alles war. Dein Saturn im Quadrat mit Uranus, lauter solcher Hokuspokus. Du weißt ja, wie diese Leute reden. Jedenfalls, Keller, diese Frau war ein Risiko. Sie hatte einen Kunden, der gegen Bezahlung Menschen umbrachte, und das hat sie gewusst und sich nicht groß etwas dabei gedacht, mit jemand anderem darüber zu reden.«

»Du hättest was sagen sollen.«

»Dir?«

»Natürlich mir. Ich hätte ...«

»Was? Du hättest dich darum gekümmert?«

»Sicher.«

»Du hast die Frau gemocht, Keller. Du hast mir erzählt, wie mütterlich sie war.«

»Ich kann mich nicht erinnern, so etwas gesagt zu haben.«

»Ich erinnere mich jedenfalls daran. Vielleicht hättest du es trotzdem durchgezogen, aber es wäre dir bestimmt nicht leicht gefallen, und vor allem wäre es keine gute Idee gewesen. Du warst ein Kunde von ihr, und folglich bestand eine Verbindung. Für mich stand also fest: Wenn ihr etwas zustößt, muss es ihr zustoßen, wenn du verreist bist.«

»Deshalb musstest du jemand von außen damit beauftragen.« Er dachte laut nach. »Und da du schon mal dabei warst, warum nicht Roger? Ein Problem aus der Welt schaffen und einen Köder für Roger auslegen, zwei Fliegen mit einer Klappe. Gar keine so schlechte Idee.« Er blickte stirnrunzelnd auf. »Aber das geht jetzt nicht mehr, weil sie bereits tot ist.«

»Damals habe ich nicht an einen Köder für eine Falle gedacht. Ich wollte dabei nur dich völlig aus dem Spiel lassen, zugleich aber auch nicht zu lange warten. Es war ja nicht abzusehen, wann dieser schräge Vogel zu singen beginnen würde.«

»Ein bisschen hast du trotzdem gewartet.«

»Das war aber nicht meine Idee«, sagte sie. »Erinnerst du dich noch an diese Aufträge, wo du am nächsten Tag schon wieder zurück warst? Ein Auftrag wurde storniert, oder der Typ hat Selbstmord begangen, oder jemand anders hat dir die Sache abgenommen? Jedes Mal bist du zurückgekommen, bevor ich zur Tat schreiten konnte.«

»Du wolltest, dass ich auf keinen Fall in New York bin, wenn sie dran glauben muss.«

»Natürlich.«

»Damit ich ein Alibi hatte. Wenn nun allerdings jemand hätte wissen wollen, was ich währenddessen in Albuquerque oder St. Louis oder sonst wo gemacht habe ...«

»Ich weiß, das ist kein gutes Alibi. ›Euer Ehren, ich kann sie gar nicht umgebracht haben, weil ich in Sausalito den und den umgebracht habe.‹ Wahrscheinlich hatte ich andere Gründe, dich nicht in New York haben zu wollen. Wahrscheinlich wollte ich nicht, dass du es mitbekommst, weil mir klar war, dass du es nicht gut fändest.«

»Allerdings nicht.«

»Du findest es immer noch nicht gut, oder?«

Er dachte kurz nach. »Du musstest es tun«, sagte er schließlich. »Ich hätte versucht, es dir auszureden oder eine andere Möglichkeit zu finden, aber jetzt ist es nun mal passiert, und ich muss zugeben, dass du recht hattest. Wen hast du es machen lassen?«

»Spielt das denn eine Rolle?«

»Wahrscheinlich nicht. Als der Baltimore-Job reinkam, dachtest du, ich wäre eine Weile nicht hier, und hast jemand für Louise engagiert. Und dann hast du erfahren, dass ich zum Geschworenendienst eingeteilt war, und das war ein noch besseres Alibi, als verreist zu sein, deshalb hast du die Gelegenheit ergriffen und deinem Mann grünes Licht erteilt. Er hat übrigens gute Arbeit geleistet. ›Ihr Tod stand in den Sternen‹. Eine solche Schlagzeile hätte sich doch die Presse nie entgehen lassen, eine ermordete Astrologin. Aber ich habe nichts in dieser Richtung gelesen. Hast du diesen Typen vorher schon mal eingesetzt?«

»Einmal. Und da stand auch nichts in der Zeitung.«

»Ist wohl sein Markenzeichen.«

»Ihres.«

»Wie bitte?«

»Ihr Markenzeichen.«

»Es war eine Frau? Haben wir nicht gerade davon gesprochen, dass es Killerinnen nur im Kino gibt?«

»Das hast du gesagt, Keller. Nicht ich.«

Er ließ das Gespräch in seiner Erinnerung noch einmal ablaufen, dann zuckte er mit den Achseln. »Eine Frau also? Und hast du früher schon mal mit ihr zusammengearbeitet?«

Dot nickte und deutete an die Decke. Keller blickte nach oben, sah aber nichts Besonderes außer einer Deckenlampe mit einer ausgebrannten Birne. Dann fiel der Groschen, und er sah Dot mit offenem Mund an.

25

»Beim alten Mann«, sagte er.

»Es erstaunt mich immer wieder von Neuem, wie schnell von Begriff du manchmal bist.«

»Du warst es, Dot. Ihm sind immer mehr Sicherungen durchgebrannt, und er wollte sich von so einem Jüngelchen helfen lassen, seine Memoiren zu schreiben, und du hast mich irgendwohin geschickt und es selbst getan.«

»Nach Kansas City habe ich dich geschickt«, sagte sie. »Es war deine erste Briefmarkenauktion, wenn ich mich recht entsinne.«

»Und Louise hast du auch erledigt? Aber warum?«

»Es ging alles ganz schnell«, sagte sie. »Es hat sich ein kurzes Zeitfenster geöffnet, und wer hätte schon sagen können, wie lang es offen bleiben würde? Und es ging ja nicht nur darum, sie zum Schweigen zu bringen. Es musste auch in aller Stille geschehen, damit nichts davon in der Zeitung stand. Außerdem musste jemand ihre Unterlagen durchsehen, jemand, der wusste, wonach er suchen sollte. Deshalb habe ich sie angerufen und mir einen zweiten Termin geben lassen.«

»Bei ihm«, er sah an die Decke, »war es eine Schlaftablette in seinem Kakao und ein Kopfkissen auf seinem Gesicht.«

»Dass das auch bei ihr funktionieren würde, konnte ich mir nicht vorstellen. Ich hätte ihr eine überziehen und es wie einen Einbruch aussehen lassen können.«

»Wahrscheinlich nicht die schlechteste Idee.«

»So bringt man allerdings notgedrungen die Cops mit ins Spiel, und die fangen an, nach Einbrechern zu suchen oder nehmen sich ihr Privatleben vor, wenn ihnen irgendwas faul erscheint. Warum ihnen also einen Anlass geben, überhaupt ihre Nase in die Sache zu stecken?«

»Man weiß schließlich nie, worauf sie dabei stoßen könnten.«

»Deshalb habe ich erst mal einfach nur dagesessen und furchtbar fasziniert getan von diesem ganzen astrologischen Quatsch, den sie mir erzählt hat, ohne Punkt und Komma und mit einer Stimme, so sanft und süß, dass sie einen fast in den Schlaf lullen könnte. Nur hin und wieder hat sie eine Pause gemacht, damit sie sich eine ihrer Pralinen in den Mund stopfen konnte. ›Die sehen aber lecker aus‹, habe ich ganz nebenbei bemerkt, worauf sie mir prompt eine angeboten hat.«

»Aha.«

»Ich habe zwei genommen und eine gegessen«, fuhr sie fort, »und ich muss gestehen, sie war gar nicht so übel, obwohl ich mir nicht vorstellen kann, mir mit diesem süßen Zeug den ganzen Tag den Bauch vollzustopfen. Wie auch immer, die andere habe ich heimlich in meiner Handtasche verschwinden lassen. Am Ende der Stunde habe ich einen weiteren Termin mit ihr ausgemacht, und als ich darauf ein zweites Mal bei ihr erschienen bin, war ich bestens gerüstet. ›Mmm, die sehen aber lecker aus‹, habe ich wieder gesagt, und als sie mir den Teller hingehalten hat, habe ich es gemacht wie der Große Spaldini, Meister der Fingerfertigkeit.«

»Du hast die Praline, die du beim letzten Mal eingesteckt hast, zurückgelegt.«

»Und mir selbst eine andere genommen, alles mit einer einzigen blitzschnellen Bewegung, der kein menschliches Auge folgen konnte. Ich habe es vor dem Spiegel geübt, Keller. Kann ich dir nur empfehlen, wenn du dir mal richtig lächerlich vorkommen willst.«

»Aber du hast sehr genau darauf geachtet, nicht wieder dieselbe zu nehmen.«

»Allerdings.«

»Wäre ein ziemlich dummer Fehler«, bemerkte Keller. »Wahrscheinlich gar nicht so einfach. Du musst dir eine neue nehmen, während du gleichzeitig die Praline, die du mitgebracht hast, auf den Teller zurücklegst. Da fängt man allerdings dann schon zu überlegen an, wenn man sich die andere in den Mund stopft.«

»Mit dem menschlichen Verstand ist das so eine Sache«, sagte Dot. »Obwohl ich wusste, dass mir kein Fehler unterlaufen war, habe ich mir die Unterseite der Praline, die ich zum Schluss in den Fingern hatte, sehr genau auf einen verräterischen Nadelstich hin angesehen.«

»Hast du dafür eine Spritze verwendet?«

Dot nickte. »Keine Ahnung, warum ich die Praline nicht einfach habe verschwinden lassen, aber irgendwie habe ich mich verpflichtet gefühlt, sie zu essen. Ich habe auf der Unterseite zwar kein Einstichloch gesehen, aber trotzdem habe ich mich natürlich gefragt, ob es von der Wärme nicht von selbst zugegangen ist. Deshalb habe ich mir gesagt, was soll's, entweder steht es in den Sternen oder nicht, und habe sie gegessen.«

»Obwohl du gedacht hast, sie könnte vergiftet sein.«

»Ich wusste, dass sie es nicht war, aber doch, ich habe gedacht, sie könnte es sein. Und obwohl ich wusste, dass sie mit einer Nuss gefüllt war, habe ich mir eingebildet, Bittermandeln zu schmecken.«

»Du hast Zyankali verwendet.«

»Das nimmt man in solchen Fällen üblicherweise. Habe ich aber nicht. Ich habe was anderes genommen, irgend so eine Chemikalie mit einem kilometerlangen Namen, und wer weiß schon, wie dieses Zeug schmeckt? Nicht nach Bittermandeln, würde ich mal meinen, aber genau das habe ich mir zu schmecken eingebildet, na ja, und was mir dabei durch den Kopf gegangen ist, kannst du dir vermutlich selbst denken.«

»Und gleichzeitig musstest du so tun, als würde dir die Praline schmecken.«

»Ich habe vor Begeisterung mit der Zunge geschnalzt. ›Mmm, Louise, einfach köstlich.‹ Was natürlich nicht ganz im Sinne des Erfinders war, weil sie mir eine zweite angeboten hat. Und ich: ›Nein, das würde ich nicht wagen‹, wobei wahrere Worte wohl nie gesprochen wurden. Und so habe ich einfach dagesessen und gewartet, dass sie die Praline mit der Spezialfüllung nimmt.«

»Hättest du nicht einfach nach Hause gehen können?«

»Und warten, dass die Natur ihren Lauf nimmt? Nein, weil ich doch ihre Wohnung noch durchsuchen musste.«

»Ach ja, stimmt.«

»Und außerdem wollte ich unbedingt alles über meinen Freund hören und wie Jupiter mit Pluto in seinem zweiundzwanzigsten Haus ein Trigon bildet.«

»Gibt es nicht bloß zwölf Häuser?«

»Ursprünglich schon, aber dann sind die Investoren eingestiegen.«

»Das mit den Häusern habe ich sowieso nie kapiert. Was für ein Freund übrigens?«

»Der, den ich erfunden habe. Ein gut aussehender Witwer, der Interesse an mir gezeigt hat. Keller, ich habe doch einen Grund gebraucht, um sie noch mal aufzusuchen. Ich habe einen Freund und ein Geburtsdatum für ihn erfunden, und sie hat ihm ein Horoskop gestellt, um zu sehen, ob wir zusammenpassen.«

»Und?«

»Wir hätten Probleme bekommen, und auf Dauer hätte es nicht funktioniert, aber sie fand, ich sollte die Sache nicht von vorneherein abwürgen. Natürlich hat er nicht existiert, und mein richtiges Geburtsdatum hatte sie auch nicht, aber ansonsten hat es haargenau zugetroffen.« Sie verdrehte die Augen. »Und da sitze ich und tue so, als wäre ich total fasziniert von dem, was sie mir erzählt, während ich in Wirklichkeit nur darauf warte, dass sie diese Praline isst. Aber sie ist total auf das konzentriert, was sie mir erzählt, und als sie irgendwann doch mal kurz Luft holen muss und sich bei dieser Gelegenheit eine Praline nimmt, ist es die falsche. Was ich natürlich erst merke, als sie hineinbeißt und nichts passiert.«

»Du hast bestimmt wie auf Kohlen gesessen.«

»Interessant ist allerdings, was dabei in meinem Kopf abgelaufen ist«, sagte sie. »Ich habe nämlich ein schlechtes Gewissen bekommen. Immerhin war sie eine nette Frau und hat mir zu helfen versucht. Es war wirklich ein Jammer, was ich tun musste. Aber als sie dann hartnäckig weiter nach den falschen Pralinen gegriffen hat ...«

»Bist du sauer auf sie geworden.«

»Und wie! Sie hat mir das Leben schwer gemacht, sie hat sich geweigert mitzuspielen, sie hat nicht gemacht, was sie machen sollte. Geht dir das manchmal auch so?«

»Ständig. Als ob es ihre Schuld wäre, dass sie so schwer umzubringen sind.«

»Am liebsten hätte ich sie angeschrien: ›Friss endlich diese Praline, du blöde fette Pflunze!‹ Stattdessen habe ich nur dagesessen, und irgendwann war ich bereits an dem Punkt, dass ich das Ganze vergessen wollte, und dann nimmt sie eine Praline und beißt hinein, und Halleluja.«

»Und?«

»Es war schlimmer als das erste Mal. Sie hat so komische Geräusche gemacht, und dann ihr Gesicht. Sie hat wild um sich geschlagen und gezappelt. Es gab einen Punkt, an dem ich dem ein Ende gemacht hätte, wenn ich gekonnt hätte. Aber das konnte ich natürlich nicht.«

»Schon klar.«

»Und dann hat sie aufgehört, um sich zu schlagen, und einen langen Seufzer von sich gegeben, und das war's dann. Und dann habe ich eigentlich nichts

262

empfunden, nicht wirklich jedenfalls, denn wozu auch? Sie war tot. Sie hat nichts mehr gespürt und ich auch nicht.«

»Sicher konntest du es nicht erwarten, aus der Wohnung zu kommen.«

»Natürlich. Aber vorher musste ich noch Verschiedenes erledigen. Zuerst musste ich mich vergewissern, dass sie wirklich tot ist, und dann habe ich eine Suchaktion gestartet. Ich habe eine Akte mit deinem Namen drin gefunden. Außerdem hat sie dein Horoskop und alle möglichen Notizen enthalten, aus denen ich nicht schlau geworden bin. Auch meine Akte habe ich gefunden, unter dem Namen, den ich ihr gesagt habe. Ich habe sie beide mitgenommen und entsorgt.«

»Gut.«

»Dann habe ich ihren Terminkalender durchgesehen. Es war mein dritter Termin, deshalb habe ich dreimal drin gestanden. Nur ein Name, Helen Brown, keine Adresse und keine Telefonnummer und nichts in ihren Unterlagen. Deshalb habe ich es gelassen. Es hätte nichts gebracht. Du hast auch drin gestanden, aber so viele Monate zuvor, dass ich mir nicht vorstellen konnte, dass dich jemand so weit zurück noch überprüfen könnte. Trotzdem habe ich deinen Namen mit einem Filzstift unkenntlich gemacht. Doch dann ist mir klar geworden, dass sie bestimmt feststellen können, was ursprünglich dort gestanden hat. Deshalb habe ich die Seite einfach rausgerissen.«

»Das konnte jedenfalls nicht schaden.«

»Dann habe ich ihre Sachen kurz durchgesehen. Es war irgendwie komisch für mich, deshalb habe ich schnell wieder damit aufgehört. Ich habe etwas Bargeld in der Schublade mit ihrer Unterwäsche gefunden, ein paar tausend Dollar.«

»Hast du sie genommen?«

»Ich habe es mir überlegt. Ich meine, Geld stinkt nicht. Aber dann habe ich bis auf fünfhundert alles dort gelassen, wo es war, und habe die fünfhundert in ihre Handtasche gesteckt.«

»Damit es nicht wie ein Einbruch aussah.«

»Ja. Obwohl es eigentlich keinen Sinn ergibt, denn welcher Einbrecher schiebt seinem Opfer eine vergiftete Praline unter? Ich glaube, ich war nicht ganz bei klarem Verstand.«

»Wenn du damit davongekommen bist, war dein Verstand klar genug.«

»Wahrscheinlich. Ich habe sie einfach liegen gelassen und bin nach Hause gefahren. Ich habe noch überlegt, ob ich es melden sollte. Aber in der Notrufzentrale haben sie Anrufererkennung. Sie wissen also, von wo sie angerufen werden.«

»Wozu auch die Eile?«

»Das habe ich mir auch gedacht. Je länger es dauert, bis die Leiche gefunden wird, desto geringer die Gefahr, dass sie den Braten riechen.«

»Findest du diese Wortwahl nicht ein wenig unglücklich?«

»Meine Wortwahl ... ach so, klar. Jedenfalls, dieses Zeug, das ich ihr gegeben habe, lässt es wie einen Herzinfarkt aussehen. Man bekommt sogar einen davon, das ist, wie es wirkt. Natürlich ließe es sich nachweisen, wenn sie danach suchen würden, aber warum sollten sie danach suchen? Sie hatte locker zwanzig Kilo Übergewicht, sie hatte wenig Bewegung, und sie war alt genug, um einen Herzinfarkt zu bekommen ...«

»Wie alt muss man dafür sein? Nein, schon gut, ich weiß, was du meinst.«

»Ich hatte die ganze Zeit Handschuhe an, wie eine süße, kleine Vorstadthausfrau. Keine Fingerabdrücke also, derentwegen ich mir Sorgen machen müsste. Und als ich gegangen bin und die Tür hinter mir zugezogen habe, ist das Schloss eingeschnappt, und ich bin nach Hause gefahren.«

»Zufrieden mit dir und der Welt, dass alles so gut gelaufen ist.«

»Also, da wäre ich nicht so sicher«, sagte sie. »Zu Hause habe ich mir als Erstes einen ordentlichen Drink gemacht, um ihn dann aber in die Spüle zu kippen, denn wozu brauche ich einen Drink?«

»Du hattest es noch nie mit dem Alkohol.«

»Nein, aber diesmal hatte ich das Bedürfnis danach, woran man sehen kann, wie ich mich gefühlt habe. Ich habe dagesessen und ihr beim Sterben zugesehen, Keller. So etwas habe ich vorher noch nie gemacht.«

»Beim alten Mann war es anders.«

»Völlig. Er hat nicht gezappelt und um sich geschlagen und komische Geräusche gemacht. Er hat geschlafen, und ich habe nur dafür gesorgt, dass er nicht mehr aufgewacht ist. Du weißt ja, wie er war. Es war ein Gnadenakt.« Sie verzog das Gesicht. »Bei dieser Sternguckerin war es kein Gnadenakt. Das Bild, das ich dabei vor mir sehe, ihr Gesichtsausdruck, mit Gnade hatte das nichts zu tun.«

»Es wird verblassen, Dot.«

»Häh?«

»Das Bild in deiner Erinnerung. Verschwinden wird es nicht, aber es wird verblassen. Und das genügt.«

»Keller, ich bin ein großes Mädchen. Damit kann ich leben.«

»Ich weiß, aber ohne es kannst du auch leben. Es wird verblassen, glaub mir, und du kannst es schneller verblassen lassen. Es gibt eine Übung, die du machen kannst.«

»Aber hoffentlich keine Kniebeugen.«

»Nein, was rein Mentales. Schließ die Augen. Das ist mein voller Ernst, Dot. Schließ die Augen.«

»Und?«

»Und jetzt stellst du es dir bildlich vor. Louise in ihrem dick gepolsterten Sessel ...«

»Sie war auch selbst dick gepolstert.«

»Nein, mach jetzt keine Witze. Stell es dir einfach vor.«

»Meinetwegen.«

»Und du siehst es aus der Nähe. Und in Farbe.«

»Eine andere Wahl hatte ich doch gar nicht, Keller. Ich war dabei, ich habe es nicht auf einem Schwarzweißfernseher gesehen.«

»Lass die Farben verblassen.«

»Häh?«

»Lass die Farben aus dem Bild in deinem Kopf verschwinden – als würdest du den Farbregler an deinem Fernseher runterdrehen.«

»Wie soll ich ...«

»Tu's einfach.«

»Wie in der Schuhewerbung.«

»Ist die Farbe weg?«

»Nicht vollständig. Aber sehr gedämpft. Hoppla – sie ist zurückgekommen.«

»Dann dreh sie wieder zurück.«

»Okay.«

»Näher an grau jetzt?«

»Ein bisschen.«

»Gut«, sagte er. »Und jetzt fahr zurück.«

»Häh?«

»Wie bei einem Zoom, bloß dass es ein umgekehrter Zoom ist, weil das Bild in deinem Kopf immer kleiner wird. Fahr zwanzig Meter oder so zurück.«

»Hinter mir ist eine Wand.«

»Nein, da ist keine. Du hast so viel Platz, wie du haben willst, und das Bild wird immer kleiner, und die Farbe verblasst immer mehr.«

Eine Weile schwiegen beide, dann öffnete Dot die Augen und sagte: »Das war jetzt aber echt komisch.«

»Jedes Mal wenn dir das Bild in den Sinn kommt«, sagte Keller, »nimmst du dir ein, zwei Minuten Zeit und tust, was du gerade getan hast. Dann wirst du an einen Punkt kommen, an dem die Szene in Schwarzweiß abläuft, wenn du sie dir vorzustellen versuchst. Du wirst nicht mehr in der Lage sein, sie in Farbe oder aus der Nähe zu sehen.«

»Und das entschärft es etwas?«

»Ganz enorm sogar.«

»Ist das, was du in so einem Fall machst, Keller?«

»Das ist, was ich gemacht habe. Am Anfang.«

»Was ist passiert? Hat es nicht mehr funktioniert?«

Er schüttelte den Kopf. »Irgendwann musste ich es überhaupt nicht mehr tun.«

»Du hast dich gewissermaßen abgehärtet.«

»Ich weiß nicht, ob es das trifft«, sagte er. »Eher glaube ich, dass ich mich einfach daran gewöhnt habe, oder die Übung hat eine Langzeitwirkung. Aber egal, woran es gelegen hat, die Bilder haben mich nicht mehr groß belastet. Und sind von allein verblasst. Die Farbe ist verblichen, und sie sind immer kleiner geworden, bis keine Einzelheiten mehr zu erkennen waren.«

Als das andere ungelöste Problem entpuppte sich Maggie.

Darauf war er mehr oder weniger schon selbst gekommen. Dot erzählte gerade von ihrem Besuch in Louises Wohnung, als ihm klar wurde, dass er das Problem war, dass er die Polizei zu dem großen Haus in White Plains führen konnte, wenn sie der Sache zu gründlich nachgingen. Er griff gerade nach seinem Glas mit Eistee, als ihm dieser Gedanke kam, und er stellte es wieder ab, als enthielt es dieselbe Substanz wie Louises letzte Praline.

Das war natürlich lächerlich, er hatte es bereits zur Hälfte ausgetrunken, und sie tranken beide aus demselben Krug. Außerdem war der ganze Gedanke vollkommen absurd. Wenn Dot ihn loswerden wollte, täte sie es nicht in ihrem Haus, und sie würde dem Ganzen keine Unterhaltung wie diese vorausschicken.

Nein, er wusste, wer der andere Risikofaktor sein musste.

»Aber sie weiß doch gar nichts«, sagte er zu Dot. »Sie glaubt, ich bin bereits berentet und arbeite nur hin und wieder auf selbständiger Basis für meine alte Firma. Sie glaubt, ich fliege ab und zu ins Silicon Valley und sehe mir irgendwelche Zahlen mit ihnen an.«

»Sie hat dich zu der Sternguckerin geschickt.«

»Schon, aber ...«

»Sie war es auch, die dich auf deinen Mörderdaumen aufmerksam gemacht hat.«

»Aber wir haben uns getrennt. Wir haben keinen Kontakt mehr.«

»Wann hast du das letzte Mal mit ihr gesprochen?«

»Das vorletzte Mal ist schon Monate her ...«

»Das ist nicht, was ich dich gefragt habe, Keller.«

»Gestern«, gab er zu. »Aber ich habe sie nur angerufen, weil ich Louise finden wollte und dachte, Maggie könnte ihre neue Adresse wissen.«

»Sie wusste sie aber nicht.«

»Sie hat nur gesagt, ich bräuchte keine Astrologin, um zu wissen, wie die Sterne stehen.«

»Was soll das bitte heißen?«

»Wahrscheinlich nur, dass sie sauer auf mich ist. Sie hat mit mir Schluss gemacht und war sauer, dass ich sie nicht angerufen habe.«

»Kann ich gut nachvollziehen.«

»Vor zwei Monaten habe ich einen Anruf bekommen«, sagte Keller. »Ich habe abgenommen und ein paarmal hallo gesagt, und die andere Person hat aufgelegt.«

»Wahrscheinlich jemand, der sich verwählt hat.«

»So hat es sich aber nicht angefühlt«, sagte er. »Deshalb habe ich Sternchen 69, den automatischen Rückruf, gedrückt, und sie ist drangegangen und hat ein paarmal hallo gesagt, und diesmal habe ich *ich* nichts gesagt.«

»Da hat sie ihre eigene Medizin zu schmecken gekriegt.«

»Na ja, mir ist nichts eingefallen, was ich sagen könnte. Deshalb habe ich einfach aufgelegt, und kurz darauf hat mein Telefon geläutet …«

»Sie wahrscheinlich wieder.«

»… aber ich habe es läuten lassen, und damit hatte es sich dann. Aber das kann sie damit nicht gemeint haben. Es war wegen etwas, das erst vor Kurzem passiert sein muss, wegen irgendwelcher Nachrichten, die sie mir angeblich hinterlassen hat, bloß dass sie mir keine hinterlassen hat.«

»Sie hat dir aber welche hinterlassen.«

»Häh?«

»Also, das ist jetzt ein bisschen peinlich«, rückte sie mit der Sprache heraus. »Wenn du verreist bist, höre ich manchmal deine Nachrichten ab.«

»Wie bitte?«

»Erst seit Roger auf der Bildfläche erschienen ist. Ich habe mir Sorgen um dich gemacht, Keller. Da ist die Glucke in mir zum Vorschein gekommen. Und als eines Abends mal nichts Gescheites im Fernsehen gekommen ist, habe ich bei dir angerufen.«

»Und ich war nicht zu Hause.«

»Natürlich nicht. Du warst in Albuquerque oder sonst wo. Der Anrufbeantworter hat sich eingeschaltet, und ich habe deine Stimme vom Band gehört.«

»Und so einen verschleierten Blick gekriegt.«

»Klar, natürlich. Ich habe dir eine Nachricht auf Band gesprochen, irgendwas, dass du dich hoffentlich gut amüsierst, aber dann fand ich es irgendwie doof, dir eine Nachricht zu hinterlassen. Deshalb habe ich noch mal angerufen und alles gelöscht.«

»Wie hast du das gemacht?«

»Wie ich das gemacht habe? Ich habe dich noch mal angerufen, und als sich der Anrufbeantworter eingeschaltet hat, habe ich den Code eingegeben, und als ich meine eigene Nachricht gehört habe, habe ich die Drei gedrückt und sie gelöscht.«

»Woher wusstest du den Code?«

»Wenn du das Gerät kaufst«, sagte sie, »ist der Code fünf-fünf-fünf, und sie erklären einem, wie man ihn ändern kann.«

»Was ich getan habe.«

»Auf vier-vier-vier, Keller.«

»Tja.«

»Es war nicht der erste, den ich ausprobiert habe«, sagte sie, »aber allzu lange habe ich nicht gebraucht, um drauf zu kommen. Ich habe die Nachrichten, die ich dir hinterlassen hatte, gelöscht, und weil ich schon dabei war, habe ich auch noch die Nachricht irgendeines Wichsers gelöscht, der dir eine Ferienwohnung auf den Bahamas andrehen wollte.« Sie zuckte mit den Achseln. »Was soll ich sagen? Ich habe mir angewöhnt, deine Privatsphäre zu verletzen. Wenn du verreist warst, habe ich deine Nachrichten abgehört.«

»Als *ich* sie mal abgehört habe«, fiel ihm an dieser Stelle ein, »war irgendeine ärgerliche Nachricht drauf, keine Ferienwohnung, aber was ähnlich Überflüssiges, und ich war zu faul, sie zu löschen. Und als ich dann nach Hause gekommen bin, war sie nicht mehr drauf.«

»Es muss eine von denen gewesen sein, die ich gelöscht habe. Ich dachte, ich erspare dir den Aufwand.«

»Und es waren auch Nachrichten von Maggie drauf?«

»›Hi, ich bin's. Hab grade an dich gedacht. Aber du brauchst nicht zurückrufen.‹ Wenn du nicht zurückrufen sollst, warum musst du es dann überhaupt hören?« Sie griff nach ihrem Glas Eistee. »Das war die erste. Und im Lauf der Monate sind noch ein, zwei ähnliche Anrufe eingegangen. Als du in Baltimore warst, hat sie drei oder vier Nachrichten hinterlassen, darunter eine in dem Stil: ›Ich weiß, dass du zu Hause bist und nicht ans Telefon gehst, aber geh jetzt bloß nicht dran, weil es nur zeigen würde, was für ein neurotischer Idiot du bist.‹ Dann eine lange Pause, in der du wahrscheinlich abheben solltest, und dann hat sie dich irgendwas genannt und aufgelegt.«

»Was hat sie mich genannt?«

»Ich weiß nur noch, dass es kein Kompliment war. Dann eine Entschuldigung und eine Bitte, sie anzurufen. Und dann noch eine, dass du die vorangegangene Nachricht ignorieren sollst. Ich hielt es für das Beste, sie alle zu ignorieren, und habe alle gelöscht.«

»Und das war, als ich in Baltimore war.«

»Und als Geschworener im Gericht.«

»Du hast tagsüber angerufen, als ich im Gericht war.«

»Zweimal.«

269

»Nur zweimal?«

»Na ja, das heißt, täglich. An diesem Punkt ging es mir nur um Nachrichten von ihr. Meistens hast du keine bekommen, aber ich wollte nicht, dass du was von ihr hörst oder mit ihr sprichst.«

»Weil du bereits einen Risikofaktor in ihr gesehen hast.«

»Das war doch nicht mehr zu übersehen, Keller.«

»Der Köder«, sagte er.

»Unschädlich machen müssen wir sie sowieso. Aber ich kann mir vorstellen, dass du das nicht selbst übernehmen willst, oder täusche ich mich da?«

»Ich war mit der Frau im Bett«, sagte er.

»Und hast ihr Blumen geschickt, wenn ich mich recht erinnere.«

»Ich mochte sie, Dot. Ich fand ihre Art, die Dinge zu sehen, irgendwie interessant.«

»Die Frauen, die du dir aussuchst«, sagte sie, »haben immer eine interessante Art, die Dinge zu sehen.«

»Die Frauen, die ich mir aussuche?«

»Diese hier«, sagte sie, »und die mit den Ohrringen. Vielleicht bin ich voreingenommen, aber es wäre doch nicht übertrieben, sie als durchgeknallt zu bezeichnen.«

»Vielleicht.«

»›Lass uns ruhig eine oberflächliche Beziehung haben. Schick mir also keine Blumen mehr, und wir sehen uns nur ein-, zweimal im Monat und gehen ins Bett miteinander.‹«

»›Und außerdem hast du einen Mörderdaumen.‹«

»Noch ein bisschen oberflächlicher, Keller, und du hättest ganz zu Hause bleiben können und ihr nur jeden Monat einen Teelöffel Sperma zu schicken gebraucht. Ich muss sagen, sie hat dir einen Gefallen damit getan, dich auf Abstand zu halten. Sonst könnte es dir jetzt schwerer fallen, es hinter dich zu bringen.«

»Der Köder«, sagte er.

»Das Wort scheint dich zu stören. Sag einfach Sushi, wenn du das besser findest. Es läuft auf dasselbe hinaus.«

»Wahrscheinlich gewöhne ich mich an die Vorstellung.«

»Du kannst es auch so sehen«, sagte Dot. »Sie ist die Zitrone, die dir das Schicksal zuteilt. Und du machst Limonade daraus.«

Zurück in seiner Wohnung, hörte Keller als Erstes den Anrufbeantworter ab. Er drückte auf den Abspielknopf, und eine Roboterstimme sagte: »Sie. Haben. Keine. Nachrichten.«

Und was hieß das? Dass niemand eine Nachricht hinterlassen hatte? Oder dass Dot angerufen hatte, als er weg war, und den Anrufbeantworter gesäubert hatte?

Zuallererst musste er seinen Code ändern, und möglichst etwas weniger Naheliegendes als 4 4 4. Und was? Er überlegte sich alle möglichen Zahlenkombinationen und versuchte, eine zu finden, die weniger eingängig und einprägsam war als andere. 3 8 1? 2 9 4? Jede Zahl, stellte er fest, hatte spezielle Eigenschaften, wenn man lange genug darüber nachdachte. Und wenn es ihm gelang, eine zu finden, die wirklich so unauffällig war, dass man sie sich nicht einprägen konnte, wie sollte er sie sich dann selbst merken?

Außerdem konnte Dot sie herausbekommen, indem sie willkürlich Nummern ausprobierte. Wie viele Kombinationen gab es überhaupt? Aus der Highschool wusste er, dass es für so etwas Formeln gab, aber wie das meiste, was er auf der Highschool in Mathe gelernt hatte, hatte er es schon lang vergessen.

Er setzte sich an den Schreibtisch, nahm einen Stift zur Hand und merkte, dass man gar keine Formel brauchte. Die Zahlen begannen bei 0 0 0 und reichten bis 9 9 9. Tausend Kombinationen, so viele gab es. Zehn mal zehn mal zehn, das war die Formel, wenn man auf Formeln stand. Es hörte sich nach einer Menge an, tausend, aber bei genauerer Überlegung waren es gar nicht so viele.

Vor Jahren hatte er für den alten Mann einen Auftrag ausgeführt, bei dem ein Aktenkoffer eine Rolle gespielt hatte. Er hatte jahrelang nicht mehr daran gedacht, aber jetzt fiel ihm wieder ein, dass der Aktenkoffer abgeschlossen gewesen war, nicht mit einem Schlüssel, sondern mit einem dreistelligen Zahlencode. Es war eins dieser Zahlenschlösser gewesen, bei denen man die richtigen drei Ziffern einstellen musste, um es zu öffnen. Er hatte stattdessen eine Gartenschere genommen und den Lederkoffer einfach aufgeschnitten, aber jetzt, Jahre später, wurde ihm klar, dass er den Koffer hätte aufbekommen können, ohne ihn zu zerstören. Es hätte etwas länger gedauert, aber keine Ewigkeit.

Höchstens zwei Stunden, schätzte er. Vielleicht sogar weniger. Wenn man systematisch vorging, konnte man locker zehn bis fünfzehn Kombinationen pro Minuten ausprobieren. Zehn pro Minute hieß hundert Minuten, und wie viel war das? Eine Stunde und vierzig Minuten?

Mit der Gartenschere war es sehr schnell gegangen. Natürlich hatte er eine Weile gebraucht, um die Schere zu finden, und davor hatte er mit einem Küchenmesser erfolglos am Deckel herumgesägt. Aber darum ging es nicht. Für tausend Kombinationen brauchte man nicht lang, egal, ob es ein Nummernschloss oder der Code eines Anrufbeantworters war. Man wählte die Nummer und wartete, bis sich der Anrufbeantworter einschaltete. Dann tippte man so viele dreistellige Zahlencodes ein, wie man in dreißig Sekunden, oder wie lang der Anrufbeantworter lief, schaffte. Dann rief man erneut an und machte da weiter, wo man unterbrochen worden war. Man rief vielleicht sehr oft an, aber das machte nichts. Man hinterließ keine Nachrichten. Und selbst wenn man das tat, kam man irgendwann auf die richtige Zahlenkombination. Und dann konnte man die Nachrichten löschen.

Den Code zu ändern brachte also nichts. Und wie käme sich Dot vor, wenn sie anrief und 4 4 4 eingab und nichts passierte? Es wäre ein Schlag ins Gesicht, aber kein besonders wirksamer, weil sie nur der Reihe nach alle Kombinationen einzugeben brauchte, um den Code zu knacken.

Natürlich konnte er es ihr vorher schon sagen. »Mir ist klar geworden, dass jeder tun kann, was du getan hast, und so an meine Nachrichten rankommt«, könnte er ihr erklären. »Deshalb habe ich den Code geändert.« Dann würde sie sagen, das wäre eine gute Idee, und wenn sie ihn nach der neuen Kombination fragte, konnte er sagen, sie sich einzuprägen, wäre so schwer, dass er sie sich nicht einmal selbst merken könnte. »Aber ich habe sie mir aufgeschrieben«, würde er sagen und es dabei belassen.

Aber wenn sie das unbedingt wollte, konnte sie sich auch die neue Kombination beschaffen. Wie man es auch sah, es gab keine Möglichkeit, sie von seinem Anrufbeantworter fernzuhalten. Außer ...

Er konnte sich eine neue Telefonnummer zulegen. Eine Geheimnummer, die nicht im Telefonbuch stand. Eine siebenstellige, was auf zehn Millionen mögliche Kombinationen hinausliefe. Sie herauszubekommen, würde eine Ewigkeit dauern und ein Vermögen kosten, weil man sich dabei neun Millionen Mal verwählen würde.

Wenn er sich allerdings eine neue Telefonnummer zulegte, erhielte er gar keine Nachrichten, die vor fremdem Zugriff geschützt werden mussten, weil ihn niemand erreichen könnte. Auch Dot nicht, die ihn am häufigsten anrief.

Vielleicht sollte er alles einfach so lassen, wie es war. Wahrscheinlich war es sogar richtig gewesen von Dot, seinen Anrufbeantworter abzuhören, genauso, wie es auch richtig gewesen war, der Astrologin auf den Zahn zu fühlen. Er hatte Louise gemocht, sie war eine sympathische Frau gewesen, aber sobald jemand auf einen Mörderdaumen zu sprechen gekommen war, hatte sie sich als Plaudertasche entpuppt. Und das hatte sie eindeutig zu einem Risikofaktor gemacht.

Deshalb hatte Dot sie zum Schweigen gebracht.

Das musste man sich mal vorstellen. Dot, wie sie mit Handschuhen und einem Hut mit Blumengesteck einen Zug in die Stadt nahm. Sie hatte zwar nichts von einem Hut gesagt, und es war schwer, sie sich mit einem vorzustellen, aber irgendwie passte es. Handschuhe und Hut, und eine vergiftete Praline in ihrer Handtasche. Und hinterher hatte sie aufgeräumt und war wieder nach Hause gefahren.

Tja.

Angenommen, sie hätte es nicht getan. Angenommen, sie hätte Keller nur gewarnt und es ihm überlassen, den potentiellen Schlamassel, den er angerichtet hatte, zu beseitigen. Hätte er Louise für immer zum Schweigen bringen können?

Wahrscheinlich schon. Man tat, was man tun musste. Ein-, zweimal hatte er im Lauf der Jahre den Fehler begangen, jemand, den er ausschalten sollte, persönlich kennenzulernen. Da war ein Mann in Roseburg, Oregon, gewesen, der dort im Zug eines Zeugenschutzprogramms eine neue Identität als Drucker verpasst bekommen hatte. Keller hatte den Mann – und die Stadt – gemocht und sogar mit dem Gedanken gespielt, sich dort niederzulassen. Aber dann tat man doch, was man tun musste. Man biss die Zähne zusammen und brachte es hinter sich.

Er hatte den Namen des Mannes vergessen. Seine beiden Namen, den ursprünglichen und den, den er vom FBI bekommen hatte. Auch wie er aussah, hatte er vergessen. Er konnte ihn sich nicht mehr vorstellen.

Was völlig in Ordnung war. Genauso sollte es sein.

Er stellte sich Louise vor, wie er sie in Erinnerung hatte, in ihrem Polster-sessel, neben sich eine Schale mit Pralinen. Aber ihre Gesichtszüge begannen sich bereits aufzulösen, und die Farben verblassten zu einem matten Grau.

Gut so.

26

Keller stellte seine Kaffeetasse ab, und Sekunden später schenkte ihm der Hilfskellner nach. Er hatte sich gefragt, wie lange er mit einer Tasse Kaffee dasitzen könnte, und es sah immer mehr so aus, als könnte er das für immer. Sie ließen die Tasse nämlich nie leer werden, und wie sollte man das Lokal jemals verlassen, wenn man noch eine volle Tasse vor sich stehen hatte?

Er ließ den Kaffee kalt werden und schaute aus dem Fenster. Das Café war an der Ecke Crosby und Bleecker, und von Kellers Platz war der Eingang von Maggies Haus zu sehen. Ihn zu beobachten war ein wenig, wie Farbe beim Trocknen zuzusehen. Niemand ging rein oder raus, und kaum jemand ging daran vorbei, weil in diesem Abschnitt der Crosby Street nicht viele Fußgänger unterwegs waren.

Keller trank etwas mehr Kaffee, worauf ihm wieder nachgeschenkt wurde, und dann sah er einen Mann mit einem Werkzeugkasten aus Maggies Haus kommen. Er war klein und drahtig, mit der Figur eines Jockeys, und hatte eine abgewetzte Lederjacke an.

Er kam auf das Café an der Ecke zu, betrat es und setzte sich zu Keller an den Tisch. »So, das hätten wir, aber jetzt könnte ich was zu essen vertragen.« Er griff nach der Speisekarte. »Können Sie mir was empfehlen?«

»Ich bin das erste Mal hier.«

»Aber Sie sind länger hier als ich. Was haben Sie gegessen?«

»Ich hatte nur einen Kaffee.«

»Sonst nichts?« Er winkte der Bedienung, bestellte einen Cheeseburger mit Pommes und erkundigte sich, welche Pies sie hatten. Die Wahl fiel ihm nicht leicht, aber schließlich entschied er sich für eine Boston Cream.

»Hier«, sagte er, nachdem er bestellt hatte, und legte drei Schlüssel auf den Tisch. »Der hier ist für die Haustür. Oben habe ich beide Schlösser aufgebohrt und die Zylinder ausgewechselt. Der helle Schlüssel ist fürs obere Schloss, der dunkle fürs untere. Den fürs obere müssen Sie im Uhrzeigersinn drehen, den fürs untere entgegen. Ein Klacks, aber Sie werden enttäuscht sein.«

»Warum?«

»Weil es nichts zu stehlen gibt. Nicht, dass ich mich groß umgesehen hätte.

Ich habe nur getan, was ich tun sollte, aber dass dort keine Möbel waren, war nicht zu übersehen. Keine Stühle, keine Tische, kein Teppich auf dem Boden. Rein gar nichts. Aber ausgezogen sind sie nicht. An einer Anschlagtafel hingen alle möglichen Zettel, und in den Schränken waren Kleider. Aber nirgendwo waren Möbel. Wissen Sie irgendwas über diese Leute?«

»Er ist Architekt, glaube ich.«

»Ach so, dann wundert mich nichts mehr. Architekten haben nie Möbel. Sie wollen nur möglichst viel Platz haben. Ein einziger riesiger Raum, der die ganze Etage einnimmt, mit nichts drinnen als jeder Menge Platz.«

»Ein Bett werden sie doch hoffentlich haben«, sagte Keller.

»Einen Schreibtisch habe ich gesehen«, sagte der Mann. »Er war eingebaut. Und mehrere Bücherregale, auch eingebaut. Was das Bett angeht, also, wenn Sie eins finden, können Sie gern drin schlafen. Ich habe jedenfalls keines gesehen.«

»Hm.«

»Und alles ist weiß«, sagte der Mann, »sogar der Boden. Es muss ein Architekt sein. Richtig praktisch, nicht? Ein weißer Fußboden, hier in New York.« Er legte seinen Cheeseburger auf den Teller, schob sich ein Stück Pastete rein, biss wieder in den Cheeseburger. »Ich esse alles gleichzeitig«, sagte er, als müsste er sich dafür rechtfertigen. »Meine ganze Familie ist so. Sie wollen da rein, oder?«

»Wo rein?«

»Na, in die Wohnung, das Loft. In diese Unmengen von weißem Platz. Jedenfalls können Sie jetzt rein. Der helle Schlüssel ist für das obere Schloss. Ist aber auch nicht weiter tragisch, wenn sie die Schlüssel verwechseln. Wenn der eine nicht passt, nehmen Sie einfach den anderen.« Er griff nach einer Fritte.

»Die Schlüssel gehören Ihnen, sobald Sie dafür gezahlt haben.«

»Ach so, klar.« Keller gab dem Mann einen Umschlag, worauf dieser seine Gabel gerade lange genug weglegte, um die Lasche anzuheben und die Scheine in dem Kuvert zu zählen.

»Ich zähle immer nach«, sagte er. »Für den Fall, dass es zu viel oder zu wenig ist. Ich habe die Erfahrung gemacht, dass der Betrag in einem Drittel der Fälle nicht stimmt, und jetzt raten Sie mal, wie hoch die Wahrscheinlichkeit ist, dass das zu meinen Gunsten ist.«

»So gut wie nie.«

»Richtig«, sagte der Mann. »Diesmal stimmt der Betrag, vielen Dank also.«

»Gern geschehen«, sagte Keller und nahm die Schlüssel an sich. »Und danke für Ihre Hilfe.«

»Das ist mein Job«, sagte der Mann. »Ich habe einen Schlüsseldienst. Da ist man rund um die Uhr im Einsatz. Leute verlieren ständig ihre Schlüssel, und ich schließe ihnen die Tür auf. Und wenn sie nie einen Schlüssel hatten, tja, dann kostet sie der Spaß eben etwas mehr.« Er grinste. »Sie haben es bestimmt eilig. Sie müssen also nicht warten, bis ich fertig gegessen habe. Vielleicht probiere ich auch noch den Pekannusskuchen, mal sehen, ob er auch so gut ist wie die Boston Cream. Gehen Sie ruhig, die Rechnung geht auf mich. Sie hatten sowieso nur Kaffee. Und nicht vergessen, der helle Schlüssel ist fürs obere Schloss.«

»Und ich muss ihn im Uhrzeigersinn drehen.«

»Egal.« Er schnappte sich eine Fritte. »Wenn ich Ihnen einen Rat geben darf. Setzen Sie eine Sonnenbrille auf.«

Es war ein kleiner Gewerbebau, der in Wohnungen umgewandelt worden war, mit einem Loft auf jeder der fünf Etagen. Der Bildhauer im Erdgeschoss wohnte mit seiner Frau in Park Slope und nutzte das Loft laut Maggie nur für die Arbeit. »Er macht gigantische Statuen«, hatte sie ihm erzählt, »menschenähnlich, aber nur sehr entfernt, und tonnenschwer. Deshalb ist es gut, dass er im Erdgeschoss ist. Er braucht ewig, um eine Statue fertig zu bekommen, aber da er sowieso nichts verkauft, ist es egal.«

»Er verkauft nie was?«

»Ich habe jahrelang gemalt«, sagte sie, »und habe auch nie was verkauft. Man muss nichts verkaufen, um Künstler zu sein. Wahrscheinlich ist es sogar einfacher, wenn nicht.«

Es gab einen Maler im zweiten Stock und einen weiteren im dritten. Keller wusste nicht, wie ihre Bilder aussahen oder ob sie welche verkauften. Er wusste nur, dass Maggie in der obersten Etage wohnte und dass der Architekt aus dem ersten Stock in Europa war und erst in ein paar Monaten zurückkam.

Keller schloss mit den neuen Schlüsseln die neuen Schlösser auf und betrat den riesigen weißen Raum. Der Fußboden war, wie der Schlosser gesagt hatte, weiß, und das waren auch die Wände und die Decke – und der Einbauschreibtisch und die Einbauregale. An beiden Enden des Lofts waren Fenster. Die im hinteren Ende waren, einschließlich der Glasscheiben, weiß überstrichen, die auf der Vorderseite waren hinter weißen Rollläden verborgen.

Bei eingeschaltetem Licht – an der Decke waren mehrere Lichtschienen angebracht – bekam man allein von der Weiße des Raums Kopfschmerzen. Keller machte das Licht wieder aus, und alles wurde in tiefes Dunkel getaucht. Er versuchte, einen der Rollläden ein paar Zentimeter zu öffnen und etwas Tageslicht hereinzulassen, und das war besser.

Es gab in dem Loft Möbel, stellte er fest, aber es wunderte ihn nicht, dass sie der Schlosser nicht gesehen hatte. Als Sitzgelegenheiten dienten weiße Würfel, auf denen zum Teil weiße Kissen lagen, und ein großer weißer Kasten an der Wand enthielt ein Schrankbett. Einige der Würfelsitze waren am Boden fixiert, andere ließen sich verschieben, und einen von letzteren trug Keller samt Kissen zum vorderen Fenster und setzte sich darauf.

»Ich weiß nicht, ob es dir aufgefallen ist«, sagte Dot, »aber die Bücher in den Regalen sind auch weiß. Ursprünglich waren sie das nicht, aber jemand hat alle mit weißem Einbandpapier eingebunden.«

»Ich weiß.«

»Hier könnte man glatt farbenblind werden. Einerseits diese durchgeknallte Tussi über uns, die nur Schwarz trägt, und dann dieser Spinner, bei dem alles weiß ist. Sollen wir tauschen? Soll ich eine Weile die Straße beobachten?«

»Auf der anderen Straßenseite ist jemand«, sagte er.

»Wo?« Sie kam zu ihm ans Fenster und spähte durch einen Spalt zwischen den Lamellen des Rollladens. »Stimmt, in dem Hauseingang dort drüben. Mit der Windjacke und der Baseballkappe?«

»Ich habe ihn erst vor ein paar Minuten entdeckt. Er steht die ganze Zeit nur da.«

»Auf den Bus wartet er wohl nicht – und auf ein Taxi auch nicht. Er wartet auf jemand. Hast du das Fernglas?«

»Ich dachte, das hättest du.«

»Ach so, hier. Wenn er zu uns hochschaut, könnte er sehen, wie sich das

278

Licht darin bricht, wenn es irgendwelches Licht gäbe, das sich darin brechen könnte. Sein Gesicht ist nicht richtig zu erkennen. Da, schau du mal.«

Er schaute durch das Fernglas und stellte die Entfernung ein. Das Gesicht des Mannes befand sich im Dunkeln und war kaum zu erkennen.

»Und? Ist das der Typ, den du in Boston gesehen hast?«

»Ich habe ihn nie richtig zu sehen bekommen«, sagte Keller. »Außerdem weiß ich gar nicht, ob der Typ, den ich gesehen habe, überhaupt der Typ war, der mich umzubringen versucht hat.«

»Und stattdessen deinen Regenmantel umgebracht hat.«

»Jedenfalls ist der Kerl da unten nicht ohne Grund hier«, sagte er. »Entweder ist er Roger, oder er ist es nicht.«

»Das trifft auf jeden zu, Keller.«

»Du weißt schon, was ich meine. Entweder ist er hier, um eine Etage höher etwas zu erledigen, oder er ist hier, um den zu erledigen, der das erledigen will.«

Egal, wer er war, er stand gleich gegenüber, auf der anderen Seite der schmalen Straße. Hätte er eine Schusswaffe, dachte Keller, könnte er den Dreckskerl erschießen, und sie bräuchten nur über die Straße zu gehen, um ihn sich genauer anzusehen.

»Da ist noch jemand«, sagte er. »Siehst du ihn?«

»Wo?«

»Er kommt von der Ecke hoch.«

»Nur ein Mann, der die Straße raufgeht«, sagte Dot. »Was hier allerdings eher selten vorkommt. Was ist mit ihm, Keller? Kommt er dir bekannt vor?«

Keller beobachtete den Mann mit dem Fernglas. Er war zwar gut zu sehen, aber er trug einen langen Mantel, einen breitkrempigen Hut, einen dicken Schal und eine Brille, und man konnte nicht viel mehr über ihn sagen, als dass er keinen Schnurrbart hatte. Er war eher groß, aber das war auch der Mann in dem Hauseingang gegenüber.

»Jetzt dreht er sich zur Seite«, sagte Keller. »Als ob er eine bestimmte Adresse suchen würde.«

»Na, so was! Wen haben wir denn da?«

»Wo, im Hauseingang? Der Kerl dort hat sich nicht von der Stelle gerührt.«

279

»Nein, an der Ecke, Keller. Ist das, wer ich glaube, dass es ist? Ganz in Schwarz, wer hätte das gedacht?«

Es war Maggie, auf dem Weg in ihr Loft. Sie kam von links, und der Typ mit dem Hut und dem Schal kam von rechts, und der Typ mit der Windjacke und der Baseballkappe war auf der anderen Straßenseite und beobachtete das Haus.

»Trifft sich doch bestens«, sagte Dot. »Alle auf einem Fleck. Willst du runtergehen und sie miteinander bekanntmachen, Keller?«

»Da, jetzt überquert er die Straße«, sagte er, »und geht auf sie zu.«

»Er steht immer noch im Hauseingang. Ach so, der mit Hut und Schal. Glaubst du, er macht es jetzt gleich?«

»Wie soll das denn gehen? Es soll aussehen wie ein Unfall.«

»Vielleicht stößt er sie vor einen Lkw. Nach Mitternacht müsste hier doch wenigstens mal ein Müllauto durchkommen. Vielleicht will er sie sich nur aus der Nähe ansehen. Nein, er spricht sie an.«

Unwillkürlich wollte ihr Keller eine Warnung zurufen. Das würde er natürlich nicht tun, aber sollte er etwa einfach dastehen und zusehen, wie die Frau umgebracht wurde?

»Sie reden miteinander.« Dots Stimme war nur noch ein Flüstern. »Wenn das Fenster offen wäre, könnten wir sie hören.«

»Mach es aber bloß nicht auf.«

»Natürlich nicht. Von hier sind ihre Köpfe nur von oben zu sehen, und sie tragen beide Hüte.«

»Und wie geht es jetzt weiter?«

»Keine Ahnung. Vielleicht ist er ein Freund von ihr.«

»Vielleicht.«

»Vielleicht nimmt sie ihn mit nach oben in ihr Loft. Das könnte sie sogar machen, wenn sie ihn gar nicht kennt. Das würde ihm die Sache natürlich vereinfachen, und währenddessen wartet Roger auf der anderen Straßenseite, bis er wieder nach draußen kommt. Nein, Fehlalarm.«

Maggie betrat das Haus, und der Mann mit dem Hut wandte sich von ihr ab und ging, fort von dem Mann im Hauseingang, über die Straße, wo er etwa zwanzig Meter weiter an der Tür eines anderen Hauses stehen blieb.

»Er hat sie nach dem Weg gefragt«, sagte Dot. »Und sie hat ihn zu dem Haus geschickt, vor dem er jetzt steht. Siehst du? Er wartet, dass ihn jemand reinlässt. Und das hat gerade jemand getan, denn er ist nach drinnen verschwunden.«

»Und der andere, der Kerl mit der Baseballkappe? Er steht nicht mehr in seinem Hauseingang.«

»Er geht zu dem Café an der Ecke hoch«, sagte Dot. »Es hat noch auf. Vielleicht hat er Hunger.«

»Dem Typen vom Schlüsseldienst scheint die Boston Cream Pie jedenfalls geschmeckt zu haben.«

»So eine könnte ich jetzt auch vertragen«, sagte sie. »Von dem ständigen Schauen und Warten bekommt man ganz schön Hunger.«

Gegen Mitternacht verschwand Dot mit ihrem Koffer ins Bad und kam in einem Frotteebademantel und Pantoffeln wieder heraus. Sie hatte Probleme mit dem Schrankbett, hielt Keller aber zurück, als er aufstand, um ihr zu helfen. »Warte, bis ich dich ablöse«, sagte sie. »Unser Beobachtungsposten darf keine Sekunde unbesetzt bleiben.«

»Auf der Straße tut sich aber nichts.«

»Und wie lang bräuchte jemand, um die Straße zu überqueren und ins Haus zu kommen? So, jetzt kannst du das Bett runterklappen.«

Er wusste, sie hatte recht. Nur deshalb war sie mitgekommen. Es sollte immer mindestens einer von ihnen die Straße im Auge behalten. Sie konnten abwechselnd schlafen, und wenn einer Kaffee und Sandwiches holen ging oder sich jemand, der sich in der Nähe des Hauses herumtrieb, genauer ansah, konnte der andere aufpassen.

Außerdem war es gut, Gesellschaft zu haben. Zuerst war es für Keller etwas komisch gewesen, da er bisher noch nie jemanden dabeigehabt hatte, wenn er einen Auftrag ausführte. Aber das hier war sowieso ein bisschen anders, weil er bei seiner Tätigkeit sonst selten zu solcher Passivität verurteilt war. Und selbst wenn sie relativ oft mit langem Warten verbunden war, wusste er normalerweise, auf wen er wartete, und konnte selbst entscheiden, wann das Warten ein Ende hatte und wann es ernst wurde. Wenn man unabsehbar lang am Fenster sitzen und durch einen zwei Zentimeter breiten Spalt im Rollladen spähen musste, schadete es nicht, jemand dabeizuhaben, mit dem man sich unterhalten konnte.

Dot legte sich ins Bett. Sie hatte eine Lampe gefunden – natürlich war sie weiß und hatte einen weißen Schirm –, aber jetzt schaltete sie sie aus, und die einzige Lichtquelle war der schwache Schein, der durch die halb offene Badezimmertür fiel. »Weck mich, wenn du müde wirst«, sagte sie. »Dann löse ich dich ab.«

Während sie schlief, behielt Keller unablässig die Straße im Auge. Es war schwer, sich auf seine Tätigkeit zu konzentrieren. Wenn man lang genug schaute und darauf wartete, dass sich in seinem Blickfeld etwas veränderte, und das nicht eintrat, dann schweifte man zwangsläufig ab. Keller zwang sich, wachsam zu bleiben, und dachte an die Wachposten in Kriegszeiten, die bestraft wurden, wenn sie im Dienst einschliefen. Als ob sie das hätten entscheiden können.

Vielleicht hatte es dem Zweck gedient, sie zu motivieren, dachte er. Vielleicht half ihnen die Gefahr, hingerichtet zu werden, gegen die Müdigkeit anzukämpfen. Allerdings hatte er den Eindruck, dass man am ehesten einnickte, wenn man krampfhaft versuchte, wach zu bleiben. Wenn er nachmittags vor dem Fernseher saß und Football schaute, schlief er mit umso größerer Wahrscheinlichkeit ein, je mehr er sich anstrengte, wach zu bleiben. Er ließ sich von irgendeiner Nebensächlichkeit ablenken, und auf einmal war es kurz vor der Verlängerung, und die Giants versuchten noch was zu reißen.

Hier verhielt es sich anders. Seine Augen blieben offen, ohne dass er viel dazutun musste. Aber ein Gedanke führte zum anderen, und es war schwer, darauf zu achten, was draußen passierte. Vor allem wenn man berücksichtigte, dass nichts passierte. Der Kerl in der Windjacke war verschwunden, und der Kerl mit Hut und Schal war nicht zurückgekommen, und wozu das Ganze überhaupt?

Sie hatten einen Fehler gemacht, wurde ihm klar. Als Dot den Auftrag vergeben hatte, hätte sie sich ausbedingen müssen, dass er zu den normalen Geschäftszeiten ausgeführt wurde. Montag bis Freitag, zwischen neun und fünf. Dann hätten alle Beteiligten – ihr Killer, Roger und Keller selbst – die restliche Zeit freigehabt.

Aber so mussten sie die ganze Zeit Gewehr bei Fuß stehen. Der Killer dagegen war fein heraus, er konnte sich jederzeit in sein Hotelzimmer zurückziehen oder ein paar Stunden im Kino totschlagen. Das war eine der angenehmen

Seiten dieses Jobs, man konnte selbst über seine Arbeitszeiten bestimmen. In New York konnte man viel unternehmen, und man hatte auch Zeit, um es zu unternehmen. Wenn sich der Typ *Cats* ansehen wollte, konnte er es jederzeit tun.

Nicht so Roger, der Tag für Tag und rund um die Uhr im Einsatz sein musste. Und Keller auch nicht, denn er musste beide Männer identifizieren und dann sofort zur Stelle sein, wenn der Killer zuschlug, um Roger abzupassen, wenn er in Aktion trat.

Am anderen Ende der Crosby Street erschien ein Auto. Es fuhr in gleichbleibendem Tempo die Straße herunter, bog an der Ecke ab und verschwand. In einem der oberen Fenster auf der anderen Straßenseite glühte eine Zigarette auf.

Hurra.

Nach ein paar Stunden, überlegte Keller, ob er Dot wecken sollte. Aber er wusste nicht, wie er das anstellen sollte, ohne seinen Posten zu verlassen. Er wollte nicht rufen oder den Blick von der Straße abwenden. Gegen halb fünf wachte sie von selbst auf und sagte ihm, er solle sich endlich schlafen legen. Das musste sie ihm nicht zweimal sagen.

»Der Typ dort drüben«, sagte Dot. »Der bei den Mülltonnen steht und ein Sandwich isst.«

»Es ist, glaube ich, ein Hotdog.«

»Gut, dass du das richtigstellst, Keller. Ein wichtiges Detail. Ist das der Typ mit dem Hut und dem Schal?«

»Trägt er denn keinen Hut?«

»Auch keinen Schal«, sagte sie. »Und auch keinen langen Mantel. Aber könnte es derselbe Typ sein?«

»Der Maggie angesprochen und nach dem Weg gefragt hat?«

»Und dann in das Haus auf der anderen Straßenseite gegangen ist. Und jetzt steht er zwei Häuser weiter und isst kein Sandwich, sondern einen Hotdog. Ist das derselbe Typ?«

»Keine Ahnung.«

»Wirklich sehr hilfreich.«

»Das war vorgestern Nacht«, sagte Keller, »und er war total vermummt.«

283

»Hut, Mantel, Schal.«

»Alles, was ich von ihm zu sehen bekommen habe, war sein Kopf. Oder genauer, sein Hut. Und auch der nur von oben. Von seinem Gesicht war nur die Partie zwischen Hut und Schal zu erkennen.«

»Ich glaube, es ist derselbe Mann, Keller.«

»Der Mann, den ich gesehen habe, war glattrasiert. Das ist eigentlich das Einzige, was ich dir über ihn sagen kann. Es war ein Weißer, und er hatte keinen Schnurrbart. Der hier hat einen Schnurrbart.«

»Gib mir mal das Fernglas, Keller.«

»Hast du den Schnurrbart nicht gesehen?«

»Natürlich habe ich ihn gesehen. Ich wollte ihn mir nur genauer ansehen. Das ist nicht gerade das beste Fernglas der Welt, oder?«

»Aber auch nicht das schlechteste.«

»Nein. Es ist übrigens tatsächlich ein Hotdog, und es ist wahrscheinlich auch nicht der beste Hotdog der Welt, wenn man berücksichtigt, wie lang er braucht, um ihn zu essen. Der Schnurrbart könnte angeklebt sein. Ich glaube, es ist ein falscher Schnurrbart, Keller.«

»Warum sollte er einen falschen Schnurrbart tragen?«

»Keine Ahnung.«

»Vielleicht hat er ihn sich wachsen lassen, während wir hier auf der Lauer gelegen haben.«

»Vielleicht ist er ein Meister der Tarnung. Kaum zu glauben, er ist jetzt mit dem Hotdog fertig. Ob er sich wohl gleich eine Zigarette anzündet?«

»Warum das denn?«

»Weil Raucher das machen. Frag mich nicht, warum. Die meisten Leute, die im Freien rumstehen, sind Raucher, die in ihren Büros nicht rauchen dürfen. Er steckt sich keine Zigarette an.«

»Und eine Pfeife auch nicht«, sagte Keller.

»Er geht in das Haus. In das, in das er auch neulich gegangen ist.«

»Bevor er sich den Schnurrbart hat wachsen lassen.«

»Oder angeklebt.«

»Der Mann neulich hat sich von jemand die Tür öffnen lassen. Der hier hatte einen Schlüssel.«

»Na und?«

»Was genau haben die beiden also gemeinsam? Dass sie keinen Regenschirm haben?«

»Sie haben denselben Gang«, sagte sie.

»Tatsächlich?«

»Für mich sieht es jedenfalls so aus.«

»Links, rechts, links, rechts ...«

»Behalte lieber das Fenster im Auge, Keller. Dritter Stock, das zweite von links.«

»Okay.«

»Pass auf, ob in den nächsten fünf Minuten das Licht angeht.«

Er saß da und wartete. Das Fenster blieb dunkel.

»Kaum zu glauben«, sagte er schließlich. »Das Licht ist nicht angegangen. Das dunkle Fenster ist dunkel geblieben.«

»Er sitzt im Dunkeln.«

»Vielleicht reicht ihm das Tageslicht.«

»Wenn er das Licht anmachen würde«, sagte Dot, »könnten wir ihn sehen.«

»Und was könnten wir ihn tun sehen?«

»Wie er am Fenster sitzt. Aber aus diesem Winkel und wenn in der Wohnung kein Licht brennt, können wir ihn nicht sehen.«

»Wie kommst du darauf, dass er überhaupt da ist, Dot?«

»Er ist da.«

»Warum an diesem Fenster?«

»Weil er auch gestern Nacht und in der Nacht zuvor dort gesessen hat.«

»Bei eingeschaltetem Licht?«

»Nein, im Dunkeln.«

»Woher willst du dann ...«

»Er hat geraucht«, sagte sie.

Er dachte kurz nach. »Stimmt, die brennende Zigarette.«

»Genau.«

»Sie ist mir mehrere Male aufgefallen. Vorgestern Nacht. Ich erinnere mich, sie gesehen zu haben. Und vielleicht auch gestern.«

»Ich habe sie immer wieder gesehen, gestern und vorgestern.«

»Davon hast du gar nichts gesagt.«

»Du hast geschlafen, Keller.«

»Und als ich sie gesehen habe, hast wahrscheinlich du geschlafen. Ist an sich nichts Besonderes. Wenn ich mit jemand hätte reden können, hätte ich es wahrscheinlich gar nicht bemerkt. Da! Eben hat sich jemand eine Zigarette angezündet.«

»Er.«

»Ist es immer an diesem Fenster?«

»Mhm.«

»Dann wohnt er also dort drüben«, sagte Keller. »Er kann nicht einschlafen, und deshalb sitzt er oft am Fenster.«

»Und raucht.«

»Es ist seine Wohnung. Oder sein Loft oder sein Büro oder was weiß ich. Wenn er rauchen will, ist das seine Sache.«

»Und sein Gesicht ist es auch«, sagte Dot. »Er kann sich jederzeit einen Schnurrbart ankleben, wenn er will.«

»Falls es derselbe Mann ist und falls er zufällig dort drüben wohnt. Ich schätze, er hätte entweder einen Schnurrbart oder keinen.«

»Ganz meine Rede, Keller.«

»Er könnte einen gehabt und ihn abrasiert haben. Aber keinen haben und zwei Tage später plötzlich einen haben, das ginge nicht.« Keller runzelte die Stirn. »Wenn es derselbe Mann ist.«

»Gehen wir mal davon aus, dass er es ist.«

»Okay.«

»Er muss einer von den beiden sein.«

»Du meinst, unser Mann oder Roger.«

»Richtig.«

»Wäre gut zu wissen, welcher von beiden.«

»Wir warten einfach und …«

»Und sehen, was passiert. Das machen wir schon die ganze Zeit. Bloß passiert nichts.«

»Na ja, wenn du eine bessere Idee hast … Ist das nicht deine Freundin?«

»Maggie? Wo?«

»Dort drüben.«

»Das ist sie. Wie ist sie dort hingekommen?«

Sie war auf der anderen Straßenseite und entfernte sich von ihnen. Er rechnete damit, dass jeden Augenblick jemand aus einer Durchfahrt sprang und sie erwürgte, aber nichts passierte.

»Sie muss aus dem Haus gekommen sein, als wir die brennende Zigarette auf der anderen Straßenseite beobachtet haben«, sagte Dot. »Ist das ein Rucksack, was sie dabeihat? Vielleicht verreist sie übers Wochenende.«

»Das hätte uns gerade noch gefehlt.«

»Jetzt ist sie an der Ecke und winkt einem Taxi. Wo, glaubst du, will sie hin?«

»Am besten, du versuchst, es ihr von den Lippen abzulesen. Schau einfach, was sie dem Fahrer sagt.«

»Ist Mr. Schnurrbart noch am Fenster? Ich sehe das verräterische Glühen seiner Zigarette nicht mehr. Nein, halt, da ist es wieder. Er ist noch da. Wahrscheinlich hat er sie weggehen sehen.«

»Das haben wir auch«, sagte Keller. »Und?«

»Jedenfalls folgt er ihr nicht. Was ist mit dem anderen?«

Der Mann mit der Windjacke und der Baseballkappe war mit Unterbrechungen zurückgekommen, und Keller hatte ihn am Morgen in dem Café an der Ecke gesehen. Er hatte für sich und Dot Frühstück geholt, und da war der Kerl gewesen. Er hatte an der Theke auf einem Hocker gesessen und ein Omelett mit Salami verdrückt.

»Ich habe ihn seit dem Frühstück nicht mehr gesehen«, sagte Keller.

»Vielleicht ist er ins Kino gegangen.«

»Oder er sitzt an einem anderen Fenster, raucht aber keine Zigarette, die ihn verrät. Du glaubst doch nicht wirklich, dass sie übers Wochenende wegfährt?«

»Wer kann das schon sagen?«

»Der Typ mit dem Schnurrbart, er muss doch was mit der Sache zu tun haben«, sagte Keller. »Wie erklärst du dir sonst den Schnurrbart? Ich meine, mal hat er einen, mal nicht.«

»Entweder ist er auf eine interessante neue Art neurotisch«, sagte Dot, »oder er hat was mit der Sache zu tun. Hat er außerdem deine Freundin nicht angesprochen und nach dem Weg gefragt? Und sie hat ihm das Haus gezeigt.«

»Wenn an dem Kerl nichts faul wäre, wüsste er, wo er wohnt.«

»Er wollte sie sich aus der Nähe ansehen«, sagte Dot. »Sich einen Eindruck von ihr verschaffen.«

»Warum?«

»Um auf Nummer sicher zu gehen. Machst du das nicht? Dich vergewissern, dass es die richtige Person ist, bevor du es hinter dich bringst?«

»Das mache ich lieber aus der Ferne«, sagte er. »Wenn man ihnen zu nah kommt und mit ihnen redet, erschwert es einem das.«

»Man fängt an zu denken, man würde sie kennen.«

»Aber man kennt sie *nicht*«, sagte er. »Nicht wirklich jedenfalls. Der einzige Grund, warum sie in deinem Leben auftauchen, ist, dass du einen Vertrag in der Tasche hast, auf dem ihr Name steht. Es ist der Job, der euch zusammenführt, und am Ende musst du in den sauren Apfel beißen und den Auftrag ausführen.«

»Und das ist einfacher, wenn man einen gewissen Abstand wahrt.«

»Das würde ich auch so sehen«, sagte er, »aber vielleicht ist dieser Typ anders gepolt. Vielleicht findet er es gut, mit ihr zu reden, obwohl er weiß, dass er sie umbringen wird.«

»Das ist krank«, sagte Dot.

»Geistige Gesundheit ist nicht unbedingt Teil des Anforderungsprofils.«

»Allerdings nicht.«

»Und wer sagt uns außerdem, dass er derjenige ist, der sie umlegt? Vielleicht ist er Roger, und sie wird von dem anderen Kerl erledigt.«

»Von dem mit der Windjacke.«

»Das hört sich an, als hätte er Blähungen«, sagte Keller. »Einer von ihnen ist Roger, und einer ist unser Killer. Ich wüsste gern, welcher welcher ist.«

»Wem sagst du das, Keller?«

»Das würde die Sache vereinfachen. Statt lange zu warten, könnte ich ihn einfach erledigen. Und sobald Roger aus dem Weg geräumt ist, können wir den anderen Kerl zurückpfeifen, und alle können nach Hause gehen.«

»Wir können unseren Mann nicht zurückpfeifen, Keller. Er muss nach wie vor seinen Auftrag ausführen. Deine Freundin ist weiterhin ein Risikofaktor.«

Keller schwieg eine Weile, dann sagte er: »Könntest du vielleicht aufhören, sie meine Freundin zu nennen?«

»Sorry.«

»Nur der Einfachheit halber, ja?«

»Es soll nicht wieder vorkommen.«

»Und es wäre trotzdem gut, wenn wir wüssten, welcher welcher ist, weil ich dann Roger ausschalten könnte und wir hier nicht mehr länger gebraucht würden. Und der andere Typ könnte tun, weswegen er hergekommen ist, und wir müssten nicht die ganze Zeit herumsitzen und zusehen, wie er sich darauf vorbereitet.«

»Mhm. Hast du schon eine Idee?«

»Welcher welcher ist? Ich habe zwei Ideen und bin ziemlich sicher, dass eine davon zutrifft.«

»Das engt es schon mal ein.«

»Einerseits«, sagte Keller, »müsste eigentlich der Typ mit dem Schnurrbart Roger sein. Nur deshalb sitzt er die ganze Zeit am Fenster und qualmt seine Marlboro Lights. Warum bräuchte er sonst einen Beobachtungsposten? Wenn er nur hier ist, um einen Auftrag auszuführen, muss er nur die Gegend ein bisschen erkunden. Wenn er dagegen Roger ist und auf den Killer wartet, muss er den anderen Typen identifizieren und wissen, wann er zuschlägt.«

»Das leuchtet ein.«

»Andererseits«, fuhr Keller fort, »warum der Schnurrbart? Warum muss er sein Aussehen verändern?«

»Damit er nicht erkannt wird.«

»Wer soll ihn denn erkennen, Dot? Maggie? Sie hat ihn einmal gesehen, als er sie auf der Straße angesprochen hat, aber sie wird ihn nie wieder sehen. Der andere Killer? Der andere Killer weiß nichts von Roger. Er ist hier, um einen Auftrag auszuführen, und hat keinen Grund zu glauben, das Ganze könnte komplizierter sein als sonst.«

»Einerseits ist er Roger«, sagte Dot, »und andererseits ist er es nicht.«

»Du hast es auf den Punkt gebracht.«

»Nur so ein Gedanke, der mir gekommen ist.«

»Wirst du ihn mir vielleicht auch erzählen?«

»Statt zu warten, könnte ich sie beide umlegen. Sonst sitzen wir hier vielleicht noch in einem Jahr herum. Sie ist nicht zu Hause, und wer weiß, wann sie zurückkommt, und bevor sie nicht wieder auftaucht, kann niemand etwas tun. Außer unser Mann ist ihr gefolgt, was er aber kaum tun dürfte.«

»Ich habe mir zwei Dinge ausbedungen«, sagte Dot. »Es muss in ihrem Loft passieren, und es muss wie ein Unfall aussehen.«

»Folglich wird nichts passieren, solange sie nicht zurückkommt. Aber wozu brauchen wir sie überhaupt? Ich gehe kurz mal auf die andere Straßenseite und in den dritten Stock hoch und erledige den Kerl mit dem Schnurrbart. Dann komme ich wieder runter und schaue in ein paar Hauseingänge, bis ich den Kerl mit der Windjacke sehe, und erledige auch ihn.«

»Du bringst beide um und überlässt alles Weitere Gott.«

»Wir erfahren vielleicht nie, welcher welcher war«, sagte Keller, »aber ist das so wichtig? Das einzige Problem ist, dass ich einen Unschuldigen töten würde.«

»Wie kommst du denn darauf?«

»Der Typ, den du angeheuert hast. Er kommt nach New York, um einen Auftrag auszuführen, und wird von den Leuten umgebracht, die ihn angeheuert haben.«

»Er ist hier, um ein Mädchen zu töten, Keller. Findest du es da nicht ein bisschen übertrieben, ihn als unschuldig zu bezeichnen?«

»Du weißt schon, was ich meine. Ich würde ihn grundlos töten.«

»Und wenn dich jemand beauftragen würde, ihn zu töten.«

»Dann hätte ich einen Grund.«

»Aber so hast du keinen.«

»Nicht auf die gleiche Art. Aber es ist reine Zeitverschwendung, sich darüber den Kopf zu zerbrechen. Und überhaupt, wer kann schon mit Sicherheit sagen, dass es nur diese zwei sein können? Vielleicht ist Roger jemand anders, jemand, der uns noch gar nicht aufgefallen ist.«

»Durchaus möglich.«

»Dann wäre es doch vollkommen verrückt, beide zu erledigen. War ja auch nur so ein Gedanke.«

»Diesen Gedanken hatte ich auch, Keller.«

»Tatsächlich?«

»Und die gleichen Einwände, plus einen mehr. Wir müssten uns nach wie vor besagter Dame in Schwarz annehmen. Deiner Freundin, und ich entschuldige mich auch bereits, weil ich sie nicht mehr so nennen sollte.«

»Hm.«

»Ich würde sagen, damit befassen wir uns, wenn es an der Zeit ist, Keller. Aber erst einmal sollten wir uns weiter an unseren ursprünglichen Plan halten. Das Dumme ist nur, dass mir nicht klar war, dass er mit so viel Warten verbunden ist. Dann hätte ich es anders angepackt.«

27

»Keller!«

Er träumte und hätte sich gern in den Traum zurücksinken lassen, aber Dot sagte seinen Namen noch einmal, weshalb er sich einen Ruck gab und aufstand. »Schnell«, drängte sie, und er schaffte es gerade noch rechtzeitig ans Fenster, um unten auf der Straße eine Frau zu sehen, die sich an ein Taxi lehnte, während ihr Begleiter ein paar Scheine abzählte und dem Fahrer reichte. Das Taxi fuhr weg, und die zwei standen mitten auf der Crosby Street. Die Frau war Maggie, aber wer war der Mann?

Er trug eine Jeans und eine abgewetzte Lederjacke, und kurz dachte Keller, es wäre der Mann vom Schlüsseldienst, aber er war größer und kräftiger gebaut. Natürlich könnte der Pimpf in der Zwischenzeit ein paar Pfunde zugelegt haben, dachte Keller. Mit Boston Cream Pie ginge das bestimmt, aber wurde man davon auch größer? Höchstens, wenn man sich darauf stellte …

Maggie schlang die Arme um den Mann, und Keller hatte das Gefühl, dass er sie nicht dabei beobachten sollte. »Ihre neueste oberflächliche Beziehung«, bemerkte Dot. »Wir haben ihn bisher noch nicht gesehen, oder, Keller?«

»Ich kenne ihn jedenfalls nicht.«

»Aber sie wird ihn wohl näher kennenlernen. Hat er seine Hand, wo ich glaube, dass er sie hat?«

»Ich glaube, sie nimmt ihn mit zu sich.«

»Das war mir schon klar, als das Taxi weggefahren ist, Keller. Nur habe ich zuerst geglaubt, dass sie es gleich mitten auf der Straße treiben. Nein, sag jetzt bitte nichts, sondern hör mir nur kurz zu. Da!«

»Was?«

»Sie sind im Lift. Ganz schön laut, das Ding. Und langsam auch. Jetzt hat er angehalten. Sie müssen in ihrer Wohnung sein. Hast du sein Gesicht zu sehen bekommen, Keller?«

»Nicht wirklich.«

»Ich auch nicht, und inzwischen sitzt sie wahrscheinlich drauf. Nimm das Fernglas. Siehst du einen unserer Freunde da draußen? Den Schnurrbart oder die Windjacke?«

»Nein.«

»Eine Zigarette im üblichen Fenster?«

»Nein.«

»Der Typ, mit dem sie gerade heimgekommen ist. Könnte er einer von den beiden sein?«

»Ich weiß nicht«, sagte Keller. »Aber eher nicht, glaube ich. Sie ist vor einer Weile weggegangen und hat sich an der Ecke ein Taxi genommen. Und haben wir seitdem einen von unseren beiden Freunden zu Gesicht bekommen?«

»Den Schnurrbart haben wir gesehen. Aber haben wir auch die Windjacke gesehen? Ich weiß es nicht mehr.«

»Glaubst du, einer von ihnen hat herausgefunden, wohin sie wollte, und sie dort angebaggert und sich dann von ihr nach Hause mitnehmen lassen?«

»Das Schwierigste dabei dürfte gewesen sein herauszufinden, wohin sie wollte. Niemand ist ihr an die Ecke gefolgt, und sie hat sofort ein Taxi bekommen. Ich kann mir nicht vorstellen, dass es jemand geschafft hat, ihr zu folgen.«

»Wahrscheinlich ist es also nur ein Typ, den sie gerade aufgegabelt hat.«

»Sie hat ihn auf einer Party kennengelernt und abgeschleppt. So war es bei dir doch auch, oder?«

»Es war auf einer Vernissage.«

»Bäume«, sagte Dot. »Jetzt erinnere ich mich wieder. Vielleicht ist dieser Typ Mr. Goodbar, vielleicht ist er ein mordgieriger Irrer und bringt sie gleich um.«

»Klar.«

»Wieso nicht, Keller?«

»Auszuschließen ist es natürlich nicht, aber darauf zählen würde ich nicht.«

»Klar, aber wenn doch ... Er hat sich gerade eine Zigarette angezündet.«

»Wie willst du denn das ... ach so, der Typ gegenüber.«

»Was hast du denn gedacht?«

»Der mordlüsterne Irre. Aber wenn das der Schnurrbart ist, der sich gerade einem Emphysem entgegenpafft, kann er nicht gerade im Taxi mit ihr angekommen sein.«

»Gut kombiniert, Keller.«

293

»Aber die Windjacke könnte es sein. Zu blöd, dass wir ihn nicht sehen können.«

»Den Schnurrbart können wir auch nur sehen, weil er raucht. Außerdem vermuten wir nur, dass er es ist. Er könnte auch ein Nachtlicht an einen Timer gehängt haben.«

»Um uns auszutricksen.«

»Genau. Aber solange sie in ihrem Loft Besuch hat, Keller, dürfte es nicht ganz einfach sein, sie umzubringen und es wie einen Unfall aussehen zu lassen. Und bis der Schnurrbart seine Zigarette zu Ende geraucht hat, wird er zum selben Schluss gelangt sein. Er wird sich schlafen legen, und die Windjacke schläft ohnehin schon seit Stunden. Am besten, du gehst auch wieder ins Bett.«

»Nein. Willst du dich nicht noch mal hinlegen?«

»Ich bin nicht müde. Ich sollte es eigentlich sein, aber ich bin es nicht. Hast du Hunger?«

»Nein.«

»Von der Pizza ist nämlich noch was übrig.«

»Ich will jetzt aber nichts essen.«

Er blieb, wo er war, und dachte über seinen Traum nach. Er konnte sich selten an Träume erinnern, aber in diesem war er gerade mitten drin gewesen, als Dot ihn geweckt hatte, weshalb er ihn noch lebhaft in Erinnerung hatte. Er hatte von jemand zu einem extrem günstigen Preis eine Briefmarkensammlung gekauft und fand ständig etwas Neues darin, wertvolle und seltene Marken, von denen er nicht gewusst hatte, dass die Sammlung sie enthielt. Er nahm eins der kostbaren Exemplare nach dem anderen heraus und ordnete sie in seine Alben ein. Darunter waren einige, die das Zehn- oder Zwanzigfache von dem wert waren, was er für die ganze Sammlung gezahlt hatte. Trotzdem stieß er immer weiter auf neue Überraschungen und ...«

»Keller!«

»Das war jetzt echt komisch«, sagte er. »Ich habe an meinen Traum gedacht, und plötzlich war ich wieder in ihm.«

»Bist du jetzt wenigstens wach? Das ist nämlich der Lift.«

»Fährt er rauf oder runter?«

»Das ist alles, was die Dinger tun, sie fahren rauf oder runter. Aber was nun genau, kann ich nicht sagen. Ich weiß nur, dass er fährt. Aber nachdem er zuletzt ganz oben war ... «

»Glaubst du, er geht? Allerdings könnte auch unten jemand den Lift gerufen haben, und in einer Minute fährt er wieder nach oben. «

»Es ist fast vier Uhr früh, Keller. «

»Na und? «

»Das ist ziemlich spät, um nach Hause zu kommen. «

»Auch um wegzugehen. Das sind Künstler, Dot. Die müssen nicht in aller Frühe auf der Matte stehen. Die ... «

Sie legte ihm die Hand auf den Arm und deutete aus dem Fenster. Ein Mann in einer Lederjacke kam aus dem Haus und blieb am Straßenrand stehen. Es war derselbe Mann, den sie vor ein paar Stunden beobachtet hatten, wie er den Taxifahrer bezahlt hatte und dann von Maggie umarmt worden war. Aber hatte sie ihn vorher schon mal gesehen? War er der Kerl mit der Windjacke?

»Das ist unser Mann«, sagte Keller, plötzlich ganz bestimmt.

»Du meinst, Roger? «

»Nein, der Typ, den wir angeheuert haben. Sieh ihn dir doch an, er versucht, ein Taxi zu bekommen. «

»Dann sollte er besser an die Ecke vor gehen. Wenn hier ein Fahrzeug durchkommt, dann höchstens das Müllauto, und das war heute schon hier. «

»Genau das ist es doch. Er kennt sich hier nicht aus. Er hat sie angebaggert, er ist mit ihr nach Hause gegangen, und er hat sie umgebracht. Jetzt ist sie tot, und er macht sich auf den Heimweg. Bloß, wie soll ich ihm folgen? Dass er hier ein Taxi bekommt, hat er sich wohl abgeschminkt. Er geht gerade los. Wenn ich ihn aus den Augen verliere und Roger auf ihn aufmerksam wird ... «

»*Harlan!*«

Keller verstummte mitten im Satz. Der Mann auf der Straße erstarrte mitten in der Bewegung.

»Für eine Tote ist sie noch erstaunlich gut bei Stimme«, sagte Dot. »Unser Freund scheint Harlan zu heißen. «

»Du hast was vergessen«, rief Maggie aus dem Fenster. Dann flog etwas durch die Luft und landete vor den Füßen des Manns. Er bückte sich und hob es auf.

»Danke!«, rief er nach oben und steckte es in seine Gesäßtasche.

»Seine Geldbörse«, sagte Dot. »Er hat seine Geldbörse vergessen. «

295

»Warum hat er sie überhaupt aus der Tasche genommen?«

»Vielleicht hat er die Hose so schnell ausgezogen, dass sie ihm rausgerutscht ist. Vielleicht war auch was drin, was er dort oben gebraucht hat, etwas, das ein Mann in seiner Geldbörse hat.«

»Hm.«

»Es war alles genau so«, sagte Dot, »wie es ausgesehen hat. Sie hat ihn abgeschleppt, und jetzt hat sie ihn weggeschickt. Du kannst beruhigt weiterschlafen.«

»Jetzt bin ich aber wach.«

»Wovon hast du übrigens geträumt?«

»Von meiner Briefmarkensammlung.«

»Davon träumst du?«

»Offensichtlich.«

»Vielleicht kannst du noch mal einschlafen, wenn du die Marken zählst, die du von den Umschlägen löst. Sie ist wahrscheinlich wieder im Bett, und er ist auf dem Weg nach Hause. Warum hat sie ihn nicht bis zum Morgen bleiben lassen?«

»Woher soll ich das wissen?«

»Ich wollte nur Konversation machen, Keller. Wir sind die einzigen zwei Menschen, die um diese Uhrzeit wach sind. Deshalb, dachte ich, können wir uns ruhig ein bisschen unterhalten. Ich ...«

»Wir sind nicht die zwei einzigen, die wach sind.«

»Wahrscheinlich hast du recht, aber ...« Sie verstummte mitten im Satz und schaute in die Richtung, in die Keller zeigte. »Du hast sogar mit Sicherheit recht«, fuhr sie darauf fort. »Es sei denn, unser Freund hat gelernt, im Schlaf zu rauchen. Da sitzt er und qualmt eine.«

»Und behält die Straße im Auge. Um diese Uhrzeit!«

»Ich glaube, das sollten wir auch tun«, sagte Dot. »Ich glaube, es wird bald was passieren.«

Das Erste, was passierte, war, dass der Mann am Fenster seine Zigarette zu Ende rauchte oder zumindest so hielt, dass sie nicht mehr zu sehen war. Und ein paar Minuten später kam er aus dem Haus. Er trug Hut und Schal. Ob er einen Schnurrbart hatte, war nicht zu erkennen.

»Handschuhe«, stellte Dot fest. »Und nicht, weil es kalt ist.«

»Er will keine Fingerabdrücke hinterlassen.«

»Wenn er bloß einen Hotdog essen gehen wollte, wäre ihm das wahrscheinlich egal«, sagte sie. »Da kommt er schon.«

Er überquerte die Straße, steuerte auf das Haus zu, in dem sie waren, und betrat es.

»Ich habe ihn kurz gesehen«, sagte Dot. »Der Schnurrbart ist ab.«

»Hab ich auch gemerkt.«

»Ich höre den Lift nicht.«

»Wahrscheinlich nimmt er die Treppe.«

»Es ist mitten in der Nacht. Wird sie ihn reinlassen?«

»Er hat sich bestimmt was zurechtgelegt.«

»Und wenn sie es ihm nicht abnimmt. Was für Schlösser hat sie?«

»Ich weiß nicht mehr.«

»Das weißt du nicht mehr?«

»Ich war nur ein paarmal bei ihr«, sagte er. »Und ich habe nicht gedacht, dass ich mal bei ihr einbrechen müsste. Warum hätte ich also auf ihre Türschlösser achten sollen?«

»Wie lang er wohl brauchen wird?«

»Nicht lang.«

»Es soll wie ein Unfall aussehen.«

»Das ist doch ganz einfach.«

»Wird er gleich wieder gehen? Bei der Astrologin hatte ich das Gefühl, eine Ewigkeit nicht aus der Wohnung zu kommen.«

»Du hast sie durchsucht.«

»Das war vermutlich mit ein Grund.«

»Er muss nichts weiter tun, als alles entsprechend zu arrangieren und zu verschwinden«, sagte er. »Und er ist ein Profi, er wird sich so schnell wie möglich aus dem Staub machen. Ich darf keine Zeit verlieren.«

»Wo willst du hin?«

»Nach unten«, sagte Keller. »Ich möchte bereits auf der Straße sein, wenn er aus dem Haus kommt.«

»Wahrscheinlich beobachtet Roger das Haus. Er wird dich nach draußen kommen sehen.«

»Daran lässt sich nichts ändern. Wie soll ich ihm folgen, wenn er als Erster geht?«

»Sei bloß vorsichtig«, sagte sie.

Wenn sich Roger mit seiner Baseballkappe und der Windjacke irgendwo auf der Straße aufhielt, war er für Keller schwer zu entdecken. Deshalb sah er sich so unauffällig wie möglich um und postierte sich schließlich auf halbem Weg zwischen Maggies Haus und dem Café an der Ecke in einem Hauseingang. In Maggies Loft brannte Licht. Daraus schloss Keller, dass der Mann mit dem Schal und dem Hut bei ihr war. Das Licht könnte auch nur gebrannt haben, weil sie ein Buch las oder Schmuck machte, aber die Wahrscheinlichkeit war hoch, dass der Kerl bei ihr war.

Und dass sie inzwischen tot war. Sobald er einmal bei ihr im Loft war, sank ihre Lebenserwartung drastisch. Weil er sie am ersten Abend auf der Straße angesprochen hatte und bereits wusste, wie sie aussah, musste er sich nicht vergewissern, dass sie es tatsächlich war. Er würde nicht lange fackeln. Ihr den Schal um den Hals schlingen und es rasch und lautlos hinter sich bringen.

Na ja, vielleicht nicht unbedingt den Schal. Es damit wie einen Unfall aussehen zu lassen, dürfte nicht ganz einfach sein. Aber es gab viele Möglichkeiten, jede von ihnen lautlos, rasch und tödlich.

Außer er gehörte zu denen, die sich gern Zeit ließen. Solche Leute gab es, wusste Keller. In Profikreisen fand man nicht allzu viele von dieser Sorte, aber einige gab es. Ihm war schon einiges zu Ohren gekommen.

Er ertappte sich dabei, wie er sich an bestimmte Eigenheiten Maggies erinnerte. Die Art, wie sie den Kopf auf die Seite legte. Andere sympathische Züge.

Aber was sollte er machen, fragte er sich. Er hatte keine Wahl.

Er stellte sich vor, wie süß und kess und begehrenswert sie manchmal ausgesehen hatte, und zwang sich, den Trick, den er Dot beigebracht hatte, bei sich selbst anzuwenden. Er drehte den Farbregler zurück, bis die Bilder nur noch schwarzweiß waren, dann reduzierte er auch noch den Kontrast auf matte Grautöne. Schließlich verkleinerte er das Bild und schob es immer weiter von sich fort, bis es kleiner und kleiner wurde.

So hielt er es schließlich fest, ein verschwommenes, winzig kleines Schattenbild, und dann ging bei Maggie das Licht aus.

Erst als Keller den Atem entweichen ließ, merkte er, dass er ihn angehalten hatte. Das Verlustgefühl, das er kurz verspürte, wich rasch gespannter Erwartung. Endlich hatte das Warten ein Ende. Es konnte losgehen.

Er zog sich in das Dunkel des Hauseingangs zurück und richtete den Blick auf die Haustür, durch die in Kürze der Killer kommen musste. Doch aus irgendeinem Grund blickte er nach oben und sah hinter dem Fenster der obersten Etage ein schwaches rotes Glühen, das heller wurde, als der Mann an der Zigarette zog.

Er rauchte und schaute lange aus dem Fenster. Spürte er, dass auf der Straße jemand auf ihn wartete? Keller glaubte, dass er nicht für ihn zu sehen war, aber was war mit Roger? War er in der Nähe? Konnte der Killer ihn sehen?

Und hatte Roger das Glimmen der Zigarette bemerkt?

28

Der Killer hatte eine brennende Zigarette in der Hand, als er aus dem Haus kam. Dieselbe, die er am Fenster geraucht hatte, vermutete Keller. Sie war ein Beweisstück, das er nicht im Loft zurücklassen wollte. Er warf sie in den Rinnstein, und als sie auf dem Asphalt landete, stoben Funken davon.

Der Mann schaute nach links und nach rechts und ging in Kellers Richtung los. Im selben Moment verließ Keller den Hauseingang und ging vor dem Mann her zur Ecke, wo er links abbog und gegen den Verkehr weiterging. Er winkte einem Taxi und stieg vorne neben dem Fahrer ein, der ihn mit einem strafenden Blick bedachte, bevor er ihn fragte, wohin er wollte. Keller sagte nichts, bis der Killer um die Ecke kam, dann deutete er auf ihn und sagte zum Fahrer: »Sehen Sie den Mann dort?«

»Den mit dem Hut?«

»Ja, den. Er wird sich gleich ein Taxi nehmen, und wir folgen ihm.«

»Wollen Sie mich hier verarschen?«

»Wie bitte?«

»Sie wissen schon, wie bei *Versteckte Kamera*. Außerdem nimmt er sich gar kein Taxi. Er geht zu Fuß.«

»Folgen Sie ihm.«

»Einem Mann, der zu Fuß geht?«

»Langsam«, sagte Keller. »Kommen Sie ihm nicht zu nah.«

Der Mann ging rasch in Richtung Osten. Das Taxi folgte ihm, und Keller versuchte, nicht auf den Fahrer zu achten. Drei Straßen weiter bog der Mann nach Norden in eine Einbahnstraße, die nur in südlicher Richtung befahrbar war.

»Scheiße«, sagte Keller. Er bezahlte den Taxifahrer, stieg aus und blickte sich um. Ihm fiel niemand auf, der ihm oder dem anderen Mann folgte. Das hieß aber nicht, dass das niemand tat.

Sie gingen zwei Straßen weiter, Maggies Mörder auf der linken Seite, Keller auf der rechten. An der Kreuzung mit einer in westlicher Richtung befahrbaren Einbahnstraße blieb der Mann stehen und hielt eine Hand hoch. Das tat auch Keller und schnappte dem Mann das Taxi weg, auf das er es abgesehen hatte. Diesmal setzte er sich auf den Rücksitz und beugte sich vor, um dem Fahrer den Mann zu zeigen.

»Er wollte mich auch anhalten«, sagte der Taxifahrer, »aber Sie waren schneller. Wollen Sie ihn mitnehmen?«

Keller war versucht, aber nur kurz. »Nein«, sagte er. »Ich möchte, dass Sie hier warten und ihm folgen, wenn er sich ein Taxi nimmt.«

»Für ein gutes Trinkgeld?«

»Einen Fünfziger.«

»Plus Taxameter?«

»Meinetwegen«, sagte Keller. »So, es geht los. Nein, halt. Warten Sie noch.«

Ein Taxi hatte angehalten, fuhr aber nach einem kurzen Wortwechsel weiter. »Vielleicht hat ihm nicht gefallen, wie der Typ ausgesehen hat«, sagte der Fahrer.

»Wieso? Er sieht doch ganz manierlich aus.«

»Dann hat Ihrem Mann vielleicht nicht gefallen, wie der Fahrer ausgesehen hat. Oder das Taxi war ihm zu verdreckt. Vielleicht hat ein Besoffener auf den Rücksitz gekotzt.«

»Vielleicht will er zum Flughafen«, überlegte Keller laut.

»Nein«, sagte der Taxifahrer. »Nach Brooklyn vielleicht. Jetzt hält ein anderes an. Na, geht doch. Er steigt ein.«

»Verlieren Sie ihn nicht aus den Augen«, sagte Keller. »Aber fahren Sie auch nicht zu nahe ran.«

»Keine Sorge.«

Keller saß nach vorn gebeugt da und ließ das Taxi vor ihnen nicht aus den Augen. Nach einer Weile sagte er: »Warum soll er nicht zum Flughafen fahren?«

»Kein Gepäck.«

»Vielleicht reist er ohne Gepäck.«

»Glauben Sie denn, er will zum Flughafen?«

»Auszuschließen ist es jedenfalls nicht.«

»Wissen Sie zufällig, zu welchem?«

»Ich könnte es auf drei eingrenzen.«

»La Guardia und JFK sind okay, aber nach Newark bekomme ich das Doppelte vom regulären Fahrpreis.«

»Das Doppelte?«

»Weil es außerhalb des Stadtgebiets ist.«

»Plus die fünfzig, auf die wir uns geeinigt haben.«

»Plus die fünfzig und plus die Tunnelmaut.«

Keller sagte nichts mehr und beobachtete das Taxi vor ihnen, was der Taxifahrer als Weigerung auffasste. »Wenn Sie billig nach Newark kommen wollen«, sagte er deshalb, »geht von Port Authority ein Bus. Mit dem kommen Sie für zehn, zwölf Dollar hin. Kein Trinkgeld, keine Maut, aber deuten Sie nicht auf irgendein Arschloch mit Hut und erwarten, dass ihm der Busfahrer folgt.«

Keller versicherte ihm, dass das Geld kein Problem war. Außerdem sah es nicht so aus, als würden sie nach Newark fahren. Inzwischen waren sie auf der Eighth Avenue in Richtung Uptown unterwegs und fuhren an den Abzweigungen zum Holland und zum Lincoln Tunnel vorbei. Wenn der Killer zu einem der beiden anderen Flughäfen wollte, was machte dann sein Taxi so weit im Westen?

»Na, was sage ich denn?« Der Fahrer hielt am Straßenrand an. »Das Hotel Woodleigh, ein Hauch von Europa mitten in New York. Habe ich nicht gleich gesagt, dass er ohne Gepäck nicht zum Flughafen fährt?«

»Das haben Sie völlig richtig gesehen«, sagte Keller.

»Er wird jeden Moment mit einem Koffer wieder nach draußen kommen. Oder wahrscheinlich mit so einem Ding mit Rollen dran, wie sie jetzt immer mehr in Mode kommen.«

»Er bezahlt gerade sein Taxi.«

»Und?«

»Das ist, glaube ich, was man in so einer Situation tut.« Damit zog Keller drei Zwanziger und einen Zehner aus seiner Geldbörse. Der Taxifahrer schien damit zufrieden – sollte er auch, fand Keller –, aber offensichtlich wäre er lieber bis zum Ende der Operation geblieben.

»In fünf Minuten kommt er wieder nach draußen«, sagte er, »und dann werden Sie bereuen, dass Sie mich nicht haben warten lassen.«

Vermutlich hatte der Kerl recht, dachte Keller, stieg aber trotzdem aus und betrat das Hotel.

Er suchte sich im Hotel einen Sessel, von dem er beide Eingänge und die Lifte im Blick hatte. Aber kaum hatte er sich darin niedergelassen, spürte er, dass jemand auf ihn aufmerksam geworden war. Er blickte sich um und merkte, dass der Portier an der Rezeption in seine Richtung schaute.

Ein paar Stunden später, dachte er, könnte ein gepflegter und anständig gekleideter Mann wie er stundenlang mit einer Zeitung im Foyer herumsitzen, ohne Aufmerksamkeit zu erregen. Aber um diese Uhrzeit, der Himmel war noch dunkel und die Stadt dem Schlaf so nahe wie sonst nie, fiel er auf.

Er ging an die Rezeption, holte seine Geldbörse heraus und klappte sie auf, als wollte er einen Dienstausweis zeigen. »Der Mann, der gerade reingekommen ist«, sagte er. »Er hatte einen Hut auf.«

»Ob Sie's glauben oder nicht«, sagte der Portier. »Irgendwie kam er mir verdächtig vor.«

»Wo ist er hin?«

»Auf sein Zimmer«, sagte der Mann. »Beziehungsweise in jemandes Zimmer. Er ist sofort zum Lift gegangen und nach oben gefahren. Ohne seinen Schlüssel zu holen.«

»Wissen Sie, welches Zimmer er hat?«

»Habe den Mann nie gesehen. Ich hatte nicht Dienst, als er eingecheckt hat. *Falls* er eingecheckt hat.« Er beugte sich vor und senkte die Stimme. »Was hat er denn angestellt?«

Eine Freundin von mir umgebracht, dachte Keller. »Ich setze mich einfach wieder hin«, sagte er. »Ich weiß nicht, wie lang er braucht, aber ich möchte auf keinen Fall, dass er mir entwischt. Sie haben hier nicht zufällig eine Zeitung zu verkaufen? Damit ich nicht so auffalle, wenn ich bloß rumsitze.«

Die Zeitungen waren noch nicht geliefert worden, aber der Portier trieb eine *Times* vom Vortag auf. Weil er nicht glaubte, dass ein Cop dafür bezahlen würde, bot er es dem Mann nicht an. Er setzte sich mit der Zeitung und versuchte so zu tun, als interessierte sie ihn.

Zuerst tat sich überhaupt nichts, doch als der Morgen näher rückte, ging alle paar Minuten eine Lifttür auf, und jemand kam heraus und ging an die Rezeption, um auszuchecken. Manche sahen müde aus, andere hellwach, aber niemand sah aus wie der Mann, der Maggie einen Besuch abgestattet hatte. Keller behielt auch den Hoteleingang im Auge und ging ab und zu nach draußen, um sich auf der Straße umzuschauen. Einmal erhaschte er einen kurzen Blick auf einen Mann mit einer Baseballkappe und einer Windjacke, der auf der anderen Straßenseite in einem Deli verschwand.

Roger, war sein erster Gedanke. Er versuchte sich so zu postieren, dass er sowohl den Eingang des Deli als auch das Hotelfoyer im Auge behalten konnte. Sein Blick wanderte ständig hin und her, wie bei einem Tennismatch, und dann kam der Mann mit der Baseballkappe und der Windjacke mit einer Plastiktüte in jeder Hand aus dem Deli, und sobald Keller ihn von vorne zu sehen bekam, wurde ihm klar, dass es nicht der Mann war, den er in der Crosby Street gesehen hatte. Er war kleiner und breiter und hatte einen Mordsbauch, und Keller vermutete, dass in den Einkaufstüten jeweils ein Sechserpack war.

Er kehrte ins Foyer zurück und machte es sich mit der Zeitung bequem. Und dann, nur wenige Minuten später, übersah er fast den Mann mit dem Hut.

Das lag daran, dass der Dreckskerl diesmal keinen Hut trug. Aus dem Lift kamen vier Männer, alle ohne Kopfbedeckung, alle in Anzug und Krawatte, alle mit Aktenkoffern. Einer ging an die Rezeption, die anderen drei steuerten auf den Ausgang zu. Keller senkte den Blick wieder auf seine Zeitung, schaute aber plötzlich auf. Den Mann selbst hatte er nicht erkannte, aber den Gang erkannte er, die Art, wie sich der Kerl bewegte. Er folgte ihm nach draußen, und da war er. Er stieg gerade in das erste Taxi am Taxistand. Kein Hut, aber er hatte wieder einen Schnurrbart, und sein Haar war blond und zerzaust.

Er beugte sich in das Taxi, und Keller kam so nah an ihn heran, dass er nur die Hand auszustrecken gebraucht hätte, um ihn zu berühren. Kurz verspürte er das Bedürfnis, genau das zu tun, ihn herumzuwirbeln, an der Krawatte zu packen und damit zu erdrosseln. Der Impuls erschreckte Keller, und natürlich gab er ihm nicht nach. Ebenso wenig hielt er ihn davon ab mitzubekommen, was der Mann zum Fahrer sagte.

Keller sah dem wegfahrenden Taxi nach, dann ging er zum nächsten in der Schlange. Er stieg hinten ein, machte es sich auf dem Rücksitz bequem und sagte: »Zum Newark Airport, Continental Airlines.«

Newark war ein Continental-Knotenpunkt, weshalb die Fluggesellschaft einen ganzen Terminal für sich und ihre Codesharing-Partner hatte. Irgendwie gefiel Keller die Vorstellung von Partnerfluggesellschaften, die wie die Co-Stars eines Buddy-Movies alles zusammen machten und einen gemeinsamen Geheimcode hatten. Was ihm weniger gefiel, war die Anzahl der Flugsteige, die Continental hatte. Da er seinen Mann bei den Ticketschaltern nirgendwo sah, ging er davon aus, dass er bereits ein Ticket hatte und direkt zum Gate gegangen war.

Aber zu welchem? Es gab Dutzende davon, und er konnte den Kerl schlecht aufrufen lassen. Er musste von Gate zu Gate gehen, bis er ihn entdeckte.

Die Frau, die in der Schlange am Security Check vor ihm war, löste immer wieder den Metalldetektor aus, und die Verzögerung, auch wenn es nur ein paar Sekunden waren, machte ihn ganz wahnsinnig. Es war ein Fehler gewesen, sagte er sich, dem Taxifahrer nur das Fahrtziel zu nennen und es dabei zu belassen, er hätte seinen Mann nicht aus den Augen lassen dürfen. So war es natürlich einfacher, und sie hätten in dem dichten Verkehr im Tunnel ohne weiteres von dem anderen Taxi abgehängt werden können, aber jetzt musste er von Gate zu Gate hetzen und unter den Fluggästen nach dem Gesuchten Ausschau halten, während er gleichzeitig so schnell wie möglich vorankommen musste, ohne Aufsehen zu erregen, und wo *war* dieser Dreckskerl, verdammt noch mal?

Fast hätte er ihn wieder übersehen. Er war nämlich nicht mehr blond, sondern hatte jetzt kurzes dunkles Haar, und der Schnurrbart war weg. Auch die Krawatte hatte er abgenommen – ihn damit zu erdrosseln, kam also nicht mehr in Frage –, und statt der Anzugjacke trug er eine Windjacke.

Eine Windjacke! Diese war allerdings schwarz und nicht wie die von Roger braun. Er war nicht Roger, Herrgott noch mal. Trotzdem schaffte er es, jedes Mal anders auszusehen, wenn Keller ihn zu Gesicht bekam, und war er es diesmal überhaupt? Konnte er überhaupt sicher sein?

Den Aktenkoffer hatte er immer noch dabei, und Keller fragte sich, was er enthielt. Bisher hatte sich der Mann eines Huts, eines Mantels, einer blonden Perücke, eines Schals, einer Anzugjacke und einer Krawatte entledigt. Das konnte nicht alles in dem Aktenkoffer sein. Demnach musste er mehrere dieser Kleidungsstücke unterwegs entsorgt haben. Keller fand, dass dieser Kerl für so einen einfachen Auftrag einen enormen Aufwand betrieb. Er war engagiert worden, eine Frau in einem Loft in der Crosby Street zu töten, und hatte lediglich Anweisung erhalten, es wie einen Unfall aussehen zu lassen. Er hatte viel Zeit damit zugebracht, das Ambiente zu studieren, er hatte auf der anderen Straßenseite am Fenster gesessen und dabei eine Stange Zigaretten geraucht und ...«

Das war in dem Aktenkoffer. Zigaretten. Mehrere Stangen, vermutete Keller, und er konnte nicht eine einzige von ihnen rauchen, im Flughafen nicht und auch im Flugzeug nicht. Und sein Flug ging erst in eineinhalb Stunden. Bis er endlich in Jacksonville landete, würde der arme Teufel noch anfangen, Nägel zu kauen.

War das, wo er lebte? Jacksonville? Dot hatte nichts über den Kerl gewusst, sie hatte ihn über einen Mittelsmann gebucht, und es stand zu vermuten, dass auch der Mittelsmann nicht wusste, wo er wohnte. Egal, wo das war, Keller hätte gewettet, dass es nicht in Jacksonville war. Das bisherige Verhalten dieses Kerls deutete darauf hin, dass er dreimal den Flieger wechseln würde, bevor er sein Ziel erreichte.

Vielleicht, dachte Keller, aber nur vielleicht lag der Typ damit gar nicht so falsch. Vielleicht war er selbst viel zu lax an die Sache herangegangen. In der Regel flog er einfach hin, erledigte seinen Auftrag und flog direkt wieder nach Hause. In letzter Zeit war er etwas vorsichtiger gewesen, aber nur, weil er vor Roger auf der Hut gewesen war. Aber dieser Trottel wusste nichts von Roger und hatte sicher nicht die leiseste Ahnung, dass er als Köder herhalten musste, um Roger aus seiner Deckung zu locken. Daher stand zu vermuten, dass er jedes Mal solche umfangreichen Sicherheitsvorkehrungen traf, und Keller musste zugeben, er war beeindruckt.

Wenn auch der Killer wahrscheinlich nichts von Roger wusste, tat Keller das sehr wohl. Und weil sie beide zur selben Zeit in dem Café an der Ecke gewesen waren, hatte er Rogers Gesicht gut zu sehen bekommen.

Auch jetzt hielt er Ausschau nach ihm.

Ebenso blickte er sich nach einer braunen Windjacke und einer Baseballkappe um, obwohl er nicht damit rechnete, dieses Outfit noch einmal zu sehen zu bekommen. Damit hatte Roger auf der Straße, in einem dunklen Hauseingang, möglichst wenig Aufmerksamkeit auf sich zu lenken versucht. Am Flughafen täte er das mit einem Jackett und einer Krawatte.

Stattdessen hatte sich der Killer für seinen Auftritt am Flughafen für eine Windjacke entschieden. Woher wollte Keller allerdings wissen, dass Roger nicht als Clown verkleidet oder in einer Ritterrüstung auftauchte. In der Jacksonville-Lounge war er jedenfalls nicht, dort hatte Keller nachgesehen, und auch in ihrer Nähe trieb er sich nicht herum.

Hatte ihn der Killer abgehängt? Es war lange nach Mitternacht gewesen, als

Maggies One-Night-Stand das Loft verlassen und der Killer seinen Platz eingenommen hatte. Er war die vielen Stufen hinaufgehastet, hatte wahrscheinlich zwei auf einmal genommen, so wenig hatte er es noch erwarten können. Bei den vielen Zigaretten, die der Kerl rauchte, hätte er eigentlich völlig aus der Puste sein müssen, als er in ihrer Etage ankam, aber wahrscheinlich raste diesem Dreckskerl viel zu viel Adrenalin durch die Adern. Er klopfte, und Maggie kam an die Tür. Vielleicht schaute sie durch den Spion, aber weil er ihn mit der Hand zuhielt, konnte sie nichts sehen. Sie fragt, wer ist da, kann seine absichtlich vernuschelte Antwort nicht verstehen. Und denkt unwillkürlich, dass sie lieber nicht öffnen sollte, der Gedanke schießt ihr nur ganz kurz durch den Kopf, aber nein, es muss ihr Lover sein, er kommt zurück, um noch etwas zu holen, was er vergessen hat, etwas anderes als die Geldbörse, oder er kommt zurück, weil er nicht genug von ihr bekommen kann und sie noch einmal in die Arme schließen will, aber dann, kaum hat sie die Tür aufgeschlossen, fliegt sie nach innen auf, und ein Fremder platzt herein, drückt ihr eine Hand auf den Mund, packt sie mit der anderen am Hals ...

Stopp!

Keller pfiff sich zurück. Es ging nicht darum, wie der Killer in ihr Loft gekommen war oder wie sie reagiert hatte oder um sonst etwas. Die einzige Frage war, ob Roger in diesem Moment in der Nähe gewesen war oder ob er irgendwo friedlich geschlafen hatte.

Keller wurde klar, dass sich das nicht beantworten ließ, wenn ihm der Kerl nicht zufällig am Flughafen über den Weg lief. Ihm blieb nichts anderes übrig, als zu bleiben, wo er war, bis die Passagiere für den Flug nach Jacksonville aufgerufen wurden. Sobald der Mann, der Maggie umgebracht hatte, diese Maschine bestieg, konnte ihm nichts mehr passieren. Und für Keller sah es immer mehr so aus, dass Roger irgendwann das Handtuch geworfen hatte. Wenn er geschlafen hatte, als der Killer zugeschlagen hatte, konnte er kaum etwas davon mitbekommen haben.

Was würde Roger demnach voraussichtlich tun? Er würde sich in der Crosby Street wieder in einem Hauseingang postieren und darauf warten, dass etwas passierte. Wenn Keller jetzt gleich zurückfuhr – oder sobald die Maschine nach Jacksonville gestartet war –, standen die Chancen gut, dass er Roger in der Crosby Street antraf. Zudem hätte er diesmal Gewissheit, dass der Mann Roger war. Er müsste nicht mehr warten, bis er in Aktion trat. Stattdessen konnte er jetzt selbst in Aktion treten. »Können Sie mir vielleicht sagen, wie spät es ist?« »Klar, zehn vor ... arrrgggghhhh!« Ihn einfach auf der Straße abmurksen, Fall erledigt.

Allerdings würde in absehbarer Zeit die Polizei in das Loft in der Crosby Street gerufen werden, und dann konnte er das Ganze vergessen. Roger würde merken, dass er seine Chance verpasst hatte, und sich schleunigst aus dem Staub machen. Deshalb war das Vernünftigste, sofort zurückzufahren und zu hoffen, Roger überrumpeln zu können, bevor die Cops anrückten.

Bis zum Start der Maschine nach Jacksonville würde er aber noch warten. Bloß weiß er Roger nirgendwo sehen konnte, hieß das nicht, dass er nicht zum Flughafen gekommen war. Hätte er an Rogers Stelle etwa am Gate gewartet, während sich die Minuten dahinschleppten? Sicher nicht. Er wäre in letzter Minute mit dem Ticket in der Hand angestürmt, um gerade noch an Bord gelassen zu werden, bevor sie die Türen schlossen.

Deshalb beschloss Keller zu bleiben, wo er war, und zu warten, ob im letzten Moment noch ein Fluggast angelaufen kam, und wenn es Roger war ...

Ja, was dann? Wenn Roger auftauchte, hatte er bestimmt ein Ticket und eine Bordkarte, sodass sie ihn anstandslos an Bord ließen. Und was wollte Keller dann tun?

Oder angenommen, Roger war, was keineswegs auszuschließen war, ein richtig cleverer Bursche. Angenommen, er hatte den Killer schon früh entdeckt und war ihm ins Woodleigh Hotel gefolgt. Wie schwer konnte es für einen findigen Kerl wie Roger schon gewesen sein, in das Hotelzimmer des Killers zu kommen? Angenommen, er hatte dort ein Flugticket gefunden und somit gewusst, wohin sein Opfer fliegen wollte.

Würde er dann nicht einen anderen, früheren Flug nehmen und am Flughafen von Jacksonville auf ihn warten?

In Kellers Augen gab es nur eine Möglichkeit, die Sache durchzuziehen.

29

Die Economy Class war ausgebucht, aber in der ersten Klasse hatten sie noch zwei Plätze frei. Sie ließen die First-Class-Passagiere zusammen mit allein reisenden Kindern und allen, die auf fremde Hilfe angewiesen waren, als Erste an Bord. Man musste nicht vor den anderen einsteigen, man konnte sich auch Zeit lassen, aber Keller wusste nicht, was das bringen sollte. Er saß in der dritten Reihe. Wenn Roger denselben Flug nahm, wenn er jetzt oder in letzter Minute an Bord kam, musste er an Keller vorbei, um an seinen Platz zu kommen.

Außer er flog die Maschine selbst oder hatte sich als Stewardess verkleidet.

Die Passagiere kamen einer nach dem anderen in die Kabine, und Keller musterte sie aufmerksam, als sie an ihm vorbeidefilierten. Als er den Mann in der schwarzen Windjacke einsteigen sah, zuckte er innerlich zusammen, rief sich aber rasch in Erinnerung, dass das zu erwarten gewesen war. Er hatte bereits gewusst, dass Maggies Mörder diesen Flug nehmen würde, und nur deshalb war er an Bord.

Es überraschte ihn ein wenig, dass der Mann ebenfalls erster Klasse flog. Er saß so nahe bei ihm, dass Keller ihn fast hätte berühren können, wenn er die Hand ausstreckte. Keller saß direkt am Gang auf 3-B, und Maggies Mörder war eine Reihe vor ihm auf der anderen Seite des Mittelgangs auf 2-E.

Angenommen, sie wären nebeneinander zu sitzen gekommen. Angenommen, der Mann hätte sich als Plaudertasche entpuppt.

Das war zwar unwahrscheinlich, aber man konnte nie wissen. Kellers Sitznachbarin war eine Frau mittleren Alters, die bereits in das Buch vertieft war, das sie mitgebracht hatte und das dick genug war, um sie für mehrere Flüge um die Welt mit Lesestoff zu versorgen. Sie hatte keine Probleme damit, Keller zu ignorieren. Entsprechend hatte auch er keine Hemmungen, sie zu ignorieren.

Die Maschine legte pünktlich vom Flugsteig ab. In der ersten Klasse gab es noch einen freien Platz, aber Roger tauchte nicht in letzter Minute auf, um ihn in Beschlag zu nehmen. Keller ließ sich in den breiten, bequemen Sitz zurücksinken, streckte die Beine aus und entspannte sich.

*   *   *

Es war nicht das erste Mal, dass Keller erster Klasse flog. In der Regel vermied er das, weil es absurd teuer war, und wozu auch? Man hatte einen breiteren Sitz und mehr Beinfreiheit und bekam besseres Essen und kostenlose Getränke. Und wenn schon. Man kam deshalb keine Minute früher an.

Fiel man in der ersten Klasse außerdem nicht stärker auf? Konnten sich die Stewardessen, weil sie einem mehr Aufmerksamkeit schenkten, nicht besser an einen erinnern?

Keller spähte immer wieder unauffällig über den Mittelgang, um sich einen Eindruck von dem Mann auf 2-E zu verschaffen. Flog dieser Dreckskerl immer erster Klasse? Leisten konnte er es sich vermutlich. In seiner Branche verdiente man so gut, dass man bei den Spesen nicht auf jeden Cent achten musste. Er konnte sich zwar nicht erinnern, was sie diesem Verkleidungskünstler geboten hatten, damit er Maggie umbrachte; er war nicht einmal sicher, ob Dot ihm das überhaupt gesagt hatte. Aber vermutlich war es vergleichbar mit dem, was er selbst für einen Auftrag erhielt, und das reichte für einige Flugtickets.

Dem Dreckskerl gefiel es anscheinend, Geld auszugeben. Kaufte sich Hüte und Schals und Jacketts und ließ sie einfach irgendwo liegen. War es nicht riskant, seine Klamotten einfach wegzuwerfen? Wahrscheinlich nicht. Wenn man sich neuer Sachen entledigte, wenn man sie nicht mehr brauchte, befanden sich keine Wäschereibelege oder sonst etwas in ihnen, womit sich ihr Besitzer feststellen ließ. Außerdem ließ man die Sachen nicht direkt am Tatort zurück. Wenn daher ein Hut oder ein Jackett irgendwo auf der Straße lagen, kam niemand auf die Idee, die Sachen in ein forensisches Labor zu bringen. Sie landeten im Müll oder in einem Secondhand-Laden.

Wo dieser komische Vogel sie nie mehr zu sehen bekäme. Er war nämlich nicht der Typ, der in Secondhand-Läden einkaufte.

Der Mann war kein Briefmarkensammler.

Unwillkürlich musste Keller bei diesem Gedanken grinsen. Er fand, er stellte ihn auf eine Stufe mit Sherlock Holmes. Der Mann flog erster Klasse, der Mann kaufte jede Menge Kleidung, die er sofort wieder wegwarf, und der Mann gab Geld aus, als wüsste er nicht, wohin damit. Das hieß, er konnte kein Briefmarkensammler sein, denn ein Briefmarkensammler wusste immer, wohin mit seinem Geld. Er kaufte sich Briefmarken damit. Wurde Keller vor die Wahl gestellt, sich zwischen Economy und First Class zu entscheiden, begann er automatisch, den Differenzbetrag in potentielle philatelistische

Erwerbungen umzurechnen. Bei diesem Flug hätte der Preisunterschied für zwei hochwertige Marken aus dem Satz gereicht, den Kanada 1898 anlässlich von Victorias Krönungsjubiläum herausgebracht hatte. Hätte Keller die Wahl gehabt, hätte er sich für den unbequemeren Sitz und die Marken entschieden. Der Mörder auf der anderen Seite des Mittelgangs wusste nichts Besseres mit Briefmarken anzufangen, als sie auf ein Kuvert zu kleben.

Als Keller wieder einmal zu dem Mann hinüberschaute, trug er eine schwarz-silberne Schlafmaske. Sein Kopf war nach hinten gesunken, die Hände lagen entspannt in seinem Schoß. Da hatte dieser Kerl eben ein unschuldiges Mädchen umgebracht, und doch schlief er friedlich wie ein Lamm.

Eines stand für Keller fest: Er war froh, dass dieser Dreckskerl keine Briefmarken sammelte.

Als sie das Essen brachten, legte der Mann auf der anderen Seite des Mittelgangs einen gesunden Appetit an den Tag. Der Mord, den er in der Crosby Street begangen hatte, schien ihm nicht auf den Magen geschlagen zu haben. Das konnte Keller, der selbst ordentlich Hunger hatte, dem Kerl nicht verdenken. Hatte ihm jemals nach der Durchführung eines Auftrags das Essen nicht geschmeckt?

Soweit er sich erinnern konnte, nicht.

Das Essen, das sie erhielten, war sicher deutlich besser als der Fraß, den sie den armen Schweinen in der Economy Class vorsetzten, und man bekam sogar Gläser und Porzellangeschirr und richtiges Besteck statt des Plastikmülls, mit dem sie sich im hinteren Ende des Flugzeugs begnügen mussten.

Keller schaute auf die andere Seite des Gangs. Der Killer war mit dem Essen fertig und trank seinen Wein. In der ersten Klasse bekam man eine halbe Flasche Wein, weißen oder roten, und Maggies Mörder hatte sich für roten entschieden. Außerdem hatte er sich vor dem Essen schon einen Scotch on the rocks genehmigt. Warum auch nicht? Sein Auftrag war erledigt, er war auf dem Weg nach Hause, und für ihn bestand keine Notwendigkeit mehr, einen klaren Kopf zu behalten. Von Roger wusste er ja nichts.

Keller, der Wein nicht besonders mochte, hatte dankend abgelehnt und sich vor dem Essen mit einem Orangensaft begnügt. Er wusste, dass das kein Grund war, sich dem anderen Mann moralisch überlegen zu fühlen. Trotzdem tat er das. Er saß da und beobachtete den Kerl, wie er bei dem blutroten Wein mit den Lippen schnalzte.

In Jacksonville schaffte es Keller, das Flugzeug als Erster zu verlassen. Er führte die Schlange der Passagiere an und hielt nach Roger Ausschau. Er blickte sich nach einer braunen Windjacke und einer Baseballkappe um, aber auch nach dem Gesicht, das er in dem Café an der Ecke gesehen hatte.

Der Mann war nirgendwo zu sehen.

Als der Killer aus dem Flugzeug kam, stand Keller bereits unter dem Monitor mit den Abflugzeiten und tat so, als studierte er ihn. Dann folgte er dem Mann zum Delta-Gate, wo in etwas weniger als einer Stunde eine Maschine nach Atlanta starten sollte.

Keller musste hilflos zusehen, wie der Mann an den Schalter ging und sein Ticket vorzeigte. Es gab jede Menge Direktflüge von New York nach Atlanta. Über Jacksonville dorthin zu fliegen, war ein Umweg, der eindeutig dem Zweck diente, einen Verfolger abzuschütteln. Und wenn man erster Klasse flog, dachte Keller, war es auch ziemlich kostspielig. Egal, wie viel sie diesem Dreckskerl zahlten, musste es nicht gerade wenig sein, wenn er es sich leisten konnte, so hohe Spesen zu machen.

Und Keller war inzwischen sicher, dass Atlanta nicht der letzte Stopp seiner Reise wäre. Atlanta war ein Delta-Knotenpunkt, und der Killer würde dort einen Anschlussflug nehmen, und kein Mensch konnte sagen, wohin der ging.

Ihm nach Jacksonville zu folgen, war einfach gewesen, aber jetzt wurde die Sache schon schwieriger. Der Flug nach Atlanta konnte durchaus in allen Klassen ausgebucht sein. Und selbst wenn Keller noch einen Platz bekam, musste er damit rechnen, die Aufmerksamkeit des Mannes zu erregen, wenn er die Maschine bestieg. Wenn der Kerl so viele Sicherheitsvorkehrungen traf, schaute er sich bestimmt nach bekannten Gesichtern um. Egal, wo Keller saß, in der ersten Klasse oder in der letzten Reihe der Economy Class, war die Wahrscheinlichkeit hoch, dass er entdeckt wurde.

Also? Egal, wo Roger war, hatte er offensichtlich die Witterung seiner Beute verloren. Wenn er bisher nicht aufgetaucht war, würde er auch nicht in einer Airport-Lounge in Atlanta oder Des Moines oder Keokuk auf der Lauer liegen, oder wohin Mr. Kein-Hut-Kein-Schal als Nächstes fliegen würde. Es war natürlich nicht ganz auszuschließen, dass Roger Namen und Adresse des Killers herausgefunden hatte, wie ihm das im Fall einiger früherer Opfer gelungen war. Das hätte Rogers Abtauchen erklärt. Vielleicht war er erst einmal nach Hause geflogen, um dem Killer erst in einer Woche oder einem Monat einen Besuch abzustatten und ihn dann in aller Ruhe auszuschalten.

Es gab nichts, was Keller daran ändern konnte. Was also tun? Diesem mordlustigen Scheißkerl kreuz und quer durchs ganze Land folgen, bis er endlich in seine Garage fuhr? Und selbst wenn ihm das gelang, was dann? Er konnte schon vor sich sehen, wie er auf der Veranda des Killers sein Lager aufschlug und geduldig darauf wartete, dass Roger endlich auftauchte.

Zeit einzupacken, sagte sich Keller. Zeit, ein Ticket für den nächsten Flug nach New York zu kaufen, diesmal allerdings in der Holzklasse. Er hatte schon genügend Geld für einen bequemen Sitz ausgegeben. Es gab bessere Möglichkeiten, sein Geld loszuwerden.

Apropos, gab es in Jacksonville vielleicht ein paar Briefmarkenhändler? Er hatte seinen Katalog nicht dabei, aber er hatte immer ein paar Listen in seiner Geldbörse, damit er nachsehen konnte, welche Marken er von bestimmten Ländern brauchte. Er konnte im Branchenbuch nachsehen und ein paar Händler aufsuchen, bevor er nach New York zurückflog. Sein Ausflug musste nicht total umsonst sein.

Worauf wartete er also noch?

Egal, was es war, hatte es zur Folge, dass er in der Nähe des Flugsteigs für die Maschine nach Atlanta blieb. Dort war er auch noch, als der Mann, der Maggie umgebracht hatte, an den Schalter ging und kurz mit der Frau dahinter redete, bevor er sich in die Richtung entfernte, in die sie gedeutet hatte.

Wohin wollte er? Nicht auf die Toilette. Sie war direkt gegenüber dem Gate und deutlich gekennzeichnet.

Ach so, klar.

Keller folgte ihm und machte kurz an einem Kiosk Halt, um Zigaretten zu kaufen. Wenn er sich täuschte, wenn der Mann nicht dahin wollte, wohin er glaubte, dass er wollte, hatte er die Packung Winston umsonst gekauft. Doch dann sah er ein Hinweisschild für die Raucher-Lounge, und dorthin war der Mann unterwegs.

Keller ließ sich etwas zurückfallen und wartete, bis der Mann die Lounge betreten und Platz genommen hatte. Als Keller die Tür öffnete und nach drinnen ging, hatte sich der Mann bereits eine Zigarette angezündet. Die Raucher-Lounge war ein von Glaswänden eingefasster Bereich, dessen Einrichtung sich auf zwei Reihen Couchen und jede Menge Standaschenbecher beschränkte. Der Killer saß an einem Ende des Raums, am anderen waren, wegen des Qualms kaum sichtbar, zwei Frauen, die sich angeregt miteinander unterhielten. Und natürlich rauchten. Niemand begab sich in dieses stinkende Kabuff, wenn er nicht rauchen wollte.

Keller schüttelte eine Zigarette aus seinem Päckchen und steckte sie zwischen seine Lippen. Nachdem er seine Taschen abgeklopft und in die Innentasche seines Jacketts gegriffen hatte, steuerte er auf den Mann zu. »Entschuldigung«, sagte er. »Haben Sie vielleicht Feuer?« Und als in den Augen des Mannes Wiedererkennen aufleuchtete, fügte er hinzu: »Waren Sie nicht in der Maschine aus Newark? Was habe ich bloß mit meinen Streichhölzern gemacht.«

Der Mann fasste in eine seiner Taschen und holte ein Feuerzeug heraus. Keller beugte sich zu der Flamme hinab.

30

»Keller«, sagte sie. »Ich war fest davon überzeugt, du wärst tot.«

»Tot? Ich habe doch grade mit dir telefoniert.«

»Davor«, sagte sie. »Jetzt steh doch nicht so rum. Komm rein. Was war, Keller? Als ich dich das letzte Mal gesehen habe, bist du die Crosby Street raufgegangen. Wo hast du die letzten vier Tage gesteckt?«

»In Jacksonville.«

»Jacksonville, Florida?«

»Das ist das einzige Jacksonville, das ich kenne.«

»Ich bin ziemlich sicher, dass es auch in North Carolina eins gibt«, sagte sie. »Und sicher gibt es auch noch anderswo welche. Aber jetzt, was hast du in Jacksonville, Florida, gemacht?«

»Nichts.«

»Nichts?«

»Ich war im Kino«, sagte er. »Ich habe bei ein paar Briefmarkenhändlern vorbeigeschaut. In meinem Motelzimmer ferngesehen.«

»Einen Makler angerufen? Dir ein paar Häuser zeigen lassen?«

»Nein.«

»Das ist ja schon mal etwas. Aber ohne wie deine Mutter klingen zu wollen, Keller, warum hast du dich nicht gemeldet?«

Er dachte kurz nach. »Weil ich mich geschämt habe.«

»Du hast dich geschämt?«

»Ja, so kann man es wohl nennen.«

»Worüber hast du dich geschämt?«

»Über mich.«

Sie verdrehte die Augen. »Sehe ich wie eine HNO-Ärztin aus, Keller?«

»Eine HNO-Ärztin?«

»Warum muss ich dir eigentlich immer alles einzeln aus der Nase ziehen? Natürlich hast du dich über dich geschämt. Über jemand anderen kann man sich nicht schämen. Weswegen hast du dich über dich geschämt?«

Warum rückte er nicht damit heraus? Er holte tief Luft. »Ich habe mich über etwas geschämt, was ich getan habe. Ich habe einen Mann umgebracht, Dot.«

»Du hast einen Mann umgebracht.«

»Ja.«

»Möchtest du dich setzen, Keller. Soll ich dir was zu trinken bringen?«

»Nein, danke. Nicht nötig.«

»Jedenfalls hast du einen Mann umgebracht.«

»In Jacksonville.«

»Das ist, was du machst, Keller. Das machst du schon dein ganzes Leben lang. Na ja, vielleicht nicht dein ganzes Leben lang, als Junge vielleicht noch nicht, aber ...«

»Diesmal war es was anderes, Dot.«

»Was war daran anders?«

»Ich sollte ihn nicht töten.«

»Du sollst niemanden töten, Keller. Das bekommen die Kinder schon in der Sonntagsschule beigebracht. Es ist gegen die Regeln. Aber du verstößt schon eine ganze Weile gegen die Regeln.«

»Ich habe gegen meine eigenen Regeln verstoßen«, sagte er. »Ich habe jemand getötet, den ich nicht hätte töten sollen.«

»Wen?«

»Ich weiß nicht mal, wie er heißt.«

»Ist das, was dich stört? Dass du seinen Namen nicht weißt?«

»Dot, ich habe unseren Mann getötet. Ich habe den Kerl getötet, den wir engagiert haben. Er ist nach New York gekommen, um einen Auftrag auszuführen, einen Auftrag, den wir ihm erteilt haben, und er hat alles genau so gemacht, wie er es machen sollte, und ich bin ihm von New York nach Jacksonville gefolgt und habe ihn kaltblütig ermordet.«

»Kaltblütig.«

»Vielleicht auch heißblütig. Keine Ahnung.«

»Komm mit in die Küche«, sagte sie. »Setzt dich erst mal. Ich mache dir eine Tasse Tee, und dann erzählst du mir alles.«

»Das war's im Wesentlichen«, sagte er. »Ein Grund, warum ich in Jacksonville geblieben bin, war, dass ich mir erst klar darüber werden wollte, warum ich es getan habe, bevor ich zurückkomme und es dir erzähle.«

»Und?«

»Na ja, ich verstehe es immer noch nicht. Ich hätte noch einen Monat bleiben können und hätte es nicht herausbekommen.«

»Irgendeine Ahnung musst du doch haben.«

»Na ja, ich war frustriert«, sagte er. »Das hat sicher eine gewisse Rolle gespielt. Wie viele Monate zerbrechen wir uns jetzt schon wegen Roger den Kopf? Mit dieser Aktion wollten wir ihn endgültig aus dem Verkehr ziehen. Ich habe ihn sogar schon ziemlich gut zu sehen bekommen, aber dann ist er mir durch die Lappen gegangen. Entweder hat er den Braten gerochen, oder der Kerl, der Maggie getötet hat, ist ihm entwischt. Jedenfalls bin ich bei Roger nicht zum Zug gekommen.«

»Und deshalb musstest du einfach jemand umbringen.«

Darüber dachte er kurz nach, dann schüttelte der den Kopf. »Nein, es musste dieser Typ sein.«

»Warum?«

»Es ist total verrückt, Dot. Ich war sauer auf ihn.«

»Weil er deine Freundin umgebracht hat.«

»Es ist vollkommen widersinnig, findest du nicht auch? Er war es, der abgedrückt hat, bloß dass er gar nicht abgedrückt hat, weil er keine Schusswaffe verwendet hat, nicht, wenn es wie ein Unfall aussehen sollte. Wie hat er es übrigens gemacht, weißt du das zufällig?«

»Er hat sie ertränkt.«

»Ertränkt? In einem Loft im vierten Stock?«

»In ihrer Badewanne.«

»Und es hat wie ein Unfall ausgesehen?«

»Jedenfalls hat es nicht nach was anderem ausgesehen. Entweder ist sie ohnmächtig geworden, oder sie ist ausgerutscht und hat sich den Kopf am Wannenrand angeschlagen. Dabei ist ihr Kopf unter Wasser geraten, aber sie hat trotzdem noch tief Luft geholt.«

»Wasser in der Lunge?«

»So heißt es.«

»Dieses Schwein«, sagte Keller. »Er hat sie ertränkt. Wenigstens war sie nicht bei Bewusstsein, als es passiert ist.«

»Vielleicht.«

»Wie könnte er es sonst getan haben? Sie muss vorher bewusstlos gewesen sein.«

»Um ihn das zu fragen, ist es zu spät«, sagte Dot. »Bloß, wenn er sie bewusstlos schlägt, muss er sie ausziehen und in die Wanne legen, und dabei könnte er Spuren hinterlassen, die nicht zu dem Eindruck passen, den er erwecken will.«

»Wie hätte er es sonst anstellen können?«

»Wie würdest du es machen, Keller?«

Er dachte stirnrunzelnd nach. »Sie mit einer Pistole bedrohen. Oder meinetwegen auch mit einem Messer. Sie zwingen, sich auszuziehen und die Wanne einlaufen zu lassen, und dann hineinzusteigen.«

»Und dann ihren Kopf unter Wasser drücken?«

»Das Einfachste wäre, sie an den Füßen hochzuheben. Dann gerät der Kopf automatisch unter Wasser.«

»Und wenn sie sich wehrt?«

»Hilft ihr das nichts. Und überhaupt spritzt sie nur ein bisschen mit Wasser rum.«

»Vor ein paar Jahren«, sagte sie, »bei einem deiner Jobs – aber frag mich nicht, bei welchem – ist ein Mann ertrunken.«

»Das war in Salt Lake City.«

»Hast du es damals so gemacht? Ihm eine Pistole unter die Nase gehalten?«

»Er war bereits in der Badewanne, als ich aufgetaucht bin. Er war eingenickt. Ich hatte eine Pistole, ich wollte ihn eigentlich erschießen, aber er hat in der Wanne gesessen und hat geschlafen.«

»Und du hast ihn einfach an den Füßen hochgehoben?«

»Davon hatte ich mal gehört«, sagte er, »vielleicht auch gelesen, keine Ahnung. Ich wollte sehen, ob es funktioniert.«

»Und? Hat es das?«

»Bestens. Er ist zwar wach geworden, aber er konnte nichts dagegen tun. Und er war ein großer, kräftiger Kerl. Ich habe das verspritzte Wasser aufgewischt. Wahrscheinlich hat es der Typ in der Crosby Street auch so gemacht, mit einem Handtuch alles aufgewischt.«

»Er hat das Wasser laufen lassen.«

»Und dann? Ist die Wanne übergelaufen? Wenn sie übergelaufen ist, hat sich nicht mehr feststellen lassen, ob es zu einem Kampf gekommen ist.«

»Und?«

»Was es sonst noch zur Folge hatte?« Er überlegte eine Weile. »Es hat jedenfalls so ausgesehen, als wäre es passiert, als das Wasser eingelaufen ist. Sie ist ausgerutscht, als sie in die Wanne gestiegen ist, sie hat das Bewusstsein verloren und ist ertrunken, bevor sie wieder zu sich gekommen ist.«

»Oder Drogen. Sie ist in die Wanne gestiegen, als das Wasser eingelaufen ist, und ist von den Drogen, die sie genommen hat, bewusstlos geworden.«

»Was für Drogen?«

»Sie war Künstlerin, hat in SoHo gelebt.«

»In NoHo.«

»Häh?«

»SoHo ist der Teil südlich der Houston«, erklärte er ihr. »Davon kommt der Name, South of Houston Street. Sie hat aber ein paar Straßen nördlich der Houston gewohnt. Deshalb heißt dieses Viertel NoHo.«

»Danke für den Erdkundeunterricht, Keller. Jedenfalls, sie war in einer Bar, hat einen draufgemacht, einen Typen aufgegabelt und nach Hause abgeschleppt. Da ist die Wahrscheinlichkeit hoch, dass sie ein bisschen mit Chemie nachgeholfen hat. Aber egal, wir kommen vom Thema ab. Wo ist das Wasser hin?«

»Das Wasser?«

»Das Wasser. Wo ist es hingeflossen?«

»Auf den Boden natürlich«, sagte Keller.

»Und dann?«

»Ach so.«

»Klar. Und die Leute unter ihr haben bei ihr geklopft, und als sie nicht reagiert hat, haben sie die Polizei gerufen. So kann man dem Auftraggeber auch mitteilen, dass der Job ausgeführt worden ist. Man braucht nicht zu warten, bis der Geruch die Nachbarn alarmiert. Daran hättest du in Salt Lake City auch denken sollen.«

»Das stand nicht zur Debatte«, sagte er. »Außerdem war es ein Haus in einem Vorort. Wenn da die Wanne überläuft, fließt das Wasser in den Keller.«

Dot nickte. »Es könnte tagelang laufen, ohne dass jemand was merkt.«

»Wahrscheinlich.«

»Aber was für eine Wasserverschwendung. Und das auch noch in Salt Lake City? Das liegt doch mitten in der Wüste, oder?«

»Tja.«

»Du hast natürlich recht«, sagte sie. »Wen interessiert das schon? Wie sind wir überhaupt darauf gekommen? Ach so, klar, du wolltest wissen, wie sie gestorben ist.«

»Tatsache ist jedenfalls«, sagte er, »dass ich den Kerl, der sie umgebracht hat, umbringen wollte. Und das ist völlig widersinnig, Dot. Wenn man wollte, könnte man es sogar so sehen, dass *ich* derjenige war, der sie getötet hat.«

»Weil du, wenn du dich nicht auf sie eingelassen hättest ...«

»Nein, in einem viel direkteren Sinn. Ich habe den Auftrag erteilt, ich habe sie umbringen lassen.«

»Wenn du es schon so genau nehmen willst«, sagte Dot, »dann war ich es, die den Auftrag erteilt und alles ins Rollen gebracht hat.«

»Vielleicht war ich in Wirklichkeit auf dich wütend«, sagte er. »Und auf mich. So hat es sich aber nicht angefühlt. Ich habe im Flugzeug gesessen und diesen Kerl gehasst, Dot. Ihn und sein Toupet und seinen falschen Schnurrbart und seine ständigen Verkleidungen. Dabei hat er nur getan, was er tun sollte und wofür wir ihn bezahlt haben, und ich habe ihn dafür gehasst.«

»Langsam fange ich an zu verstehen, was du meinst«, sagte sie.

»Und der andere, Roger, ist uns entwischt. Wir haben diesen Wahnsinnsaufwand betrieben, und Roger hat währenddessen friedlich geschlafen – oder was er eben sonst gemacht hat – und wir müssen uns weiter Gedanken über ihn machen. Vielleicht hat er in der Crosby Street auf der Lauer gelegen, als die Nachbarn die Polizei gerufen haben, vielleicht hat er gesehen, wie sie die Leiche nach draußen gebracht haben. Roger habe ich nicht vor die Flinte bekommen, aber dafür diesen Kerl, auf den ich stinksauer war. Also habe ich abgedrückt.« Er schüttelte den Kopf. »Roger ist inzwischen zu Hause und ärgert sich über sein Pech. Er weiß nicht, dass ich ihm die Drecksarbeit abgenommen habe.«

»Wie hast du es angestellt, Keller?«

»Ich bin ihm in den Raucherbereich gefolgt und habe ihn erstochen.«

»Du hast ihn erstochen?«

»Ich habe mich vorgebeugt, damit er mir Feuer geben konnte, und ich hatte ein Messer in der Hand, und plötzlich hat es in seiner Brust gesteckt.«

»Ein Messer.«

»Ja.«

»Wie hast du es durch die Sicherheitskontrolle gebracht?«

»Es war schon da.«

Sie sah ihn verständnislos an.

»Ich musste erster Klasse fliegen«, sagte er, »und dort servieren sie einem richtiges Essen, wie in einem Restaurant. Inklusive Stoffserviette, Porzellangeschirr und Metallbesteck. Als ich mit dem Essen fertig war, habe ich das Messer einfach eingesteckt.«

»Du hast es bereits vorgehabt.«

»Daraus ich habe jedenfalls gelernt«, sagte er, »wie man sich bewaffnen kann, wenn man mal durch den Metalldetektor gegangen ist. Zu diesem Zeitpunkt bestand nämlich noch die Möglichkeit, dass Roger in Jacksonville auf uns wartet.«

»Und dann hättest du ihn mit deinem Buttermesser abgemurkst.«

»Es war kein Buttermesser.«

»Nein, es war bestimmt so ein Riesendolch wie der, mit dem Davy Crockett einen Bären getötet hat.«

»Die Klinge hatte einen Wellenschliff«, sagte er. »Damit konnte man Fleisch schneiden.«

»Um Himmels willen. Und jeder darf so eine tödliche Waffe haben? Sie sollten einem die Fingerabdrücke abnehmen, bevor sie die Dinger verteilen.«

»Es hat jedenfalls hervorragend funktioniert«, sagte er. »Zwischen die Rippen und mitten ins Herz. Er wäre nicht schneller gestorben, wenn ich ein Zwölf-Inch-Bowiemesser verwendet hätte. Am anderen Ende der Raucherlounge haben zwei Frauen miteinander geredet, und sie haben nichts mitbekommen.«

»Und du hast das Messer entsorgt.«

»Und die Zigaretten.«

»Und hast ein paar Tage in Jacksonville verbracht und über alles nachgedacht.«

»Ja.«

»Und nicht zum Telefon gegriffen.«

»Ich habe es mir überlegt.«

»Das kommt dem ja schon ziemlich nahe. Wenn Gedanken Flügel hätten, hätte ich sie flattern gehört. Stattdessen habe ich gedacht, du wärst tot.«

»Das tut mir leid, Dot.«

»Ich dachte, Roger hätte dich und den anderen Killer erwischt. Ich dachte, er hätte einen Hattrick geschafft.«

»Für einen Hattrick sind aber drei nötig.«

»Weiß ich, Keller. Der alte Mann stand auf Eishockey, weißt du noch? Kannte die Namen aller Rangers-Spieler bis zurück zu den Anfängen des Teams. Ich habe immer Spiele mit ihm geschaut.«

»Ich wusste gar nicht, dass du auf Eishockey stehst.«

»Tue ich auch nicht. Ich habe es sogar gehasst. Aber was ein Hattrick ist, weiß ich. Drei Tore in einem Spiel, vom selben Spieler erzielt.«

»Genau.«

»Deshalb dachte ich, Roger hätte einen Hattrick geschafft.«

»Roger hat die ganze Zeit nur auf der Bank gesessen«, sagte Keller. »Er hat in diesem Hauseingang gestanden und Däumchen gedreht, während ich den Killer für ihn ausgeschaltet habe. Aber auch so wäre es kein Hattrick. Wenn er mich und den Killer getötet hätte, wären das zwei. Wer ist der Dritte?«

»Deine Freundin.«

»Meine – Maggie meinst du?«

»Ja. Ich soll sie zwar nicht deine Freundin nennen, aber ich vergesse es immer wieder.«

»Sie geht aber nicht auf Rogers Konto.«

»Bist du dir da sicher, Keller?«

Er sah sie an und versuchte, ihre Gedanken zu lesen. »Wir haben gesehen, was passiert ist, Dot. Sie hat einen Typen mit nach Hause gebracht, und als er gegangen ist, hat unser Killer bei ihr geklopft, und dann ist *er* gegangen, und kurz darauf ist bei dem Maler unter ihr Wasser durch die Decke gekommen.«

»Richtig.«

»Der Typ, den sie nach Hause mitgenommen hat«, sagte Keller. »Wenn er Roger war ... das heißt, er kann es gar nicht gewesen sein, weil wir ihn gesehen haben. Außerdem hat sie noch gelebt, als er gegangen ist. Er hat seine Schlüssel vergessen, und sie hat sie ihm runtergeworfen.«

»Seine Geldbörse.«

»Dann eben seine Geldbörse. Roger hat jedenfalls nichts weiter getan, als in einem dunklen Hauseingang rumzustehen und in einem Café zu essen, und das ist das einzig Gute an der ganzen Sache, Dot. Weil ich ihn nämlich bei dieser Gelegenheit gut zu sehen bekommen habe. Damals hatte ich keine Ahnung, wer wer war, aber inzwischen weiß ich es, und ich werde ihn erkennen, wenn ich ihn wieder sehe.«

»Den Mann mit der Baseballkappe und der Windjacke.«

»Genau, Roger.«

»Du würdest ihn erkennen, wenn du ihn sähst.«

»Auf jeden Fall.«

»Schon möglich, dass du ihn erkennen würdest«, sagte sie. »Aber das lässt sich nun nicht mehr überprüfen. Du wirst ihn nämlich nicht mehr zu sehen bekommen.«

»Häh?«

»Keller«, sagte sie, »setz dich lieber mal.«

»Ich *sitze* bereits. Schon seit zwanzig Minuten.«

»Und das ist auch gut so«, sagte Dot. »Steh jetzt auch nicht auf, Keller. Bleib, wo du bist.«

Es war wirklich gut, dass er saß. Was sie ihm jetzt erzählte, hätte ihn vielleicht nicht unbedingt umgehauen, aber ausgeschlossen hätte er es nicht. Sicher war nur, dass es schwer zu verdauen war.

»Er war Roger«, sagte er.

»Richtig.«

»Der Typ mit dem Hut und dem Schal. Der Typ, der in dem Haus gegenüber am Fenster gesessen und eine Zigarette nach der anderen geraucht hat.«

»Das machen die meisten Raucher so, Keller. Sie rauchen eine nach der anderen, nicht alle gleichzeitig.«

»Der Kerl, der zu Maggies Loft hochgegangen ist. Wenn er Roger war, warum hat *er* dann Maggie umgebracht? Er hat nichts dafür bekommen. Er hat den Auftrag sogar abgelehnt. Und dann hat er sich auf die Lauer gelegt, um die Konkurrenz auszuschalten.«

»Vollkommen richtig.«

»Er hat also das Haus beobachtet und darauf gewartet, dass der Killer zuschlägt. Dachte er, der Typ den sie mit zu sich rauf genommen hat, wäre der

Killer? Wohl kaum. Er muss gesehen haben, was wir gesehen haben, dass sie ihm die Geldbörse runtergeworfen hat. Er hat gewusst, dass sie noch am Leben war, als er zu ihr raufgegangen ist.«

»Und er wusste, dass sie tot war, als er gegangen ist.«

»Womit er sich der Möglichkeit beraubt hat, den Mann ins Visier zu nehmen, der den Auftrag hatte, sie zu töten. Deshalb hat er seinen Hut weggeworfen und ist nach Hause gegangen.«

»Mit dir dicht auf den Fersen.«

»Warum ist er aus New York abgereist, ohne den Mann zu töten, den er eigentlich töten wollte? Und warum hat er dem Killer die Arbeit abgenommen? Was hat er damit bezweckt? Dass er das Gesicht verliert und sich selbst umbringt? So was mag in Japan funktionieren, aber ...«

»Er hat es bereits getan, Keller.«

»Was hat er getan?«

»Den Killer ausgeschaltet. Und übrigens können wir aufhören, ihn so zu nennen. Er hieß Marcus Allenby. Diesen Namen hat er zumindest angegeben.«

»Wo?«

»Im Woodleigh«, sagte sie. »Und er hatte zwei andere Namen auf dem Ausweis in seiner Geldbörse stehen, aber Allenby war keiner davon, und er hat sich mit einem Laken erhängt. Das alles war immerhin so aufsehenerregend, dass sie in der *Post* ein Bild von ihm gebracht haben. Auf dem Foto hat er zwar weder die Baseballkappe noch die Windjacke getragen, aber er war es. Eindeutig.«

»Roger ertränkt Maggie«, rekapitulierte Keller. »Dann geht er ins Woodleigh, in Allenbys Zimmer ... Allenby?«

»Irgendwie müssen wir ihn ja nennen.«

»Verschafft sich Zutritt dazu, knüpft den Kerl auf und geht wieder.«

»Ich glaube, er war vorher schon im Woodleigh. Er ist Allenby ins Hotel gefolgt, und in sein Zimmer ist er wahrscheinlich gekommen, indem er sich als Cop oder Hotelangestellter ausgegeben hat. Das dürfte nicht allzu schwer gewesen sein. Er hat Allenby überrumpelt.«

»Und ihn umgebracht? Warum ist er dann noch mal zurückgekommen, nachdem er Maggie getötet hat?«

»Vielleicht hat er Allenby nur gefesselt und noch lebend im Hotel zurückgelassen«, sagte sie. »Und nachdem er sie umgebracht und das Wasser laufen gelassen hat, damit sich der Todeszeitpunkt feststellen lässt, ist er noch mal ins Woodleigh gefahren und hat das NICHT STÖREN-Schild entfernt, sich mit dem Schlüssel, den er Allenby bei seinem ersten Besuch abgenommen hat, aufgeschlossen und den armen Teufel mit einem Bettlaken erhängt. Und dann hat er den Abschiedsbrief geschrieben.«

»Welchen Abschiedsbrief?«

»Habe ich das nicht erwähnt. Auf Hotelbriefpapier. ›Ich kann das nicht mehr länger tun. Möge Gott mir vergeben.‹«

»In Allenbys Handschrift?«

»Wie will das jemand nachprüfen?«

Keller nickte. »Maggie sieht wie ein Unfall aus, aber der Kunde, der den Auftrag erteilt hat …«

»Also wir.«

»… weiß, dass jemand nachgeholfen hat, und denkt, dass Allenby alles zu viel geworden ist und er so von Gewissensbissen geplagt worden ist, dass er sich selbst das Leben genommen hat. Entweder hat Roger Allenby am Leben gelassen, als er losgezogen ist, um Maggie umzubringen …«

»Ziemlich riskant.«

»… oder er hat ihn schon bei seinem ersten Besuch umgebracht, denn die Gefahr, dass die Leiche entdeckt würde, war sehr gering. Und selbst wenn, was hätte schon groß passieren können? Da er aber noch mal zurückgekommen ist, konnte er aus Allenbys Zimmer einen Anruf machen, damit sich der Todeszeitpunkt unabhängig von den forensischen Beweisen anhand der Telefonunterlagen feststellen ließ.«

Keller runzelte die Stirn. »Viel zu kompliziert und zu vieles, was schiefgehen kann.«

»Er war raffiniert.«

»Apropos raffiniert. Hast du nicht gesagt, er hat sich mit einem Bettlaken erhängt? Das machen Häftlinge im Gefängnis, aber würdest du dich mit einem Laken aufhängen, wenn dir noch andere Dinge zur Verfügung stünden?«

»Ich würde mich gar nicht aufhängen, Keller.«

»Trotzdem, mit einem Laken. Warum nicht mit einem Gürtel?«

»Vielleicht trug Allenby Hosenträger. Oder es war ein Teil von Rogers Spielchen.«

»Er hat gern Spielchen gespielt«, pflichtete er ihr bei. »Das Ganze war ein Spiel für ihn, oder? Ich meine, wer fährt schon kreuz und quer durch die Gegend, um Leute umzubringen, die in derselben Branche sind wie man selbst. Dahinter stand vermutlich die Absicht, sein Einkommen zu erhöhen. Bloß, hätte er das damit überhaupt erreicht? Letztlich hat es ihn nur eine Menge Zeit gekostet, von dem Geld für die Flugtickets erst gar nicht zu reden.«

»Unter wirtschaftlichen Gesichtspunkten also nicht besonders clever, würdest du sagen?«

»Dafür konnte er sich schlauer vorkommen als wir. Schlauer als alle anderen. Ständig die Kleider zu wechseln, sich einen Schnurrbart anzukleben und ihn wieder abzuziehen. Lauter billige Tricks. So was würde vielleicht irgend so ein Trottel von der CIA machen, aber ein Profi?«

»So schlau war er nun auch wieder nicht, Keller. Er hat das Pärchen in Louisville umgebracht, das in deinem alten Motelzimmer gelandet ist, und dann den Kerl in Boston, der deinen Mantel geklaut hat.«

»Da habe ich Glück gehabt.«

»Eher war er ein bisschen zu schlau. Wahrscheinlich hat er Allenby schnell entdeckt. Wie wir. Allenby hat nicht damit gerechnet, von irgendjemand entdeckt zu werden – sieht man mal von seinem Opfer ab. Und dann hat Roger das lange Warten satt bekommen – was ich gut nachvollziehen kann. Uns ist es auch gewaltig auf die Nerven gegangen. Du hast irgendwann sogar vorgeschlagen, beide umzubringen, damit das Ganze endlich ein Ende hat.«

»Ja, stimmt.«

»Warum noch warten, nachdem er Allenby entdeckt hatte? Er brauchte ihm nur in sein Hotelzimmer zu folgen und ihn umzubringen, was er ja auch getan hat.«

»Aber Maggie hätte er nicht umzubringen gebraucht«, sagte Keller.

»Wie du dich vielleicht erinnerst, wurde der Auftrag aber immer erledigt. Das war Rogers Markenzeichen. Er hat immer gewartet, bis der Killer den Job erledigt hat, und dann hat er sich den Killer vorgenommen. Diesmal hat Roger den Killer schon früh aus dem Verkehr gezogen, weshalb er es als seine Aufgabe angesehen hat, die Sache selbst zu Ende zu bringen. Vielleicht dachte er, das gehörte sich für einen Profi.«

»Vielleicht.«

»Aber es ist ihm zum Verhängnis geworden.«

Keller saß eine Weile schweigend da. Dot redete weiter und ging alles noch einmal durch, und ihre Worte gingen ihm bei einem Ohr rein und beim anderen wieder raus, ohne dass er viel von dem mitbekam, was sie sagte. Er hatte Maggie gerächt, was ihm damals wichtig erschienen war, aus Gründen, die jetzt überhaupt keinen Sinn mehr ergaben. Er versuchte, sie sich vorzustellen, und merkte, dass ihr Bild bereits verblasste, kleiner wurde, Farbe und Konturen verlor. Es verblich genau so, wie alles andere verblich.

Und endlich hatte Keller von Roger nichts mehr zu befürchten. Monatelang war er vor einem gesichtslosen Killer auf der Hut gewesen, und jetzt war diese Bedrohung aus der Welt geschafft. Und er hatte es selbst getan. Er hatte zwar nicht gewusst, dass er es getan hatte, aber er hatte es getan.

»Wenn ich das Richtige getan hätte«, sagte er, »wäre er uns entwischt.«

»Wer? Roger?«

»Mhm. Ich wäre in dem Glauben, dass Roger nicht auftauchen würde, nach Hause geflogen und hätte den echten Roger entkommen lassen, und wir wüssten keinen Deut mehr über ihn. Weder seinen Namen, noch wo er wohnt. Das alles wüssten wir nicht.«

»Das wissen wir auch jetzt noch nicht«, rief ihm Dot in Erinnerung.

»Aber jetzt müssen wir es auch nicht mehr wissen.«

»Nein.«

»Der Mittelsmann, der Allenby für uns aufgetrieben hat, will die zweite Hälfte des Gelds.«

»Wie viel hat er bekommen, eine Hälfte im Voraus?«

»Der Rest fällig bei Erledigung des Auftrags, und der Mittelsmann stellt sich auf den Standpunkt, dass der Auftrag erledigt worden ist. Die Frau ist tot, und es hat wie ein Unfall ausgesehen. Wir sollten also zufrieden sein. Wenn Allenby hinterher von seinem Gewissen geplagt wird und sich selbst umbringt ... was geht das uns an? Er hat Selbstmord begangen, ohne den Auftrag in der Crosby Street zu vermasseln. Wir haben bekommen, was wir bestellt haben.«

»Was hast du ihm gesagt?«

»Natürlich nicht, was tatsächlich passiert ist.«

»Hätte mich auch gewundert.«

»Er dachte, ich hätte im Auftrag eines Kunden gehandelt, und deshalb sollte der Kunde zahlen. Ich habe ihm zwar recht gegeben, aber zugleich war uns beiden klar, dass Allenby nichts von dem Geld bekommen würde, weil Allenby nicht mehr lebt, um es zu kassieren.«

»Der Mittelsmann hätte alles behalten.«

»Klar. Deshalb habe ich gesagt: ›Hören Sie, Ihr Mann hat Selbstmord begangen, was wirklich ein Jammer ist, weil er gute Arbeit geleistet hat.‹«

»Alles, was er getan hat, war, in einem Hauseingang rumzustehen.«

»Würdest du mich vielleicht ausreden lassen? ›Er hat gute Arbeit geleistet‹, habe ich gesagt, ›aber er ist tot, und Sie werden ihn nicht bezahlen, und ich werde meinem Kunden nichts rückerstatten. Was halten Sie also davon, wenn wir uns das Geld teilen?‹ Und ich habe ihm die Hälfte von dem geschickt, was wir ihm geschuldet haben.«

»Hört sich fair an.«

»Ich weiß nicht, ob es was mit Fairness zu tun hat. Jedenfalls kann ich damit leben und er ebenfalls. Keller, wir sind aus dem Schneider. Alle Probleme gelöst und Roger unschädlich gemacht. Ist dir eigentlich klar, was das heißt?«

»Ich muss es erst noch verarbeiten.«

»Du hast das einzig Richtige getan«, fuhr sie fort. »Wenn auch aus einem falschen Grund. Das ist wesentlich besser, als anders herum.«

»Wahrscheinlich.«

»Es war nicht wegen des Mädchens. Deswegen wolltest du ihn nicht umbringen. Das hast du dir zwar selbst einzureden versucht, aber das war nicht der Grund.«

»Was dann?«

»Mach dir doch nichts vor, Keller. Dir hat doch gar nichts an ihr gelegen.«

»Jetzt jedenfalls nicht mehr.«

»Auch vorher nicht.«

»Hm.«

»Du hast bei diesem Kerl was gespürt. Du hast nicht gewusst, dass er Roger war, du hast gedacht, er wäre unser Mann, und er war dir total unsympathisch. Vermutlich hatte es was mit seiner Ausstrahlung zu tun.«

»Ich habe diesen Scheißkerl gehasst.«

»Und was ist jetzt mit ihm?«

»Jetzt?« Keller überlegte kurz. »Er ist tot. Was soll da noch groß mit ihm sein?«

»Genau wie sonst auch?«

»Ja.«

»Vielleicht liegt es an deinem Daumen.«

»Häh?«

»Dein Mörderdaumen, Keller. Vielleicht verhilft er dir zu deinem guten Riecher, vielleicht bringt er dir auch nur Glück. Jedenfalls finde ich, dass du ihn behalten solltest.«

Er betrachtete seinen Daumen. Als er sich seiner Ungewöhnlichkeit zum ersten Mal bewusst geworden war, hatte er ihn plötzlich nicht mehr ansehen wollen. Er war ihm eigenartig vorgekommen.

Jetzt sah er genau richtig für ihn aus. Vielleicht nicht wie jedermanns Daumen. Nicht einmal wie sein anderer Daumen. Aber er sah aus, als gehörte er an seine Hand. Er sah genau richtig aus.

»Hast du in Jacksonville ein paar Briefmarken gekauft, Keller?«

»Ja.«

»Hast du sie schon eingeklebt?«

»Man klebt sie nicht ein«, sagte er. »Damit würde man sie ruinieren.«

»Du hast mir mal erklärt, was du genau machst. Du ordnest sie ein.«

»Ja.«

»Hast du die schon eingeordnet?«

»Nein, dazu bin ich noch nicht gekommen.«

»Dann hast du also Briefmarken, die darauf warten, eingeordnet zu werden. Und wahrscheinlich hast du auch Post bekommen, als du weg warst.«

»Das Übliche.«

»Zeitschriften und Kataloge. Und hast du auch Marken zur Ansicht zugeschickt bekommen?«

»Ja, von einer Frau aus Maine.«

»Aber sie bleibt oben in Maine? Und du fährst sie nicht besuchen?«

»Weshalb sollte ich?«

»Du kannst also nach Hause fahren und dich mit deinen Marken beschäftigen.«

»Könnte ich«, sagte Keller. »Und wahrscheinlich werde ich das auch.«

»Ich glaube, das ist eine gute Idee«, sagte Dot. »Und pass gut auf deinen Daumen auf, ja? Zieh ihn warm an und pass auf, dass er keinen Zug bekommt. Allenby ist nämlich tot und Roger ebenfalls, und tot sind auch die Leute, die

Roger aus dem Verkehr gezogen hat. Das heißt, dass weniger Leute als je zuvor tun, was du tust, Keller, und ich kann mir nicht vorstellen, dass das deine Auftragslage verschlechtern wird.«

»Nein«, sagte er und strich über seinen Daumen. »Da müssen wir uns keine Sorgen machen.«

An meine deutschen Leser: Ich hoffe, dass Sie Gefallen an diesem Keller-Roman gefunden haben. Wenn Sie über zukünftige Veröffentlichungen meiner Bücher auf Deutsch informiert werden möchten, schicken Sie einfach eine E-Mail mit dem Betreff «German mailing list" an lawbloc@gmail.com. (Ich versende auch einen Newsletter auf Englisch und würde Sie mit Freude auch auf diese Liste setzen; falls gewünscht, fügen Sie einfach «English also" hinzu.)

Über den Autor

Lawrence Block schreibt seit einem halben Jahrhundert preisgekrönte Kriminalromane und Spannungsliteratur. In seinem neuesten Buch, einer Fortsetzung seiner erfolgreichen Hopper-Anthologie *In Sunlight or in Shadow*, finden sich unter dem Titel *Alive in Shape and Color* 17 von einem bekannten Gemälde inspirierte Kurzgeschichten von Autoren wie Lee Child, Joyce Carol Oates, Michael Connelly, Joe Lansdale, Jeffery Deaver und David Morrell.

Blocks zuletzt erschienener Roman ist *The Girl with the Deep Blue Eyes*, von seinem Hollywood-Agenten als »James M. Cain auf Viagra« gerühmt. Zu seinen neueren Romanen zählen außerdem *The Burglar Who Counted the Spoons*, in dem Bernie Rhodenbarr im Mittelpunkt steht, *Hit Me* mit dem Briefmarkensammler und Auftragsmörder Keller sowie *A Drop of the Hard Stuff* mit Matthew Scudder. 2014 wurde Scudder von Liam Neeson in der Verfilmung von *Ruhet in Frieden – A Walk Among the Tombstones* brillant auf der Leinwand verkörpert. Auch andere Romane Blocks wurden verfilmt, allerdings mit geringerem Erfolg.

Block erhielt auch für seine Bücher für Autoren große Anerkennung, darunter Klassiker wie *Telling Lies for Fun & Profit* und *Write for Your Life*. Zuletzt hat er mit *The Crime of Our Lives* eine Sammlung von Aufsätzen über das Genre des Kriminalromans und dessen Vertreter veröffentlicht.

Neben seinen Prosawerken hat Block auch Drehbücher für die Fernsehserie *Tilt* und den Film *My Blueberry Nights* von Wong Kar-wai geschrieben. Block soll ein zurückhaltender und bescheidener Mann sein, auch wenn man das aufgrund dieser autobiographischen Skizze keinesfalls erwarten würde.

Email: lawbloc@gmail.com
Twitter: @LawrenceBlock
Facebook: lawrence.block
Homepage: lawrenceblock.com

Über den Übersetzer:

Sepp Leeb hat Amerikanistik und Germanistik studiert und lebt als Übersetzer in München. Neben Lawrence Block hat er auch Thomas Harris und Michael Connelly ins Deutsche übersetzt.

Die Keller-Romane:

Kellers Metier (Hit Man)
Kellers Konkurrent (Hit List)
Kellers Hitparade (Hit Parade)

Die Matthew-Scudder-Romane:

#1 *Die Sünden der Väter (The Sins of the Fathers)*
#2 *Drei am Haken (Time to Murder and Create)*
#3 *Mitten im Tod (In the Midst of Death)*
#4 *Tief bei den ersten Toten (A Stab in the Dark)*
#5 *Acht Millionen Wege zu sterben (Eight Million Ways to Die)*
#6 *Nach der Sperrstunde (When the Sacred Ginmill Closes)*
#7 *Am Rand des Abgrunds (Out on the Cutting Edge)*
#8 *Ein Ticket für den Friedhof (A Ticket to the Boneyard)*
#9 *Tanz im Schlachthof (A Dance at the Slaughterhouse)*
#10 *Ruhet in Frieden (A Walk Among the Tombstones)*
#11 *In Teufels Küche (The Devil Knows You're Dead)*
#12 *Der Club der Toten (A Long Line of Dead Men)*
#13 *Im Namen des Volkes (Even the Wicked)*
#14 *Alle sterben (Everybody Dies)*
#15 *Der zweite Tod (Hope to Die)*
#16 *Die Blumen, sie sterben alle (All the Flowers are Dying)*
#17 *Ein Schluck vom harten Stoff (A Drop of the Hard Stuff)*
#18 *Die Nacht und die Musik (The Night and the Music – the*
   complete short stories)
#19 *Das letzte Licht des Tages (A Time to Scatter Stones)*